LE SANG VERSÉ

Åsa Larsson

LE SANG VERSÉ

ROMAN

Traduit du suédois
par Caroline Berg

Albin Michel

Édition originale suédoise parue sous le titre :
DET BLOD SOM SPILLTS

chez Albert Bonniers Förlag 2004
Publié en français avec l'accord de
Bonnier Group Agency, Stockholm, Suède.

Car voici, l'Éternel sort de sa demeure,
Pour punir l'iniquité des habitants de la terre.
Alors la terre laissera voir le sang versé sur elle
Et ne cachera plus ses morts.

Esaïe XXVI, 21.

Votre alliance avec la mort sera détruite.
Le pacte signé avec le royaume des morts, caduc,
Quand viendra le Déluge, vous serez anéantis,
Chaque fois qu'il viendra, il vous emportera
Matin après matin, il viendra,
Le jour et la nuit
Et l'annonce de sa venue sèmera la terreur.

Esaïe XXVIII, 18-19.

Vendredi 21 juin

JE SUIS RECROQUEVILLÉ sur l'étroite banquette de la cuisine. Incapable de dormir. En plein cœur de l'été les nuits sont trop claires et n'incitent pas au repos. La pendule en face de moi va bientôt sonner une heure. Son tic-tac enfle dans le silence. Disloque mes pensées et toute tentative de réflexion sensée. Sur la table est posée la lettre de cette femme.

Ne bouge pas, me dis-je. Reste tranquille et endors-toi.

Tout à coup je pense à Traja, une femelle pointer que nous avions quand j'étais petit. Elle n'avait jamais pu se calmer, elle passait son temps à tourner en rond comme une âme en peine dans la cuisine, ses griffes cliquetant sur le parquet vitrifié. Pendant les premiers mois, nous avions dû la garder enfermée dans une cage à l'intérieur pour l'obliger à rester tranquille. Je me souviens que les mots : « assis », « attends », « couché », résonnaient perpétuellement dans la maison.

Cette nuit c'est pareil. Il y a un chien enfermé dans ma poitrine qui bondit à chaque tic-tac de l'horloge, chaque fois que j'inspire. Mais ce n'est pas Traja qui est tapie là. La chienne se contenterait de cavaler à droite et à gauche faute de tenir en place. Cette chienne-là détourne la tête quand j'essaye de croiser ses yeux. Elle est sournoise, vicieuse.

Il faut que je dorme. On devrait m'enfermer. Me mettre dans une cage au milieu de cette cuisine.

Je me lève pour regarder dehors. Il est une heure et quart. On se croirait en plein jour. Les ombres des vieux pins sylvestres qui délimitent le bout du jardin s'étirent jusqu'au mur de la maison. Je m'imagine que ce sont des bras, des mains qui sortent du fond des tombeaux pour m'emporter. La lettre est toujours là, posée sur la table de la cuisine.

Je descends à la cave. Il est deux heures moins vingt-cinq. La chienne qui n'est pas Traja se dresse sur ses pattes. Elle fait des bonds aux frontières de ma raison. Je la réprimande. Je refuse de suivre ses traces en cette terre inconnue. Ma tête est vide. Ma main décroche des objets au hasard. Des outils. Qu'est-ce que je vais en faire ? Une masse. Un pied-de-biche. Une chaîne. Un marteau.

Mes bras jettent le tout dans le coffre de la voiture. Je regarde toutes ces choses comme s'il s'agissait des pièces d'un puzzle dont je ne connais pas le motif. Je monte dans la voiture. J'attends. Je pense à la femme et à la lettre. Tout est sa faute. C'est elle qui me rend fou.

Je démarre. Il y a une horloge sur le tableau de bord. Des traits sur un cadran, dénués de sens. Cette route conduit hors du temps. Mes mains serrent si fort le volant que mes doigts sont douloureux. Si je me tue maintenant, on devra scier le volant et m'enterrer avec. Mais je ne me tuerai pas.

Je sors de la voiture à cent mètres de l'endroit où est amarrée sa barque. Je descends jusqu'au bord de la rivière. Lisse et tranquille, on dirait qu'elle attend. L'eau clapote doucement sous la quille du bateau. Le soleil de minuit danse dans les subtils remous laissés à la surface par quelque truite venue gober des pupes. Les moustiques forment un essaim autour de moi. Ils font vibrer leurs ailes près de mes oreilles, se posent sur mes paupières et dans ma nuque et sucent mon sang. Ça m'est égal. Un bruit derrière moi. Je me retourne. La voilà. Elle s'arrête à une dizaine de mètres de moi.

Ses lèvres s'écartent et forment des mots mais je ne l'entends pas. Mes oreilles sont closes. Elle fronce les sourcils. Elle est agacée à présent. Je fais quelques pas hésitants dans sa direction. Je ne sais pas encore ce que je suis venu faire. Je marche au hasard dans une région extérieure à ma raison.

Elle vient de remarquer le pied-de-biche dans ma main. Sa bouche s'entrouvre. Ses yeux plissés tout à l'heure sont maintenant écarquillés. Son visage exprime d'abord l'étonnement puis la peur.

Je découvre à mon tour le pied-de-biche dans ma main. Mes jointures sont blanches autour du métal froid. Et brusquement la chienne revient dans ma poitrine, énorme, avec des pattes aussi grosses que les sabots d'un cheval. Les poils sur son échine sont dressés des oreilles à la queue. Elle montre les dents. Elle va me dévorer tout entier avant de dévorer la femme.

Je suis face à elle maintenant. Elle regarde le pied-de-biche. L'objet la fascine. Et parce qu'elle a la tête baissée, le premier coup l'atteint au-dessus de la tempe. Je tombe à genoux et pose ma joue contre sa bouche. Un souffle chaud caresse ma peau. Je n'en ai pas fini avec elle. Brusquement, la chienne bondit sauvagement sur tout ce qu'elle trouve à sa portée. Ses griffes laissent de longues blessures dans le sol. J'explose. Je m'abandonne de tout mon être à sa folie furieuse et meurtrière.

Et puis je m'enfuis, aussi vite que mes jambes me le permettent.

Pia Svonni, sacristine de la paroisse, fume une cigarette dans son jardin. En temps normal, elle tient sa cigarette entre l'index et le majeur comme il sied à une femme bien élevée. Là, elle la serre entre le pouce, l'index et le majeur. Rien à voir. On est la veille du solstice d'été, c'est pour ça. C'est un moment de l'année qui rend féroce. On n'a pas envie de dormir. On n'en a pas besoin, d'ailleurs. La nuit est pleine de murmures qui appellent, subjuguent et vous donnent l'envie impérieuse de sortir de chez vous.

Les elfes ont mis leurs bottes neuves. Ils les ont confectionnées dans l'écorce de bouleau la plus douce. Un véritable songe d'une nuit d'été. Ils s'amusent, insouciants, dansent et font les beaux dans les prés, se moquant comme d'une guigne des voitures qui pourraient passer sur la route. Ils usent leurs jolis souliers tandis que les trolls cachés derrière les arbres les regardent avec des yeux ronds.

Pia Svonni écrase sa cigarette contre le cul du pot de fleurs retourné qui lui sert de cendrier et lâche le mégot dans le trou. Il lui prend tout à coup l'idée d'enfourcher sa bicyclette et de faire un saut à l'église de Jukkasjärvi. Demain on doit y célébrer un mariage. Elle a déjà fait le ménage et tout arrangé, mais elle se dit qu'elle devrait cueillir un gros bouquet de fleurs pour décorer l'autel. En se promenant dans la prairie qui jouxte le cimetière, elle sait qu'elle trouvera des boutons-d'or et des marguerites, et aussi des primevères pourpres qui chercheront en vain à se cacher au milieu de nuages de cerfeuil sauvage. Sans compter les myosotis qui chuchotent dans les fossés. Elle glisse son portable dans sa poche et enfile ses baskets.

Le jour polaire éclaire son jardin. Ses pâles rayons filtrent à travers la palissade et les longues ombres des planches transforment la pelouse en un tapis artisanal rayé de vert acide et de vert sombre. Des grives litornes se chamaillent et se poursuivent dans les feuillages d'un bouleau.

En partant de chez elle, le chemin qui mène à Jukkasjärvi est en descente tout du long. Pia roule à tombeau ouvert. Elle n'a même pas mis de casque. Ses cheveux volent à l'horizontale derrière sa tête. Cela lui rappelle l'époque où, petite fille de quatre ans, elle se mettait debout sur la balançoire de la ferme et montait si haut qu'elle prenait le risque de faire un tour complet.

Elle traverse le village de Kauppinen où des chevaux paissant dans leur enclos lèvent la tête pour la regarder passer. Depuis le pont de la rivière Torne, elle aperçoit en aval deux jeunes garçons qui pêchent à la mouche.

Sur l'autre rive, la route longe la rivière. Le bourg est endormi. Pia dépasse le quartier des touristes et l'auberge, l'ancienne épicerie Konsum et l'horrible salle polyvalente. Les murs en bois de la ferme de son enfance brillent d'un éclat gris argent et des voiles de brume blanche flottent sur la prairie et dans les champs.

Au bout du village, à l'endroit où la route s'arrête, se dresse l'église en bois, peinte en rouge de Falun. L'enduit au goudron vient d'être refait sur la toiture et l'odeur ne s'est pas encore dissipée.

Le clocher fait partie du mur d'enceinte. Pour entrer dans l'église il faut traverser le clocher puis emprunter un couloir dallé qui conduit au perron.

L'une des portes bleues du clocher est grande ouverte. Pia descend de son vélo et le gare contre la paroi en bois.

Comment se fait-il qu'elle ne soit pas fermée ? se dit-elle en allant lentement vers la première porte.

Elle entend un bruissement à l'orée du bois de bouleaux qui longe le chemin du presbytère. Son cœur se met à battre un peu plus fort dans sa poitrine, elle s'arrête et tend l'oreille. Allons, ce n'était qu'un léger froissement dans les feuillages. Sans doute un écureuil ou un campagnol.

Mais la deuxième porte n'est pas fermée non plus. Elle voit au travers du clocher que la porte de l'église est ouverte.

À présent son cœur bat la chamade. Sune peut à la rigueur avoir oublié de fermer la porte du clocher si, à l'instar de la moitié du village, il a trop levé le coude pour fêter le solstice d'été. Mais il n'aurait pas laissé la porte de l'église ouverte. Elle pense à ces jeunes qui ont cassé les vitraux d'une église à Kiruna et jeté des chiffons enflammés à l'intérieur. C'était il y a deux ans environ. Que va-t-elle découvrir ? Plusieurs idées lui traversent l'esprit. Des vandales ont-ils tagué le retable et pissé dessus ? Gravé des obscénités sur les bancs fraîchement repeints ? Elle se dit qu'ils ont dû entrer par une fenêtre et ouvrir la porte de l'intérieur.

Elle s'avance lentement vers l'entrée de l'église, guettant le moindre bruit alentour. Comment en est-on arrivé là ? Pourquoi des gamins qui devraient s'intéresser aux filles et bricoler leurs mobylettes sont-ils devenus des prostitués fumeurs de crack et profanateurs d'églises ?

Elle entre. Attend un moment sous la tribune d'orgue où il y a si peu de hauteur sous plafond que les gens trop grands doivent marcher courbés. Un silence total règne à l'intérieur, et malgré la pénombre, Pia voit que tout est en ordre. Le Christ, Læstadius et Marie la Lapone brillent de toute leur splendeur et sans la moindre souillure derrière l'autel. Pourquoi a-t-elle encore l'impression qu'il y a quelque chose qui ne va pas ?

Quatre-vingt-six dépouilles dorment sous le parquet de l'église. En général, elle n'y pense pas. Ils reposent en paix dans leurs tombes. Aujourd'hui, elle sent leur présence inquiète à travers le sol comme si des petites aiguilles lui chatouillaient les pieds.

Qu'est-ce qui leur prend ? se demande-t-elle.

L'allée centrale est habillée d'un long tapis rouge. À l'endroit où s'arrête la tribune d'orgue et où la nef prend toute sa hauteur, elle aperçoit un objet. Elle se baisse pour le voir de plus près.

Elle pense d'abord qu'il s'agit d'un caillou, un éclat de pierre blanche.

Elle le ramasse entre le pouce et l'index et se dirige vers la sacristie.

Mais la porte de la sacristie est fermée à clé et elle fait demi-tour et redescend l'allée centrale. L'orgue est presque entièrement caché par le balcon, une balustrade en bois qui traverse toute l'église dans le sens de la largeur et sur à peu près un tiers de sa hauteur. Mais de l'endroit où elle se trouve, près de l'autel, elle peut voir le bas de l'orgue et surtout deux pieds qui pendent en dessous de la tribune sur lequel il est édifié.

Elle pense d'abord que quelqu'un a eu l'idée saugrenue de venir se pendre dans l'église. Pendant une seconde, elle en ressent de la colère. C'est un manque de respect inadmissible. Ensuite elle ne pense plus à rien. Elle descend l'allée en courant, passe de l'autre côté du balcon et découvre le corps suspendu devant les tuyaux de l'instrument et le signe sami, le symbole cher aux autochtones lapons, qui a la forme d'un soleil et qui l'orne en son centre.

Le cadavre est accroché à une corde, non, pas une corde, une chaîne.

Elle distingue maintenant les taches brunes sur le tapis, à l'endroit où elle a ramassé le caillou tout à l'heure.

Du sang. Est-ce vraiment du sang ? Elle se baisse à nouveau.

Elle comprend que ce qu'elle avait pris pour un caillou et qu'elle tient encore entre ses doigts n'est pas un bout de pierre mais un bout de dent.

Elle se relève précipitamment, regarde le fragment blanc dans sa main et le jette loin d'elle, horrifiée.

Elle sort son téléphone portable de sa poche et appelle le 112.

Une voix qui lui paraît terriblement jeune prend l'appel. Tout en répondant aux questions du policier, elle tente d'ouvrir la porte permettant l'accès à l'orgue. Elle est verrouillée.

« Elle est fermée à clé, dit-elle au policier. Je ne peux pas monter. »

Elle retourne à la sacristie. Ne trouve nulle part la clé de la tribune d'orgue. Est-ce qu'elle doit forcer la porte ? Et si oui, avec quoi ?

Le jeune homme au téléphone parle fort pour retenir son attention. Il lui dit d'aller attendre dehors, promet que les secours sont en route.

« C'est Mildred, crie-t-elle dans le téléphone. C'est Mildred qui est accrochée là. Elle est pasteure dans cette paroisse. Mon Dieu ! Elle est salement amochée !

– Vous êtes sortie ? lui demande le policier. Il y a quelqu'un dehors ? »

La voix du jeune homme l'entraîne vers l'extérieur. Il n'y a personne. Elle le dit au policier.

« Ne raccrochez pas, lui recommande-t-il. Restez avec moi. Les secours arrivent. Ne retournez pas à l'intérieur.

– Je peux allumer une cigarette ? »

Il n'y voit pas d'inconvénient, l'autorise à poser le téléphone.

Pia s'assied sur le perron, le mobile à côté d'elle. Elle fume et s'étonne de son calme et du sang-froid dont elle fait preuve. Sa cigarette se consume mal. Elle s'aperçoit qu'elle l'a allumée du côté du filtre. Au bout de sept minutes, elle entend les sirènes au loin.

Finalement, ils l'ont eue, se dit-elle.

Ses mains se mettent à trembler. La cigarette lui échappe.

Les salauds. Ils l'ont eue.

Vendredi 1er septembre

Rebecka Martinsson descendit du bateau-taxi et leva les yeux vers l'hôtel de Lidö. Sa façade chaulée d'une douce teinte jaune pâle et ses avant-toits blancs en bois sculpté semblaient rayonner de leur propre lumière dans le soleil de l'après-midi. La pelouse devant la propriété était remplie de monde. Des mouettes rieuses venues de nulle part hurlaient au-dessus de sa tête, tenaces et exaspérantes.

Vous vous fatiguez pour rien, leur dit-elle en pensée.

Elle donna un pourboire exorbitant au pilote, histoire de se faire pardonner les réponses laconiques qu'elle avait faites à chacune de ses tentatives pour engager la conversation.

« Grande réception en perspective ! » essaya-t-il encore avec un geste du menton vers l'hôtel.

Tout le cabinet était là. Près de deux cents personnes papotaient par petits groupes, puis se séparaient pour recommencer à papoter avec d'autres groupes un peu plus loin. On se serrait la main, on s'embrassait. De grands barbecues avaient été installés à un bout de la terrasse. Des hommes vêtus de blanc apportaient des plats de viandes à griller sur de longues tables couvertes de nappes en lin. Ils couraient sans répit des cuisines de l'hôtel au buffet. On aurait dit des souris blanches coiffées de toques de chef.

« Oui, répondit Rebecka, en passant sur son épaule la lanière de son sac en crocodile, mais j'ai survécu à pire. »

Le pilote sourit et mit les gaz. Le hors-bord se dressa orgueilleusement au-dessus de l'eau et s'éloigna. Un chat noir, effrayé par le bruit, sauta du ponton et disparut dans la végétation de la berge.

Rebecka commença à marcher. L'île accusait la fin de saison. La pelouse était piétinée, usée et sèche. C'est là qu'ils ont passé l'été, songea-t-elle. Les familles de nantis avec leurs enfants et leurs paniers de pique-nique, plaisanciers bien sapés, alcooliques mondains.

L'herbe était cassante et en train de virer au jaune. Les arbres poussiéreux paraissaient déshydratés. Elle s'imagina à quoi devait ressembler la forêt : des bouteilles partout, des sacs en plastique, des capotes usagées et des tonnes d'excréments humains cachés sous les fougères et les buissons de myrtilles.

Le chemin qui menait à l'hôtel était aussi dur que du béton. Il faisait penser à la colonne vertébrale d'un squelette de dinosaure. Elle se sentait elle-même assez proche du dinosaure. Ou d'une extraterrestre tout juste descendue de sa soucoupe volante, déguisée en être humain pour subir l'épreuve du feu qui consistait à imiter le comportement d'une personne normale. Elle allait devoir regarder les autres et essayer de faire comme eux, en espérant que son costume ne craquerait pas aux coutures.

Voilà. Elle était quasiment arrivée.

Allez, courage ! se dit-elle. Tu en as vu d'autres !

Après avoir tué ces deux hommes à Kiruna, elle avait continué à travailler au cabinet Meijer & Ditzinger comme si de rien n'était. Et il n'y avait pas eu de problème, ou du moins elle le croyait. En réalité, ç'avait été un vrai désastre. Elle avait complètement occulté le sang et les cadavres. Maintenant, quand elle se remémorait la période qui avait précédé son arrêt maladie, elle savait qu'elle avait refoulé l'épisode en bloc et que, alors qu'elle avait l'impression de travailler, en fait elle se contentait de déplacer des dossiers d'un côté de son bureau à l'autre. Elle dormait mal. Et elle était distraite. Plus le temps passait, plus elle avait du mal à s'habiller le matin et à se rendre au cabinet. La catastrophe l'avait terrassée par surprise. Elle ne l'avait pas vu venir. Elle traitait un simple contentieux locatif. Le plaignant estimait que le propriétaire du local dont il était bailleur n'avait pas respecté son délai de préavis. Et elle lui avait répondu n'importe quoi. Elle avait essayé de lire le contrat de location mais il aurait aussi bien pu être écrit en chinois. Elle ne comprenait rien. Le client, une société française de vente par correspondance, s'était retourné contre le cabinet et avait exigé des dommages et intérêts.

Elle gardait un souvenir douloureux du visage rouge de colère de son supérieur Måns Wenngren, et de la façon dont il l'avait regardée, assis derrière son bureau, sans dire un mot. Elle lui avait proposé sa démission, mais il avait refusé.

« Ce serait très mauvais pour l'image du cabinet, avait-il répondu. Les gens penseraient que nous t'avons poussée à démissionner. Nous aurions l'air de nous débarrasser d'une collaboratrice dans un moment où elle est psychologiquement... Bref, où elle ne va pas bien. »

Elle avait quitté le cabinet quelques minutes plus tard, tenant à peine sur ses jambes, et quand elle s'était retrouvée sur le trottoir de Birger Jarlsgatan dans l'obscurité automnale à regarder les voitures de luxe qui glissaient silencieusement devant elle, à contempler les vitrines des magasins et les restaurants vivement éclairés sur la très élégante place Stureplan, elle avait eu la certitude que plus jamais elle ne mettrait les pieds chez Meijer & Ditzinger. Elle voulait à cet instant s'en aller le plus loin possible mais la vie en avait décidé autrement.

On la mit en congé maladie. Pendant une semaine pour commencer. Puis pour des mois. Le médecin lui conseilla de ne faire que ce qui lui faisait plaisir. S'il y avait des choses qui l'amusaient en relation avec son job, elle avait le droit de continuer à s'en occuper.

Après l'épisode de Kiruna, le cabinet avait été sollicité pour de nombreuses affaires pénales. Bien que son nom et sa photo n'aient pas été diffusés par la presse, le cabinet, lui, avait souvent été cité. La publicité avait fonctionné. Les gens s'étaient mis à appeler en demandant à être représentés par « la fille qui était sur l'affaire de Kiruna ». On proposait chaque fois aux gens un avocat pénaliste plus expérimenté en précisant qu'il serait bien sûr assisté par la jeune femme en question. Grâce à cela, le cabinet se fit une place au soleil, apparaissant dans de nombreux procès qui bénéficiaient de l'intérêt des médias. Durant son arrêt maladie, le cabinet s'occupa de deux viols collectifs, d'un meurtre crapuleux et d'une sombre affaire de corruption.

Les associés lui proposèrent de faire acte de présence lors des audiences tout en restant en congé. Après tout, ce ne serait que de temps en temps, et cela lui permettrait de garder un pied dans le boulot. Elle n'aurait même pas besoin de se préparer. Juste d'être là. Si elle était d'accord bien sûr.

Elle avait accepté parce qu'elle n'avait pas d'autre choix. Elle avait apporté le discrédit sur le cabinet, leur avait valu une plainte et une demande de dommages et intérêts et ils avaient perdu un client par sa faute. Elle ne pouvait rien leur refuser. Elle était leur débitrice. Et elle avait dit oui, merci.

Au moins, les jours où elle devait faire de la figuration au tribunal, elle était obligée de sortir de son lit. En général ce sont les prévenus qui ont droit à l'attention des juges et du jury, mais là, c'était vers elle que convergeaient les regards. Elle se sentait comme un monstre de foire. Alors elle gardait les yeux fixés sur la table devant elle et les laissait la dévisager. Délinquants, avocats, procureurs, témoins, tous la regardaient en se disant : alors c'est elle qui…

Elle était arrivée sur la pelouse où se tenait la réception. Ici, comme par miracle, l'herbe était verte et fraîche. Avec la sécheresse qu'il y avait eu tout l'été, l'arrosage automatique avait dû fonctionner à plein régime. Le parfum des dernières fleurs d'églantier flottait dans la brise qui montait du fjord. L'air était agréablement tiède. Les femmes jeunes portaient des robes en lin, sans manches. Celles qui l'étaient un peu moins dissimulaient leurs bras sous des gilets de coton de chez iBlues ou Max Mara. Les hommes avaient laissé leur cravate à la maison. Les fesses moulées dans des pantalons Gant, ils couraient chercher des boissons pour ces dames, vérifiaient l'état des braises dans les barbecues et bavardaient avec le personnel de cuisine en teintant leur langage d'un léger accent rural.

Elle scanna la foule. Pas de Maria Taube. Ni de Måns Wenngren.

L'un des convives venait à sa rencontre, Erik Rydén. Allez, un petit sourire.

Petra Wilhelmsson, une nouvelle recrue du cabinet, regardait Rebecka Martinsson gravir le chemin jusqu'à l'hôtel. Elle était appuyée à la balustrade de la terrasse qui surplombait les jardins devant la grande porte d'entrée. Elle était flanquée d'un côté par Johan Grill, nouvellement embauché comme elle, et de Krister Ahlberg, un avocat pénaliste d'une trentaine d'années.

« C'est bien elle, confirma Krister Ahlberg. La Modesty Blaise du cabinet en personne. »

Il vida son verre d'un trait et le posa devant lui avec un petit bruit sec. Petra secoua la tête d'un air pensif.

« Quand je pense qu'elle a tué un être humain.

– Plusieurs en fait, précisa Krister.

– Mon Dieu, j'en ai la chair de poule ! Regardez ! » dit Petra en montrant son bras aux deux messieurs qui l'entouraient.

Krister Ahlberg et Johan Grill regardèrent son bras avec attention. Il était fin et bronzé. Ses rares poils très blonds étaient presque blancs à cause du soleil de l'été.

« Ce n'est pas parce que c'est une femme, poursuivit Petra, mais en fait, je trouve qu'elle n'est pas du genre à...

– Effectivement, elle n'était pas du genre à, comme tu dis, d'ailleurs elle a fait ensuite une dépression nerveuse. Elle n'arrive plus à travailler. Elle assiste de temps en temps aux procès d'assises. Pendant ce temps-là, ce sont les autres qui font le boulot et restent au bureau en stand-by au cas où le téléphone sonnerait. Et c'est elle la vedette.

– Ah bon, c'est une vedette ? Pourtant je n'ai jamais lu son nom dans les journaux.

– Exact, mais chez les juristes, tout le monde sait qui elle est. Et en Suède, c'est un tout petit milieu, comme tu t'en rendras compte très vite. »

Pour illustrer son propos, Krister Ahlberg donna un ordre de grandeur à la jeune fille entre son pouce et son index. Il remarqua que le verre de Petra était vide et se demanda s'il allait se dévouer pour aller le lui remplir, ce qui d'un autre côté l'obligeait à laisser Johan seul avec elle.

« Je serais curieuse de savoir quel effet ça fait de tuer quelqu'un.

– Je vais te la présenter, proposa Krister. Nous ne travaillons pas dans le même département, mais j'étais en cours de droit commercial avec elle à la fac. On va juste attendre qu'Erik Rydén veuille bien la lâcher. »

Erik Rydén embrassa Rebecka et lui souhaita la bienvenue. C'était un homme corpulent et sa fonction d'hôte l'avait mis en nage. Il suait comme une tourbière en plein mois d'août. Un effluve se dégageait de son corps en surchauffe qui était un mélange de Pour Monsieur de Chanel et d'alcool. Elle lui donna deux petites tapes amicales dans le dos.

« C'est super que tu aies pu venir », lui dit-il avec son plus large sourire.

Il la débarrassa de son sac et lui tendit en échange une coupe de champagne et une clé de chambre. Rebecka regarda le porte-clés, un morceau de bois peint en blanc et rouge relié à la clé par un petit nœud fort élaboré.

Une bonne idée pour les pensionnaires qui perdaient leur clé dans l'eau après avoir bu plus que de raison.

Ils échangèrent quelques banalités :

« Quel temps extraordinaire.

– Je l'ai commandé exprès pour toi, Rebecka. »

Elle sourit de la plaisanterie et lui demanda comment il allait.

« Tu ne vas pas le croire, figure-toi que je viens de décrocher un bon client pas plus tard que la semaine dernière, une grosse société dans la biotechnique. Ils veulent fusionner avec une boîte américaine, alors tu penses ! J'ai du boulot par-dessus la tête. »

Elle l'écoutait parler en souriant. Au bout d'un moment, un autre retardataire arriva et Erik dut l'abandonner pour remplir ses devoirs d'hôte.

Un avocat du département des affaires pénales vint la rejoindre. Il la salua comme s'ils étaient de vieux amis. Elle chercha fébrilement son nom dans sa mémoire, mais en vain. Il était accompagné de deux nouvelles recrues du cabinet, une fille et un garçon. Le garçon arborait une épaisse tignasse blonde sur un de ces visages bronzés que seule peut donner une pratique intensive de la voile. Petit et large d'épaules avec un menton carré et proéminent. Des manches relevées de son pull-over de prix sortaient deux avant-bras puissants.

Une sorte de Ken, en plus musclé, se dit Rebecka.

La fille était blonde également, avec un physique de poupée Barbie. Une paire de lunettes de marque posée sur sa tête retenait sa crinière. Elle avait des fossettes. Un gilet de la même couleur que son petit pull à manches courtes était posé sur l'avant-bras de Ken. Ils lui dirent bonjour. La fille gazouillait comme un merle. Elle s'appelait Petra. Ken répondait en réalité au nom de Johan avec un nom de famille chic qui entra par une oreille de Rebecka pour ressortir immédiatement par l'autre. Ç'avait été comme ça toute cette dernière année. Avant, elle avait un vrai petit ordinateur dans la tête où elle triait les informations. À présent, plus rien n'était en ordre. Tout était entassé pêle-mêle dans son cerveau et la plupart des choses n'y restaient même pas. Elle leur serra la main avec une poigne inutilement forte et leur sourit. Elle leur demanda pour qui ils travaillaient au cabinet. Et s'ils étaient contents d'y être. Quel avait été le sujet de leur thèse et quelle était leur spécialité. À elle, personne ne posa de questions.

Elle poursuivit son chemin de groupe en groupe. On avait l'impression qu'ils se promenaient tous avec un double décimètre pour se mesurer mutuellement. Combien ils gagnaient, où ils habitaient, quel nom ils portaient, qui ils fréquentaient. Où ils avaient passé leurs vacances. Les uns avaient fait construire à Nacka. Les autres, depuis la naissance du deuxième, cherchaient une maison plus grande, du bon côté d'Östermalm.

« Je suis complètement HS », s'écria avec un sourire enchanté celui qui avait fait construire.

Un type dont elle savait qu'il venait de divorcer dit à Rebecka : « Je suis allé faire un tour dans ton fief, là-haut, au mois de mai. J'ai fait du ski de fond entre Abisko et le Kebnekaise, on a dû se lever à trois heures du matin pour skier sur de la neige dure. Pendant la journée, elle était si molle que nos skis s'enfonçaient. Alors on passait nos journées dans des chaises longues à profiter du soleil. »

L'atmosphère devint subitement plus tendue. Est-ce qu'il était vraiment obligé de parler de la région d'où elle venait ? Kiruna vint s'immiscer entre eux comme un spectre. Tout le monde se mit précipitamment à parler des mille autres endroits qu'ils avaient visités, la Toscane, l'Algarve, des parents à Jönköping et Legoland, mais le nom de Kiruna refusait de s'effacer. Rebecka quitta le petit groupe et tous furent soulagés de la voir partir.

Les plus anciens associés passaient leurs vacances dans leurs résidences secondaires sur la côte ouest, en Scanie ou dans l'archipel de Skärgården. Arne Eklöf venait de perdre sa mère et il raconta le plus naturellement du monde à Rebecka comment ils avaient passé tout l'été à se disputer le partage de ses biens.

« C'est une horreur, dit-il. Quand Dieu amène la mort, le Diable le suit avec les héritiers. Tu veux boire autre chose ? » lui demanda-t-il avec un petit hochement du menton vers son verre.

« Non merci. » Il eut l'air vexé. Comme si refuser le verre proposé avait été de la part de Rebecka une façon courtoise d'interrompre ses confidences. C'était sans doute inconsciemment ce qu'elle avait fait. Il s'en alla vers le buffet où se trouvaient les boissons. Rebecka le regarda s'éloigner. Il lui était difficile de parler avec les gens, mais rester plantée toute seule avec son verre était un cauchemar. Elle se sentait comme une plante verte assoiffée impuissante à réclamer de l'eau.

Je pourrais toujours aller aux toilettes, se dit-elle en jetant un coup d'œil à sa montre. S'il n'y a pas la queue, rien ne m'empêche d'y rester au moins pendant sept minutes. S'il y a du monde qui attend, j'aurai gagné trois minutes.

Elle chercha une surface plane où poser son verre. Et au même instant, Maria Taube se matérialisa à ses côtés. Elle lui tendit une coupelle de salade Waldorf*.

« Mange ! lui ordonna Maria. Tu fais peur à voir. »

Rebecka accepta la salade. La présence de sa consœur fit instantanément remonter à la surface les souvenirs du printemps précédent.

Un beau soleil d'avril brille à travers les vitres sales de l'appartement de Rebecka. Mais elle garde les stores baissés. Maria vient lui rendre visite. C'est un jour comme les autres au milieu de la semaine. Plus tard, Rebecka se demandera

---

* Une salade Waldorf est préparée à partir de pomme et de céleri hachés en julienne, avec des noix et une sauce mayonnaise.

pourquoi elle lui a ouvert la porte. Elle aurait dû se cacher sous sa couette et faire comme si elle n'était pas là.

Mais là, elle se lève et marche jusqu'à la porte d'entrée. Le bruit de la sonnette lui parvient comme dans un rêve. Elle enlève la chaîne de sécurité dans un état second, tourne le verrou d'une main et la poignée de l'autre. Elle accomplit tous ces gestes sans y penser. Comme lorsqu'on se retrouve soudain devant son réfrigérateur ouvert sans savoir ce qu'on était venu faire dans la cuisine.

Par la suite elle s'est dit qu'il y avait peut-être à l'intérieur d'elle une petite personne très sensée. Une gamine en bottes de caoutchouc rouge et gilet de sauvetage. Une survivante. C'est cette petite fille qui a reconnu le pas léger et vif de Maria et elle aussi qui a dit aux mains et aux pieds de Rebecka : « Chut, c'est Maria qui est là. Surtout ne dites rien à Rebecka, mais dépêchez-vous de l'emmener devant cette porte et de l'ouvrir. »

Maria et Rebecka sont dans la cuisine. Elles boivent du café sans toasts ni pâtisseries. Rebecka se tait. De la vaisselle sale est empilée dans l'évier, du courrier, des journaux et des dépliants publicitaires traînent par terre dans l'entrée, les vêtements qu'elle porte, froissés et puant la transpiration, disent le reste.

Pour couronner le tout, ses mains se mettent à trembler de façon incontrôlable. Elles s'agitent dans tous les sens comme deux poules sans tête. Elle doit poser sa tasse sur la table.

« Je crois que j'ai bu assez de café pour aujourd'hui », plaisante-t-elle sans conviction.

Elle rit mais son rire sonne faux.

Maria la regarde au fond des yeux. Rebecka a l'impression qu'elle sait. Elle sait que parfois, Rebecka se penche au-dessus de son balcon et regarde fascinée le trottoir en bas de son immeuble. Elle sait que la plupart du temps, Rebecka n'a pas la force d'aller s'acheter à manger et qu'elle préfère se débrouiller avec ce qu'elle trouve dans l'appartement : du thé, des cornichons à même le bocal.

« Je ne suis pas psychiatre, lui dit Maria, mais je peux t'assurer que sans manger et sans dormir, on ne peut aller que plus mal. Et aussi que tu te sentirais mieux si tu t'habillais le matin et que tu sortais de chez toi de temps en temps. »

Rebecka cache ses mains sous le plateau de la table.

« Tu crois que je suis devenue cinglée, c'est ça ?

– Écoute, il y a des tas de femmes dans ma famille qui ont des problèmes avec leurs nerfs. Elles s'évanouissent et font des malaises, des crises de panique ou s'inventent toutes sortes de maladies. Et ma mère... Est-ce que je t'ai déjà parlé de ma mère ? Un jour elle est à l'hôpital psychiatrique et il faut l'aider pour s'habiller et la semaine suivante elle s'inscrit à un cours pour devenir assistante dans une école Montessori. Je te jure que je sais de quoi je parle. »

Le lendemain, l'un des associés du cabinet, Torsten Karlsson, propose à Rebecka de lui prêter sa maison de campagne. Maria s'occupait de droit commercial avec Torsten avant de changer de département et de rejoindre Rebecka pour travailler avec Måns Wenngren.

« En plus tu me rendrais service, affirme Torsten Karlsson. Si tu es là-bas, je ne passerai pas mon temps à me demander si j'ai été cambriolé et ça m'évitera de faire la route juste pour arroser. Il y a longtemps que j'aurais dû vendre cette maison. Mais tu sais comme moi à quel point c'est compliqué de vendre en ce moment. »

Elle aurait dû refuser. C'était tellement cousu de fil blanc. Mais la petite fille en bottes de caoutchouc rouge avait dit oui avant qu'elle-même n'ait pensé à ouvrir la bouche.

Rebecka mangea consciencieusement quelques bouchées de salade Waldorf. D'abord le demi-cerneau de noix qui devint aussi gros qu'une quetsche aussitôt qu'elle l'eut mis dans sa bouche. Elle mâcha et mâcha. Essaya en vain de déglutir. Maria la regardait.

« Comment ça va, toi ? » lui demanda-t-elle.

Rebecka sourit. Elle avait l'impression que sa langue était gonflée et rêche.

« Je n'en sais rien, à vrai dire.

– Mais ce soir, ici, tu te sens bien ? »

Rebecka haussa les épaules.

Non, je ne me sens pas bien du tout, songea-t-elle. Et alors, qu'est-ce qu'elle pouvait y faire ? À part se donner des coups de pied aux fesses. Parce que si elle ne le faisait pas, elle allait se retrouver dans une piaule nauséabonde quelque part, avec les huissiers à la porte, une peur panique du monde extérieur, une phobie de l'électricité statique et toute une bande de chats d'appartement.

« Je ne sais pas, dit-elle. J'ai l'impression que les gens m'observent à mon insu. Qu'ils parlent de moi derrière mon dos. J'ai l'impression que tout le monde s'empresse de changer de sujet aussitôt que j'approche. Tout à coup, il y en a un qui dit d'un faux air enjoué : "Quelqu'un veut faire un tennis ?" pile au moment où j'arrive. Tu vois ce que je veux dire ?

– Ben c'est normal, dit Maria en éclatant de rire. Tu es la Modesty Blaise du cabinet. Et en plus maintenant tu joues les ermites dans la maison de campagne de Torsten. Ça leur donne un sujet de conversation ! »

Rebecka sourit.

« Je te remercie, je me sens beaucoup mieux.

– J'ai vu que tu avais fait la connaissance de Johan Grill et de Petra Wilhelmsson. Que penses-tu de la demoiselle ? Elle est sûrement très sympa mais en ce qui me concerne, je suis incapable d'apprécier quelqu'un dont le cul se trouve perché à quelques centimètres sous les omoplates. Le mien commence à être aussi avachi qu'un ado devant un épisode des Simpson.

– Alors c'est ça que j'ai entendu frotter sur le gazon quand tu es arrivée ? »

Elles se turent et se tournèrent ensemble vers le chenal pour suivre des yeux un voilier ancien, naviguant au moteur.

« Essaie de rester cool, dit Maria. Dans pas longtemps, ils seront tous soûls et ils viendront te voir en titubant pour te tirer les vers du nez. »

Elle s'approcha de Rebecka à la toucher et, sur un ton de conspiratrice, elle ajouta :

« Et au fait, ça fait quel effet de tuer quelqu'un ? »

Måns Wenngren, le patron de Rebecka et de Maria, les observait à distance.

Parfait. Bravo, Maria, songeait-il.

Il voyait qu'elle avait réussi à faire rire Rebecka Martinsson. Ses mains bougeaient, virevoltaient devant son visage, ses épaules montaient et descendaient, à se demander comment elle faisait pour ne pas renverser le contenu de son verre. Une vie entière dans la peau d'une jeune fille de bonne famille et des années d'entraînement, sans doute. Mais le résultat était là : Rebecka se détendait. Déjà, il l'avait trouvée bronzée et visiblement en bonne santé. Maigre comme un anchois, certes, mais ça, elle l'avait toujours été

Torsten Karlsson, à un mètre derrière lui, étudiait le buffet des grillades. Il en avait l'eau à la bouche : brochettes d'agneau à l'indonésienne, brochettes cajuns au porc ou aux crevettes, brochettes de poisson à la créole au gingembre et à l'ananas, brochettes de poulet à la sauge et au citron ou bien à l'indienne, mariné dans le yogourt et les épices, gingembre, garam masala et curcuma, sauces et salades au choix. Vins rouges ou blancs, bière et cidre à volonté. Il ne lui avait pas échappé qu'on le surnommait Popeye au cabinet, à cause de son physique petit et trapu et malgré ses cheveux noirs en brosse. À l'inverse, Måns, avec son allure dégingandée, avait toujours l'air de porter des vêtements trop grands. Et aucune femme ne pourrait prétendre qu'elle le trouvait gentil ou amusant.

« Il paraît que tu t'es acheté une nouvelle Jag ? dit Torsten à Måns en chipant une olive dans le saladier de boulgour.

– Un cabriolet type E, impeccable, répondit Måns sans se retourner. Comment elle va ? »

Torsten Karlsson se demanda l'espace d'un instant si Måns lui demandait des nouvelles de sa Jaguar. Il suivit la direction de son regard et aperçut Maria Taube et Rebecka Martinsson.

« Tu lui as prêté ta maison de campagne, non ? poursuivit Måns.

– Oui. On ne pouvait pas la laisser tourner en rond dans son petit studio. Et elle n'avait pas d'autre endroit où aller.

Pourquoi ne lui poses-tu pas la question toi-même ? Elle est ton assistante.

– Parce que c'est à toi que je le demande », répliqua Måns froidement.

Torsten Karlsson leva les mains en l'air d'un air de dire : Ça va pas la tête, patron !

« Je n'en sais rien, en fait, répondit-il. Je ne vais presque jamais là-bas, et quand j'y vais, on parle d'autre chose.

– Mais encore ?

– De l'escalier qu'il faudrait repeindre, du rouge de Falun, des fenêtres qui auraient besoin d'un coup de mastic. Elle bricole toute la journée. Pendant un moment, elle était complètement obsédée par mon compost. »

Le regard de Måns l'incita à continuer. Il avait l'air réellement intéressé par ce que Torsten lui racontait. Amusé même. Torsten Karlsson passa les doigts dans la brosse noire de ses cheveux.

« Attends un peu que je récapitule… D'abord elle a voulu bâtir une structure à trois compartiments pour gérer séparément les déchets végétaux et les déchets ménagers, le troisième bac servant de bac de fermentation rapide. Ensuite elle est allée acheter un piège à rats. Elle m'a presque obligé à prendre des notes quand elle m'a expliqué ce qu'il fallait faire avec l'herbe, le sable… C'était carrément scientifique, je te jure. Et puis, tu te rappelles quand elle devait aller à Malmö pour cette formation sur la fiscalité des entreprises ?

– Oui, je m'en souviens.

– Eh bien, figure-toi qu'elle m'a téléphoné pour me dire qu'elle ne pouvait pas y aller à cause du compost parce qu'il y avait… Attends que je me rappelle… Il y avait quelque chose qui n'allait pas, ah oui, c'est ça, il y avait trop peu d'azote. Elle était allée récupérer les ordures ménagères d'une école maternelle du coin, mais du coup il était devenu trop mou. Alors il fallait qu'elle reste à la maison pour ajouter de la matière sèche et percer des trous.

– Percer des trous ?

– Percer des trous. Elle m'a dit que si elle s'absentait pendant une semaine, il fallait que je m'engage à venir aérer le compost régulièrement avec un vieux pic à glace. Et ensuite elle a retrouvé le compost des anciens propriétaires quelque part dans la forêt.

– Ah oui ?

– Oui. Alors bien sûr là-dedans il y avait toutes sortes de trucs : des squelettes de chats crevés, des bouteilles cassées et je ne sais quelles autres saloperies... et elle a décidé de trier tout ça. Elle est allée chercher un vieux sommier qui traînait dans ma remise et elle s'en est servie comme d'un énorme tamis. Elle a chargé des grosses pelletées de terre sur le sommier et elle l'a secoué pour que la terre propre tombe à travers. J'aurais voulu que nos clients du cabinet puissent voir l'une de nos prometteuses jeunes avocates à l'œuvre. »

Måns écoutait Torsten Karlsson bouche bée. Il avait devant les yeux l'image d'une Rebecka aux joues roses et aux cheveux ébouriffés, perchée sur un monticule de terre, en train de secouer dans tous les sens un sommier métallique. Et au pied du monticule, Torsten, entouré de clients en costumes anthracite, la regardant avec des yeux écarquillés.

Ils furent pris simultanément d'un fou rire irrépressible. Au bout d'un moment, Torsten s'essuya les yeux avec le dos de la main.

« Enfin, maintenant elle s'est un peu calmée, elle est moins... Comment dire... Plus... Bref, la dernière fois que je suis passé, je l'ai trouvée assise sur les marches du perron avec un livre et une tasse de café.

– Tu te souviens de ce qu'elle lisait ? » demanda Måns.

Torsten le regarda d'un air soupçonneux.

« Je n'ai pas pensé à vérifier, dit-il. Va lui poser la question ! »

Måns vida son verre de vin rouge.

« Je vais aller lui dire bonjour. Mais tu me connais. Je ne suis pas très doué pour la conversation. Et en particulier quand il s'agit de parler avec une femme. »

Il hasarda un petit rire mais Torsten resta de marbre.

« Tu veux juste savoir comment elle va, dit-il.

– Je sais, je sais », dit Måns avec un soupir.

Je suis bien plus doué pour les rapports superficiels, songeait-il. Les clients, les chauffeurs de taxi, les caissières de supermarché. Au moins avec eux, on ne risque pas de se prendre les pieds dans les rancunes et les vieux contentieux.

Soirée à la fin de l'été à l'hôtel de Lidö. Un soleil d'or rose descend sur les douces collines comme une cloche de lumière. Un bateau qui fait la balade entre les îles de l'archipel glisse dans le chenal. Les roseaux sur la berge bruissent dans l'air du soir et leurs têtes de velours se confient des secrets. Les conversations et les rires portent loin sur l'eau.

Le dîner était maintenant si avancé que les paquets de cigarettes étaient apparus. Certains étaient allés se dégourdir les jambes et il y avait un peu moins de monde autour des tables. On enfilait en frissonnant les gilets et les pull-overs qu'on avait noués autour de la taille et des épaules. Les gros mangeurs se servaient pour la troisième ou la quatrième fois une grillade au buffet et bavardaient avec les cuisiniers pendant qu'ils tournaient les brochettes au-dessus des braises. Beaucoup étaient très ivres à présent. Ils devaient se tenir à la rampe en montant l'escalier qui menait aux toilettes. Ils tanguaient et faisaient tomber de la cendre de cigarette sur leurs vêtements. Ils parlaient trop fort. Un homme titubant insista pour aider une serveuse à apporter le dessert. Il la soulagea avec autorité d'un immense plat débordant de tartelettes aux raisins rouges sur fond de crème pâtissière. Les tartelettes versèrent dangereusement. La serveuse sourit jaune et échangea un regard paniqué avec les cuisiniers qui s'affairaient auprès des barbecues. L'un d'entre eux lâcha tout ce qu'il avait dans les mains pour l'aider avec les plats suivants.

Rebecka et Maria étaient allées s'asseoir sur les rochers au bord de l'eau. Les pierres libéraient la chaleur accumulée dans la journée. Maria gratta une piqûre de moustique sur son poignet.

« Torsten doit se rendre à Kiruna la semaine prochaine, dit-elle. Il t'en a parlé ?

– Non.

– C'est dans le cadre de la collaboration avec le cabinet d'expertise comptable Jansson AB. Depuis la séparation de l'Église et de L'État, l'Église de Suède est devenue un client intéressant. L'idée est de vendre un package incluant expertise comptable et conseil juridique aux différents groupes religieux qui en font partie. On leur proposerait un accompagnement dans tous les domaines. Cela irait de « Comment en finir avec les guérisseurs miracles qui se recommandent de Jésus-Christ » à « Comment négocier des contrats avantageux avec les entrepreneurs ». La totale. Je n'en suis pas certaine, mais je ne serais pas étonnée qu'ils aient à plus long terme l'intention de rentrer au conseil d'administration de l'Église de Suède. Quoi qu'il en soit, Torsten va là-bas pour vendre nos compétences au conseil presbytéral de Kiruna.

– Et alors ?

– Et alors, tu vas y aller avec lui. Tu sais comment il est. Il a horreur d'être tout seul.

– Mais je ne peux pas aller à Kiruna ! s'écria Rebecka.

– C'est ce que tu crois. Mais je ne comprends pas pourquoi.

– Je n'en sais rien, je…

– Que veux-tu qu'il arrive ? Je veux dire, même si tu devais tomber sur quelqu'un que tu connais ? Tu n'as pas envie de revoir la maison de ta grand-mère ? »

Rebecka serra les mâchoires.

Je ne peux pas aller là-bas, et puis c'est tout, se disait-elle.

Et comme si elle avait lu dans ses pensées, Maria reprit :

« Je dirai quand même à Torsten de te le proposer. Quand on a l'impression qu'il y a un fantôme sous son lit, le mieux c'est d'allumer la lumière, de se mettre à plat ventre et de vérifier. »

Sur la terrasse de l'hôtel, l'heure est à la danse. La musique du groupe Abba et de Niklas Strömstedt sort des haut-parleurs. Au travers des fenêtres grandes ouvertes des cuisines de l'établissement, on entend le choc de la porcelaine et le bruit de l'eau sur les assiettes qu'on rince avant de les mettre au lave-vaisselle. Le soleil s'est couché, emportant avec lui ses voiles rouges. Des lampions ont été allumés dans les arbres. Il y a foule autour de la buvette extérieure.

Rebecka descendit jusqu'à la jetée. Elle avait poliment dansé avec son voisin et puis elle s'était esquivée. À présent, elle laissait l'obscurité l'entourer de son bras protecteur.

Ça s'est plutôt bien passé finalement, se dit-elle. Aussi bien que possible.

Elle s'assit sur un banc au bord de l'eau. Écouta le clapotis des vagues contre le béton du débarcadère. Respira le parfum iodé des algues, l'odeur salée de l'océan mélangée à celle, doucereuse, du gasoil des bateaux. La lumière d'un réverbère se reflétait à la surface noire et calme de l'eau.

Måns était venu la saluer au moment où on passait à table.

« Comment ça va, Martinsson ? » lui avait-il demandé d'un ton bourru.

Que voulait-il qu'elle réponde à ça, bon Dieu ?

Son sourire de loup et sa façon de l'appeler par son nom de famille étaient comme un gros panneau STOP : confidences, larmes et sincérité s'abstenir.

Alors, elle avait gardé les yeux secs et, droite dans ses bottes, elle lui avait parlé en long en large et en travers du traitement à l'huile de lin des huisseries de la maison de campagne de Torsten. Après l'épisode de Kiruna, il lui avait brièvement donné l'impression qu'il se souciait d'elle. Mais depuis qu'elle était devenue incapable de travailler, il n'avait plus donné de ses nouvelles.

Quand on ne travaille plus, on n'est plus rien.

Des pas derrière elle lui firent lever la tête. Elle ne distingua pas le visage mais reconnut immédiatement la voix aiguë. C'était la jeune assistante avocate de tout à l'heure. Comment s'appelait-elle déjà ? Ah oui, Petra.

« Salut, Rebecka », dit la jeune fille comme si elles se connaissaient depuis toujours.

Elle vint s'asseoir près d'elle, beaucoup trop près. Rebecka résista à sa première impulsion qui était de se lever, de la bousculer et de s'enfuir. Mais il y a des choses qui ne se font pas. Alors elle resta. Elle avait les jambes croisées et le pied qui ne touchait pas par terre la trahissait. Il bougeait nerveusement de haut en bas, exprimant son malaise, prêt à bondir.

Petra poussa un soupir.

« Pfff… je viens de me taper trois danses de suite avec Åke. Tu les connais. Ils s'imaginent que sous prétexte qu'on travaille pour eux, on devient leur propriété. Je me suis échappée, j'avais besoin de souffler un peu. »

Rebecka émit un grognement vaguement compréhensif. Dans une petite minute, elle prétexterait une envie pressante.

Petra tourna tout son buste vers Rebecka et pencha la tête de côté.

« On m'a dit ce qui t'est arrivé l'année dernière. Ça a dû être terrible ! »

Rebecka ne répondit pas.

Je vais la laisser mariner, songeait-elle, perfide. Quand la proie refuse de sortir de son terrier, il faut l'appâter. Elle savait que l'autre allait maintenant lui faire sa propre petite confidence en échange de son secret.

« Ma sœur a vécu un truc terrible il y a cinq ans, poursuivit Petra, voyant que Rebecka ne disait rien. Elle a trouvé le fils de sa voisine noyé dans un fossé. Il n'avait que quatre ans. Après elle est devenue complètement… »

Elle fit un geste vague à la hauteur de sa tempe au lieu de finir sa phrase.

« Ha, ha, c'est là que vous vous cachez ! »

Johan les avait rejointes, un verre de gin tonic dans chaque main. Il en tendit un à Petra et, après une seconde d'hésitation, proposa l'autre à Rebecka alors qu'il s'agissait du sien, bien sûr.

Un gentleman, se dit Rebecka en posant le verre à côté d'elle.

Elle observa Johan qui dévisageait Petra d'un air gourmand tandis que Petra la regardait, elle, Rebecka, avec avidité. Ken et Barbie allaient d'abord se repaître d'elle. Et lorsqu'ils auraient terminé, ils copuleraient ensemble.

Petra dut sentir que Rebecka était sur le point de s'enfuir. Que bientôt il serait trop tard pour la faire parler. En temps normal, elle aurait laissé Rebecka s'en aller en se disant qu'elle aurait d'autres occasions mais elle avait trop bu avant, pendant et après le dîner pour résister à la tentation.

Elle se pencha vers elle et, les joues roses et les yeux brillants, lui demanda :

« Alors, quel effet ça fait de tuer un être humain ? »

Rebecka traversa au pas de charge la foule ivre. Non, elle n'avait pas envie de danser. Non merci, pas de verre non plus. Son sac de week-end sur l'épaule, elle reprit le chemin du ponton.

Elle avait réussi à se débarrasser de Petra et Johan. Elle avait pris une expression tragique, fixé le regard sur un point lointain au-dessus de l'eau noire et elle avait simplement répondu : « C'est une expérience horrible. »

Que pouvait-elle dire d'autre ? La vérité ? « Je n'en sais rien, je ne m'en souviens pas. »

Elle aurait peut-être dû leur raconter les pathétiques aventures de Rebecka chez le psychiatre. Rendez-vous après rendez-vous, un sourire sur les lèvres jusqu'à ce que les séances se terminent carrément en fou rire. Elle n'y peut rien. Elle a réellement oublié ce qui s'est passé ce jour-là. Le thérapeute, lui, ne sourit jamais. Il n'y a vraiment pas de quoi rire, d'ailleurs. Finalement ils décident d'arrêter. Le psychiatre met fin aux séances en lui rappelant qu'elle est toujours la bienvenue si un jour elle éprouve le besoin de parler.

Quand elle était devenue incapable de travailler, elle n'avait pas voulu retourner le voir. Elle s'imaginait la scène avec horreur : elle, pleurant toutes les larmes de son corps et expliquant que sa vie lui échappait complètement et lui, la regardant avec un petit air de compassion juste assez prononcé pour effacer son : « Je vous l'avais bien dit. »

Non, malgré la banalité de la phrase, Rebecka avait préféré répondre, comme l'aurait fait n'importe quelle personne normale, que c'était une expérience horrible mais que la vie devait continuer. Et puis, elle leur avait demandé de l'excuser et elle s'était éclipsée. Oui, elle s'en était bien sortie. Mais cinq minutes plus tard, la colère l'avait envahie et maintenant... maintenant elle était dans une telle rage qu'elle aurait pu arracher un arbre à mains nues, ou s'appuyer au mur de l'hôtel et le faire tomber comme un château de cartes. Il valait mieux pour les deux blondinets qu'ils ne soient plus sur la jetée quand elle arriverait parce qu'elle les balancerait à l'eau à coups de pied.

Soudain Måns fut derrière elle. Puis à côté d'elle.

« Que se passe-t-il ? Il y a eu un problème ? »

Rebecka continua à marcher.

« Je m'en vais. L'un des cuistots m'a dit que je pouvais emprunter la barque. Je rentre à la rame. »

Måns poussa une exclamation incrédule.

« Ça va pas, non ? Tu ne peux pas rentrer en barque en pleine nuit ! Une fois de l'autre côté, tu irais où ? Reste ici, voyons, qu'est-ce qui te prend ? »

Elle s'arrêta un instant avant de s'engager sur l'embarcadère, puis se retourna brusquement, furibonde :

« Tu veux savoir ce qu'il se passe ? Il se passe que tout le monde a envie de savoir quel effet ça fait de tuer quelqu'un. Comment veulent-ils que je le sache ? J'ai oublié de prendre des notes. J'ai... Je n'en sais rien... C'est arrivé, voilà tout !

– Pourquoi t'en prends-tu à moi ? Je ne t'ai jamais posé la question. »

Rebecka parle maintenant très lentement, en détachant bien les mots.

« Non, Måns, c'est exact. Personne ne pourra jamais t'accuser de poser trop de questions.

– Et qu'est-ce que je dois comprendre, là ? » répliqua-t-il. Mais Rebecka avait déjà tourné les talons et attaqué le ponton.

Il courut derrière elle. Elle jeta son sac dans la barque et détacha le bout d'amarrage. Måns ne savait pas quoi lui dire.

« J'ai parlé à Torsten. Il m'a dit qu'il comptait te proposer de l'accompagner à Kiruna. Je l'en ai dissuadé.

– On peut savoir pourquoi ?

– Pourquoi ? Mais parce que je me suis dit que ce ne serait pas bon pour toi de retourner là-haut.

– Tu ne crois pas que c'est à moi de savoir ce qui est bon pour moi ou pas », riposta Rebecka sans lui accorder un regard.

Elle réalisa que les gens commençaient à tendre l'oreille vers Måns et elle. Ils faisaient semblant de danser et de bavarder mais elle était certaine que le bruit de la fête était moins fort que tout à l'heure. Ils allaient avoir de quoi jaser au bureau la semaine prochaine.

Måns s'en aperçut lui aussi et il baissa la voix.

« C'est seulement parce que je me fais du souci pour toi. Je te présente mes excuses. »

Rebecka sauta dans la barque.

« Du souci, tu parles ! C'est parce que tu te fais du souci pour moi que tu m'envoies faire de la figuration en cour d'assises ?

– Tu vas te calmer maintenant, Rebecka ! dit Måns, en colère. Tu as dit toi-même que tu n'avais rien contre. Et je trouvais que c'était une bonne idée que tu restes connectée avec la profession. Allez ! Sors de ce bateau !

– On ne m'a pas laissé le choix et tu es bien placé pour le savoir !

– Alors arrête d'assister à ces foutus procès si c'est ce que tu veux. Remonte sur ce ponton et va dormir, on reparlera de tout ça demain quand tu te seras calmée. »

Rebecka fit un pas en arrière et le bateau tangua dangereusement. Måns crut l'espace d'une seconde qu'il avait gagné, qu'elle allait faire ce qu'il lui disait, et renoncer à partir. Il s'était trompé.

« Quand JE me serai calmée ! Tu ne manques pas d'air ! »

Rebecka posa effectivement le pied sur le ponton mais ce fut pour repousser l'embarcation. Måns songea brièvement à s'agripper à la proue, mais il se vit tout à coup piquant une tête dans le fjord pendant que la barque s'éloignait quand même. Dans un cabinet d'avocats, le ridicule peut tuer. Il laissa Rebecka s'en aller.

« Alors vas-y, à Kiruna ! » lui cria-t-il sans se soucier qu'on l'entende.

La barque disparut dans l'obscurité. Il entendait le toc des rames cognant dans les dames de nage et le floc des pales entrant dans l'eau.

La voix de Rebecka transperça la nuit.

« De toute façon, ça ne pourra pas être pire que ce que je vis en ce moment. »

Sa voix lui rappela douloureusement celle de Madelene du temps de leurs incessantes disputes. D'abord la colère rentrée. Aujourd'hui comme alors, il n'avait aucune idée de ce qu'il avait fait de mal. Ensuite l'orage éclatait, aussi inévitable que la tempête du siècle. Petit à petit, la voix de sa femme montait dans les aigus. Pour finir arrivaient les larmes. C'était le moment où une réconciliation devenait possible, s'il était prêt à en payer le prix : faire profil bas. Avec Madelene, il avait un truc infaillible. Il suffisait de lui dire qu'il n'était qu'un immonde tas de merde et immédiatement elle venait se blottir en sanglotant contre sa poitrine, comme une petite fille.

Mais avec Rebecka... Sa cervelle embrumée par l'alcool se mit fébrilement en quête des mots adéquats, mais c'était trop tard. Il n'entendait déjà presque plus le bruit des rames.

Il n'allait tout de même pas se mettre à hurler pour la faire revenir. Elle pouvait toujours courir.

Ulla Carle, une des deux avocates du cabinet, vint le rejoindre pour lui demander ce qui se passait.

« Aucune idée », répondit-il avant de remonter vers l'hôtel, mettant le cap sur le bar en plein air, installé sous la guirlande de lampions colorés.

Mardi 5 septembre

L'INSPECTEUR DE POLICE Sven-Erik Stålnacke roulait sur la route entre Fjällnäs et Kiruna. Le gravier crépitait contre le châssis de la voiture et, derrière lui, la poussière formait un nuage presque opaque. Quand il prit la Nikkavägen, le sommet bleu pâle du glacier de Kebnekajse apparut sur sa gauche, se dressant vers le ciel.

Décidément, on ne se lasse jamais du spectacle, songea-t-il.

Il avait beau avoir dépassé la cinquantaine, il était toujours aussi ému par les métamorphoses de la nature à chaque changement de saison. L'air froid et sec coulant des hauts plateaux à travers les vallées à l'automne. Le retour du soleil au début du printemps. Les premières gouttes qui tombent des avant-toits et puis la fonte des glaces. Il se demandait même si le phénomène ne s'aggravait pas avec l'âge. C'est tout juste s'il ne prenait pas une semaine de vacances pour passer ses journées à contempler le paysage.

Exactement comme mon père, conclut-il en pensée.

Ces dernières années, depuis quinze ans pour être exact, son père chantait toujours le même refrain : « Ce sera mon dernier été. » Ou : « Je suis en train de vivre mon dernier automne. »

Comme si c'était ce qu'il craignait le plus dans l'idée de mourir. Ne plus voir l'avènement du printemps, la lumière de l'été, les couleurs de l'automne. Que les saisons continuent de se succéder sans qu'il soit là pour en profiter.

Sven-Erik jeta un coup d'œil à l'horloge du tableau de bord. Une heure et demie. Il avait rendez-vous avec le juge d'instruction dans une demi-heure. Cela lui laissait le temps de faire un petit crochet par le grill *Chez Annie*, et de manger un burger.

Il savait très bien pourquoi le juge d'instruction voulait le voir. Il y avait trois mois maintenant que la pasteure Mildred Nilsson avait été assassinée et l'enquête piétinait. Le juge s'impatientait et on ne pouvait pas lui en vouloir.

Inconsciemment, il appuya plus fort sur la pédale d'accélérateur. Il se dit qu'il avait eu tort de ne pas demander conseil à Anna-Maria. Anna-Maria Mella était sa chef d'équipe. Sven-Erik la remplaçait pendant qu'elle était en congé maternité. Mais il n'avait pas osé la déranger chez elle. C'était assez étrange, d'ailleurs. Quand ils travaillaient ensemble, ils s'entendaient bien. Mais en dehors du boulot, il n'avait rien à lui dire. Elle lui avait manqué souvent et pourtant il ne lui avait rendu visite qu'une seule fois, juste après la naissance de son petit garçon. Elle était passée dire bonjour au commissariat à plusieurs reprises mais les secrétaires l'avaient accaparée chaque fois, caquetant autour d'elle comme des poules, et il avait préféré se tenir à l'écart. De toute façon, elle devait reprendre son poste à la mi-janvier.

Ils avaient interrogé tout le monde. Quelqu'un avait forcément dû voir quelque chose. À Jukkasjärvi, où l'on avait retrouvé le corps de la pasteure suspendu à l'orgue de l'église, ou à Poikkijärvi, où elle habitait. Rien du tout. Il avait frappé à des centaines de portes sans que cela donne le moindre résultat. Il n'avait aucune piste.

C'était une drôle d'histoire. Quelqu'un l'avait tuée au bord de la rivière, sur le terrain communal, puis le meurtrier avait transporté le corps jusqu'à l'église, et personne n'avait rien vu. Certes, ça s'était passé en pleine nuit, mais il faisait aussi clair que si ç'avait été en plein jour.

L'enquête avait établi que la pasteure ne faisait pas l'unanimité. Quand Sven-Erik avait cherché à savoir si elle avait des ennemis, la plupart des femmes de la paroisse avaient répondu : « Bien sûr qu'elle avait des ennemis ! Tous les hommes de la ville sans exception ! » Une femme du secrétariat paroissial, dont la bouche pincée était creusée de part et d'autre de profondes rides, avait dit carrément que la pasteure ne pouvait s'en prendre qu'à elle-même si elle s'était fait buter. Elle avait déjà fréquemment fait parler d'elle dans la presse locale de son vivant. Elle s'était mis le conseil paroissial à dos en organisant des cours d'autodéfense pour les femmes dans la salle de réunions. Ensuite elle s'était battue avec les services communaux pour exiger que la patinoire du village soit réservée un tiers du temps à son groupe de lecture biblique pour femmes, l'association Magdalena, pour ses entraînements de hockey sur glace féminin et de patinage artistique. Récemment encore, elle s'était disputée avec des chasseurs et des éleveurs de rennes à propos d'une louve qui avait élu domicile sur des terres appartenant à l'Église. Mildred Nilsson considérait qu'il était du devoir de celle-ci de protéger la louve. Le *Norrländska Socialdemokraten*, le journal local, avait publié une photo d'elle en page centrale en face d'une photo de l'un de ses opposants sur le sujet et avait mis en sous-titre : « Pour ou contre la louve ? »

Et sur la rive opposée à Jukkasjärvi, son mari était toujours installé dans le presbytère de Poikkijärvi. En congé maladie et inapte à s'occuper de la succession. Sven-Erik se souvenait encore à quel point il lui avait été pénible de parler à ce pauvre type : « Encore vous ? Vous n'en avez jamais marre ? » Chaque fois qu'il était allé le voir, il avait eu l'impression d'être devant un trou dans la glace et de devoir briser la mince couche qui avait regelé entre-temps. Et le chagrin du bonhomme remontait à la surface sous ses yeux. Il avait du mal à regarder en face ce regard bouffi par trop de larmes. Le pauvre homme n'avait même pas d'enfant avec qui partager sa douleur.

Sven-Erik avait une fille qui habitait Luleå, mais il était capable de reconnaître le drame de la solitude quand il la rencontrait. Il était divorcé et il vivait seul. Enfin, seul avec son chat, et personne n'avait tué sa femme avant de la pendre au bout d'une chaîne.

Tous les témoignages et les lettres des divers cinglés qui s'étaient accusés du crime avaient été vérifiés. Mais cela n'avait évidemment rien donné. Il ne s'agissait que de débris de l'humanité qui s'étaient monté la tête en lisant les articles sur le crime dans les journaux.

Et des articles, il y en avait eu. La télévision et les journaux étaient devenus à moitié fous. Mildred Nilsson s'était fait assassiner en plein désert médiatique de l'été et à peine deux ans après qu'un autre ministre du culte, Viktor Strandgård, avait été tué à Kiruna également. Ce dernier avait été un personnage important dans la communauté religieuse Kraftkällan, fondée par Mikael Enroos. Les médias avaient établi un parallèle entre les deux meurtres bien que le meurtrier de Viktor Strandgård soit décédé avant l'assassinat de la pasteure. Mais cela n'avait pas empêché la presse de faire le rapprochement.

Un homme d'Église et une femme d'Église. Tous deux sauvagement exécutés dans leur paroisse. Et tous deux près de Kiruna. On avait interviewé des hommes et des femmes pasteurs. Se sentaient-ils menacés, avaient-ils l'intention de déménager ? La région politiquement très rouge de Kiruna était-elle un endroit dangereux pour y exercer la prêtrise ? Les journalistes qui assuraient l'intérim dans les quotidiens pendant la période estivale avaient fait le voyage, mis leur nez dans le travail de la police. Ils étaient jeunes et ambitieux et ne s'étaient pas laissé freiner par des arguments tels que : « Pour des raisons liées au secret de l'enquête… nous ne sommes pas en mesure de divulguer des informations à ce stade… » Bref, pendant deux semaines, les reporters n'avaient pas lâché le morceau.

« C'est tout juste si je ne secoue pas mes chaussures avant de les enfiler au cas où un gratte-papier se serait planqué à l'intérieur », avait déclaré Sven-Erik au chef de la police judiciaire.

Mais finalement, comme l'enquête n'avançait pas, ils avaient fini par se lasser et quitté le village. Deux types qui s'étaient fait piétiner à mort pendant un festival avaient pris le relais en première page des journaux.

Pendant tout l'été, la police avait suivi la piste d'un copy cat. Quelqu'un se serait inspiré du meurtre de Viktor Strandgård. La direction de la PJ avait beaucoup hésité à définir un profil type du meurtrier. D'après ce qu'on savait, on n'avait pas affaire à un tueur en série. Et rien ne prouvait qu'il s'agisse d'un copycat. Mais en fin de compte, les ressemblances avec la mort de Viktor Strandgård et le battage des médias avaient tout de même poussé une psychiatre du bureau de profiling de la Crim' à interrompre ses vacances pour se rendre sur place.

Elle avait pris rendez-vous avec la police de Kiruna un matin, au début du mois de juillet. Ils s'étaient retrouvés une dizaine de personnes à transpirer dans une salle de réunions. On n'avait pas voulu prendre le risque qu'une oreille extérieure entende la conversation et les fenêtres étaient restées fermées.

La profileuse était une femme d'une quarantaine d'années. Sven-Erik avait été particulièrement frappé par la façon dont elle parlait des fous, des assassins et des tueurs en série. Elle affichait un calme, une compréhension qui auraient pu passer pour de la complaisance. En citant certains cas qu'elle avait rencontrés, elle disait des choses du genre : « Le pauvre homme » ou bien : « Nous avons eu le cas d'un jeune homme qui… » ou encore : « Heureusement pour lui, il a été arrêté et jugé. » À propos d'un autre elle avait expliqué qu'au bout de quelques années de soins dans un hôpital psychiatrique, avec un simple traitement médical, l'homme menait aujourd'hui une vie normale, travaillait à mi-temps chez un peintre en bâtiment, et avait adopté un chien.

« Je tiens à souligner que c'est à la police de décider de la piste à suivre. Si le meurtrier est un copycat, je peux simplement vous donner une idée de son profil, mais cela ne signifie pas que la théorie soit exacte. »

Elle leur avait fait une présentation à l'aide de PowerPoint en les invitant à l'interrompre s'ils avaient des questions.

« Nous avons affaire à un homme. Il a entre quinze et soixante ans. Oui, désolée, c'est vague. »

Elle avait ajouté cette dernière remarque en voyant que le début de sa description avait déclenché quelques sourires dans la pièce.

« C'est sûr qu'on préférerait que vous nous disiez un truc du genre : vingt-sept ans et trois mois, distribue des journaux le matin, habite chez sa mère et conduit une Volvo rouge », avait plaisanté quelqu'un.

Et elle avait saisi la balle au bond :

« Et chausse du 42. Bon. OK. La particularité d'un imitateur, c'est qu'il peut parfaitement n'avoir aucune expérience. Il peut n'avoir jamais été condamné auparavant pour un acte criminel. D'ailleurs, vous avez relevé des empreintes digitales et vous n'avez rien trouvé en comparant avec la base de données. »

Plusieurs inspecteurs avaient hoché la tête.

« Parfois on peut le retrouver par hasard parmi les suspects de délits mineurs, typiques chez les individus qui ne distinguent pas bien la frontière entre le bien et le mal. Un harceleur téléphonique ou un pervers, voire un voleur à la tire. Mais s'il s'agit vraiment d'un imitateur, il faut savoir que cet homme a passé un an et demi dans son coin à lire tout ce qu'il pouvait sur la façon dont Viktor Strandgård a été tué. Un hobby presque innocent. Il a vécu par procuration un meurtre commis par quelqu'un d'autre. Et cela lui suffisait, jusqu'au jour où il a eu envie de voir les médias parler de son crime à lui.

– Les deux meurtres ne se ressemblent pas tant que cela, avait fait remarquer quelqu'un. Victor Strandgård a été tabassé et poignardé. On l'a énucléé et on lui a coupé les mains. »

Elle avait acquiescé.

« C'est exact. Mais la différence peut s'expliquer par le fait qu'il s'agirait dans notre affaire, d'un premier crime. Planter une arme blanche dans un être humain, le découper en morceaux ou prélever un organe exige un contact plus proche avec la victime que l'arme qui semble avoir été utilisée dans le cas qui nous intéresse. C'est un pas important à franchir. La prochaine fois, il se sentira peut-être capable de se servir d'un couteau. Il peut s'agir de quelqu'un qui répugne à toucher ses congénères ?

– Il l'a tout de même portée jusqu'à l'église ! avait répliqué le policier.

– Oui, mais à ce moment-là, il en avait déjà fini avec elle. Elle n'était plus rien. Un simple morceau de viande. Bon. C'est un homme qui vit seul ou qui a accès à un lieu totalement privé, un atelier ou une remise fermée à clé, et où personne d'autre que lui ne peut entrer. C'est là qu'il cache les coupures de journaux. Il faut que les articles soient facilement accessibles, probablement épinglés au mur. C'est un homme solitaire, peu sociable. Il n'est pas impossible qu'il ait changé quelque chose à son apparence physique pour dissuader les gens de l'approcher. Il peut être sale par exemple. Si vous suspectez quelqu'un, n'hésitez pas à lui demander s'il a des amis. Il vous répondra que non. Mais encore une fois, rien ne nous prouve que ce soit un copycat. Notre assassin peut avoir agi sous le coup d'un accès de colère passager. Je propose que nous nous revoyions si, par malheur, un autre crime se produit. »

Sven-Erik fut interrompu dans ses pensées lorsqu'il croisa un automobiliste qui faisait faire de l'exercice à son chien en le tenant en laisse à travers la vitre entrouverte de sa voiture et en le forçant à courir à côté. Sven-Erik avait eu le temps de remarquer qu'il s'agissait d'un bâtard. Le pauvre animal courait la langue pendante.

Je ne peux pas souffrir ces salopards qui maltraitent les animaux, se dit-il en continuant de regarder la scène dans son rétroviseur.

Sans doute un chasseur d'élans qui avait besoin de remettre le chien en condition avant la saison. Il envisagea un instant de faire demi-tour et d'aller dire deux mots au type. Les gens comme lui ne devraient même pas avoir le droit de posséder un animal, se dit-il. En dehors de la période de chasse, la pauvre bête était probablement enfermée dans un chenil.

Il ne fit pas demi-tour. Récemment, il était allé parler avec un gars qui n'avait pas respecté le jugement lui interdisant d'approcher son ex-femme et qui ne s'était pas présenté au tribunal malgré une assignation à comparaître.

Je passe mon temps à m'engueuler avec les gens, songeait Sven-Erik. Du matin au soir. Il faut que je me calme un peu. Bientôt je vais aller emmerder un pauvre type qui jette son papier d'esquimau par terre, alors que je suis en congé.

Mais l'idée du pauvre clébard épuisé et des coussinets de ses pattes tout écorchés le hanta jusqu'à ce qu'il arrive en ville.

Vingt-cinq minutes plus tard, Sven-Erik Stålnacke entrait dans le bureau du juge d'instruction Alf Björnfot. Le magistrat sexagénaire était assis sur le bord de son bureau, un petit garçon dans les bras. Le gamin jouait, ravi, avec le cordon du néon qui pendait au-dessus de la table.

« Regarde qui est là ! » s'écria le juge d'instruction en voyant entrer Sven-Erik. « Mais c'est l'oncle Sven-Erik ! Sven-Erik, je vous présente Gustav, le fils d'Anna-Maria. »

Alf Björnfot sourit à Sven-Erik d'un regard myope, Gustav lui ayant maintenant subtilisé ses lunettes pour taper sur le cordon qui se balançait dans tous les sens.

Anna-Maria Mella entra dans le bureau à ce moment-là. Elle salua Sven-Erik d'un bref haussement de sourcils accompagné d'un rictus qui anima brièvement son visage chevalin. Exactement comme s'ils venaient de passer la matinée en réunion ensemble, alors qu'il y avait plusieurs mois qu'ils ne s'étaient pas vus.

Il fut frappé une fois de plus par sa petite taille. Il lui était déjà arrivé de se faire cette réflexion quand ils étaient restés longtemps sans se voir, après les vacances par exemple. Dans son souvenir, il la voyait toujours beaucoup plus grande. Elle avait l'air reposé. Elle était bronzée et on sentait que son hâle tiendrait jusqu'à l'hiver. Ses taches de rousseur s'étaient fondues dans la couleur cuivrée de sa peau. Son épaisse natte était presque blanche. Le haut de son front, à la lisière des cheveux, était dévoré de piqûres de moustiques qu'elle avait grattées, laissant des petites traces brunes de sang séché.

Ils s'assirent. Le juge d'instruction derrière son bureau encombré, Anna-Maria et Sven-Erik côte à côte sur le canapé réservé aux visiteurs. Alf Björnfot alla droit au but. L'enquête sur la mort de Mildred Nilsson était dans l'impasse. Elle avait bénéficié durant l'été de tous les moyens dont disposait la police, mais désormais elle ne devait plus être considérée comme une priorité.

« Je regrette mais c'est comme ça », dit-il, s'adressant à Sven-Erik qui regardait obstinément par la fenêtre. « Nous ne pouvons plus nous permettre de jongler avec les budgets en repoussant d'autres enquêtes. Nous avons déjà assez de problèmes avec le ministère de la Justice. »

Le juge d'instruction fit une courte pause pendant laquelle il regarda Gustav disperser consciencieusement dans tout le bureau le contenu de sa corbeille à papiers. Une boîte de tabac à priser, vide. Une peau de banane. Un paquet de Läkerol Special, vide. Quelques feuilles de papier chiffonnées. Quand il eut fini de vider la corbeille, Gustav enleva ses chaussures et les jeta dedans. Le juge d'instruction reprit.

Il expliqua qu'il avait réussi à convaincre Anna-Maria de revenir travailler à mi-temps en attendant de reprendre son poste à plein temps.

Il remonta ses lunettes sur son front et jeta un regard circulaire sur le désordre de son bureau. Il finit par repérer le dossier « Mildred Nilsson » et le poussa vers Anna-Maria et Sven-Erik.

Anna-Maria se mit à le feuilleter distraitement. Sven-Erik regardait par-dessus son épaule. Il ne se sentait pas bien. Cela lui faisait de la peine de la voir lire ces pages.

Le juge d'instruction lui demanda d'expliquer l'affaire à Anna-Maria en quelques mots.

Sven-Erik réfléchit quelques secondes en grattant les poils drus de sa moustache avant de se lancer, puis il exposa les faits sans aucune digression : « La pasteure Mildred Nilsson a été tuée la nuit du solstice d'été, le 21 juin dernier. Elle avait célébré une messe de minuit dans l'église de Jukkasjärvi jusqu'à minuit moins le quart. Onze personnes y avaient assisté. Six d'entre elles étaient des touristes résidant à l'hôtel Vildmark. La police les a tirés de leur lit à quatre heures du matin pour les interroger. Les autres personnes présentes à ce service étaient toutes des membres de l'association de femmes Magdalena que présidait la pasteure. »

« Une association de femmes ? » s'enquit Anna-Maria en levant les yeux du dossier.

« Oui. Elle avait fondé un groupe d'étude biblique composé exclusivement de femmes. Elles s'étaient baptisées, l'association Magdalena. Elles continuent de se réunir. Elles fréquentaient l'église dans laquelle Mildred Nilsson officiait. Elles ont jeté de l'huile sur le feu par leur mouvement. L'expression est aussi souvent utilisée par elles-mêmes que par leurs détracteurs. »

Anna-Maria hocha la tête et se plongea à nouveau dans le dossier. Elle fronça les sourcils en tombant sur le compte rendu d'autopsie et le rapport du médecin-chef Pohjanen.

« Elle a été tabassée à mort, lut-elle. Crâne enfoncé… multiples fractures de la boîte crânienne… lésion au cerveau à l'endroit des fractures… hémorragies entre la pie-mère et la dure-mère… »

Elle remarqua les grimaces de malaise du juge d'instruction et de Sven-Erik et poursuivit sa lecture pour elle-même.

Ils étaient face à un crime d'une violence exceptionnelle. « On constate des blessures d'une longueur moyenne de trois centimètres avec rupture de capillaires. Les tissus sont écrasés ou broyés. » Il était question ensuite d'une blessure plus longue : « On note une ecchymose en forme de ruban, enflée, de couleur rouge et bleu, sur la tempe, qui s'étend trois centimètres au-dessous et deux centimètres au-dessus du pavillon de l'oreille du côté gauche du visage dans le prolongement de la lésion principale… »

La lésion principale ? Où en était-il question dans l'autopsie ? Elle feuilleta fébrilement le rapport.

« La lésion principale, ainsi que la blessure longue située à la hauteur de la tempe gauche, laissent à penser que l'arme du crime serait un objet contondant de type pied-de-biche. »

Sven-Erik reprit son récit :

« Après la messe, la pasteure s'est changée dans la sacristie, elle a fermé l'église à clé et s'est dirigée vers le bord de la rivière située en contrebas du terrain appartenant à l'église, où était amarré son bateau. C'est là qu'elle a été agressée. Le meurtrier l'a ensuite ramenée à l'Église en la portant. Il est entré, l'a montée à la tribune d'orgue, lui a attaché une chaîne autour du cou, a fixé la chaîne à l'orgue et l'a suspendue à la tribune.

Elle a très rapidement été découverte par l'une des sacristines qui avait subitement décidé au milieu de la nuit d'aller cueillir un bouquet de fleurs pour décorer l'église. »

Anna-Maria jeta un coup d'œil à son fils. Il venait de trouver le stock de papiers destinés à passer au broyeur de documents et s'était mis à les déchiqueter consciencieusement, un par un. Merveilleuse insouciance de l'enfance.

Elle retourna rapidement à sa lecture. « Plusieurs fractures à la mâchoire supérieure et à l'os malaire. Une pupille plus dilatée que l'autre. Pupille gauche six millimètres, pupille droite quatre millimètres. Dilatation causée par l'œdème cérébral. Lèvre supérieure enflée. Côté droit présentant un hématome de couleur bleu-violet. À l'incision on constate un important saignement de couleur noire... » Mon Dieu ! « Nombreuses dents cassées à la mâchoire supérieure. Beaucoup de sang et de caillots à l'intérieur de la bouche. Deux chaussettes enfoncées dans la bouche jusqu'à la glotte. »

« Presque tous les coups ont été portés à la tête, remarqua-t-elle à haute voix.

– Hormis les deux coups à la poitrine, corrigea Sven-Erik.

– Avec un objet contondant de type pied-de-biche.

– Un pied-de-biche à coup sûr.

– Une longue contusion à la tempe gauche. Le coup initial, d'après toi ?

– Probablement. L'agresseur devait donc être droitier.

– L'agresseur ou l'agresseuse !

– Le meurtrier ou la meurtrière a tout de même réussi à porter le corps de la rivière à l'église. Ça fait une tirée !

– Comment savons-nous qu'elle a été portée ? Il ou elle a pu la mettre dans une brouette ou quelque chose comme ça.

– Évidemment nous n'étions pas là. Mais tu connais Pohjanen. Il a décrit la façon dont le sang a coulé du corps de la victime. Dans un premier temps, vers son dos.

– Ce qui signifie qu'elle était couchée par terre, sur le dos.

– Oui. Les experts ont trouvé le lieu exact de l'agression. Pas très loin de la berge et de l'endroit où était amarré son bateau. Elle traversait souvent en bateau. Elle habitait sur l'autre rive, à Poikkijärvi. On a aussi retrouvé ses chaussures sur la plage, non loin de l'embarcation.

– D'accord. Et en ce qui concerne le sang ?

– On a observé des coulures de moindre importance, émanant des plaies au visage et à la tête, en direction du sommet du crâne.

– D'accord, dit Anna-Maria. Le meurtrier l'a chargée sur son épaule, la tête en bas.

– C'est une hypothèse. Et a priori, cela demande quelqu'un d'un peu plus costaud que la ménagère lambda.

– Je ne vois pas pourquoi ! Moi, je serais capable de la porter, riposta Anna-Maria. Et même de l'accrocher à l'orgue. C'était un tout petit bout de femme. »

Surtout si j'étais… hors de moi, songea-t-elle.

Sven-Erik poursuivit :

« Les derniers écoulements partent en direction des pieds.

– Elle saignait encore quand il l'a pendue ? »

Sven-Erik acquiesça.

« Alors, elle n'était pas encore morte ?

– Pas complètement. C'est ce qui est écrit dans le compte rendu d'autopsie. »

Anna-Maria continuait de survoler le rapport. On avait aussi remarqué un petit hématome sous les lésions du cou. D'après le médecin légiste Pohjanen, il indiquait que la victime était mourante. Au moins, elle était presque morte au moment où elle avait été pendue. Ou en tout cas plus tout à fait consciente.

« Cette histoire de chaussettes enfoncées dans la gorge…, commença Anna-Maria.

– C'étaient les siennes, répondit Sven-Erik. Ses chaussures étaient restées sur la plage et elle était pieds nus quand on l'a retrouvée suspendue à l'orgue.

– Ce n'est pas la première fois que je vois ce genre de choses, commenta Alf Björnfot. C'est souvent le cas quand quelqu'un est tué de cette manière-là. La victime se débat et elle hurle. C'est très désagréable. Alors pour l'empêcher de crier… »

Il s'interrompit. Il venait de penser à un cas de violence conjugale qui s'était terminé par un meurtre. La victime avait la moitié des rideaux de la chambre à coucher enfoncée dans la gorge.

Anna-Maria examina les photographies. Le visage détruit. La bouche ensanglantée ouverte sur une mâchoire édentée.

Et ses mains ? songea-t-elle. La tranche de ses mains du côté de l'auriculaire ? Ses avant-bras ?

« Pas de blessures de défense ? »

Sven-Erik et le juge d'instruction secouèrent la tête.

« Et aucune empreinte digitale complète ? demanda Anna-Maria.

– Non. Juste un bout d'empreinte sur l'une des chaussettes. »

À présent, Gustav avait entrepris de s'attaquer à l'énorme ficus du bureau, planté dans son pot rempli de billes d'argile, cueillant toutes les feuilles qui se trouvaient à sa portée. Lorsqu'Anna-Maria l'arracha à cette divertissante occupation, il poussa un braillement furieux.

« Non ! Et quand je dis non, c'est non », dit Anna-Maria quand il se débattit pour retourner éplucher le ficus.

Le juge d'instruction essaya de dire quelque chose mais Gustav hurlait comme une sirène. Anna-Maria tenta de le calmer en lui proposant ses clés de voiture et son téléphone portable qui atterrirent bruyamment sur le plancher. Il avait commencé à moissonner les feuilles du ficus et entendait bien achever son travail. Anna-Maria l'attrapa sous son bras. La réunion était terminée.

« Je vais aller mettre une annonce : "Bébé à donner", dit-elle entre ses dents. Ou alors un échange : "Garçon de dix-huit mois en bonne santé contre tondeuse à gazon. Toute proposition sera étudiée." »

Sven-Erik raccompagna Anna-Maria à sa voiture. Il remarqua qu'elle avait toujours sa vieille Ford Escort. Gustav oublia son chagrin dès qu'elle le reposa par terre et qu'il eut le droit de marcher tout seul. Il commença par s'élancer avec témérité sur ses petites jambes maladroites vers un pigeon en train de picorer des miettes à côté d'une poubelle. L'oiseau décolla paresseusement et Gustav reporta son attention sur la poubelle elle-même. Une substance rose, qui ressemblait à du vomi séché datant du samedi précédent, avait coulé sur le bord. Anna-Maria intercepta le gamin une seconde avant qu'il n'atteigne sa cible. Il se remit à pleurer comme si son univers tout entier venait de s'écrouler. Elle le sangla dans le siège baquet et claqua la portière. On entendait encore ses cris, à peine étouffés par l'épaisseur de la carrosserie.

Elle se tourna vers Sven-Erik avec un sourire ironique.

« Je crois que je vais le laisser là et rentrer à pied.

– Normal qu'il proteste ! Tu le plaques alors qu'il était en train de marquer, pauvre gosse ! » dit Sven-Erik avec un mouvement du menton vers l'immonde poubelle.

Anna-Maria trembla d'une horreur feinte. Ils se turent tous les deux pendant quelques secondes.

« Bon, alors il va falloir que je me réhabitue à t'avoir dans les pattes !

– Eh oui, désolée, mon vieux, dit-elle en souriant. Fini la tranquillité. »

Rapidement elle reprit son sérieux.

« Les journaux disent qu'elle était féministe et qu'elle donnait des leçons d'autodéfense et ce genre de trucs. Et malgré cela, elle n'a aucune blessure qui laisse à penser qu'elle s'est défendue.

– Oui, je sais », répondit Sven-Erik.

Il releva machinalement sa moustache tout en réfléchissant.

« Peut-être qu'elle ne s'attendait pas à ce qu'on la frappe. Peut-être qu'elle connaissait son agresseur. »

Il fit une grimace.

« Ou son agresseuse ! » ajouta-t-il.

Anna-Maria hocha longuement la tête, songeuse. Derrière elle se découpait la centrale éolienne de Peuravaara. L'un de leurs principaux sujets de dispute. Il trouvait les éoliennes jolies. Elle les accusait de dégrader le paysage.

« C'est possible, dit-elle.

– Il se peut qu'il ait eu un chien, dit Sven-Erik. Les techniciens ont trouvé deux poils de chien sur ses vêtements et elle n'en avait pas.

– Quelle race ?

– Je ne sais pas. Ils ont essayé de développer la technique. On ne peut toujours pas déterminer la race, mais si on met la main sur un suspect qui a un chien, on pourra comparer les poils qu'on a trouvés avec ceux du chien en question. »

Les cris dans la voiture augmentaient en volume. Anna-Maria alla se mettre au volant et démarra le moteur. Son tuyau d'échappement devait être percé car, au moment où elle mit les gaz, la voiture fit le bruit d'une tronçonneuse en surchauffe. Elle partit sur les chapeaux de roue et s'engagea à vive allure sur la Hjalmar Lundbohmsväg.

« Tu te prends pour Ari Vatanen ! » lui lança Sven-Erik au milieu d'un nuage de poussière.

À travers la lunette arrière, il vit sa main s'agiter en signe d'au revoir.

Rebecka Martinsson roulait en direction de Jukkasjärvi dans une Saab de location. Elle était au volant, Torsten Karlsson somnolait à côté d'elle, la tête posée sur l'appui-tête. Un petit moment de détente avant le rendez-vous avec le pasteur. De temps en temps, il ouvrait les yeux et regardait le paysage à travers la vitre.

« Tu me préviendras s'il y a quelque chose d'intéressant à voir ? » demanda-t-il à Rebecka.

Rebecka sourit pour elle-même.

Tout, se disait-elle. Tout ici est admirable. Le soleil qui se couche entre les pins. Les insectes qui butinent les épilobes dans les fossés. Les fissures dans l'asphalte à cause du gel. Les cadavres d'animaux sur la route.

La rencontre avec l'Association des pasteurs du diocèse de Luleå ne devait avoir lieu que le lendemain matin mais Torsten avait reçu un coup de fil du vicaire de Kiruna.

« Si vous pouvez arriver mardi soir, appelez-moi, lui avait-il recommandé. Cela me donnera l'occasion de vous faire visiter deux des plus belles églises de Suède. Celle de Kiruna, bien sûr, et la fameuse église de Jukkasjärvi.

– Alors nous arriverons mardi ! » avait répondu Torsten. Et à Rebecka il avait expliqué qu'il était essentiel que le vicaire soit de leur côté avant le rendez-vous du mercredi. « Fais-toi belle.

– Fais-toi belle toi-même ! » avait riposté Rebecka.

La femme assise à côté d'eux dans l'avion avait tout de suite engagé la conversation avec Torsten. Elle était grande et vêtue d'une ample chemise en lin. Elle portait autour du cou un énorme collier de Kalevala. Quand Torsten lui avait avoué qu'il venait à Kiruna pour la première fois, elle s'était mise à frapper des mains, absolument ravie. Après quoi, elle lui avait donné des tas de renseignements sur les choses à voir sans faute pendant son séjour.

« En fait, je suis venu avec ma propre guide », avait-il dit au bout d'un moment en désignant Rebecka.

La femme lui avait souri.

« Très bien ! Vous êtes déjà venue, alors !

– J'y suis née. »

La femme l'avait regardée de haut en bas, légèrement sceptique.

Rebecka s'était tournée vers le hublot et avait laissé Torsten poursuivre la conversation. Elle avait eu honte soudain de ressembler à une étrangère, avec son tailleur gris et ses souliers de chez Bruno Magli.

C'est ma ville, avait-elle pensé, belliqueuse.

Au même instant, l'avion avait viré sur son aile gauche et sa ville lui était apparue. Une grappe de constructions s'accrochant vaillamment à une colline farcie de fer. Et autour, rien que des montagnes basses et des marécages, des forêts de petits arbres et des cours d'eau. Elle en avait eu le souffle coupé.

À l'aéroport elle s'était encore sentie comme une étrangère. En allant chercher la voiture de location sur le parking, Torsten et elle avaient croisé un troupeau de touristes qui rentraient chez eux. Ils puaient la citronnelle et la transpiration. Le vent des montagnes et le soleil de septembre leur avaient tanné la peau. Leurs visages étaient bronzés avec des rides blanches au coin des yeux, à force d'avoir dû les fermer à demi pour les protéger de la luminosité.

Rebecka savait exactement ce qu'ils ressentaient. Ils avaient mal aux pieds et aux muscles après une semaine de marche. Ils étaient heureux et un peu las. Ils portaient des anoraks aux couleurs vives et des pantalons kaki fonctionnels. Elle, un manteau et un châle.

Torsten se redressa dans son siège et regarda avec intérêt deux pêcheurs à la mouche debout au milieu de la rivière.

« J'espère qu'on va les ferrer, dit-il.

– Bien sûr que tu vas le décrocher ce contrat. Je suis sûre qu'ils vont t'adorer.

– Tu crois vraiment ? C'est tout de même dommage que je ne connaisse pas du tout cette région. Je ne suis jamais allé plus au nord que Gävle.

– Et alors ! Maintenant tu es incroyablement content d'être là. Tu as toujours voulu connaître cette partie du pays, voir ces merveilleux paysages de montagne et visiter la mine. La prochaine fois que tu dois les rencontrer, tu as bien l'intention de poser des congés et de profiter de ton séjour pour faire un peu de tourisme.

– D'accord.

– Et abstiens-toi de poser des questions du genre : “Mais comment faites-vous pour supporter ces hivers interminables où le soleil ne se lève jamais ?”

– Bien entendu.

– Même s'ils sont les premiers à plaisanter à ce sujet.

– OK. »

Rebecka se gara près du clocher de l'église de Jukkasjärvi. Pas de vicaire à l'horizon. Ils descendirent l'allée conduisant au presbytère, une maison aux bardages rouges avec des bandeaux et des poteaux d'angle peints en blanc. En contrebas coulait la rivière. Le niveau de l'eau était bas, ce qui était normal pour un mois de septembre. Torsten se mit à danser la danse du moustique. Ils sonnèrent à la porte mais personne ne vint leur ouvrir. Ils pressèrent la sonnette une deuxième fois et attendirent. Alors qu'ils allaient repartir, un homme sortit du cimetière. Il les appela et agita la main à distance. Lorsqu'il fut assez près, ils remarquèrent son col d'ecclésiastique.

« Bonjour », dit-il, quand il les eut rejoints. « Je présume que vous venez du cabinet Meijer & Ditzinger. »

Il tendit la main à Torsten Karlsson en premier. Rebecka adopta l'attitude qui sied à une assistante, un demi-pas derrière Torsten.

« Stefan Wikström », se présenta le pasteur.

Rebecka lui dit son nom sans annoncer son titre. Autant le laisser croire ce qu'il avait envie de croire. L'homme avait la quarantaine, il était en jean et en baskets et portait encore la chemise et le col blanc de pasteur, même s'il ne venait manifestement pas de dire la messe.

Encore un de ces pasteurs qui travaillent sept jours sur sept et vingt-quatre heures sur vingt-quatre, se dit Rebecka.

« Vous aviez rendez-vous avec Bertil Stensson, notre vicaire. Malheureusement il a eu un empêchement de dernière minute et il m'a prié de vous accueillir et de vous faire visiter notre église. »

Rebecka et Torsten firent une réponse polie et le suivirent dans la petite église rouge en bois. Elle sentait le goudron avec lequel on avait traité la toiture. Rebecka resta en arrière des deux hommes. Le pasteur s'adressait presque exclusivement à Torsten qui se glissa habilement dans son jeu et ne se tourna plus vers Rebecka.

Elle se disait en les suivant que Bertil Stensson avait peut-être bel et bien une excuse, mais qu'il pouvait aussi ne pas être intéressé par leurs services.

Il faisait sombre à l'intérieur de l'église. L'air était immobile. Torsten gratta frénétiquement vingt nouvelles piqûres de moustique.

Stefan Wikström se mit à leur raconter tout ce qu'il y avait à savoir sur cette église du début du XVIIIe siècle. Rebecka se laissa emporter par ses propres pensées. Elle connaissait déjà l'histoire du joli retable et des morts qui reposaient sous le plancher. À un moment, elle s'aperçut qu'ils avaient changé de sujet et elle tendit l'oreille.

« Là. Devant l'orgue », dit Stefan Wikström en le montrant du doigt.

Torsten leva les yeux vers les tuyaux polis et le symbole solaire sami au centre de l'instrument majestueux.

« Cela a dû être un choc terrible pour vous, dit Torsten.

– De quoi parlez-vous ? » demanda Rebecka.

Le pasteur se tourna vers elle.

« On l'a trouvée accrochée là, dit-il. Ma consœur qui a été assassinée cet été. »

Rebecka le regarda, l'air hébété.

« Assassinée ? Cet été ? »

Il y eut un silence. Le pasteur semblait déconcerté.

« Oui… euh, cet été », confirma Stefan Wikström à tout hasard.

Torsten Karlsson lança à Rebecka un regard appuyé.

« Arrête », dit-il.

Rebecka lui répondit avec un imperceptible mouvement de la tête.

« Une femme pasteur a été tuée ici l'été dernier. Dans cette église. Tu n'étais pas au courant ?

– Non. »

Torsten était sincèrement surpris.

« Je pense que tu es la seule personne en Suède à ne pas... Enfin, je pensais que tu le savais. Tous les journaux en ont parlé. Toutes les chaînes de télévision également... »

Stefan Wikström suivit leur échange comme s'il regardait un match de ping-pong.

« Je n'ai pas lu les journaux cet été, dit Rebecka. Et je n'ai pas allumé la télé une seule fois. »

Torsten leva les paumes vers le ciel d'un air désolé.

« Nom de Dieu, si j'avais su... », commença-t-il.

Il s'interrompit, gêné, regardant le pasteur qui lui sourit en guise d'absolution pour son blasphème, puis il continua.

« Évidemment... personne n'aura voulu t'en parler. Tu veux aller prendre l'air ? Tu veux un verre d'eau ? »

Rebecka faillit sourire mais elle se reprit. Elle ne savait pas très bien quelle réaction on attendait d'elle.

« Ça va. Mais je voudrais bien aller attendre dehors. »

Elle laissa les hommes en tête-à-tête, sortit de l'église et s'arrêta sur le parvis.

J'aurais dû ressentir quelque chose, songea-t-elle. Peut-être aurais-je dû m'évanouir ?

Le soleil de fin d'après-midi chauffait le mur du clocher. Elle avait envie de s'y appuyer mais elle s'abstint à cause de son tailleur. L'odeur d'asphalte de la route se mêlait à celle de goudron du toit.

Elle se demanda si Torsten était en train de raconter à Stefan Wikström que c'était elle qui avait tué les meurtriers de Viktor Strandgård. Mais elle se dit qu'il était plus probablement en train de lui monter un bateau quelconque. Quoi qu'il en soit, il agirait dans l'intérêt du cabinet. Ces temps-ci, parler d'elle était pain bénit. Elle animait les dîners mondains entre l'anecdote salace et le ragot indiscret. Si Stefan Wikström avait été membre du barreau, Torsten lui aurait sans doute relaté tous les détails. Il lui aurait servi de la Rebecka Martinsson aux petits oignons. Mais les pasteurs étaient probablement moins friands de commérages que les juristes.

Ils vinrent la rejoindre au bout de dix minutes. Le pasteur leur serra longuement la main à tous les deux.

« Quel dommage que Bertil ait été obligé de partir. Un accident mortel s'est produit sur la route aujourd'hui. Dans les cas de force majeure, un homme d'Église ne peut pas refuser de se déplacer, n'est-ce pas ? Je vais essayer de l'appeler sur son portable, si vous voulez bien m'attendre une minute. »

Pendant que Stefan Wikström tentait de joindre le vicaire Stensson, Rebecka et Torsten échangèrent un regard. Bertil Stensson était donc réellement retenu quelque part. Rebecka se demanda pourquoi le pasteur Wikström souhaitait tant qu'ils rencontrent son supérieur avant le rendez-vous du lendemain.

Il devait avoir une idée derrière la tête. Mais laquelle ?

Stefan Wikström remit le téléphone dans sa poche arrière avec un sourire d'excuse.

« Je regrette. Je suis tombé sur son répondeur. Tant pis, vous le verrez demain. »

Ils abrégèrent leurs adieux puisqu'ils devaient se retrouver dans quelques heures. Torsten emprunta un stylo à Rebecka pour noter le nom d'un livre que le pasteur lui avait recommandé. Son intérêt semblait sincère.

Torsten et Rebecka reprirent le chemin de la ville. Pendant le trajet, Rebecka parla de Jukkasjärvi. Elle raconta à Torsten à quoi ressemblait le village avant le boom touristique. Une poignée de maisons au bord d'une rivière avec des habitants qu'on voyait disparaître comme le sable dans un sablier. Elle lui parla de l'épicerie qui était plutôt un magasin d'antiquités culinaires. Des rares touristes à l'auberge locale, du café torréfié maison, et du *dammsugare delicato** avec son sucre glace qui lui donnait l'air d'avoir été roulé dans la poussière. Elle évoqua ceux qui n'avaient pas réussi à vendre et qui restaient, résignés, le regard vide, avec leurs toitures qui fuyaient et le salpêtre sur les murs. Elle lui décrivit les prairies envahies de chardons tout autour.

Aujourd'hui les touristes venaient du monde entier pour dormir à l'hôtel de glace, faire du scooter des neiges par -30 °C ou du traîneau avec des chiens. Ils venaient se marier à l'église des glaces. Et quand l'hiver était terminé, ils venaient quand même. Ils profitaient des saunas flottants ou faisaient du rafting et de la randonnée.

« Arrête-toi là, cria Torsten tout à coup. Il y a un endroit où on peut manger ! »

Il lui montra une pancarte au bord de la route, deux simples planches de bois clouées ensemble. Elles avaient été sciées en forme de flèche dont la pointe indiquait qu'il fallait tourner à gauche. En lettres vertes sur fond blanc, on pouvait lire : CHAMBRES et REPAS. Service jusqu'à 23 heures.

« Il n'y a rien par là, dit Rebecka avec conviction. C'est la route de Poikkijärvi. Il n'y a rien du tout à Poikkijärvi.

---

* Pâtisserie suédoise. *Dammsugare* : aspirateur en suédois.

– Allons, Martinsson, un peu d'audace ! » s'écria Torsten en regardant avec envie le chemin de l'hypothétique restaurant. « Qu'as-tu fait de ton âme d'aventurière ? »

Rebecka soupira comme une mère excédée et prit la direction de Poikkijärvi.

« On va se casser le nez, dit-elle. Tout ce qu'il y a à Poikkijärvi, c'est un cimetière, une chapelle et quelques maisons. Je peux t'affirmer que celui qui a planté ce panneau il y a un siècle a fait faillite une semaine plus tard.

– Je propose qu'on aille voir et dès qu'on en sera certains, on ira manger en ville », répondit Torsten, buté.

La route goudronnée se transforma rapidement en un chemin de terre. La rivière coulait sur leur gauche et, sur la rive opposée, ils voyaient les lumières de Jukkasjärvi. Les graviers du chemin crissaient sous les pneus. Des maisons en bois, la plupart de couleur rouge, flanquaient la route de part et d'autre, entourées de jardins dans lesquels trônaient des moulins à vent miniatures ou des pneus de tracteurs transformés en plates-bandes où végétaient quelques pauvres fleurs. Dans d'autres jardins, c'étaient des portiques avec balançoire et trapèze et des bacs à sable. Devant certaines maisons, de gros chiens bondissaient aussi loin que leurs chaînes le leur permettaient, aboyant d'une voix rauque au passage de la voiture. Rebecka sentait les regards des gens derrière les vitres. Une voiture inconnue ? Mais qui cela pouvait-il être ? Torsten regardait partout autour de lui comme un enfant, commentait l'état de délabrement d'un garage et agita même la main pour saluer un vieillard qui laissa tomber sa binette de surprise et les suivit des yeux, bouche bée. Ils doublèrent quelques gamins à vélo et un adolescent à moto.

« Là, regarde ! » s'écria soudain Torsten.

Le restaurant se trouvait au bout du village. Il s'agissait d'un ancien garage automobile transformé. Le bâtiment, totalement sans intérêt, ressemblait à une boîte à chaussures blanche et rectangulaire. L'enduit des murs était sale et lépreux. Deux grandes portes coulissantes donnant sur la rue avaient été partiellement vitrées afin de laisser entrer la lumière. L'un des pignons était percé d'une porte ordinaire et d'une fenêtre munie de barreaux. De part et d'autre de la porte, deux pots en plastique avec des œillets d'Inde orange vif. Les baies vitrées, les portes de la façade, la porte de service et la fenêtre avaient été peintes dans une couleur marron qui s'écaillait en plusieurs endroits. Derrière le restaurant, deux vieux chasse-neige d'un rouge fané étaient garés dans les hautes herbes sèches.

Trois poules affolées battirent des ailes et disparurent quand Rebecka s'engagea dans l'allée. Une enseigne au néon annonçant « LAST STOP DINER » était appuyée contre le mur qui donnait du côté de la rivière. Une pancarte amovible posée près de l'entrée informait les clients que le bar était OPEN. Trois voitures stationnaient sur le parking.

De l'autre côté de la route Rebecka remarqua trois petits bungalows, probablement les chambres à louer annoncées sur le panneau en forme de flèche qui les avait attirés jusqu'ici.

Elle coupa le moteur. Au même instant, le propriétaire de la moto qu'ils avaient doublée un peu plus tôt vint se garer le long du mur. Le garçon d'une taille impressionnante resta assis sur la selle tel un gros crapaud, avec l'air de se demander s'il allait descendre de son véhicule ou pas. Sous la visière de son casque, il surveillait les deux passagers de la voiture inconnue en se balançant d'avant en arrière au-dessus du guidon. Sa mâchoire puissante bougeait de droite à gauche et de gauche à droite. Il finit tout de même par se décider, abandonna son deux-roues et se dirigea vers la porte du local. Il marchait légèrement voûté, les yeux au sol et les bras pliés à angle droit à la hauteur du coude.

« Tu vois ! Le cuisinier est arrivé ! » plaisanta Torsten.

Rebecka lui répondit par un petit « hum » d'assistante juridique qui ne veut pas avoir l'air coincée mais qui se refuse à rire de la blague stupide de son supérieur hiérarchique, tout en essayant d'être loyale envers lui et le cabinet qu'ils représentent par égard pour le client.

Le jeune homme était allé se planter devant l'entrée du restaurant.

On dirait un gros ours en anorak vert, songea Rebecka.

Le nounours retourna auprès de son engin, retira sa parka, la plia soigneusement et la posa délicatement sur le siège. Puis il défit la sous-mentonnière de son casque, l'enleva et le déposa sur la veste avec autant de délicatesse que s'il était en verre. Il fit même un pas en arrière pour admirer son œuvre et retourna une deuxième fois près de la moto pour déplacer le casque d'un millimètre. Il gardait en permanence la tête légèrement inclinée et basse, et se grattait le menton en regardant Rebecka et Torsten. Rebecka jugea qu'il devait avoir un peu moins de vingt ans. Mais à peine douze dans sa tête.

« Qu'est-ce qu'il fabrique ? » murmura Torsten.

Rebecka haussa les épaules.

« Je vais aller voir s'ils ont commencé le service », dit-elle en sortant de la voiture. À travers la fenêtre ouverte et derrière la moustiquaire verte on entendait le son d'une émission de sport à la télévision, des gens qui discutaient à voix basse et des bruits de vaisselle. De la rivière venait le bruit d'un moteur hors-bord. Une odeur de cuisine flottait dans l'air. La température s'était rafraîchie. La fin du jour caressait de sa main froide et humide la tourbière et les buissons de myrtilles.

C'est comme de rentrer à la maison, songea Rebecka, en regardant la forêt de l'autre côté de la route. Des colonnes de pins élancés alignés dans un sol pauvre et sablonneux. La lumière du soir pénétrait loin à l'intérieur du sous-bois, teintant les troncs d'une couleur cuivrée, caressant les buissons et les pierres moussues.

Tout à coup elle se revit petite fille avec son pull-over en tricot synthétique qui rendait ses cheveux électriques chaque fois qu'elle le passait au-dessus de la tête. Ses blue-jeans devenus trop courts qu'on avait rallongés en bas par une pièce de tissu d'une autre couleur. Elle vit la petite fille sortir de la forêt avec dans la main un mug rempli à ras bord des myrtilles qu'elle venait de cueillir.

Elle se dirige vers l'étable. Sa grand-mère l'attend à l'intérieur. Un petit feu d'herbe destiné à faire fuir les moustiques brûle au milieu du sol en ciment. Il a juste la bonne taille. S'il dégage trop de fumée, les vaches toussent. Grand-mère est en train de traire Mansikka, elle coince la queue de la vache contre son flanc avec le front. Le lait éclabousse le fond du seau. Les chaînes cliquettent quand les laitières baissent la tête pour manger du foin dans le râtelier. « Alors, Pikku-piika », dit sa grand-mère tandis que ses doigts pressent les pis à un rythme régulier, « où es-tu allée traîner toute la journée ?

– Dans la forêt, Mamie », répond la petite Rebecka en déposant quelques myrtilles dans la bouche de sa grand-mère. Elle se rend compte qu'elle meurt de faim.

Torsten frappa contre la vitre de la voiture.

Je veux rester ici, songea Rebecka, s'étonnant de la violence de cette certitude.

Les fourrés lui faisaient penser à de gros oreillers colorés. Elle s'imaginait les buissons d'airelles avec leurs feuilles d'un vert sombre et brillant et les myrtilliers avec leurs fruits verts virant timidement au rouge.

Viens t'allonger ici, lui chuchotait la forêt. Viens poser ta tête sur le sol de bruyère pour regarder par-dessous les arbres se balancer dans la brise du soir.

Torsten frappa à nouveau contre la vitre de la voiture. Elle salua en passant le jeune homme à la taille impressionnante qui était toujours posté devant la porte et entra dans le restaurant.

Les deux pièces qui constituaient jadis le garage automobile avaient été transformées respectivement en bar restaurant et en cuisine. Le local contenait six tables en pin laqué couleur chêne foncé. Elles étaient disposées le long des murs et capables d'accueillir sept personnes chacune à condition que l'un des mangeurs s'asseye en bout de table. Le linoléum corail imitation marbre était assorti à un tissu mural saumon avec une frise peinte qui ceinturait toute la pièce, et coupait même en son milieu la porte battante donnant dans la cuisine. Autour des canalisations apparentes, peintes en rose elles aussi, on avait entortillé de la fausse vigne vierge dans le but manifeste d'égayer l'ensemble. Derrière le bar également recouvert d'un vernis sombre, un type en tablier bleu essuyait des verres qu'il rangeait ensuite sur une étagère où ils venaient rejoindre l'assortiment des boissons disponibles. L'homme salua Rebecka dès qu'elle passa la porte. Il avait les cheveux bruns, une barbe courte et un anneau dans l'oreille droite. Les manches de son T-shirt noir étaient relevées sur des biceps impressionnants. Trois hommes attendaient leur repas, assis à une table, avec devant eux une corbeille de pain. Leurs couverts étaient encore enroulés dans des serviettes en papier rouge bordeaux. Leurs regards ne quittèrent pas une seconde le match de football à la télé. Ils piochaient dans la panière avec leurs grosses pognes pour tromper leur faim. Leurs casquettes d'ouvriers étaient empilées sur une chaise inoccupée. Ils portaient des chemises en flanelle, délavées par les nombreux lavages. Des inscriptions publicitaires ornaient les T-shirts élimés au cou qu'on apercevait sous leur chemise. La salopette de l'un d'entre eux avait le logo de son entreprise imprimé sur la poche de devant. Les deux autres avaient retiré le haut de leur bleu de travail dont les manches pendaient par terre de part et d'autre de leurs chaises.

Une femme d'âge moyen était assise seule à une autre table. Elle trempait son pain dans une assiette de soupe. Elle fit un rapide sourire à Rebecka puis enfourna précipitamment le morceau de pain qu'elle tenait à la main avant qu'il ne se délite. À ses pieds dormait un vieux labrador noir au museau couvert de poils blancs. Sur la chaise à côté de la femme pendait une doudoune rose dragée incroyablement usée. Ses cheveux étaient coupés très court dans un style qu'on pouvait au mieux définir comme « pratique ».

« Je peux vous aider ? » demanda le type à la boucle d'oreille derrière son bar.

Rebecka se tourna vers lui et n'eut pas le temps de dire oui que la porte battante de la cuisine s'ouvrait sur une jeune femme d'une vingtaine d'années, trois assiettes fumantes à la main. Elle avait teint ses cheveux en y faisant des rayures jaunes, rouge vif et noires. Elle avait un piercing au sourcil et deux brillants dans une narine.

Quelle belle fille, se dit Rebecka.

« Vous désirez ? » dit la jeune femme.

Sans attendre sa réponse, elle alla poser les assiettes devant les trois ouvriers. Rebecka, qui s'apprêtait à demander au type derrière le bar s'ils servaient encore, avait la réponse à sa question.

« Sur la pancarte, j'ai vu que vous aviez des chambres, dit-elle. Elles sont à combien ? »

Le type à la boucle d'oreille la regarda d'un air surpris.

« Mimmi, dit-il. La dame veut une chambre. »

La fille aux cheveux rayés jaugea Rebecka, s'essuya les mains dans son tablier et écarta de son visage une mèche de cheveux humide de transpiration.

« Nous avons des bungalows à 270 couronnes la nuit. »

Qu'est-ce qui me prend ? se demanda Rebecka.

Mais elle connaissait déjà la réponse :

Je veux rester ici. Toute seule.

« D'accord, dit-elle à voix basse. Je vais revenir dans un instant pour dîner. Je serai en compagnie d'un homme. S'il demande une chambre lui aussi, répondez-lui que j'ai pris la dernière. »

Mimmi fronça les sourcils.

« Pourquoi je ferais ça ? dit-elle. Vous croyez qu'on a les moyens de refuser du monde, ici ?

– Je vous assure que vous allez y gagner en fin de compte. Parce que si vous lui dites que vous avez une chambre pour lui aussi, c'est moi qui changerai d'avis et nous irons tous les deux dans un hôtel en ville, comme c'était prévu initialement. Alors vous avez le choix : un seul client ou aucun.

– Il vous embête, ce gars, ou quoi ? » ricana l'homme derrière le bar.

Rebecka haussa les épaules. Ils pouvaient penser ce qu'ils voulaient et d'ailleurs elle ne savait pas quoi répondre.

Mimmi haussa les épaules à son tour.

« Bon, d'accord. Mais vous allez manger tous les deux, au moins ? Ou il faut aussi que je dise qu'on n'a à manger que pour vous ? »

Torsten étudiait le menu. Rebecka en face de lui regardait Torsten. Ses joues rondes étaient roses de plaisir. Il portait ses lunettes de lecture si bas sur son nez qu'elles étaient à la limite de l'empêcher de respirer. Il avait les cheveux tout ébouriffés. La dénommée Mimmi, penchée au-dessus de son épaule, lui lisait le menu à haute voix en suivant avec l'index. On aurait dit une institutrice avec son élève.

Il adore tout ça, se dit Rebecka.

Les types avec leurs bras de travailleurs de force et leurs couteaux à gaine accrochés à la ceinture qui lui avaient répondu par un grognement embarrassé quand il les avait salués gaiement en entrant. La jolie Mimmi avec sa grosse poitrine et sa grande gueule. Tellement différente des filles bien polies qu'il croisait à Sturecompagniet, la boîte à la mode qu'il fréquentait à Stockholm. Elle imaginait les histoires qu'il devait déjà être en train de préparer dans sa tête, pour les raconter à ses amis au retour.

« Vous pouvez prendre le menu du jour », expliqua Mimmi en tendant le bras vers l'ardoise au mur qui proposait du *tjälknöl.* « C'est une spécialité lapone. De l'élan congelé rôti d'abord et mariné ensuite, accompagné d'un risotto aux champignons et aux petits légumes. Sinon, à la carte, il y a tout ce que vous voyez là, et c'est servi avec des patates, du riz ou des pâtes, au choix. » Elle lui montra une série de plats classés sous la rubrique : « Du congélateur ». « Il y a des lasagnes, des boulettes de viande, du sauté de renne, du carpaccio de renne fumé et du ragoût d'élan. Vous pouvez aussi essayer le *blodpalt*, du boudin farci fait avec du sang de renne, ou du *pitepalt*, qui est une recette locale de pommes de terre farcies.

– Je crois que je vais essayer le boudin, qu'est-ce que tu en penses ? » dit finalement Torsten à Rebecka avec un sourire ravi.

La porte du restaurant s'ouvrit tout à coup sur le grand gamin qui était arrivé à moto. Il entra et resta debout sur le seuil. Son corps imposant était engoncé dans une chemise rayée, parfaitement repassée et boutonnée jusqu'au dernier bouton. Il gardait les yeux baissés comme s'il n'osait pas regarder les clients dans la salle. Sa tête toujours inclinée. Son gros menton semblait pointer en direction de la fenêtre. Comme s'il indiquait une issue de secours.

« Salut, Nalle ! » s'exclama Mimmi, abandonnant Torsten à son casse-tête culinaire. « Comme tu es chic ! »

L'adolescent leva le regard vers elle et lui fit un sourire timide.

« Entre un peu que je t'admire ! » s'écria à son tour la propriétaire du chien en repoussant son assiette de soupe.

Rebecka remarqua à ce moment à quel point Mimmi et la femme au chien se ressemblaient. Elle se dit qu'elles devaient être mère et fille.

Le chien allongé aux pieds de la femme leva la tête et remua paresseusement la queue une fois ou deux. Puis il reposa le museau sur ses pattes et se rendormit.

Le jeune homme s'approcha de la femme aux cheveux courts. Elle frappa dans ses mains.

« Tu es drôlement élégant, Nalle ! dit-elle. Joyeux anniversaire ! Je vois que tu as mis une belle chemise aussi ! »

Nalle sourit, flatté du compliment, et leva le menton en l'air dans une attitude comique. On dirait Rudolph Valentino, songea Rebecka, amusée.

« Neuve, dit-il fièrement.

– Tu ne crois pas qu'on avait remarqué qu'elle était neuve ? lui dit Mimmi.

– Tu vas au bal, Nalle ? lança l'un des ouvriers. Mimmi ! Tu nous prépareras cinq gamelles du congélateur. Ce que tu veux ! »

Nalle désigna son pantalon.

« Neuf », annonça-t-il.

Il leva les bras et les tint écartés à l'horizontale pour que tout le monde puisse détailler son nouveau pantalon, un chino gris retenu à la taille par une ceinture militaire.

« Tu as un nouveau pantalon aussi ? Il est drôlement beau ! » confirmèrent ses deux admiratrices.

« Tiens », dit Mimmi en reculant la chaise en face de la femme au chien. « Ton père n'est pas encore là mais tu peux tenir compagnie à Lisa en attendant.

– Gâteau, dit Nalle en s'asseyant.

– Bien sûr que tu vas avoir du gâteau. Tu crois que j'ai oublié, ou quoi ? Mais au moment du dessert. »

Mimmi lui fit une petite tape affectueuse sur la tête et disparut dans la cuisine.

Rebecka se pencha vers Torsten.

« Je crois que je vais rester dormir ici cette nuit, dit-elle. Tu sais que j'ai grandi près de cette rivière, à quelques kilomètres en amont ? J'avoue que ça m'a donné un petit coup de nostalgie de me retrouver dans cet endroit. Mais ne t'inquiète pas, je vais t'accompagner en ville et je reviendrai te chercher demain.

– Bonne idée ! Mais tu n'as pas besoin de me ramener en ville, répondit Torsten, tout émoustillé à l'idée d'une nouvelle aventure. Je vais rester aussi.

– Je doute qu'ils achètent leurs lits chez Hästens* », tenta Rebecka.

Mimmi sortit de la cuisine, cinq barquettes de repas dans les mains.

« Nous envisageons de dormir ici cette nuit, lui dit Torsten. Vous avez encore des chambres ?

* Fabricant suédois de literies de luxe.

– Il m'en reste une seule, avec un lit en quatre-vingt-dix », lui répondit Mimmi, sans un regard vers Rebecka.

« Ne t'inquiète pas, dit Rebecka à Torsten. Je vais te conduire à l'hôtel. »

Il sourit. Mais derrière le sourire et sous le masque du brillant avocat, associé dans un grand cabinet, elle vit un gros garçon qui venait de s'entendre dire qu'on ne voulait pas jouer avec lui et qui essayait de faire comme si cela lui était égal. Elle eut de la peine pour lui.

Quand Rebecka revint de Kiruna, il faisait presque nuit. La forêt se découpait sur le ciel bleu foncé. Elle se gara devant le bar et ferma la voiture à clé. Plusieurs autres véhicules étaient maintenant stationnés sur le parking. Elle entendait des voix d'hommes, le bruit des fourchettes qu'ils plantaient dans la viande, faisant tinter la porcelaine. Elle entendait la télévision en bruit de fond, un jingle de pub qu'elle connaissait. La moto de Nalle était toujours appuyée contre le mur. Elle espéra qu'il avait passé une bonne soirée d'anniversaire.

Le bungalow dans lequel elle allait dormir était adossé à la forêt. À côté de la porte, une petite lampe éclairait le chiffre 5.

Enfin seule, songea-t-elle.

Elle s'approcha de la porte du bungalow mais changea d'avis et entra dans la forêt. Les pins immobiles tendaient leurs cimes vers les étoiles qui s'allumaient une à une. Leurs longs manteaux bleu-vert flottaient doucement au-dessus de la mousse.

Rebecka s'allongea par terre. Les pins murmuraient, apaisants. Les derniers moustiques de la saison fredonnaient en chœur en se jetant sur les parties exposées de son anatomie. C'était tout ce qu'elle avait à offrir.

Elle ne remarqua même pas Mimmi quand elle sortit avec les poubelles.

Quand Mimmi retourna dans la cuisine, elle dit à Micke :

« Au secours ! On a une authentique cinglée, là ! »

Elle lui expliqua que leur nouvelle cliente était allée se coucher, non pas dans son lit, mais à même le sol, dans la forêt.

« Quelquefois on s'demande ! » dit Micke.

Mimmi leva les yeux au ciel.

« Tu vas voir qu'elle va décider tout à coup qu'elle descend d'une lignée de chamanes ou de sorcières ou je ne sais quoi, et qu'elle va s'installer dans les bois, préparer des potions magiques au-dessus d'un feu et se mettre à danser autour ! »

Gula Ben

Pâques. La louve a trois ans quand elle est aperçue pour la première fois par un être humain. La rencontre a lieu dans le nord de l'isthme de Carélie au bord de la rivière Vodla. Elle les a déjà vus souvent. Elle connaît leur odeur acide. Elle sait ce que ces hommes sont en train de faire. Ils pêchent. Quand elle était une jeune louve dégingandée de un an, elle se glissait souvent jusqu'à la rivière à la tombée de la nuit pour manger ce que les animaux à deux pattes avaient laissé derrière eux : têtes, queues et entrailles de poissons, gardons ou ides mélanotes.

Volodja pose des filets sous la glace avec son frère. Alexander a percé quatre trous. Ils vont poser trois filets. Volodja est à genoux devant le deuxième trou, prêt à récupérer le filet que son frère passe sous la glace. Il a les mains mouillées et endolories. Et il n'a pas totalement confiance dans la solidité de la glace. Il s'assure constamment que ses skis sont à portée de main. Si la glace se brise, il se mettra à plat ventre sur ses skis et rampera jusqu'à la berge. Alexander veut absolument poser les filets ici parce que c'est un bon coin. Le poisson est là. Il y a du courant et Alexander a percé la glace à l'endroit où le chenal de la rivière est le plus profond.

Mais c'est aussi l'endroit le plus dangereux. Si l'eau monte, elle érodera la glace par-dessous. Volodja le sait. Elle peut avoir un jour l'épaisseur de trois paumes et le lendemain à peine celle de deux doigts.

Il n'a pas le choix. Il est venu rendre visite à sa famille pour les fêtes de Pâques. Alexander, sa femme et ses deux filles s'entassent au rez-de-chaussée. La mère d'Alexander et de Volodja règne seule sur le premier étage. Alexander s'occupe des femmes à la maison tandis que Volodja est en déplacement à longueur d'année pour le pétrolier russe *Transneft*. L'hiver dernier, il était en Sibérie. Au printemps, dans la baie de Viborg, dans le golfe de Finlande. Il a passé les derniers mois dans la forêt sur la presqu'île de Carélie. Quand son frère lui a proposé d'aller poser des filets, il n'a pas eu le cœur de refuser. S'il avait dit non, Alexander y serait allé seul. Et le lendemain soir, Volodja se serait retrouvé à la table familiale en train de manger les corégones blancs qu'il n'aurait même pas aidé à pêcher.

C'est la colère qui gronde dans le fond du cœur d'Alexander qui le pousse à aller sur la glace trop mince et à y emmener son frère. Maintenant qu'ils y sont, il s'apaise. Il est presque souriant, debout au bord du trou dans la glace, les mains bleuies par le froid. Volodja se dit que la venue d'un fils parviendrait peut-être à faire fondre cette frustration qui le ronge.

Et c'est à l'instant où il adresse une fugitive prière à la Sainte Vierge pour que l'enfant qui grandit dans le ventre de sa belle-sœur ne soit pas encore une fille qu'il aperçoit la louve. Elle se tient à l'orée du bois sur la rive opposée, et elle les regarde. Elle est si proche. Son dos est couvert de neige et elle a de longues pattes. Sa fourrure est moutonnée et épaisse à cause de l'hiver. De longs épis hérissés, couleur argent, sortent de son manteau laineux. Volodja a l'impression que leurs regards se croisent. Alexander ne l'a pas vue parce qu'il lui tourne le dos. Les pattes de la louve sont vraiment très longues. Et jaunes. Elle a l'air d'une reine. Et Volodja, agenouillé sur la glace devant elle, a l'air du petit citadin qu'il est avec ses gants trempés et son bonnet de fourrure à oreilles à moitié de travers sur ses cheveux humides de transpiration.

Zjoltye nogi, murmure-t-il. *Gula Ben**.

Mais ce n'est même pas un murmure. Juste deux mots dans sa tête. Ses lèvres n'ont pas bougé.

Il ne parle pas de la louve à son frère. Il ne veut pas risquer de le voir tirer sur elle avec le fusil qu'il a posé contre son sac à dos.

Alors il s'empresse de détourner le regard et recommence à dérouler le filet de la ligne. Quand il lève les yeux à nouveau, elle n'est plus là.

Trois cents mètres après avoir pénétré dans la forêt, elle a déjà oublié les deux hommes sur la glace. Et elle ne pensera plus jamais à eux. Au bout de deux kilomètres, elle s'arrête et se met à hurler. Les autres membres de la meute lui répondent. Ils sont à moins de dix kilomètres. Elle repart au petit trot. Elle est comme ça. Elle aime partir seule en expédition.

Volodja se souviendra d'elle le restant de ses jours. Chaque fois qu'il retournera à l'endroit où il l'a vue, il scrutera la lisière de la forêt. Trois ans après avoir vu la louve, il a rencontré la femme qu'il allait épouser.

La toute première fois qu'elle a reposé au creux de son épaule, il lui a raconté la louve avec ses longues pattes jaunes.

---

* *Zjoltye nogi* en finnois, comme *Gula Ben*, en suédois, signifie : Pattes jaunes.

Mercredi 6 septembre

La discussion sur l'éventuelle contribution du cabinet à une structure de protection juridique et financière eut lieu au domicile du président de l'union paroissiale, Bertil Stensson. Outre le vicaire Stensson, l'assemblée était composée de Torsten Karlsson, avocat associé de la firme Meijer & Ditzinger à Stockholm, de Rebecka Martinsson, avocate dans le même cabinet, des pasteurs des paroisses de Jukkasjärvi, Vittangi et Karesuando, du secrétaire de l'union paroissiale, ainsi que de celui du diocèse et enfin du pasteur Stefan Wikström. Rebecka Martinsson était la seule femme présente. La réunion avait commencé à huit heures. Il était maintenant dix heures moins le quart et on n'allait pas tarder à servir un café pour clore la réunion.

La salle à manger tenait lieu de salle de conférences. Le soleil de septembre brillait au travers des fenêtres à petits carreaux irréguliers, en verre soufflé. Des étagères surchargées de livres habillaient les murs jusqu'au plafond. Il n'y avait ni bibelots ni bouquets. La décoration était exclusivement composée d'un grand nombre de cailloux alignés sur les rebords des fenêtres. Certains, ronds et lisses, semblaient doux au toucher, d'autres, fragments de roches noires, incrustés d'yeux de grenat rouges et scintillants, paraissaient rugueux. Posés sur les minéraux, des bouts de bois aux formes étrangement torturées parachevaient le décor. À l'extérieur de la maison, les pelouses et l'allée étaient jonchées de feuilles mortes et de fruits de sorbier que personne n'avait pris la peine de ramasser.

Rebecka était assise à côté de Bertil Stensson. Elle l'observait à la dérobée. C'était un homme à la soixantaine bien conservée, sympathique, avec des cheveux gris un peu hirsutes. Il arborait un visage bronzé et un sourire chaleureux. Une déformation professionnelle, peut-être, se dit-elle. C'était presque comique tout à l'heure de voir Torsten et lui face à face. On aurait dit des frères, ou de vieux amis. Le pasteur avait serré la main à Torsten en lui tenant l'avant-bras de l'autre main. Torsten était visiblement sous le charme. Il avait passé sa main libre dans ses cheveux, souriant, heureux.

Elle se demanda si c'était Stensson qui avait ramassé les cailloux et les bois flottés. En général, c'était plutôt un truc de femme de partir se promener sur la plage et de remplir les poches de sa veste de laine jusqu'à les déformer.

Torsten avait habilement employé les deux heures de parole qui lui étaient imparties. Il avait presque tout de suite retiré sa veste et adopté un ton faussement décontracté et sympathique sans pour autant paraître dilettante ou familier. Il leur avait servi son argumentaire comme un repas composé. En apéritif, il les avait caressés dans le sens du poil en leur disant des choses qu'ils savaient déjà. Il leur avait rappelé qu'ils représentaient l'une des organisations les plus riches du pays. Mais aussi la plus noble. En entrée, il leur avait donné quelques exemples des domaines dans lesquels l'Église avait besoin de compétences juridiques, c'est-à-dire pratiquement tous. Droit civil, droit des associations, droit du travail, fiscalité… En guise de plat principal, il avait évoqué les dures réalités de l'entreprise, leur avait parlé chiffres et comptabilité, leur avait expliqué qu'il était préférable et plus rentable pour eux de signer un accord global avec la firme, sachant qu'ils auraient ainsi accès à la fois aux compétences juridiques du cabinet et à son expertise comptable. Il n'avait pas hésité à leur exposer franchement les inconvénients d'un éventuel contrat, même s'ils étaient peu nombreux, afin de leur prouver à quel point il était honnête et désintéressé. Ces messieurs n'avaient pas affaire à un marchand d'aspirateurs. Et enfin il leur avait fait avaler le dessert, à la petite cuillère, en leur racontant les services que lui, Torsten, avait eu l'occasion de rendre à un autre diocèse.

« L'administration des cimetières était très onéreuse. Le diocèse dont je vous parle avait des travaux à réaliser dans plusieurs de ses églises et de nombreux bâtiments à restaurer. Il y avait des jardins à entretenir, des tombes à creuser, des allées à désherber, de la mousse à arracher des pierres tombales, et que sais-je encore. Tout cela coûtait cher. Très cher. Jusque-là il employait de la main-d'œuvre sous forme de contrats à durée déterminée avec l'agence pour l'emploi. Cela ne représentait pas une grosse masse salariale pour l'église et le fait que ces employés ne soient pas très performants n'avait pas beaucoup d'importance. Mais progressivement ces contrats avaient évolué en contrats à durée indéterminée et l'église avait dû reprendre à sa charge l'intégralité des salaires. La plupart de ces employés étaient loin de se tuer à la tâche. La paroisse dut en engager d'autres pour que le travail se fasse malgré tout. Malheureusement, au contact des anciens salariés, les nouveaux comprenaient vite qu'il n'était pas d'usage de remonter ses manches et de travailler dur. Il y en avait même qui parvenaient à cumuler un travail à plein temps avec le poste qu'ils occupaient à l'église. Bref, le conseil presbytéral s'arrachait les cheveux, si j'ose m'exprimer ainsi. Et depuis la séparation de l'Église et de l'État, il était condamné à se débrouiller tout seul avec son problème et à gérer ses comptes sans l'aide de personne. Eh bien figurez-vous qu'il a suffi de mettre en place un contrat d'entreprise pour redresser les comptes. Exactement comme de nombreuses communes le font depuis une quinzaine d'années. »

Torsten leur avait cité quelques montants en couronnes et par an, représentant les économies réalisées. Ses interlocuteurs avaient échangé des regards.

Dans le mille, s'était dit Rebecka.

« Et je ne vous parle même pas des économies et du gain de temps générés par la réduction du personnel. Non seulement il y avait plus d'argent dans la caisse mais aussi plus de temps pour s'occuper de ce qui constitue la mission première de l'Église, c'est-à-dire répondre aux besoins spirituels des fidèles. Ce n'est pas le rôle d'un homme d'Église d'être un gestionnaire et pourtant c'est souvent ce qu'on lui demande. »

Le pasteur Bertil Stensson avait glissé un petit mot à Rebecka sur un morceau de papier sur lequel il avait écrit :

Vous venez de nous donner matière à réflexion.

Tiens, tiens ?

Que voulait-il au juste ? Qu'ils se passent des petits billets comme des écoliers qui ont des secrets pour la maîtresse ? Elle avait souri et hoché imperceptiblement la tête.

Torsten avait terminé son argumentaire et répondu à quelques questions.

Bertil Stensson se leva et annonça qu'on prendrait le café sur la terrasse.

« Quand on vit très loin dans le Nord, comme c'est notre cas, on profite du plus petit rayon de soleil pour mettre le nez dehors. »

Il fit un geste en direction du jardin et tandis que tout le monde sortait, il entraîna Torsten et Rebecka dans le salon. Torsten s'arrêta pour admirer un tableau de Lars-Levi Sunna. Rebecka remarqua que le pasteur lançait à Stefan Wikström un regard qui signifiait : Va m'attendre sur la terrasse avec les autres.

« J'ai l'impression que vous êtes l'homme de la situation, dit le pasteur à Torsten. Mais c'est dès aujourd'hui que je vais avoir besoin de vous et pas dans un an, quand nos accords seront entérinés. »

Torsten était toujours perdu dans la contemplation du tableau. Il représentait une femelle renne avec un regard tendre en train d'allaiter son faon. À travers l'entrebâillement de la porte, Rebecka aperçut une femme sortie de nulle part, portant un plateau avec deux thermos et des tasses.

« Notre diocèse vient de vivre une période extrêmement éprouvante, poursuivit le pasteur. Je suppose que vous avez entendu parler du meurtre de Mildred Nilsson ? »

Torsten et Rebecka acquiescèrent.

« Je dois pourvoir son poste. Il n'est un secret pour personne qu'elle et Stefan ne s'entendaient pas. Stefan est contre les pasteurs femmes. Je ne partage pas son avis, mais je dois malgré tout en tenir compte. Mildred était la chef de file du mouvement féministe local, si j'ose m'exprimer ainsi. Et il faut les tenir, je vous assure. J'ai déjà connaissance d'une femme tout à fait compétente qui se mettra sur les rangs aussitôt que j'aurai lancé l'appel à candidature. Je n'ai rien contre elle, au contraire. Mais pour apaiser les esprits et ramener de la sérénité dans cette paroisse, j'ai l'intention d'engager un homme.

– Moins compétent ? demanda Torsten.

– Oui. Est-ce que j'ai le droit de faire ça ? »

Torsten prit son menton entre le pouce et l'index de sa main droite sans quitter le tableau des yeux.

« Rien ne vous l'interdit, répondit-il posément. Mais si cette femme que vous avez choisi d'évincer décide de vous attaquer, vous risquez d'être accusé de discrimination.

– Et forcé de l'engager quand même ?

– Non. Si le poste a déjà été donné à un autre, on ne pourra pas le lui reprendre. Je peux me renseigner sur les dommages et intérêts que cela vous coûterait, le cas échéant. Je ne vous facturerai pas le travail.

– Je suppose qu'il veut dire par là que vous allez vous en occuper gracieusement ? » dit le vicaire à Rebecka en riant.

Rebecka lui fit un sourire poli. Bertil Stensson se tourna à nouveau vers Torsten.

« Je vous en serais reconnaissant, confia-t-il, reprenant son sérieux. J'ai encore une ou deux petites choses à vous demander.

– Je vous en prie, dit Torsten.

– Mildred avait créé une fondation. Une louve solitaire se promène dans la forêt autour de Kiruna et elle avait décidé de la prendre sous sa protection. L'association réunissait des fonds destinés à maintenir l'animal en vie. Elle dédommageait les Samis pour la perte de leurs rennes, finançait des missions de surveillance en hélicoptère en collaboration avec l'Office national de protection de l'environnement...

– Oui.

– J'avoue que la paroisse n'a pas soutenu ce combat autant que Mildred l'aurait voulu. Ce n'est pas que nous soyons contre les loups mais disons que nous souhaitons garder une position neutre sur ce sujet. Notre église doit accueillir toutes ses ouailles, qu'ils aiment les loups ou qu'ils les détestent. »

Rebecka regarda dehors. Le secrétaire du diocèse surveillait la fenêtre du salon avec curiosité. Il tenait sa soucoupe sous son menton pour éviter de faire tomber des gouttes sur ses vêtements en buvant son café. Sa chemise était affreuse. Elle avait dû être beige à l'origine, avant d'être lavée avec une chaussette bleu marine. Il a de la chance d'avoir trouvé une cravate pour aller avec, songea-t-elle, moqueuse.

« Nous voudrions dissoudre cette association et utiliser les fonds dont elle dispose à des fins plus en rapport avec la mission de l'Église », expliqua le vicaire Stensson.

Torsten lui promit de transmettre sa demande à un avocat spécialisé dans le droit des associations.

« Et enfin, j'en viens à un sujet plus sensible. Le mari de Mildred occupe toujours le presbytère de Poikkijärvi. Cela nous ennuie bien sûr de le chasser de son foyer, mais… vous comprenez, nous avons besoin de récupérer la maison.

– Cela ne devrait pas poser de problème, répondit Torsten. Rebecka, si ça ne t'ennuie pas, tu vas rester un peu ici et jeter un coup d'œil au bail. Et puis tu pourras aller discuter avec… Comment s'appelle le mari ?

– Erik. Erik Nilsson.

– Tu veux bien ? demanda Torsten à Rebecka. Sinon, je peux m'en occuper. C'est un logement de fonction, au pire nous lui enverrons un huissier. »

Le vicaire fit une grimace.

« Si les choses doivent en arriver là, ajouta Torsten tranquillement, vous trouverez sans doute confortable de rejeter la faute sur ces salauds d'avocats.

– Je m'en occuperai, promit Rebecka.

– Erik a aussi gardé le trousseau de clés de Mildred, ajouta le vicaire, s'adressant à Rebecka. Avec les clés de l'église dessus. Je dois les récupérer.

– D'accord.

– Sur le même trousseau se trouve la clé de son casier à la permanence de la salle communale. Elle ressemble à celle-ci. »

Il sortit un trousseau de sa poche et montra une clé à Rebecka.

« Un casier ? s'étonna Torsten.

– Oui, un endroit où elle pouvait ranger de l'argent, des sermons pour le salut des âmes de ses fidèles, et autres objets qu'elle préférait mettre à l'abri. Un pasteur ne reste pas souvent dans son bureau et il y a pas mal de passage à la salle paroissiale.

– Le contenu de ce casier ne devrait-il pas être entre les mains de la police ? ne put s'empêcher de remarquer Torsten.

– Non, je ne crois pas, répondit le pasteur, évasif. Ils n'ont pas demandé à le voir en tout cas. Oh ! mais regardez un peu ça ! Bengt Grape est en train de se servir une quatrième part de gâteau. On ferait mieux d'y aller avant qu'ils aient tout mangé. »

Rebecka conduisait Torsten à l'aéroport. Le soleil de l'été indien éclairait les troncs tachetés des bouleaux de montagne.

Torsten l'observait en douce. Il se demandait s'il y avait eu quelque chose entre elle et Måns. En tout cas pour le moment elle était en colère. Elle avait gardé la tête enfoncée dans les épaules et les lèvres serrées pendant tout le voyage.

« Alors ? Combien de temps tu comptes rester ici ? lui demanda-t-il.

– Je n'en sais rien. Jusqu'à dimanche soir, je pense.

– C'est juste que je voudrais savoir ce que je dois dire à Måns s'il me demande où j'ai égaré sa collaboratrice.

– Il ne s'en apercevra même pas », dit-elle.

Ils restèrent silencieux tous les deux pendant un long moment mais à la fin, Rebecka n'y tint plus.

« Je suis sûre que la police ne connaît même pas l'existence de ce casier ! » s'écria-t-elle.

La voix de Torsten se fit exagérément patiente.

« Cela a dû leur échapper. Mais nous n'allons pas faire le travail de la police, Rebecka. Nous allons faire le nôtre.

– Elle a été assassinée, répliqua-t-elle d'une voix sourde.

– Notre rôle est de défendre les intérêts de nos clients tant que cela reste légal. Et il n'y a rien d'illégal à récupérer un trousseau de clés appartenant à l'église.

– Non, je suppose que non. Et ensuite, nous les aiderons à calculer combien va leur coûter leur délit de discrimination sexuelle pour qu'ils puissent rester tranquillement entre hommes. »

Torsten se tourna vers la vitre.

« Et en plus tu me demandes d'aller jeter son mari à la rue, ajouta-t-elle, furieuse.

– Je t'ai dit que tu n'étais pas obligée de le faire. »

Oh, je t'en prie, dit-elle pour elle-même. Tu ne m'as pas laissé le choix. Si je t'avais laissé faire, tu te serais empressé de lui envoyer un huissier pour le ficher dehors.

Elle appuya plus fort sur la pédale d'accélérateur.

Pour toi et tes semblables, il n'y a que l'argent qui compte, dit-elle encore dans sa tête. Puis elle se tourna vers son collègue :

« Tout cela me donne envie de vomir, fit-elle d'un ton las.

– Ça fait partie de notre boulot, se défendit Torsten. On fait ce qu'on attend de nous, on se lave les mains et on continue. »

L'inspecteur Anna-Maria Mella roulait vers la maison de Lisa Stöckel. Lisa Stöckel était la porte-parole de l'association Magdalena. Elle vivait dans une maison isolée en haut de la colline, après la chapelle de Poikkijärvi. Derrière la maison, la colline descendait à pic jusqu'à une gravière et au pied de l'autre versant coulait la rivière.

La maison n'était à l'origine qu'un simple chalet bâti dans les années soixante. Peu à peu, on y avait fait des extensions, on avait mis des rebords aux fenêtres et ajouté au-dessus du porche des avant-toits artistiquement sculptés et peints en blanc. À présent elle ressemblait à une boîte à chaussures en carton brun déguisée en maison de pain d'épice. La maison était flanquée d'une longue grange en bois au toit de tôle, à moitié délabrée, peinte en rouge de Falun. Elle était percée d'une unique fenêtre à petits carreaux de simple vitrage. Anna-Maria devina qu'il y avait aussi un bûcher, une réserve et un vieux hangar. Il devait y avoir à une époque une autre maison qu'on avait démolie pour construire le chalet à la place, sans abattre la grange attenante.

Elle ralentit en pénétrant dans la cour. Trois chiens bondirent sur la voiture en aboyant. Quelques poules battirent des ailes et coururent se cacher dans un buisson de groseilles. Sur le poteau à l'entrée, pétrifié de concentration, prêt à bondir, un gros chat surveillait un mulot. Seul le mouvement agacé de sa queue révélait qu'il avait noté l'arrivée de la bruyante Ford Escort.

Anna-Maria se gara devant la maison. À travers la vitre, elle voyait les gueules béantes des chiens. Certes ils remuaient la queue mais quand même ! L'un d'entre eux était d'une taille impressionnante. Et tout noir. Elle stoppa le moteur.

Une femme sortit de la maison et s'arrêta sur la véranda. Elle portait une doudoune rose dragée incroyablement laide. Elle appela les chiens.

« Ici ! »

Les chiens s'écartèrent instantanément de la voiture et se précipitèrent vers la véranda. La femme en doudoune rose leur ordonna de se coucher et marcha jusqu'à la voiture. Anna-Maria ouvrit la portière, sortit du véhicule et se présenta.

Lisa Stöckel avait la cinquantaine. Son visage sans aucun maquillage était bronzé. Elle avait au coin des yeux des rides blanches à force de les plisser pour les protéger du soleil. Ses cheveux étaient coupés très court. Un centimètre de moins et ils auraient été dressés en brosse sur sa tête.

Mignonne, se dit Anna-Maria. Dans le style cow-girl. Enfin dans la mesure où on pouvait imaginer une cow-girl en blouson rose molletonné.

Le vêtement était véritablement immonde. Plein de poils de chien et de déchirures par lesquelles s'échappaient des petites touffes d'ouate synthétique.

Mignonne n'était peut-être pas non plus le terme approprié. Bien sûr, Anna-Maria connaissait des femmes de cinquante ans qui faisaient des dîners entre filles et qui restaient des gamines toute leur vie, mais Lisa Stöckel n'avait rien à voir avec ces femmes-là. Il y avait quelque chose dans ses yeux qui donnait à Anna-Maria l'impression qu'elle n'avait peut-être jamais été une gamine.

Peut-être à cause d'une ride à peine visible qui allait du coin intérieur de l'œil jusqu'à la tempe puis redescendait vers la joue. Ou de l'ombre autour de ses yeux profondément enfoncés dans leurs orbites.

La souffrance, songea Anna-Maria. Du corps ou de l'âme.

Elles marchèrent côte à côte vers la maison. Les chiens étaient couchés sur la véranda, impatients de pouvoir se lever pour faire la fête à la nouvelle venue.

« Pas bouger ! » leur ordonna Lisa Stöckel.

L'ordre était destiné aux chiens mais Anna-Maria obéit également.

« Vous avez peur des chiens ?

– Non, pas si je sais qu'ils sont gentils », répondit Anna-Maria en surveillant du coin de l'œil le gros animal noir.

Sa longue langue rose pendait de sa bouche comme une cravate. Ses pattes étaient aussi larges que celles d'un lion.

« Il y en a un autre dans la cuisine, une femelle, douce comme un agneau. Ceux-là aussi d'ailleurs, à part qu'ils oublient parfois les bonnes manières. Allez-y, entrez. »

Elle ouvrit sa porte et Anna-Maria se faufila à l'intérieur.

« Vous êtes d'affreux voyous », lança affectueusement la maîtresse à ses chiens. Puis, le bras en l'air, elle dit d'une voix forte :

« Filez maintenant ! »

Les chiens se levèrent tous en même temps, leurs griffes rayant le plancher au moment de l'accélération, puis ils dévalèrent les quelques marches de la véranda en deux bonds enthousiastes et partirent à fond de train dans le jardin.

Anna-Maria, debout dans l'entrée exiguë, regardait autour d'elle. La moitié de la surface du vestibule était encombrée de paniers de chiens. Il y avait une grande gamelle d'eau en inox, des bottes en caoutchouc, des godillots militaires, des baskets et une paire de chaussons en Gore-Tex. C'est tout juste si Lisa et elle pouvaient tenir en même temps dans l'espace restant. Les murs étaient couverts de porte-manteaux et d'étagères. Anna-Maria vit plusieurs laisses, des gants de jardin, d'énormes bonnets de laine, des moufles et un bleu de travail. Elle ne savait pas où suspendre sa parka, chaque porte-manteau et chaque cintre étant déjà utilisé.

« Il vaut mieux que vous la mettiez sur une chaise dans la cuisine », dit Lisa Stöckel, répondant à sa question muette. « Sinon elle va être couverte de poils. Non ! Au nom du ciel, gardez vos chaussures ! »

Une porte donnait sur le séjour et l'autre sur la cuisine. Dans la pièce principale étaient entassés plusieurs cartons à bananes remplis de livres. Il y en avait d'autres empilés sur le sol. Contre un mur se dressait une bibliothèque en bois sombre avec une vitrine en verre coloré. Poussiéreuse et totalement vide.

« Vous êtes en train de déménager ? demanda Anna-Maria.

– Non, je… Oh, vous savez, on accumule tellement de cochonneries. Et puis les bouquins sont des ramasse-poussière. »

La cuisine était aménagée avec un ensemble de mobilier en pin dont la laque était jaunie par le temps. Sur une banquette rustique dormait une femelle labrador noire. Elle se réveilla quand les deux femmes entrèrent et, pour leur souhaiter la bienvenue, elle remua la queue qui frappa bruyamment contre le bois des accoudoirs. Puis elle reposa la tête entre ses pattes et se rendormit.

Lisa présenta la chienne sous le nom de Majken.

« Je voudrais que vous me parliez de Mildred Nilsson, dit Anna-Maria quand elles furent assises. On m'a dit que vous travailliez ensemble dans cette organisation de femmes qui s'appelle Magdalena.

– J'ai déjà tout raconté à… un grand type avec une grosse moustache, comme ça. »

Lisa Stöckel écarta les mains à vingt centimètres de part et d'autre de sa lèvre supérieure. Anna-Maria éclata de rire.

« Sven-Erik Stålnacke.

– Oui.

– Vous voulez bien me raconter encore ?

– Par où voulez-vous que je commence ?

– Comment l'avez-vous rencontrée ? »

Anna-Maria Mella regarda attentivement le visage de Lisa Stöckel. Lorsque les gens fouillent dans leur mémoire à la recherche d'un souvenir précis, ils baissent souvent leur garde. À condition qu'il ne s'agisse pas d'un sujet sur lequel ils avaient l'intention de vous mentir, bien sûr. Il leur arrive même d'oublier leur interlocuteur. Un sourire fugitif éclaira le visage de Lisa Stöckel. Une douceur qui adoucissait ses traits. Elle avait eu de l'affection pour la femme pasteur.

« C'était il y a six ans. Elle venait d'emménager au presbytère. À l'automne, elle a voulu faire le catéchisme aux jeunes de Jukkasjärvi en âge d'être confirmés. Un vrai chien de chasse. Elle allait voir les parents de ceux qui ne s'étaient pas encore inscrits. Elle se présentait et leur expliquait pourquoi il était important qu'ils connaissent l'Évangile.

– Pourquoi était-ce si important ? » demanda Anna-Maria qui n'avait pas le souvenir que sa propre éducation religieuse, qui remontait à un bon siècle, lui ait servi à grand-chose.

« Mildred trouvait que l'église devait être un lieu de rassemblement. Elle se fichait de savoir si les gens étaient croyants ou pas, c'était une question entre le Seigneur et eux. Mais si elle parvenait à les faire venir à l'église pour les baptêmes, les confirmations, les mariages et les grandes occasions, elle se disait que cela leur permettrait de se rencontrer et qu'ainsi ils se sentiraient suffisamment chez eux à l'église pour s'y réfugier dans les moments où la vie est difficile. Quand les parents lui répondaient que leurs enfants n'avaient pas la foi et qu'ils n'accepteraient de se faire confirmer que pour recevoir des cadeaux, elle leur assurait qu'il n'y avait pas de mal à apprécier les cadeaux et que les jeunes n'aiment pas étudier de toute façon, que ce soit à l'école ou à l'église. Elle estimait que savoir pourquoi on fête Noël, Pâques, la Pentecôte et l'Ascension et connaître le nom des quatre évangélistes faisait partie de la culture générale.

– Et vous aviez un fils ou une fille qui…

– Non, non… Enfin si, j'ai une fille, mais elle avait déjà fait sa confirmation depuis longtemps. Elle travaille à l'auberge, ici, au village. Mildred Nilsson était venue pour me parler du fils de mon cousin, Nalle. Il est handicapé mental et son père, Lars-Gunnar, ne souhaitait pas qu'il fasse sa confirmation. Vous voulez du café ?

– Volontiers, dit Anna-Maria. J'ai l'impression qu'elle agaçait pas mal de monde dans le coin », ajouta-t-elle.

Lisa Stöckel haussa les épaules.

« C'est juste qu'elle était tellement... directe. Comme si elle ne savait rouler qu'en marche avant.

– Qu'est-ce que vous voulez dire ?

– Je veux dire qu'elle n'était pas du genre à faire des salamalecs. Elle n'était pas diplomate et elle était incapable d'hypocrisie. Si quelque chose n'allait pas, elle fonçait dans le tas. Comme la fois où elle s'est mis tous les fossoyeurs à dos par exemple. »

Elle cligna des yeux à plusieurs reprises mais les images dans sa tête ne se laissaient pas chasser aussi facilement : deux papillons jaunes se pourchassant au-dessus d'un tas de sable, les branches du bouleau pleureur se balançant mollement dans la brise estivale qui montait du fleuve. Le dos de Mildred qui marchait au pas de charge entre les tombes. Le bruit de ses souliers crissant sur le gravier.

Lisa court derrière Mildred sur l'allée du cimetière de Poikkijärvi. Les employés du service d'entretien font leur pause. Ils font souvent des pauses. Tout le temps en fait. D'ailleurs, ils ne travaillent que lorsque le pasteur les regarde. Mais personne n'a jamais osé leur dire quoi que ce soit. Si on les contrarie, on risque de se retrouver à prononcer la bénédiction du défunt les deux pieds dans une butte de terre ou d'être obligé de crier pour couvrir le bruit d'une tondeuse à deux mètres de la sépulture. Ou de prêcher l'hiver dans une église glacée. Le vicaire, ce bon à rien, les laisse faire. Il ne voit pas ce qui se passe, on peut dire qu'ils s'y entendent pour le rouler dans la farine.

« Ne te dispute pas avec eux, lui conseille Lisa.

– Je n'ai pas l'intention de me disputer avec eux », réplique Mildred.

Et elle pense ce qu'elle dit.

Mankan Kurö les aperçoit en premier. Il est le leader informel de l'équipe. Le chef d'équipe en titre les ignore délibérément. De toute façon, c'est Mankan qui décide. C'est avec lui que Mildred doit faire attention de ne pas se fâcher.

Elle va droit au but. Les autres écoutent, intéressés.

« La tombe pour l'enfant. Vous l'avez creusée ?

– Je ne sais pas de quoi vous voulez parler », répond Mankan, l'air indifférent.

« Je viens de voir ses parents. Ils m'ont dit qu'ils avaient choisi un emplacement dans la partie nord avec vue sur la rivière, mais que vous le leur avez déconseillé. »

Mankan Kurö ne répond pas. Envoie un gros crachat dans l'herbe et fouille dans sa poche pour attraper sa boîte de tabac à priser.

« Vous leur avez dit que les racines du bouleau pleureur allaient crever le cercueil et traverser le corps du bébé, poursuivit Mildred.

– Et alors ? C'est pas vrai ?

– C'est ce qui arrive quel que soit l'endroit où on enterre un cercueil et vous le savez aussi bien que moi. C'est juste que vous n'avez pas envie de creuser sous le bouleau parce que le terrain est plein de cailloux et de racines. Vous avez simplement décidé que c'était trop dur. Je trouve choquant que par paresse vous osiez mettre des images pareilles dans la tête de ces pauvres parents. »

Pas une seule fois elle n'a élevé la voix. Les hommes autour de Mankan regardent par terre. Ils ont honte. Et ils haïssent cette femme pasteur qui leur fait honte.

« Bon, et on fait quoi maintenant ? demande Mankan Kurö. On a déjà creusé un trou. À un bien meilleur emplacement, si vous voulez mon avis. Vous allez nous obliger à enterrer le gosse ailleurs juste parce que *vous* l'avez décidé ?

– Bien sûr que non, c'est trop tard à présent, vous leur avez fait peur et ils ont changé d'avis. Je suis seulement venue pour vous dire que si cela se reproduit… »

Il sourit. Est-ce qu'elle a vraiment l'intention de le menacer ?

« … mon respect pour vous en sera considérablement affecté », termine-t-elle avant de s'en aller.

Lisa s'empresse de lui emboîter le pas. Elle n'a aucune envie d'entendre les commentaires des fossoyeurs derrière leur dos. Elle n'a pas de mal à se les imaginer : « Si son mec lui donnait ce qu'elle voulait au pieu, ça la calmerait. »

« Et à part les fossoyeurs, qui d'autre s'est-elle mis à dos ? » demanda Anna-Maria.

Lisa haussa les épaules et éteignit la cafetière.

« On a l'embarras du choix ! Le directeur de l'école de Jukkasjärvi parce qu'elle exigeait qu'il fasse quelque chose pour mettre fin au racket à l'école. Les bonnes femmes des services sociaux parce qu'elle marchait sur leurs plates-bandes.

– De quelle façon ?

– Le presbytère servait régulièrement de refuge à des femmes qui quittaient leur mari en emmenant les enfants…

– J'ai aussi entendu parler d'une association de défense qu'elle aurait créée pour la protection d'une louve, dit Anna-Maria. Il y a eu une grosse polémique à ce sujet, non ?

– Mmm, je n'ai ni pain ni lait, vous allez devoir le boire comme ça. »

Lisa posa devant Anna-Maria un mug ébréché décoré d'un motif publicitaire.

« Le vicaire et la plupart des autres pasteurs de la paroisse ne la supportaient pas non plus.

– Pour quelle raison ?

– Entre autres à cause de nous, les femmes du groupe Magdalena. Nous sommes presque deux cents. Il y avait aussi un tas de gens qui l'appréciaient sans être membres de l'association, y compris des hommes. Même si on veut vous faire croire qu'il n'y avait que des femmes. On étudiait les Évangiles avec elle et on assistait aux messes qu'elle célébrait. Et on faisait des choses pratiques aussi.

– Par exemple ?

– Plein de choses. On faisait la cuisine. On réfléchissait à des solutions pour aider efficacement les mères célibataires. Elles se plaignent souvent de passer toute leur vie à des occupations purement matérielles. Travailler. Faire les courses, le ménage, la cuisine, avec comme seule compagnie leur poste de télévision. Alors nous organisons des déjeuners à la salle communale, en ville, du lundi au mercredi, et au presbytère, le jeudi et le vendredi. On aide à tour de rôle et on fait payer le repas vingt couronnes par adulte et quinze par enfant. Comme ça, une ou deux fois par semaine, elles échappent aux courses et à la cuisine. Parfois, elles s'arrangent entre elles pour garder les enfants et cela leur laisse un peu de temps pour faire du sport ou simplement aller se promener en ville. Mildred croyait beaucoup aux solutions simples. »

Lisa se mit à rire et poursuivit :

« Si on avait le malheur de venir lui raconter que quelqu'un dans la communauté avait des problèmes, elle vous tombait dessus comme un brochet affamé : “Qu'est-ce qu'on peut faire ?" Avant d'avoir eu le temps de savoir ce qui vous arrivait, vous vous retrouviez au boulot. L'association Magdalena était une véritable armée. Quel pasteur n'aurait pas voulu avoir une telle organisation avec lui ?

– Vous voulez dire que les autres pasteurs étaient jaloux ? »

Lisa haussa les épaules.

« Vous dites que Magdalena *était* une armée. Cela signifie que l'association n'existe plus ? »

Lisa baissa la tête.

« Si, si. »

Anna-Maria s'attendait à ce qu'elle ajoute quelque chose, mais Lisa Stöckel garda un silence obstiné.

« Y a-t-il quelqu'un, à votre connaissance, qui était particulièrement proche d'elle ? demanda Anna-Maria.

– Nous. Toutes les femmes de Magdalena.

– Son mari peut-être ? »

Un minuscule cillement, mais Anna-Maria le remarqua. Il y avait quelque chose à creuser, là. Vous ne me dites pas tout, Lisa Stöckel.

« Oui, son mari, évidemment, dit-elle.

– Savez-vous si elle avait peur de quelqu'un ? Si elle se sentait menacée ?

– Elle devait avoir une tumeur ou en tout cas quelque chose qui compressait la zone du cerveau où se situe la peur. Non, Mildred n'avait pas peur. Et elle n'était pas plus menacée dernièrement que d'habitude. Il y avait toujours quelqu'un qui éprouvait le besoin de crever ses pneus ou de casser ses vitres... »

Lisa Stöckel jeta à l'inspecteur Mella un regard plein de colère.

« Elle n'allait même plus porter plainte chez les flics. Trop de tracas pour rien. On ne peut jamais prouver quoi que ce soit, même quand on connaît le coupable.

– Vous pourriez me donner quelques noms, peut-être ? »

Un quart d'heure plus tard, Anna-Maria repartait au volant de sa Ford Escort.

Qu'est-ce qui peut pousser quelqu'un à se débarrasser de tous ses livres ? songeait-elle.

Derrière la fenêtre de sa cuisine, Lisa Stöckel la regarda s'éloigner dans un nuage de poussière. Puis elle alla s'asseoir sur la banquette, à côté du labrador endormi. Elle lui caressa le cou et le poitrail comme le fait une chienne pour calmer ses chiots. Majken s'éveilla et donna deux ou trois battements de queue pleins de dévotion.

« Et alors ma vieille, qu'est-ce qui t'arrive ? demanda Lisa. Tu ne te lèves même plus pour dire bonjour aux gens qui viennent nous voir ? »

Sa gorge se serra. Derrière ses paupières, elle sentait quelque chose de chaud. Les larmes. Les larmes qui n'avaient pas le droit de sortir.

Elle a dû avoir tellement mal, se dit-elle.

Elle se leva brusquement.

Oh, Mildred ! Pardonne-moi. S'il te plaît, pardonne-moi. J'essaye… Je fais tout ce que je peux, mais j'ai tellement peur.

Elle avait besoin d'air, se sentait mal tout à coup. Elle eut juste le temps d'arriver sur la véranda avant de vomir.

Les chiens furent là en une seconde. Si elle n'en voulait plus, ils allaient s'en charger. Elle les repoussa du pied.

Cette garce de flic était rentrée dans sa tête comme dans un livre d'images. Et elle avait vu Mildred sur toutes les pages. Lisa n'en pouvait plus de regarder les images. La première fois qu'elle l'avait vue, six ans plus tôt. Elle se souvient qu'elle se trouvait devant les clapiers. C'était l'heure où elle nourrissait les bêtes. Les lapins, blancs, gris, noirs, tachetés, debout sur leurs pattes arrière, essayant de passer le nez à travers le grillage. Elle versait les croquettes et de minuscules morceaux de carottes et autres racines dans les gamelles en terre cuite, le cœur gros en pensant que toutes ces jolies petites bêtes allaient bientôt finir dans une casserole à l'auberge.

Tout à coup, elle est là, derrière elle, la femme pasteur qui vient de s'installer au presbytère. Elles ne se sont jamais rencontrées. Lisa ne l'a pas entendue arriver. Mildred Nilsson est une petite femme d'à peu près son âge, la cinquantaine. Au visage fin et pâle. Ses cheveux sont longs et bruns. Lisa l'entendra souvent par la suite qualifiée d'insignifiante. Les gens diront : « Elle n'est pas jolie mais... » Lisa ne comprendra jamais comment ils peuvent dire ça.

Elle ne sait pas ce qui lui arrive quand elle prend la petite main tendue. Elle doit ordonner à sa propre main de relâcher celle de la pasteure. Mildred parle. Sa bouche aussi est toute petite. Ses lèvres minuscules. Comme une petite baie rouge dans son visage. Et tandis que la petite airelle parle et parle encore, ses yeux chantent une jolie mélodie qui raconte tout autre chose.

Pour la première fois depuis... elle ne sait pas combien de temps, Lisa craint qu'on puisse lire la vérité dans ses yeux. Elle aurait besoin d'un miroir pour vérifier. Elle qui sait ce qu'il en coûte d'être la plus belle fille du village. Elle qui sait l'effet que ça fait d'entendre les garçons crier sur son passage : « T'as vu les nichons ! » et de marcher recroquevillée sur elle-même jusqu'à en avoir mal au dos. Mais elle n'a jamais rien dit, ni ça ni aucun des autres secrets.

Bengt, le cousin de son père, quand elle avait treize ans. Il l'attrape par les cheveux et les enroule autour de sa main. Elle a l'impression qu'il va les arracher et son cuir chevelu avec. « Ta gueule », lui murmure-t-il à l'oreille avant de la traîner dans les toilettes. Il lui cogne le front contre la faïence pour bien lui faire comprendre qu'il ne plaisante pas. De sa main libre, il déboutonne son jean. Toute la famille est dans le salon, juste à côté.

Elle n'avait rien dit à personne. Jamais. Elle avait coupé ses cheveux.

Ou la dernière fois de sa vie où elle avait bu de l'alcool. La nuit du solstice d'été 1965. Elle était très soûle et c'étaient trois garçons qui venaient de la ville. Deux d'entre eux vivent toujours à Kiruna. Elle en a croisé un récemment, par hasard, au centre commercial ICA. Ses souvenirs sont comme de gros cailloux jetés dans un puits. Ils sont là, tout au fond, comme des cauchemars qu'elle aurait faits il y a longtemps.

Et puis il y avait eu les années avec Tommy et la fois où il avait pris une cuite en compagnie de ses cousins de Lannavaara. C'était à la fin du mois de septembre. Mimmi devait avoir trois ou quatre ans. La glace n'avait pas encore pris sur la rivière. Les cousins de Tommy lui avaient offert une vieille foëne. Une antiquité, inutilisable. Il n'avait pas compris qu'ils se moquaient de lui. Au petit matin, il lui avait téléphoné pour qu'elle vienne le chercher. Elle était venue avec sa voiture. Elle avait essayé de le convaincre de laisser l'énorme harpon sur place, mais il avait insisté pour le prendre et avait réussi à le faire entrer dans l'habitacle en laissant sa vitre ouverte et la foëne à moitié dehors. Il riait comme un fou en donnant de grands coups de harpon dans la nuit.

En rentrant, il avait décidé qu'il voulait aller pêcher et qu'elle devait venir avec lui. Il faisait encore nuit. Il avait besoin d'elle pour ramer et tenir la torche. « La petite dort, avait-elle riposté. – Justement ! avait dit Tommy. On a au moins deux heures devant nous avant qu'elle se réveille. » Elle avait essayé de le convaincre de mettre un gilet de sauvetage. L'eau était glacée. Il avait refusé.

« T'as vach'ment changé en vieillissant. J'me suis marié avec Fifi Brindacier et voilà que je m'retrouve avec Annika la raisonnable ! »

Cette idée de la surnommer Annika l'amusait beaucoup. Une fois sur l'eau, il avait continué à l'appeler comme ça. « Annika la raisonnable », « Rame vers le milieu de la rivière, Annika ! »

Et puis brusquement, il était tombé à l'eau. *Splash !* Très vite il était remonté à la surface et avait cherché, paniqué, à s'accrocher au rebord de la barque. L'eau glacée, la nuit noire. Il ne criait même pas. Se contentait de respirer fort, et de cracher l'eau qui rentrait dans sa bouche.

Ah ! Cette seconde... cette seconde où elle s'était sérieusement demandé ce qu'elle allait faire. S'éloigner d'un coup de rame. Juste assez pour être hors de sa portée. Avec tout l'alcool qu'il avait dans le sang. Combien de temps cela aurait-il pris ? Cinq minutes ?

Mais elle l'avait aidé à sortir de l'eau. C'était dur. Elle avait failli tomber elle aussi. Ils n'avaient pas retrouvé le harpon. Il avait dû couler. Ou partir avec le courant. En tout cas, Tommy était furieux. En colère contre elle alors qu'il lui devait la vie. Elle avait senti à quel point il avait eu envie de la frapper.

Elle n'avait jamais parlé à personne de ce désir qu'elle avait eu de le voir mourir. De le voir se noyer comme un chaton enfermé dans un sac.

Et maintenant elle est là, face à Mildred Nilsson. Et elle se sent toute bizarre. Le regard de la pasteure est entré en elle.

Encore un secret à jeter dans le puits. Il tombe. Et elle le voit briller tout au fond comme un bijou au milieu des ordures et des détritus.

Il y avait bientôt trois mois que son épouse avait été retrouvée morte. Erik Nilsson sortit de sa Skoda devant le presbytère. Il faisait encore chaud alors que le mois de septembre était déjà bien avancé. Il n'y avait pas le moindre nuage dans le ciel d'un bleu insolent. La lumière transperçait l'air comme une lame tranchante.

Il était allé faire un tour sur son lieu de travail. Cela lui avait fait du bien de revoir ses collègues. Ils étaient pour lui comme une seconde famille. Bientôt, il reprendrait le travail. Au moins pour se changer les idées.

Il contempla les pots alignés sur l'escalier et la terrasse couverte. Les fleurs desséchées pendaient tristement au-dessus du bord. Il se dit vaguement qu'il allait devoir les rentrer. D'un jour à l'autre, l'herbe serait cassante de givre et toutes les plantes allaient geler.

Il avait fait les courses sur le chemin du retour. Il tourna la clé dans la serrure, ramassa les cartons de victuailles et baissa la poignée de la porte avec son coude.

« Mildred ! » appela-t-il aussitôt qu'il eut franchi le seuil. Puis il resta un instant immobile. Un profond silence lui avait répondu. La maison lui renvoyait ses deux cent quatre-vingts mètres carrés de silence. Le monde entier s'était tu. Sa demeure était devenue un vaisseau spatial sans passager, voguant dans une éclatante et muette stratosphère. La seule chose qu'on entendait encore était le grincement de cette vieille Terre tournant sur son axe. Pourquoi ne pouvait-il pas s'empêcher de l'appeler chaque fois qu'il rentrait ?

Quand elle était encore en vie, il savait toujours si elle était là ou pas au moment où il franchissait la porte. Il prétendait que cela n'avait rien d'étonnant. Un nourrisson reconnaît l'odeur de sa mère, même si elle est dans une autre pièce. Il était convaincu qu'on gardait cette faculté en grandissant. Mais on ne le sait pas alors on appelle cela « intuition » ou « sixième sens ».

Parfois, quand il rentrait, il avait encore la sensation qu'elle était là, quelque part, dans la maison, dans la pièce à côté.

Il posa les cartons par terre. Fit quelques pas dans le silence.

Mildred, appela-t-il à l'intérieur de sa tête.

À cet instant, on sonna à la porte.

C'était une femme. Elle portait un long manteau cintré et des bottes à talons. Elle n'était pas d'ici et lui parut aussi étrangère au paysage que si elle s'était promenée toute nue dans la rue. Elle retira un gant et lui tendit sa main droite. Se présenta sous le nom de Rebecka Martinsson.

« Entrez », dit-il en passant inconsciemment les doigts dans sa barbe et dans ses cheveux.

« Merci. Mais c'est inutile, je voulais seulement...

– Entrez », dit-il encore une fois en ouvrant la marche.

Il l'invita à garder ses chaussures et à s'asseoir dans la cuisine qui était impeccable. C'était lui qui s'occupait du ménage et de la cuisine quand Mildred était là, il n'y avait pas de raison qu'il arrête maintenant qu'elle était morte. En revanche, il ne touchait jamais à ses affaires. Sa veste rouge était toujours posée sur la banquette. Ses papiers et son courrier s'empilaient sur le plan de travail.

« Que puis-je faire pour vous ? » dit-il avec courtoisie.

Il avait toujours excellé dans ce domaine, être aimable avec les femmes. Et il en avait vu, des femmes assises à cette table, depuis qu'ils vivaient ici. Souvent avec un bébé sur les genoux et un enfant debout près d'elles, un petit poing fermement agrippé au gilet de leur mère. Quand elles n'essayaient pas d'échapper à un mari, elles venaient pour échapper à leur propre vie. Parce qu'elles ne supportaient pas la solitude de leur appartement de Lombolo. C'était le genre de femmes à rester des heures sur la véranda, dans le froid, à fumer cigarette sur cigarette.

« J'ai été mandatée par les employeurs de feu votre épouse », expliqua Rebecka Martinsson.

Erik Nilsson était sur le point de s'asseoir et de lui proposer un café. Du coup il resta debout. Comme il ne disait rien, elle continua :

« On m'a chargée de deux missions : récupérer son trousseau de clés professionnel et vous demander de quitter cette maison. »

Il tourna les yeux vers la fenêtre. L'écouta. Elle était calme et courtoise. Elle lui expliqua que le presbytère était un logement de fonction et que l'Église pouvait lui trouver un appartement et s'occuper de son déménagement.

Il avait du mal à respirer. Il gardait les lèvres pincées et chaque fois qu'il inspirait c'était comme s'il reniflait.

Il se tourna vers elle et à présent son regard ne contenait que du mépris. Elle baissa les yeux.

« C'est dégueulasse. Ils me font tous vomir. La femme de Stefan Wikström a fini par avoir le dernier mot, alors ? Elle n'a jamais supporté que Mildred habite le presbytère et pas elle.

– Écoutez… je ne sais pas. Je… »

Il donna un coup sur la table avec le plat de la main.

« J'ai tout perdu ! »

Il leva le poing et elle comprit qu'il se retenait d'exploser.

« J'en ai pour une seconde », dit-il.

Il sortit de la cuisine. Rebecka l'entendit monter l'escalier et marcher au premier étage. Puis il revint, lâcha le trousseau de clés au milieu de la table comme si c'était un sac de déjections canines.

« Autre chose ?

– Votre déménagement », répondit-elle, imperturbable.

Cette fois, elle le regarda dans les yeux.

« Quel effet ça vous fait ? lui demanda-t-il. Comment on se sent dans ses jolies fringues quand on fait le métier que vous faites ? »

Rebecka se leva de sa chaise. Une expression passa sur son visage. Cela n'avait duré qu'une fraction de seconde mais il avait eu le temps de reconnaître un sentiment qu'il avait souvent eu l'occasion de voir dans ce presbytère, celui de la douleur muette. Il avait lu dans ses yeux la réponse à la question qu'il venait de lui poser. Il l'avait entendue aussi clairement que si elle avait prononcé les mots : on se sent sale.

Elle reprit ses gants sur la table avec des gestes posés, lents, comme si elle devait les compter pour être sûre de ne pas en oublier. Un, deux. Elle ramassa le gros trousseau.

Erik Nilsson poussa un long soupir et se passa la main sur le visage.

« Je vous prie de m'excuser, dit-il. Mildred m'aurait donné un coup de pied au cul si elle avait été là. Quel jour sommes-nous ? »

Comme elle ne lui répondait pas, il reprit :

« Une semaine. Je serai parti dans une semaine. »

Elle hocha la tête. Il l'accompagna jusqu'à la porte. Chercha ce qu'il pourrait ajouter. Il était sans doute malvenu de lui proposer un café maintenant.

« Une semaine », promit-il à nouveau alors qu'elle lui tournait le dos. Comme pour lui faire plaisir.

Rebecka sortit en titubant du presbytère. Enfin, elle avait l'impression de tituber. Mais ce n'était pas le cas bien sûr. Au contraire, elle s'éloignait de la maison d'un pas sûr et cadencé.

Je ne suis rien, se disait-elle. Il n'y a plus rien là-dedans. Il n'y a plus personne, plus de volonté. Je fais tout ce qu'on me demande de faire. Sans poser de questions. Les gens pour qui je travaille sont tout ce qui me reste. Je prétends que je ne supporte pas l'idée d'y retourner alors qu'en réalité, je serais incapable de me passer du cabinet. Je ferais tout, absolument tout pour ne pas être exclue.

Elle mit le cap sur la boîte aux lettres et ne remarqua la Ford Escort rouge qui approchait du presbytère que lorsque celle-ci ralentit pour passer entre les piliers de l'entrée.

La voiture s'arrêta.

Une décharge d'adrénaline traversa le corps de Rebecka.

L'inspecteur de police Anna-Maria Mella sortit du véhicule. Elle l'avait rencontrée le jour où elle avait pris la défense de Sanna Strandgård. C'était Anna-Maria Mella et son collègue Sven-Erik Stålnacke qui lui avaient sauvé la vie cette nuit-là.

Anna-Maria était enceinte à l'époque et elle était grosse comme une barrique. Maintenant, elle était mince mais toujours large d'épaules. Il émanait d'elle une grande force malgré sa petite taille. Elle avait toujours sa longue tresse dans le dos et une impeccable rangée de longues dents blanches dans un visage bronzé. Une jument policière.

« Salut ! » s'exclama-t-elle en voyant Rebecka.

La jeune femme ne répondit pas. Toute l'attitude d'Anna-Maria Mella exprimait sa surprise.

« Je... », dit Rebecka. Elle se reprit. « Mon cabinet a une affaire en cours avec diverses paroisses de l'Église de Suède, nous avions un rendez-vous de mise en place des protocoles et... Enfin, il y avait des détails à régler concernant le presbytère et comme j'étais sur place, j'ai... Je suis venue parler à... »

Elle fit un geste du menton vers la maison sans finir sa phrase.

« Et votre présence n'a rien à voir avec..., demanda Anna-Maria.

– Rien du tout. Quand je suis arrivée, je ne savais même pas que... Non. Vous avez eu quoi au fait ? » s'enquit Rebecka avec un sourire un peu forcé.

« Un garçon. Je viens tout juste de reprendre le boulot. J'enquête sur l'assassinat de Mildred Nilsson. »

Rebecka hocha la tête. Leva les yeux vers le ciel. Il était complètement vide. Le trousseau de clés pesait une tonne dans la poche de sa veste.

Qu'est-ce qui m'arrive ? se demanda-t-elle. Je ne suis pas malade. Je ne souffre d'aucune maladie. Je suis simplement devenue inexistante. Et folle. Je n'ai plus rien à dire. Le silence est en train de me grignoter peu à peu.

« On vit dans un drôle de monde, vous ne trouvez pas ? dit Anna-Maria. Viktor Strandgård et maintenant Mildred Nilsson. »

Rebecka acquiesça à nouveau. Anna-Maria lui sourit. Jusque-là elle n'avait pas semblé affectée par le silence de son interlocutrice mais à présent elle attendait patiemment que Rebecka dise quelque chose.

« Vous en pensez quoi, vous ? » dit enfin Rebecka, au prix d'un énorme effort. « Vous croyez que quelqu'un a collectionné des coupures de presse sur le meurtrier de Viktor Strandgård et décidé de l'imiter ?

– C'est possible. »

Anna-Maria tourna les yeux vers un sapin voisin. Elle venait d'entendre un écureuil grimper le long du tronc mais elle ne parvenait pas à l'apercevoir. Il avait dû passer de l'autre côté et maintenant il batifolait bruyamment dans les branches au sommet de l'arbre.

Ce pouvait être l'œuvre d'un fou qui s'était inspiré de la mort de Viktor Strandgård ou de quelqu'un qui connaissait Mildred, savait qu'elle célébrait une messe et à quelle heure elle sortirait de cette église, et qui savait aussi qu'elle allait venir prendre sa barque. Elle ne s'était pas défendue. Mais pourquoi l'avait-on pendue ? La mise en scène faisait penser à ces coutumes du Moyen Âge, quand on mettait la tête des gens sur une pique. Une sorte de mise en garde.

« Comment allez-vous ? » demanda Anna-Maria à Rebecka.

Rebecka répondit qu'elle allait bien. Pas trop mal en tout cas. Elle confia à l'inspecteur Mella qu'elle avait eu des moments difficiles, mais qu'elle avait été entourée et soutenue. Anna-Maria lui dit que c'était bien. Très bien.

Anna-Maria regardait Rebecka. Elle se remémora la nuit où les policiers l'avaient retrouvée dans ce chalet de Jiekajärvi. Anna-Maria n'était pas avec eux parce que justement ce soir-là, elle avait commencé à avoir des contractions. Mais ensuite elle en avait souvent rêvé. Dans son rêve, elle roulait sur un scooter des neiges dans l'obscurité et le blizzard. Le corps ensanglanté de Rebecka gisait dans le traîneau derrière elle. La neige lui giclait au visage. Elle était constamment terrifiée à l'idée de percuter quelque obstacle. Soudain, son véhicule s'enneigeait. Et elle se retrouvait bloquée, le scooter immobilisé rugissant dans la nuit glaciale. C'était le moment où, en général, elle se réveillait en sursaut. Et elle restait là, allongée, à contempler Gustav endormi, ronflant doucement entre elle et Robert. Sur le dos. Serein. Les bras écartés au-dessus de sa tête à la façon des nourrissons. Tout va bien, se disait-elle en regardant son fils et son mari. Tout va bien.

Mais parfois elle se demandait si tout allait aussi bien que cela.

« Vous repartez tout de suite pour Stockholm ? demanda-t-elle à Rebecka.

– Non, je vais prendre quelques jours de vacances.

– Votre grand-mère avait une maison à Kurravaara, c'est là-bas que vous vous êtes installée ?

– Non, je… Non. J'habite ici. L'auberge loue des bungalows.

– Alors vous n'êtes pas encore retournée à Kurravaara ?

– Non.

– Si vous préférez ne pas y aller toute seule, je pourrais vous y accompagner si vous voulez », proposa-t-elle.

Rebecka déclina, arguant que la seule raison pour laquelle elle n'y était pas encore allée était qu'elle n'en avait pas eu le temps. Après qu'elles se furent dit au revoir, Anna-Maria dit à Rebecka :

« Vous avez sauvé la vie de ces enfants. »

Rebecka acquiesça.

Maigre consolation, songea-t-elle.

« Que leur est-il arrivé ensuite ? demanda-t-elle. J'avais signalé aux services sociaux une possible maltraitance.

– Avec tout le remue-ménage qu'il y a eu autour de l'enquête, je crois qu'ils n'ont rien fait du tout. Et après, toute la famille a quitté la ville. »

Rebecka eut la vision fugitive des deux petites filles, Sarah et Lova. Elle s'éclaircit la gorge et essaya de penser à autre chose.

« Ce genre de drame coûte terriblement cher à une commune, reprit Anna-Maria. Une enquête de police coûte de l'argent. La protection de l'enfance coûte énormément d'argent. Porter une affaire devant un tribunal coûte de l'argent. Du point de vue des enfants, il aurait mieux valu bien sûr que l'État intervienne. Mais la meilleure solution pour la commune était de se débarrasser du problème. C'est dingue quand on y pense. On évacue des gosses d'une zone de guerre de 52 m^2 et la municipalité ne trouve rien de mieux à faire que d'acheter un appartement à la famille dans une copropriété à Örkelljunga. »

Anna-Maria se tut. Elle s'était mise à bavarder à tort et à travers parce qu'elle avait vu que Rebecka était sur le point de craquer.

Quand Rebecka repartit vers le pub, Anna-Maria la suivit des yeux. Elle avait terriblement envie de rentrer chez elle tout à coup. Robert était à la maison avec Gustav. Elle désirait enfouir son nez dans les cheveux si doux de son bébé, sentir ses bras serrés autour de son cou.

Elle respira profondément et se ressaisit. Le soleil d'automne faisait scintiller l'herbe jaunie. L'écureuil batifolait toujours dans la cime du sapin de l'autre côté de la route. Elle sourit. Son sourire n'était jamais très loin. Il fallait qu'elle voie Erik Nilsson, le mari de la pasteure. Et ensuite elle irait retrouver sa famille.

Rebecka Martinsson retourna à la pension. La forêt murmurait dans son dos : Viens, entre, ne t'arrête pas, je suis sans fin.

Elle réfléchit à l'offre de la forêt, pensa aux grands pins élancés, à leurs troncs de cuivre frappé. Au vent ruisselant dans les cimes comme de l'eau. Aux sapins d'un noir de suie mangés de lichen barbu. Au bruit de ses pas sur le cladonia et la bruyère, au toc-toc des pics épeichettes, au silence profond qui succède au passage d'un animal sauvage, au doux froissement des aiguilles de pin et au craquement léger des brindilles.

On marche et on marche. Au début, la pensée est comme un écheveau emmêlé, les branches vous griffent le visage et s'accrochent à vos cheveux. Et puis, peu à peu, les fils se démêlent, se détachent, restent accrochés aux arbres, s'envolent dans la brise. Bientôt on a la tête vide et on se contente d'avancer. On traverse les marais fumants aux lourds effluves où le corps devient moite et où les pieds s'enfoncent. On gravit un escarpement et là-haut, sur le plateau, le vent souffle plus fort. Les bouleaux nains, phosphorescents, semblent ramper sur le sol. Arrivé là, on se couche. Et la neige se met à tomber.

Toutes ses sensations de petite fille remontèrent à la surface. Elle se rappela son désir impérieux de partir à l'aventure comme un Indien, les buses des hauts plateaux planant au-dessus d'elle. Le poids du sac de randonnée sur son dos. Toutes ces nuits où elle dormait à la belle étoile. Elle se souvint de Jussi, le chien de sa grand-mère, qui l'accompagnait quand elle ne partait pas en canoë.

Elle se revit pointer l'index dans une direction et demander à son père : « Si je vais par là, j'arrive où ? » et son père lui répondait. Et ses réponses étaient autant de poèmes selon la direction qu'indiquait le doigt et selon l'endroit où ils se trouvaient : « Tjålme », « Latteluokta », « De l'autre côté de la rivière Rautas », « Dans la vallée de Vistasvagge au pied de la montagne Drakryggen ».

Rebecka s'arrêta de marcher, bouleversée. C'était comme s'ils étaient ensemble à nouveau. Elle avait du mal à se rappeler son père tel qu'il était réellement. Elle avait vu trop de photos de lui. Les photos avaient effacé son véritable visage.

Elle reconnaît sa chemise. Une chemise en coton qui a été si souvent lavée qu'elle est aussi douce que de la soie. Des carreaux rouges et noirs sur fond blanc. Le couteau qu'il porte à la ceinture dans un étui de cuir sombre et lisse. Le manche en corne incrusté de jolis motifs en bois. Elle ne doit pas avoir plus de sept ans. Elle porte sur la tête un bonnet bleu en laine synthétique tricoté à la machine avec un motif de flocons de neige. Aux pieds, elle a de grosses bottes. Elle a aussi un petit couteau à la ceinture. Mais c'est surtout pour faire joli. Elle a bien essayé de l'utiliser pourtant. Pour sculpter des figurines. Comme le petit Emil fra Lönneberg d'Astrid Lindgren. Mais le couteau n'est pas assez costaud. Pour faire ça, il faudrait qu'elle emprunte celui de son papa. Il est bien plus efficace pour tailler des petites bûches pour le feu, ou pour épointer des brochettes, et aussi pour sculpter, mais finalement, elle ne le lui a jamais demandé.

Rebecka baissa les yeux vers ses bottes Lagerson à tige et à talons hauts.

« Désolée, dit-elle à la forêt. Je ne porte pas la tenue adéquate ces temps-ci. »

Micke Kiviniemi passait le chiffon sur le bar. Il était un peu plus de quatre heures de l'après-midi, ce mardi-là. Leur pensionnaire pour une nuit, Rebecka Martinsson, était assise seule à une table proche de la fenêtre, occupée à regarder couler l'eau de la rivière. Elle était la seule femme dans la salle. Elle avait mangé du sauté de renne, de la purée de pommes de terre et une fricassée de champignons préparée par Mimmi. Elle buvait son vin rouge à petites gorgées, sans se préoccuper des regards curieux de la bande de jeunes qui l'entourait.

Les jeunes arrivaient toujours au restaurant les premiers. Le samedi, ils débarquaient dès trois heures de l'après-midi pour dîner tôt, boire quelques bières et tuer le temps jusqu'à ce qu'il y ait quelque chose d'intéressant à la télé. Malte Alajärvi était comme à son habitude en train de raconter des histoires à Mimmi. Il aimait bien la taquiner. Bientôt la clique de la soirée allait débarquer pour boire un coup et regarder le match. La clientèle du restaurant était principalement composée d'hommes seuls, mais il arrivait que des couples viennent dîner et aussi les femmes de l'association Magdalena. Le personnel du village touristique de Jukkasjärvi traversait parfois la rivière en bateau pour manger tranquillement chez Micke.

« C'est quoi, ce truc que tu as mis en menu du jour, Mimmi ? Gn...

– Des gnocchis, dit-elle. Ce sont des pâtes en forme de grosses olives. Gnocchis aux tomates et à la mozzarella. Avec un steak ou du poulet, au choix. » Elle se planta à côté de Malte et sortit cérémonieusement son bloc de la poche de son tablier.

Comme si elle avait besoin de ça, songea Micke. Elle est capable de mémoriser la commande d'une table de douze personnes sans rien écrire. Il s'était toujours demandé comment elle faisait.

Il regarda Mimmi. S'il devait choisir entre Rebecka Martinsson et Mimmi, la seconde gagnerait avec plusieurs longueurs d'avance. Les pommes ne tombaient jamais loin du pommier, sa mère était une vraie beauté quand elle était jeune. Les hommes du village ne se privaient pas de le raconter à la moindre occasion. Lisa était encore très jolie, d'ailleurs. Elle ne parvenait pas à cacher sa beauté en dépit de son obstination à s'habiller n'importe comment, à sortir sans maquillage et à se couper les cheveux toute seule. Dans le noir, avec la tondeuse pour les moutons, comme disait Mimmi. Mais contrairement à Lisa qui se donnait beaucoup de mal pour s'enlaidir, Mimmi faisait tout ce qu'elle pouvait pour qu'on la remarque. Le tablier bien serré autour des hanches. Les boucles de ses cheveux à rayures qui se déversaient sous son joli foulard couleur lilas. Le décolleté généreux de son petit haut noir moulant. Et quand elle se penchait pour essuyer une table, les clients avaient tout loisir d'admirer le sillon entre ses seins qui se balançaient doucement au-dessus de son soutien-gorge bordé de dentelle. Elle portait uniquement de la lingerie rouge, noire ou violette. Et de dos, n'importe qui pouvait admirer l'aigle qu'elle s'était fait tatouer en haut de la fesse droite, au-dessus de la ceinture de son jean taille basse.

La première fois que Micke avait vu Mimmi, elle venait dire bonjour à sa mère et elle lui avait proposé de lui donner un coup de main. Il y avait du monde et comme d'habitude son frère n'était pas là. C'était pourtant lui qui avait voulu monter ce pub au départ. Ce soir-là, Micke était donc seul derrière le bar. Mimmi avait eu l'idée de préparer quelques plats simples et de faire le service. Le soir même, la nouvelle avait fait le tour du patelin. Les types qui étaient en train de boire un coup avaient sorti leur portable et appelé des copains. Tout le monde était venu la voir.

Et elle était toujours là. Quand il lui demandait pour combien de temps, elle répondait de façon évasive : « Quelque temps. » Quand il essayait de lui faire comprendre que, pour l'avenir de son restaurant, il avait besoin de certitudes, elle lui répondait d'un ton sec : « Ne compte pas sur moi dans l'avenir. »

Quand ils avaient commencé à coucher ensemble, il lui avait prudemment posé la question à nouveau.

« Tu vas rester ?

– Jusqu'à ce que quelque chose de mieux se présente ! »

Ils n'étaient pas un couple, elle le lui avait bien fait comprendre. Micke avait déjà eu plusieurs copines. Il avait même vécu avec l'une d'entre elles à un moment et il ne se berçait pas d'illusions. Quand Mimmi lui disait : « Tu es un garçon adorable mais… je ne suis pas prête… Si je devais tomber amoureuse de quelqu'un maintenant, je te jure que ce serait toi… Je suis incapable de m'attacher », il comprenait : « Je ne t'aime pas. Tu me conviens bien pour l'instant, c'est tout. »

Elle avait repris son restaurant en main. Pour commencer, elle l'avait débarrassé de son frangin qui ne fichait rien et ne participait même pas au remboursement du crédit. Tout ce qu'il faisait, c'était venir boire avec ses potes, une bande de losers qui le laissaient jouer les caïds tant qu'ils pouvaient picoler à l'œil. Car bien sûr il ne payait pas les consommations.

« Tu n'as pas le choix, lui avait-elle dit. Soit vous mettez la clé sous la porte et tu te retrouves avec un crédit à rembourser, soit tu cèdes tes parts à Micke. »

Et le frère, avec ses yeux imbibés de sang et son T-shirt qui dégageait une odeur écœurante parce qu'il n'en avait pas changé depuis plusieurs jours, avait signé. En poussant le contrat vers Micke, il avait simplement déclaré sur le ton colérique des alcooliques :

« Je garde l'enseigne. J'ai plein d'idées là-dedans », avait-il ajouté en se donnant des petits coups sur le front.

« Pas de problème, viens la chercher quand tu veux », lui avait répondu Micke en pensant : ce n'est pas demain la veille.

Son frère avait trouvé cette enseigne sur Internet. Elle venait des États-Unis. « LAST STOP DINER », disait-elle en lettres de néon sur fond rouge. Ils l'avaient tous les deux trouvée formidable, mais Micke s'en fichait complètement à présent. Il avait déjà imaginé d'autres noms pour le resto. *Chez Mimmi* par exemple. Ça sonnait bien. Mais Mimmi n'était pas d'accord. Alors il avait appelé le local : Bar-Restaurant *Chez Micke.*

« Pourquoi est-ce que vous avez toujours des trucs aussi bizarres au menu ? »

Malte étudiait la carte d'un air désolé.

« Les gnocchis n'ont rien de bizarre, dit Mimmi. Ce sont des galettes de pommes de terre en plus petit et avec une forme différente.

– Des galettes de pommes de terre avec de la tomate ! Tu ne trouves pas ça bizarre, toi ! Ce sera sans moi en tout cas ! Donne-moi un truc du congélateur plutôt. Je vais prendre des lasagnes. »

Mimmi partit vers la cuisine.

« Et laisse tomber la salade ! Je ne suis pas un lapin ! cria Malte dans son dos. Tu entends, Mimmi ? Pas de salade ! »

Micke se tourna vers Rebecka Martinsson.

« Vous restez encore une nuit ?

– Oui. »

Où pourrais-je aller ? songeait-elle. Que pourrais-je faire d'autre ? Ici au moins, personne ne me connaît.

« Cette pasteure », dit-elle au bout d'un moment. « Celle qui est morte.

– Mildred Nilsson.

– Comment était-elle ?

– Formidable. Elle et Mimmi sont ce qui est arrivé de mieux à cette ville. Et à ce restaurant aussi. Quand j'ai pris l'affaire, il n'y avait que des hommes seuls entre dix-huit et quatre-vingts ans ici. Quand Mildred est arrivée, les femmes ont commencé à venir aussi. Elle a réveillé ce patelin, moi je vous le dis.

– C'est la pasteure qui les a incitées à venir au pub ? ! »

Micke éclata de rire.

« Pour manger, bien sûr ! Elle était comme ça. Elle trouvait que les femmes devaient mettre un peu le nez dehors, sortir de leur cuisine. Et elles ont commencé à venir ici avec leurs maris quand elles avaient la flemme de préparer le repas. L'ambiance du pub a complètement changé depuis que les filles ont commencé à venir. Avant, il n'y avait que des vieux bonshommes qui passaient leur temps à se plaindre. »

« C'est pas vrai, on ne se plaignait pas », riposta Malte Alajärvi qui avait écouté la conversation.

« Mais si, tu te plaignais, et tu te plains encore. Tu es là à surveiller ce qui se passe de l'autre côté de la rivière en râlant sur Yngve Bergqvist et les habitants de Jukkasjärvi en général…

– Il faut dire que Yngve…

– Et tu te plains de la bouffe et du gouvernement et du fait qu'il n'y ait jamais rien d'intéressant à la télé…

– C'est vrai ! Il n'y a que des jeux débiles !

– Bref, tu te plains de tout !

– Tout ce que j'ai dit sur Yngve Bergqvist, c'est que c'est un sacré filou qui vend n'importe quoi du moment qu'il est écrit “arctique” dessus. Chiens de traîneau arctiques, safari arctique. Et ces cons de Japonais sont capables de payer deux cents couronnes de plus pour aller se soulager dans des vraies chiottes arctiques. »

Micke se tourna de nouveau vers Rebecka.

« Vous voyez ce que je veux dire ? »

Puis plus sérieusement, il lui demanda :

« Pourquoi ces questions ? Vous n'êtes pas journaliste au moins ?

– Pas du tout, je me demandais, simplement. Elle vivait ici, alors... En fait c'est surtout cet avocat avec qui je suis arrivée hier qui voulait savoir. Je travaille pour lui.

– Vous portez son attaché-case et vous réservez ses billets d'avion ?

– C'est à peu près ça. »

Rebecka jeta un coup d'œil à l'horloge. Elle redoutait de voir Anna-Maria Mella débarquer au restaurant, furieuse, pour lui réclamer la clé du casier, et en même temps elle l'espérait. Mais apparemment le mari de la pasteure ne lui avait rien dit. Peut-être qu'il ne savait pas à quoi correspondaient les clés du trousseau de sa femme. C'était quand même un sacré sac de nœuds, cette histoire. Elle regarda par la fenêtre. La nuit commençait à tomber. Elle entendit un crissement de pneus sur le gravier du parking. Une voiture était en train de se garer.

Son téléphone se mit à vibrer. Elle le repêcha au fond de son sac et vérifia la provenance de l'appel. C'était le cabinet.

Måns, se dit-elle en sortant précipitamment du restaurant pour prendre l'appel.

C'était Maria Taube.

« Comment vas-tu ? lui demanda-t-elle.

– Je n'en sais rien, répondit Rebecka.

– J'ai parlé avec Torsten. Il paraît qu'ils vous mangent dans la main ?

– Mmm...

– Et aussi que tu es restée là-bas pour régler quelques détails. »

Rebecka ne répondit pas.

« Tu es allée à… Comment s'appelle l'endroit où vivait ta grand-mère déjà ?

– Kurravaara. Non.

– Ça te pose un problème ?

– Non, aucun.

– Alors pourquoi est-ce que tu n'y vas pas ?

– Je n'ai pas eu le temps. J'ai été trop occupée à régler des problèmes merdiques pour nos futurs clients.

– Inutile d'aboyer après moi, trésor, lui dit Maria gentiment. Raconte-moi plutôt quel sale boulot tu as été obligée de faire ? »

Rebecka lui raconta. Elle se sentait tellement fatiguée tout à coup qu'elle avait envie de s'asseoir sur l'escalier du perron.

À l'autre bout du fil, Maria poussa un soupir.

« Torsten est vraiment un salaud. Je vais aller lui…

– Tu ne vas rien faire du tout, la coupa Rebecka. Le pire, c'est cette histoire de casier. Il contient les objets privés de Mildred Nilsson. Il peut y avoir des lettres et… n'importe quoi, en fait. Si quelqu'un a le droit de savoir ce qui se trouve à l'intérieur, c'est son mari. Et la police. Il contient peut-être des indices ou des preuves, on n'en sait rien.

– La personne qui vous a demandé de récupérer la clé remettra peut-être à la police les choses qui peuvent les intéresser ? suggéra Maria Taube.

– Peut-être », dit Rebecka tout bas.

Elles se turent quelques instants.

Rebecka donnait des coups de pied dans les graviers.

« Je croyais que tu étais retournée là-bas pour prendre le taureau par les cornes. Ce n'était pas ça que tu voulais faire ?

– Si, si.

– Écoute, Rebecka. Tu ne vas pas t'en tirer avec des « Si, si. » Je suis ton amie et je suis obligée de te dire ce que je vais te dire maintenant : tu es en train de t'enfoncer, là ! Si tu ne peux pas revenir en ville et que tu n'as pas non plus le courage de retourner à Kurrka vaara…

– Kurravaara.

– Tu ne peux pas te contenter de te cacher dans une auberge paumée au bord d'une rivière ! Tu vas aller où après ?

– Aucune idée. »

Maria attendit.

« Ce n'est pas si simple, dit Rebecka au bout d'un moment.

– Parce que tu crois que je ne le sais pas ? Tu veux que je vienne te tenir compagnie ?

– Non, répondit Rebecka sèchement.

– OK. Je t'ai dit ce que j'avais à te dire et je t'ai tendu la main.

– Je sais, et j'apprécie ton geste, mais…

– Je ne te demande pas de l'apprécier. Bon, écoute, je te laisse. Il faut que je me remette au boulot si je veux être rentrée chez moi avant minuit. Je te rappellerai. Måns m'a demandé de tes nouvelles, au fait. On dirait presque qu'il s'inquiète pour toi, dis donc. Encore une chose, Rebecka. Tu te souviens quand on allait à la piscine avec l'école ? Une fois qu'on s'était jetées du cinquième plongeoir, on arrivait à sauter de tous les autres sans avoir peur. Va à Kristallkyrkan et assiste à une messe. Ce serait déjà pas mal si tu arrivais à faire ça. Tu m'as bien dit à Noël l'année dernière que Sanna et sa famille étaient partis de Kiruna et que Thomas Söderberg et la sienne avaient quitté la région aussi, non ?

– Tu ne lui diras rien, n'est-ce pas ?
– À qui ?
– À Måns. Tu ne lui diras pas que je… Oh, laisse tomber.
– Non. Bien sûr que non. Je te rappelle, d'accord ? »

Erik Nilsson est assis, parfaitement immobile, à la table de la cuisine au presbytère. Sa défunte épouse est en face de lui. Il n'ose pas lui parler. Il n'ose même pas respirer. Le moindre mot, le plus léger mouvement, et l'image explosera en tout petits morceaux.

Il sait que s'il cligne des yeux, elle aura disparu lorsqu'il les rouvrira.

Mildred sourit.

« Tu me fais rire, lui dit-elle. Tu crois que l'univers est infini, que le temps est une notion relative, qu'il peut se tordre et repartir en arrière. »

La pendule s'est arrêtée. Les vitres sont des miroirs sombres. Combien de fois ces trois derniers mois a-t-il invoqué l'esprit de sa femme morte ? Combien de fois a-t-il rêvé de la voir se glisser auprès de lui dans le lit quand il allait se coucher le soir ? Combien de fois a-t-il espéré entendre sa voix dans le murmure du vent à travers les branches ?

« Tu ne peux pas rester là, Erik. »

Il hoche la tête. C'est juste qu'il y a tellement de choses à faire. Où mettre tous ces objets, tous ces meubles, tous ces livres ? Il ne sait pas par où commencer. La tâche lui semble insurmontable. Chaque fois qu'il y pense, il est tellement submergé de fatigue qu'il va s'allonger, même au milieu de la journée.

« Laisse tomber. Ne t'occupe pas de tous ces trucs. Je me fiche des choses matérielles, tu le sais bien. »

Oui. Il le sait. Les meubles lui viennent de ses parents. Elle était la fille unique d'un pasteur et ses deux parents sont morts quand elle était à l'université.

Elle refuse de le plaindre. Elle a toujours été comme ça. Cela le met encore secrètement en colère. C'était son côté « Mildred la méchante ». Pas méchante dans le sens cruelle ou malveillante. Juste blessante. La Mildred qui le faisait souffrir. Quand elle était en vie, elle lui disait souvent : « Je serais contente que tu veuilles rester vivre avec moi, mais tu es adulte et libre de tes choix. »

Avait-elle le droit de lui parler ainsi ? se demande-t-il comme il l'a fait si souvent. Comment pouvait-elle être aussi dure ? Je me suis totalement fondu dans son existence à elle. Je l'ai voulu ainsi. Mais est-ce qu'on n'est pas supposé se retrouver quelque part à mi-chemin, dans un couple ?

Elle baisse les yeux. Il ne veut pas recommencer à penser aux enfants qu'ils n'ont pas eus, parce qu'elle risque de traverser le mur comme un fantôme. Il doit prendre sur lui. Il a toujours dû prendre sur lui. La cuisine est pratiquement plongée dans l'obscurité.

C'est elle qui n'en voulait pas. Les premières années de leur mariage, ils faisaient l'amour le soir avant de dormir, ou il la réveillait au milieu de la nuit. Mais toujours dans le noir. Et malgré l'obscurité, il sentait sa répulsion s'il lui prenait l'envie de faire autre chose que de la pénétrer. Et puis un jour ils avaient arrêté. Cela s'était fait tout naturellement. Il ne lui avait plus rien demandé. Et ça n'avait pas eu l'air de la gêner. Quelquefois la plaie s'ouvrait à nouveau chez lui et ils se disputaient. Il pleurait, l'accusait de ne pas l'aimer, de ne penser qu'à son travail. Il lui disait qu'il voulait avoir des enfants. Et elle levait les paumes vers le ciel et répondait : « Qu'attends-tu de moi ? Si tu es malheureux, tu n'as qu'à ouvrir cette porte et t'en aller. » Et il capitulait : « Où veux-tu que j'aille ? Et auprès de qui veux-tu que je vive ? » La tempête finissait toujours par s'apaiser. Le quotidien reprenait ses droits, et il s'en contentait, la plupart du temps.

Ses coudes pointus posés sur le bord de la table, elle tapote le vernis avec l'ongle de l'index. Elle réfléchit. Avec cet air têtu qu'elle a chaque fois qu'il lui vient une idée.

C'est toujours lui qui fait la cuisine. Quand elle rentre tard, il prend son assiette qu'il a posée en haut du réfrigérateur avec un film alimentaire dessus, et il la passe au four à micro-ondes. Il veille à ce qu'elle mange. Lui fait couler un bain. Lui rappelle que si elle continue à enrouler ses cheveux autour de son doigt comme elle le fait constamment, elle va finir complètement chauve. Mais maintenant, il ne sait plus quoi faire, ni quoi dire. Il voudrait lui demander comment c'est là-bas, de l'autre côté.

« Je ne sais pas encore, mais je sais qu'il faut que j'y aille. Ça tire. Fort. »

Il l'aurait parié. Elle est là parce qu'elle attend quelque chose. Tout à coup, il a une peur bleue qu'elle disparaisse, comme ça, pfff...

« Aide-moi, lui dit-il. Aide-moi à quitter cette maison. »

Elle lit sur son visage qu'il n'y arrivera pas tout seul. Et elle voit sa colère aussi. La rage secrète des soumis. Mais ça n'a plus d'importance. Elle se lève. Pose la main sur sa nuque. Attire la tête de son mari contre sa poitrine.

« Allez, viens, il faut qu'on parte maintenant », dit-elle au bout d'un moment.

Il est sept heures et quart quand il ferme pour la dernière fois la porte du presbytère derrière lui. Ses bagages tiennent dans un carton de supermarché. Un voisin écarte son rideau et se penche, curieux, pour l'observer par sa fenêtre au moment où il jette le carton sur le siège arrière de la voiture.

Mildred s'assied à côté de lui sur le siège passager. Lorsque la voiture passe entre les piliers de l'entrée, il est presque gai. Aussi enjoué que lors de leur périple en Irlande, l'été avant qu'ils se marient. Et il est presque sûr d'avoir vu Mildred sourire également.

Ils se garent au bord de la route en arrivant *Chez Micke*. Il doit remettre le trousseau de clés du presbytère à cette Rebecka Martinsson.

Il est surpris de la trouver dehors, devant le restaurant. Elle a son portable à la main mais elle n'est pas en train de parler au téléphone. Son bras pend mollement le long de son corps. Quand elle l'aperçoit, elle fait mine de s'en aller. Il s'approche lentement, presque prudemment. Comme s'il voulait apprivoiser un chien craintif.

« Je vous rapporte la clé du presbytère, dit-il. Je peux vous demander de la donner au vicaire en même temps que le trousseau professionnel de Mildred ? Et de les prévenir que j'ai libéré les lieux ? »

Elle ne répond pas. Prend la clé. Ne lui demande pas ce qu'il a fait des meubles et des objets personnels. Elle reste là, figée. Son portable dans une main, et la clé dans l'autre. Il voudrait trouver quelque chose à dire. Peut-être lui demander pardon. La prendre dans ses bras ou lui caresser la tête.

Mais Mildred est sortie de la voiture. Elle l'appelle.

« Allez, viens maintenant, lui crie-t-elle. Tu ne peux rien faire pour elle. Et elle a déjà quelqu'un pour l'aider. »

Alors il retourne à sa voiture.

Il s'assied au volant et aussitôt la tristesse avec laquelle Rebecka vient de le contaminer disparaît. La route qui mène à la ville est sombre et pleine de promesses. Mildred est là, près de lui. Il se gare devant l'hôtel Ferrum.

« Je t'ai pardonné », lui dit-il.

Elle baisse les yeux. Secoue la tête.

« Je ne t'ai pas demandé de me pardonner. »

Il est deux heures du matin. Rebecka Martinsson dort.

La curiosité entre par la fenêtre tel un lierre grimpant. Prend racine dans son cœur. Fait de nouvelles pousses et se répand comme des métastases dans tout son corps, s'enroule autour de ses côtes et enferme sa cage thoracique dans une chrysalide.

Quand elle se réveille un peu plus tard, elle s'est muée en une pulsion irrépressible. Les bruits du restaurant ont disparu dans la nuit automnale. Une branche frotte et tape rageusement sur le toit plat du bungalow. La lune est presque pleine. Une lumière livide entre dans la pièce et éclaire le trousseau de clés sur la table en pitchpin.

Elle se lève et enfile ses vêtements. La nuit est si claire qu'elle n'a même pas besoin d'allumer pour y voir. Elle consulte sa montre et a une pensée pour Anna-Maria Mella. Elle a de la sympathie pour elle. C'est une femme bien.

Rebecka sort du chalet. Un vent violent s'est levé. Bouleaux et sorbiers sont sauvagement secoués. Les troncs des pins grincent et craquent.

Elle monte dans sa voiture et démarre.

Elle va au cimetière. Ce n'est pas loin. Et ce n'est pas un grand cimetière non plus. Elle trouve rapidement la tombe de la pasteure. Elle est couverte de fleurs. Des roses. De la bruyère. Le nom de Mildred Nilsson est gravé dans la pierre et il y a une place libre pour y graver un jour celui de son mari.

Tiens, elle était née le même jour que maman, remarque Rebecka. Sa mère aurait eu cinquante-cinq ans en novembre.

Il n'y a pas un chat. Mais quand bien même il y en aurait un, Rebecka ne l'entendrait pas. Le vent est assourdissant.

Elle reste un long moment devant la sépulture. Puis elle retourne s'asseoir dans la voiture. Aussitôt qu'elle referme la portière, le vacarme cesse.

Qu'est-ce qu'elle s'imaginait ? Que le spectre de la pasteure sortirait de son tombeau pour la guider ?

Cela lui aurait simplifié les choses, évidemment. Mais non, c'est sa décision et elle s'y tiendra.

Alors comme ça, le vicaire voulait récupérer la clé du casier de Mildred Nilsson ? Qu'espérait-il trouver à l'intérieur ? Pourquoi la police ignorait-elle l'existence de ce casier ? Et il voulait la récupérer sans que personne ne le sache ? Et il comptait sur elle pour la leur rapporter.

Ce qu'il veut m'est égal, se dit-elle. Je ferai ce qui me plaira.

L'inspecteur de police Anna-Maria Mella se réveilla en pleine nuit. C'était la faute du café. Quand elle buvait du café trop tard le soir, elle se réveillait toujours au milieu de la nuit. Ensuite elle se tournait et se retournait dans son lit pendant une heure avant de retrouver le sommeil. Parfois, elle se levait. À vrai dire, elle aimait bien quand cela arrivait. Toute la famille dormait et elle pouvait boire tranquillement une tasse de camomille, assise à la table de la cuisine, ou faire du repassage, ou n'importe quoi d'autre, perdue dans ses pensées.

Elle descendit au sous-sol et brancha le fer à repasser. Elle se remémora la conversation qu'elle avait eue avec le mari de la pasteure assassinée.

Erik Nilsson : Allons nous asseoir dans la cuisine. Comme ça nous pourrons surveiller votre voiture.

Anna-Maria : Comme vous voudrez.

Erik Nilsson : Nos visiteurs se garent en général devant le restaurant ou ailleurs mais jamais devant la maison. Cela leur évite de se faire crever les pneus ou rayer la peinture.

Anna-Maria : Ah bon ?

Erik Nilsson : C'est un peu moins fréquent maintenant, mais avant, ça arrivait tout le temps.

Anna-Maria : Vous l'avez signalé à la police ?

Erik Nilsson : C'est inutile. Même quand on connaît le coupable, on ne peut rien prouver. Personne n'a jamais rien vu. Les gens ont peur, je suppose. Ils n'ont pas envie qu'on mette le feu à leur grange.

Anna-Maria : On a mis le feu à la vôtre ?

Erik Nilsson : Oui, un type du village. Enfin, on croit que c'est lui en tout cas. Sa femme l'avait quitté et elle était venue vivre quelque temps au presbytère.

Sympa, se dit Anna-Maria en repensant à leur échange. Erik Nilsson aurait pu s'en prendre à elle à ce moment-là, et il ne l'avait pas fait. Son ton aurait pu devenir amer, il aurait eu beau jeu de parler de l'incompétence de la police et, de fil en aiguille, de les rendre responsables de la mort de sa femme.

Elle repassait une chemise de Robert. S'aperçut que les manchettes étaient usées. La vapeur montait du fer, dégageant une bonne odeur de coton propre.

On sentait que Nilsson avait l'habitude de parler avec les femmes, songea-t-elle. Parfois, elle s'était même laissée aller à répondre à ses questions et ce n'était pas pour le mettre en confiance, mais parce que lui l'avait mise en confiance. Notamment quand il lui avait parlé de son fils. Il connaissait les particularités de chaque âge. Par exemple il lui avait demandé si Gustav connaissait déjà le mot « non ».

Anna-Maria : Ça dépend. Si c'est moi qui dis non, il n'a pas l'air de comprendre. Mais si c'est lui...

Erik Nilsson rit mais redevient sérieux aussitôt.

Anna-Maria : Grande maison que vous avez là.

Erik Nilsson (avec un soupir) : Ça n'a jamais été une maison en fait. C'est un presbytère et une pension de famille.

Anna-Maria : Et maintenant il ne vient plus personne ?

Erik Nilsson : Non, l'association Magdalena s'est dit que ça ferait jaser. Vous voyez le topo, le veuf qui se console avec de pauvres femmes en situation de vulnérabilité. Elles ont sans doute raison.

Anna-Maria : Pardonnez-moi de vous poser cette question, mais comment vous entendiez-vous avec votre épouse ?

Erik : Vous êtes vraiment obligée de me demander cela ?

Anna-Maria : ...

Erik Nilsson : Très bien. J'avais énormément de respect pour Mildred.

Anna-Maria : ...

Erik Nilsson : C'était une femme exceptionnelle. Et une pasteure hors du commun. Elle était incroyablement... passionnée, quoi qu'elle entreprenne. Elle avait réellement le sentiment d'avoir une mission à accomplir à Kiruna et dans cette ville.

Anna-Maria : De quelle région était-elle originaire ?

Erik Nilsson : Elle est née et a grandi à Uppsala. Son père était pasteur. Nous nous sommes rencontrés quand j'étais étudiant en physique. Elle avait coutume de dire qu'elle militait contre la tiédeur des sentiments. Elle disait que l'Église créait une cellule de crise dès qu'on avait le malheur de se passionner pour une cause. Elle parlait trop, trop fort et trop vite. Et quand elle avait une idée dans la tête, ça tournait à l'obsession. Il y avait de quoi devenir fou. J'ai prié des milliers de fois pour qu'elle mette un peu d'eau dans son vin. Mais... (il passe la main sur son front)... quand on vous arrache un être comme elle... ça fait un grand vide, et je ne parle pas que pour moi.

Elle avait fait le tour de la maison. Du côté de Mildred, sur la table de chevet, il n'y avait rien. Ni livre, ni réveil, ni bible.

Erik Nilsson l'avait rejointe dans la chambre.

« Nous faisions chambre à part », avait-il expliqué.

Mildred s'était installée dans une petite chambre mansardée. Pas de plante verte sur le rebord de la fenêtre, juste une lampe et des oiseaux en céramique. Le lit étroit était encore défait et dans l'état sans doute où elle l'avait laissé. Une robe de chambre en polaire rouge était jetée négligemment en travers. Une pile de livres entassée par terre. Anna-Maria avait donné un coup d'œil à leurs titres. La Bible, puis un ouvrage intitulé : *Vers une foi adulte*, un dictionnaire biblique, quelques livres pour enfants et adolescents parmi lesquels Anna-Maria reconnut *Winnie l'ourson* et le fameux roman canadien *Anne... la maison aux pignons verts*, et, tout à fait en dessous, un tas de coupures de journaux jetées pêle-mêle.

« Il n'y a rien à voir ici, avait dit Erik Nilsson d'un ton las, rien qui vous concerne en tout cas. »

Étrange, se dit Anna-Maria tout en rangeant les vêtements de son petit garçon. C'est comme s'il essayait de garder présente sa femme morte. Son courrier sur la table qu'il n'avait pas ouvert. Son verre d'eau et ses lunettes posées sur sa table de nuit. Le reste de la maison était propre et rangé, mais il semblait avoir été incapable de la faire sortir de sa vie. C'était une belle maison au demeurant. Qui aurait eu sa place dans un magazine de décoration et cependant il n'en parlait pas comme d'un foyer mais comme d'un lieu qui était moitié presbytère, moitié pension de famille. Et aussi cette façon de dire qu'il avait « du respect » pour sa femme. Vraiment bizarre.

Rebecka roulait lentement vers le centre du village. L'asphalte et le tapis de feuilles mortes absorbaient la lumière pâle de la lune. Les arbres s'agitaient, affamés, dans les rafales de vent comme s'ils tentaient de happer un peu de la faible luminosité, sans y parvenir. Ils restaient nus et sombres, torturés et douloureux dans l'attente de la longue nuit hivernale.

Elle passa devant la salle communale. C'était un bâtiment bas de plafond en briques blanches et boiseries noires. Elle tourna dans Gruvvägen et se gara derrière le vieux pressing.

Elle songea qu'elle pouvait encore changer d'avis. Mais elle savait qu'elle ne le ferait pas.

Que peut-il m'arriver, se disait-elle. Tout au plus d'être prise en flagrant délit et condamnée à payer une amende ou de perdre un travail que j'ai déjà perdu de toute façon.

Au point où elle en était, le pire lui semblait au contraire de renoncer et de rentrer au bungalow se recoucher, reprendre son avion pour Stockholm le lendemain en espérant qu'elle serait suffisamment solide pour recommencer à travailler.

Tout à coup, elle pensa à sa mère. Son souvenir remonta à la surface, clair et incroyablement réel. Elle avait presque l'impression de la voir à travers la vitre de la voiture. Elle était bien coiffée. Elle portait son manteau vert petit pois qu'elle avait confectionné elle-même, avec sa large ceinture à la taille et son col de fourrure. Celui qui faisait lever les yeux au ciel à ses voisines quand elle passait devant elles en se pavanant. Pour qui se prenait-elle, celle-là ? Et puis ces bottes à talons hauts qu'elle n'avait pas achetées à Kiruna mais à Luleå !

C'est comme un coup de poignard émotionnel dans sa poitrine. Elle a sept ans et elle tend la main vers sa maman. Le manteau est si joli, et elle est tellement belle. Quand elle était encore plus petite, elle lui avait dit un jour : « Tu ressembles à une poupée Barbie, maman. » Et sa maman avait éclaté de rire et elle l'avait serrée très fort dans ses bras. Rebecka en avait profité pour respirer de près toutes les bonnes odeurs de sa mère. Ses cheveux qui sentaient si bon, et la poudre sur son visage aussi. Et puis le parfum niché au creux de son cou. Après, Rebecka avait plusieurs fois répété son compliment : « Tu ressembles à une poupée Barbie, maman », juste pour la voir contente. Mais elle n'avait jamais été aussi heureuse que cette première fois. Un jour, sa mère lui avait dit : « Ça suffit maintenant », et elle n'avait plus recommencé.

Rebecka se souvenait à présent qu'il n'y avait pas que cela. Si on regardait un peu plus attentivement, il y avait tout ce que les voisines ne voyaient pas. Les chaussures de mauvaise qualité. Les ongles rongés qui se dédoublaient, la main qui tremblait légèrement en portant la cigarette aux lèvres, comme chez les gens qui contrôlent mal leurs nerfs.

Quand Rebecka pense à elle, ce qui n'arrive pas souvent, elle la voit toujours frigorifiée. Assise à la table de la cuisine, emmitouflée dans deux pulls en laine superposés et les pieds dans ses grosses chaussettes tricotées.

Ou alors comme elle la voit en ce moment, la tête un peu enfoncée dans les épaules parce qu'il n'y a pas la place pour un gros pull sous le joli manteau. La main qui ne tient pas la cigarette est enfouie dans la poche. Elle s'efforce de voir à travers la vitre et aperçoit Rebecka. Ses yeux s'étrécissent, ses commissures s'affaissent. Qui est-ce qui est cinglé, à présent ?

Je ne suis pas folle, se dit Rebecka, pas comme toi.

Elle sortit de la voiture et marcha d'un pas rapide vers la salle paroissiale. Comme si elle fuyait l'image de la femme au manteau vert.

L'éclairage au-dessus de la porte de service avait été vandalisé. Rebecka essaya à tâtons plusieurs clés du trousseau. Elle se demanda s'il y avait une alarme. Une de ces sonneries stridentes qui ne servent qu'à effrayer les intrus ou bien peut-être un système plus sophistiqué qui préviendrait une société de sécurité.

Pas de problème, se rassura-t-elle. Je ne vais pas voir débarquer un commando d'intervention. Tout au plus un gardien à moitié endormi qui ira se garer devant, ce qui me laissera largement le temps de m'enfuir.

Enfin, l'une des clés tourna dans la serrure double point. Rebecka ouvrit la porte et pénétra dans le bâtiment obscur. Silence. Pas d'alarme. Pas de bip-bip non plus indiquant qu'il lui restait soixante secondes pour rentrer un code sur un clavier quelque part. La salle paroissiale était une construction sur deux niveaux, bâtie à flanc de montagne. La porte arrière donnait au premier étage et l'entrée principale était au rez-de-chaussée. Elle savait que la permanence du pasteur se trouvait au niveau supérieur. Elle n'était pas très à l'aise dans son rôle de cambrioleur.

Il n'y a personne ici, se répéta-t-elle pour se donner du courage.

Elle se dirigea rapidement vers le bureau. Ses pas résonnaient sur le carrelage.

La pièce où se trouvaient les casiers était attenante au bureau. C'était une pièce exiguë et borgne et Rebecka fut obligée d'allumer le plafonnier.

Son pouls s'accéléra et ses mains se mirent à trembler quand elle essaya d'ouvrir un par un les casiers gris sans marque distinctive. Si quelqu'un venait maintenant, elle n'aurait aucun moyen de s'enfuir. Elle tendit l'oreille pour guetter un éventuel bruit dans l'escalier ou dans la rue. Le trousseau faisait autant de vacarme que si elle avait été en train de sonner le tocsin.

La clé tourna sans difficulté dans la serrure du troisième casier. C'était forcément le bon. Rebecka l'ouvrit et regarda à l'intérieur.

Il n'était pas très grand et ne contenait pas grand-chose, mais le peu qui s'y trouvait occupait tout l'espace. Rebecka répertoria des boîtes de rangement en carton rigide et plusieurs sachets en tissu contenant des bijoux : colliers de perles, bagues en or incrustées de pierres précieuses, boucles d'oreilles, deux alliances polies qui paraissaient anciennes. Des objets dont Mildred Nilsson avait hérité, probablement. Elle découvrit aussi un gros dossier bleu contenant une épaisse liasse de documents et de lettres. L'adresse du destinataire avait été rédigée par des personnes différentes.

Et maintenant qu'est-ce que je fais ? se demanda-t-elle.

Elle ne savait pas si le vicaire connaissait le contenu du casier, et s'il le remarquerait dans le cas où quelque chose disparaîtrait.

Elle respira profondément et décida de tout examiner. Elle s'assit par terre et disposa tous les objets en petits tas autour d'elle. Elle avait retrouvé ses esprits à présent. Elle travaillait vite, mémorisait ce qu'elle voyait, l'analysait et éliminait les informations inutiles. Une demi-heure plus tard, elle allumait la photocopieuse de la permanence pastorale.

Elle conserva les originaux des lettres. Il y avait peut-être dessus des empreintes ou des traces susceptibles de constituer des indices. Elle les rangea dans un sachet en plastique qu'elle trouva dans le tiroir du bureau.

Elle photocopia tous les documents contenus dans le dossier bleu et glissa les copies dans le sac avec les lettres, puis elle remit le dossier dans le casier qu'elle referma soigneusement. Enfin elle éteignit la lumière et sortit. Il était trois heures et demie du matin.

Anna-Maria Mella fut réveillée par sa fille, Jenny, qui la tirait par le bras.

« Maman, il y a quelqu'un qui sonne à la porte. »

Ses enfants savaient qu'ils n'avaient pas le droit d'ouvrir à n'importe qui et n'importe quand. Quand on faisait partie de la police dans une petite ville, il arrivait qu'on ait des visites étranges à des heures inhabituelles. Il pouvait s'agir de petits délinquants en larmes qui venaient se confesser auprès de la seule figure maternelle qu'ils avaient à leur disposition, ou de collègues arborant un visage grave qui passaient la chercher sans arrêter le moteur de la voiture. Mais il arrivait aussi, pas trop souvent heureusement, qu'elle ait la visite d'une personne soûle ou en colère, ou les deux à la fois.

Anna-Maria se leva, dit à Jenny de se faufiler sous la couette avec Robert et descendit dans le hall d'entrée. Elle avait glissé son portable dans la poche de sa robe de chambre et composé d'avance le numéro du central. Elle jeta un coup d'œil à travers l'œilleton avant d'ouvrir.

Rebecka Martinsson attendait derrière la porte.

Anna-Maria l'invita à entrer. Rebecka s'arrêta sur le seuil. Ne retira pas son manteau. N'accepta ni tasse de thé ni rien d'autre.

« Vous enquêtez sur la mort de Mildred Nilsson, je crois, dit-elle. Je suis venue vous apporter des lettres et des copies de documents personnels lui appartenant. »

Elle lui tendit un sac en plastique rempli de papiers et de lettres et lui expliqua comment ils étaient arrivés entre ses mains.

« Vous vous doutez qu'il ne serait pas très bon pour moi que l'on apprenne que je vous ai donné ceci, alors si vous avez une autre idée de la façon dont vous avez pu entrer en possession de ces documents, cela me rendrait service. Mais sinon... »

Elle haussa les épaules.

« Sinon, tant pis, j'assumerai les conséquences de mes actes », dit-elle avec un petit sourire sans joie.

Anna-Maria jeta un coup d'œil à l'intérieur du sac.

« Un casier dans le bureau de la permanence pastorale, dites-vous ? »

Rebecka acquiesça.

« Et comment se fait-il que personne n'ait informé la police que... »

Elle ne termina pas sa phrase.

« Merci, dit-elle à Rebecka. Je vous promets de ne révéler à personne comment j'ai eu ces documents. »

Rebecka fit mine de partir.

« Vous avez bien fait, dit Anna-Maria. Vous le savez, n'est-ce pas ? »

Rebecka ne savait pas très bien si elle parlait de ce qui s'était passé il y a bientôt deux ans à Jiekajärvi ou de ce qu'elle avait fait cette nuit.

Elle eut un léger mouvement de la tête qui pouvait être interprété comme un oui ou comme l'inverse.

Après le départ de Rebecka, Anna-Maria resta un long moment dans le hall. Elle se retenait de hurler. Merde ! aurait-elle crié si sa petite famille n'avait pas été en train de dormir. Comment ont-ils pu nous cacher ça !

Rebecka était assise sur le lit de son bungalow. Elle parvenait tout juste à distinguer la silhouette de la chaise que découpait la lumière de la lune entrant par le rectangle gris de la fenêtre.

Maintenant, se dit-elle. La panique va se déclencher, maintenant. Si quelqu'un apprend ce que je viens de faire, je suis fichue. Je serai accusée d'atteinte à la propriété et je ne retrouverai plus jamais de travail nulle part.

Mais, étrangement, la crise de panique attendue ne se déclencha pas. Les remords non plus. Elle se sentait au contraire parfaitement en paix avec elle-même.

Je pourrais toujours vendre des tickets dans le métro de Stockholm, se consola-t-elle.

Elle s'allongea et contempla le plafond. Elle était étrangement exaltée.

Une souris se mit à faire du raffut derrière la cloison. Elle grignotait quelque chose et faisait des bonds. Rebecka tapa sur le mur et le bruit s'arrêta un moment. Puis il recommença de plus belle.

Rebecka sourit. Et s'endormit. Tout habillée et sans s'être brossé les dents. Et elle rêva.

Elle est à califourchon sur les épaules de son papa. C'est la saison des myrtilles. Son père porte le panier à baies sur le dos. Rebecka et le panier en même temps, c'est lourd.

« Ne te penche pas », lui recommande-t-il quand elle tend le bras pour attraper une touffe de lichen suspendu à une branche.

Sa grand-mère marche derrière eux. Elle porte un gilet en laine bleue et son foulard finnois gris. Elle se déplace de ce pas économe qu'elle a quand elle est en forêt, ne levant jamais le pied plus haut que nécessaire. Une sorte de petit trot efficace. Deux des chiens les accompagnent. Jussi, le grand mâle gris, court sur les talons de grand-mère. Il n'est plus tout jeune et, instinctivement, il ménage ses forces. Jacki, le jeune bâtard issu d'un croisement de loulou de Poméranie et d'une autre race non identifiée, court dans tous les sens, infatigable, disparaissant souvent. Parfois on l'entend aboyer à plusieurs kilomètres de distance.

À la fin de l'après-midi, Rebecka dort au coin du feu de camp tandis que les adultes continuent la cueillette plus loin. Elle a le blouson de son père sous la tête en guise d'oreiller. Le soleil est encore chaud mais les ombres s'allongent. Le feu fait fuir les moustiques. Les chiens viennent la surveiller de temps en temps, collent le bout de leur truffe contre sa joue un instant puis repartent avant qu'elle ait eu le temps de les caresser ou de passer le bras autour de leur cou.

Gula Ben

L'hiver touche à sa fin. Le soleil se lève au-dessus des pins et réchauffe la forêt. Des paquets de neige humide glissent des branches et s'écrasent au sol. La saison est peu propice à la chasse. Pendant la journée, l'épais tapis blanc ramollit. Il ralentit la course des loups quand ils poursuivent le gibier. Et quand la meute chasse de nuit au clair de lune, ou à l'aube, la glace leur déchire les pattes.

La femelle alpha est en chaleur. Elle ne tient plus en place, devient irritable. Celui qui se risque à l'approcher s'expose à un grognement et même à une morsure. Elle se retourne pour faire face aux mâles soumis et urine en levant la patte si haut qu'elle a du mal à garder l'équilibre. Toute la meute est affectée par sa mauvaise humeur. Ça gronde et ça hurle de tous les côtés. Des bagarres éclatent sans cesse. Les jeunes loups omégas, inquiets, errent à l'extérieur de l'aire de repos. Ils sont constamment repoussés par les loups bêtas. La hiérarchie est scrupuleusement respectée, surtout au moment des repas.

La louve alpha est la demi-sœur de Gula Ben. Il y a deux ans, à cette même époque, elle a affronté en combat singulier la vieille femelle alpha. La vieille louve allait être en chasse et, par son attitude, elle défiait les autres femelles. Elle s'était tournée vers la demi-sœur de Gula Ben, avait tendu sa tête zébrée de gris vers elle, retroussé les babines et montré les crocs en un grondement menaçant. Mais au lieu de ramper en arrière, terrorisée et la queue entre les pattes, la demi-sœur de Gula Ben avait relevé le défi. Elle avait regardé la vieille dominante droit dans les yeux en hérissant les poils. La bagarre avait éclaté en moins d'une seconde et s'était terminée presque aussi vite. La vieille louve avait perdu le combat. Une plaie profonde à la gorge et une oreille arrachée avaient suffi à ce qu'elle se retire en geignant. La demi-sœur de Gula Ben avait chassé la vieille louve et la meute s'était trouvé une nouvelle femelle alpha.

Gula Ben n'a pas défié l'ancienne louve alpha et elle n'a pas non plus provoqué sa demi-sœur. Pourtant la nouvelle femelle alpha semble être particulièrement irritée contre elle. À un moment, elle vient refermer solidement sa mâchoire autour du museau de sa demi-sœur. Gula Ben se laisse humblement entraîner parmi les autres membres du groupe, le dos rond et les yeux détournés. Les loups se dressent sur leurs pattes arrière et s'agitent, inquiets. Quand la louve alpha la lâche enfin, Gula Ben lui lèche les babines pour marquer sa soumission. Elle ne veut ni se battre ni se révolter contre elle.

Le mâle alpha avec son pelage gris argent joue le bel indifférent. Du temps de l'ancienne louve alpha, il était capable de lui coller au train pendant des semaines avant qu'elle accepte de s'accoupler avec lui. Il lui humait la croupe et remettait les autres mâles à leur place. Il s'approchait régulièrement de l'endroit où elle était couchée. Il lui donnait de petits coups avec la patte d'un air de dire : « Tu veux bien, dis ? »

À présent le mâle alpha est allongé paresseusement et peu intéressé, dirait-on, par la demi-sœur de Gula Ben. Il a sept ans et aucun loup de la meute ne semble vouloir prendre sa place. Dans quelques années, quand il sera vieux et faible, il faudra qu'il se batte pour garder sa position de dominant. Mais pour l'instant, il sait qu'il peut rester tranquillement couché à se lécher les pattes ou mâcher de la neige en laissant le soleil réchauffer son pelage. La femelle alpha le surveille. Elle s'accroupit et pisse tout près de lui pour l'exciter. Se frotte contre lui en passant. Lui montre sa vulve gonflée et offerte. Enfin, il se décide et la saillit. Toute la meute respire. La tension retombe immédiatement.

Deux jeunes omégas de un an viennent réveiller Gula Ben qui somnole sous un sapin à quelque distance du groupe. Fini la tranquillité. Les jeunes loups se jettent sur elle. Le premier martèle la neige de ses pattes avant, les muscles tendus dans une juvénile soif de jouer. Le deuxième arrive à fond de train et bondit sur elle. Elle se relève brusquement et se lance à leur poursuite. Ils jappent et aboient, et leurs appels se répercutent d'arbre en arbre. Un écureuil effrayé grimpe tout en haut d'un tronc en un éclair roux. Gula Ben rejoint le premier oméga. Il exécute un double saut périlleux dans la neige avant de se jeter dans la bataille. Ils luttent quelques minutes puis c'est à elle de se laisser chasser. Elle court comme un furet entre les arbres. Ralentit pour leur donner l'illusion qu'ils remontent à sa hauteur avant de repartir comme une étoile filante. Ils ne la rattraperont que lorsqu'elle l'aura décidé.

Jeudi 7 septembre

À SIX HEURES ET DEMIE du matin, Mimmi faisait sa pause petit déjeuner. Elle avait commencé son service à cinq heures. Une bonne odeur de pain frais et de café se mêlait à celles des lasagnes cuisinées maison et du *pyttipanna**. Cinquante gamelles en aluminium encombraient le plan de travail en inox. Elle avait travaillé dans la cuisine en laissant ouverte la porte battante pour éviter qu'il ne fasse trop chaud. Et surtout parce que ça faisait plaisir aux clients. Ça leur tenait compagnie, aux hommes, de la voir se démener aux fourneaux, remplir la cafetière. *Chez Micke*, au moins, ils pouvaient manger tranquilles, sans personne pour leur dire de fermer la bouche en mâchant ou leur reprocher d'avoir renversé du café sur leur chemise.

Avant de s'installer pour prendre son petit déjeuner, elle alla faire un tour en salle, et remplit les tasses avec du café frais, par gentillesse. Elle leur apporta des corbeilles de pain et les encouragea à manger autant qu'ils voulaient. Dans ces moments-là, elle était leur propriété à tous, elle était à la fois

* Mélange de restes coupés en dés et revenus à la poêle (pommes de terre, viandes, champignons, etc.) généralement servi avec un œuf au plat.

leur femme, leur fille, leur mère. Elle avait fait une tresse avec ses cheveux à rayures, encore humides de la douche du matin, sous le foulard qu'elle portait toujours sur la tête pour travailler. On la regardait déjà bien assez comme ça. Elle n'allait pas en plus se promener dans l'auberge avec des cheveux mouillés, lâchés sur son T-shirt moulant de chez H&M. Elle n'était pas là pour participer à un concours de Miss T-shirt mouillé. Elle posa la cafetière sur le chauffe-plat et annonça à la cantonade :

« Vous n'avez qu'à vous servir, je vais m'asseoir un petit quart d'heure.

– Viens sur mes genoux boire ton café », lui proposa un client, taquin.

Ceux qui partaient travailler étaient sur le départ. Elle le voyait à leur façon de boire le café trop chaud à petites gorgées rapides et d'avaler leurs tartines en trois bouchées. Les autres traînaient une bonne heure devant leur petit déjeuner avant d'aller retrouver leur solitude. Ils essayaient d'engager la conversation avec leurs voisins de table ou feuilletaient distraitement le journal de la veille. Celui du jour n'arrivait que beaucoup plus tard. Ici on ne disait pas qu'on était au chômage ou en arrêt maladie ou qu'on avait été mis en retraite anticipée, on disait qu'on restait chez soi.

La pensionnaire Rebecka Martinsson était assise seule à une table près de la fenêtre. Elle mangeait son yaourt au muesli en regardant la rivière et en buvant son café.

Mimmi avait un studio en ville. Elle avait préféré le garder alors qu'elle vivait pratiquement avec Micke dans la maison attenante au restaurant. Au moment où elle avait décidé de rester ici quelque temps, sa mère lui avait proposé sans grand enthousiasme de venir habiter chez elle. La solution paraissait si évidente qu'elle s'était sentie obligée de la suggérer. Mais il ne serait jamais venu à l'idée de Mimmi d'accepter. Elle s'occupait du restaurant de Micke depuis trois ans maintenant et Lisa ne lui avait donné un double des clés de sa maison que le mois précédent.

« On ne sait jamais », lui avait-elle dit avec un regard fuyant. « S'il arrivait quelque chose ou bien si... Mais bien sûr, il y a les chiens.

– Les chiens. Oui bien sûr », avait répondu Mimmi en prenant la clé.

Toujours ces saletés de chiens, avait-elle pensé.

Lisa avait remarqué la mauvaise humeur de sa fille, mais elle n'était pas du genre à relever ce type de réaction ni à essayer d'en parler. Au contraire, elle s'empressait de trouver un prétexte pour filer. Si ce n'était pas une réunion du groupe Magdalena, c'était les bêtes, les clapiers qu'il fallait nettoyer ou l'un des chiens à emmener chez le vétérinaire.

Mimmi s'assit sur le plan de travail près du réfrigérateur. Il y avait tout juste assez de place pour qu'elle puisse y tenir, recroquevillée, à côté des herbes aromatiques qui poussaient dans des boîtes de conserve vides. Elle aimait s'asseoir là. Par la fenêtre on pouvait voir Jukkasjärvi sur l'autre rive. Parfois un bateau passait sur la rivière. Du temps où ce bâtiment était un garage, la fenêtre n'existait pas. C'était un cadeau que lui avait fait Micke. « J'aimerais bien avoir une fenêtre, ici », avait-elle dit un jour. Et il l'avait percée pour elle aussitôt.

Elle n'avait rien contre les chiens. Elle n'était pas jalouse d'eux. Elle les considérait un peu comme ses frères et sœurs. Elle en voulait surtout à sa mère qui n'était jamais venue la voir quand elle habitait à Stockholm. Elle ne lui avait même pas téléphoné. « Évidemment qu'elle t'aime, la rassurait Micke, c'est ta mère. » Il ne comprenait rien du tout.

Ça doit être un problème génétique, se disait-elle. Moi aussi je suis incapable d'aimer.

Quand elle tombait sur un vrai connard, elle pouvait… non pas tomber amoureuse, car tomber amoureuse était une expression bien trop douce pour dire ce qu'elle ressentait dans ces cas-là. Elle devenait psychotique, dépendante, droguée. Une fois surtout avait été pire que les autres, à l'époque où elle vivait à la capitale. Et s'arracher à une relation de ce genre ne va pas sans y laisser des plumes, voire des lambeaux de chair.

Avec Micke, c'était différent. Avec lui, elle aurait pu faire un enfant, si elle s'était sentie capable de donner de l'amour à un enfant. Micke était un type bien. Vraiment bien.

Devant la fenêtre, quelques poules grattaient l'herbe sèche. Elle avait à peine attaqué son sandwich quand elle entendit une moto passer sur la route, tourner et s'arrêter devant le restaurant.

Et voilà Nalle, songea-t-elle.

Il venait parfois le matin. Quand il se levait avant son père et qu'il parvenait à s'échapper discrètement. Sinon la règle était qu'il prenne le petit déjeuner chez lui.

Quelques secondes plus tard, il colla son nez à la fenêtre et tapa à la vitre. Il était affublé d'une salopette jaune vif qui avait dû appartenir jadis à un employé du téléphone. Les bandes réfléchissantes au bas du pantalon avaient presque disparu à l'usure. Il portait une chapka en faux castor avec des oreillettes qui battaient de part et d'autre de sa grosse tête, et sa doudoune vert pomme était beaucoup trop petite. Elle lui arrivait à peine à la taille.

Il lui fit un de ses sourires futés que Mimmi trouvait absolument irrésistibles. Son visage lunaire se fendait en deux, son gros menton partait vers la droite, ses yeux s'étrécissaient et ses sourcils montaient au milieu de son front. Il était impossible de ne pas répondre à ce sourire, même si en l'occurrence cela signifiait qu'elle allait devoir renoncer à déjeuner en paix.

Elle ouvrit la fenêtre. Nalle plongea les mains dans les poches de son blouson et en sortit trois œufs. Il la regarda comme s'il venait de réussir un tour de magie extraordinaire alors qu'il allait dans le poulailler du restaurant ramasser les œufs pour elle presque chaque fois qu'il venait. Elle les lui prit des mains.

« Formidable ! Merci, Nalle ! Est-ce que ce serait Hans le Balourd du conte d'Andersen qui est venu me porter ses présents ? »

Un rire enroué se fraya un chemin dans sa gorge. Un peu comme une voiture qu'on essayerait de démarrer avec une batterie à plat. Hrmmmm-hrmmmm.

« Ou peut-être le roi de la vaisselle ? »

Il secoua la tête en un refus énergique. Il savait bien qu'elle plaisantait, mais il ne voulait pas prendre de risque. Il n'était pas venu pour faire la vaisselle.

« Tu as faim ? » lui demanda-t-elle. Sans répondre, Nalle tourna les talons et disparut à l'angle du bâtiment.

Elle sauta de son perchoir, referma la fenêtre, avala une rapide gorgée de café et croqua un gros morceau de sa tartine. Dans la salle de restaurant, elle le trouva attablé en face de Rebecka Martinsson. Il avait suspendu son blouson au dossier de sa chaise mais gardé sa chapka. Ils avaient un petit rituel tous les deux. Mimmi lui retirait son bonnet et frottait la brosse courte de ses cheveux.

« Et si tu allais t'asseoir là-bas plutôt, pour voir s'il passe des voitures cool ! »

Rebecka sourit à Nalle.

« Il peut rester me tenir compagnie s'il en a envie. »

Mimmi passa affectueusement la main dans le dos de Nalle.

« Tu veux des pancakes ou du yaourt et des tartines ? »

Elle connaissait déjà la réponse mais c'était bon pour lui de s'exprimer. Et de prendre des décisions tout seul. Elle voyait les efforts qu'il faisait pour former le mot dans sa bouche. Sa mâchoire bougeait de droite à gauche puis de gauche à droite et enfin il dit avec autorité :

« Pancakes. »

Mimmi retourna dans la cuisine. Elle sortit une quinzaine de petits pancakes du congélateur et les enfourna dans le four à micro-ondes.

Le père de Nalle, Lars-Gunnar, et la mère de Mimmi étaient cousins. Lars-Gunnar était retraité de la police et président de l'équipe de chasse communale depuis presque trente ans. Une responsabilité qui lui donnait aussi du pouvoir dans la communauté. Physiquement il était aussi imposant que son fils, Nalle. Du temps où il était policier, on le respectait et les gens le trouvaient gentil. Il lui arrivait même de se déplacer pour assister à l'enterrement des vieux voyous du coin quand ceux-ci avaient passé l'arme à gauche. Il n'était pas rare qu'en ces occasions il se retrouve tout seul avec le pasteur.

Quand Lars-Gunnar avait rencontré la maman de Nalle, il avait cinquante ans passés. Mimmi se souvenait du jour où il était venu présenter Eva la première fois.

Je ne devais pas avoir plus de quatre ans, songea-t-elle.

Lars-Gunnar et Eva étaient assis sur le divan en croûte de cuir du salon. Maman Lisa faisait des allers-retours dans la cuisine pour aller chercher du pain, du lait, pour remplir la cafetière et Dieu sait quoi encore. C'était l'époque où elle essayait encore de rentrer dans le rang. Plus tard elle avait laissé tomber et elle n'avait plus touché ni à la pâtisserie ni à la cuisine. Mimmi n'avait aucune peine à imaginer comment Lisa prenait ses repas dans ce chalet où elle vivait. Elle devait manger debout, appuyée au plan de travail de la cuisine, et plonger une cuillère directement dans une boîte de conserve, peut-être une soupe avec des boulettes de viande de chez Bong.

Mais en ce temps-là, c'était autre chose. Mimmi revoyait Lars-Gunnar, assis dans ce canapé, le bras autour des épaules d'Eva, avec ce regard tendre, pas commun pour un homme de ce village et totalement nouveau chez lui. Il était si fier. Eva n'était pas très belle, mais elle était beaucoup plus jeune que lui. Elle devait avoir l'âge de Mimmi aujourd'hui, entre vingt et trente ans. Mimmi ignorait en revanche comment il avait fait la connaissance de cette assistante sociale venue passer ses vacances dans la région. Quoi qu'il en soit, après avoir rencontré Lars-Gunnar, Eva avait démissionné de son poste à… Norrköping, si sa mémoire était bonne. Elle s'était fait embaucher à la mairie de Poikkijärvi et elle avait emménagé dans la maison familiale de Lars-Gunnar, qu'il n'avait jamais quittée. Au bout d'un an, Nalle était venu au monde. À l'époque, on l'appelait Björn*. Un nom qui allait comme un gant à l'énorme bébé qu'il était.

Ça n'avait pas dû être facile pour elle, songea Mimmi. Venir d'une grande ville et atterrir dans ce village. Passer ses

---

* *Björn* : Ours en suédois.

journées à pousser le landau au bord de la route pendant son congé maternité avec les bonnes femmes du village pour toute compagnie. Il devait y avoir de quoi devenir dingue. Et c'était ce qui était arrivé, d'ailleurs.

Le four à micro-ondes fit *Ding*. Mimmi coupa deux tranches glace à la vanille et les posa sur une assiette avec une cuillerée de confiture de fraises. Elle versa du lait dans un grand verre et beurra deux grosses tartines de pain bis. Elle attrapa une pomme et prit trois œufs durs dans une casserole sur la cuisinière. Puis elle installa le tout sur un plateau qu'elle apporta à Nalle.

« Pas de pancakes avant que tu aies mangé tout le reste », lui dit-elle sévèrement.

Nalle avait eu une méningite à l'âge de trois ans. Eva avait tout de suite téléphoné aux urgences. On lui avait demandé de patienter. Et voilà.

Quand son fils avait eu cinq ans, Eva était partie. Elle avait abandonné Nalle et Lars-Gunnar et elle était retournée vivre à Norrköping.

Elle s'est enfuie, songea Mimmi.

On avait beaucoup jasé dans le village sur cette femme qui abandonnait son enfant. Il y a des gens qui sont incapables d'assumer leurs responsabilités, disait-on. Et on se demandait comment quelqu'un pouvait faire une chose pareille. Délaisser son propre enfant.

Mimmi n'avait pas d'avis là-dessus. Ce qu'elle savait, c'est qu'on pouvait parfois avoir l'impression d'étouffer dans ce village. Et elle comprenait parfaitement qu'Eva ait fini par craquer dans la maison en fibrociment rose.

Lars-Gunnar était resté tout seul avec Nalle. Et il n'aimait pas qu'on lui parle d'Eva.

« Que vouliez-vous que je fasse ? disait-il simplement. Je ne pouvais pas la forcer à rester. »

Quand Nalle avait eu sept ans, elle était revenue. Ou plutôt Lars-Gunnar était allé la chercher à Norrköping. Les voisins d'à côté avaient vu comment il l'avait portée à l'intérieur. Le cancer en avait déjà presque fini avec elle. Trois mois plus tard, elle était morte.

« Que vouliez-vous que je fasse ? disait Lars-Gunnar. C'était quand même la mère de mon fils. »

Eva avait été enterrée dans le cimetière de Poikkijärvi. Sa mère et sa sœur assistaient à la cérémonie. Elles n'étaient pas restées longtemps. Juste le temps qu'il fallait pour assumer la honte d'Eva à sa place. Personne ne les avait regardées dans les yeux, ni à l'église ni au cimetière, et les gens parlaient derrière leurs dos :

« Et Lars-Gunnar qui les console ! Vous ne croyez pas qu'elles auraient pu s'occuper d'elle quand elle était mourante ? Il a fallu que ce soit lui qui fasse tout. Vous avez vu dans quel état il est maintenant ? Il a dû perdre au moins quinze kilos. Il est tout gris et épuisé. »

Mimmi se demanda comment les choses se seraient passées si Mildred avait été là. Peut-être qu'Eva se serait bien entendue avec les femmes de l'association Magdalena. Peut-être qu'elle se serait séparée de Lars-Gunnar mais sans quitter le village, ou qu'avec leur aide, elle aurait trouvé le courage de s'occuper de son fils. Peut-être même qu'elle serait restée avec Lars-Gunnar.

La première fois que Mimmi avait rencontré Mildred, elle était assise sur la moto de Nalle. Il n'avait pas encore quinze ans. Personne au village n'avait jamais réagi contre le fait qu'un jeune handicapé mental, qui n'avait pas encore l'âge légal, circule sur un deux-roues motorisé. C'était le fils de

Lars-Gunnar, après tout. Et le garçon n'avait pas eu une vie facile. Et puis, tant qu'il se cantonnait aux rues du village...

« Aïe, mes fesses ! » Mimmi entendait encore la pasteure se plaindre en riant après avoir rendu le véhicule à son propriétaire.

Mimmi était assise devant le restaurant. Elle avait sorti des chaises et s'était installée à l'abri du vent pour fumer une cigarette, le visage levé vers le soleil, espérant prendre un peu de couleurs. Nalle était heureux. Il avait agité la main à l'attention de Mimmi et de Mildred, fait demi-tour en projetant le gravier et il était parti. Deux ans plus tôt, Mildred lui avait fait faire sa confirmation.

Mimmi et Mildred s'étaient présentées. Mimmi ne savait pas très bien à quoi elle s'attendait mais elle avait été surprise. Elle avait tellement entendu parler de la nouvelle pasteure. On disait qu'elle avait du caractère et une grande gueule, qu'elle était intelligente mais à moitié folle. La plupart des gens la trouvaient formidable.

En la rencontrant, elle avait été un peu déçue. Elle la trouvait ordinaire et triste. Elle pensait voir un être entouré d'une espèce d'aura fabuleuse et ce n'était qu'une femme entre deux âges, avec un jean démodé et des chaussures confortables et bon marché.

« Ce garçon est une bénédiction », avait dit Mildred avec un mouvement du menton dans la direction de l'engin qui s'éloignait en pétaradant.

Mimmi avait répondu un truc du genre : « Lars-Gunnar n'a pas eu la vie facile avec lui. »

C'était une sorte de réflexe conditionné. Quand les gens du village parlaient de Lars-Gunnar, de sa pauvre femme et du petit garçon abandonné, c'était toujours le même refrain : « Les pauvres... Ce que certains sont obligés de subir quand on y pense... Pas la vie facile. »

Mildred avait froncé les sourcils. Puis elle avait regardé sévèrement Mimmi droit dans les yeux.

« Nalle est un cadeau du ciel », avait-elle déclaré.

Mimmi n'avait pas répondu. Elle n'était pas cliente de ce genre de philosophie : « Tous les enfants de Dieu sont des cadeaux du ciel » ou « Les voies du Seigneur sont impénétrables », et autres bondieuseries bien-pensantes.

« Je ne comprends pas qu'on puisse parler de Nalle comme s'il était un terrible fardeau. Vous avez remarqué comme il met tout le monde de bonne humeur partout où il passe ? » avait-elle continué.

Et elle avait raison. Mimmi se souvint de ce qui s'était passé la veille. Nalle était trop gros. Il avait tout le temps faim et son père devait se battre pour l'empêcher de se gaver de nourriture à longueur de journée. Une tâche impossible. Les bonnes femmes du village ne pouvaient pas résister au garçon quand il leur faisait son numéro de charme pour obtenir quelque friandise. Micke et Mimmi craquaient souvent, eux aussi. Comme hier, par exemple. Tout à coup, Nalle avait débarqué dans la cuisine du restaurant avec une poule sous le bras. Lill-Anni, une poule cochin, n'était pas une très bonne pondeuse, mais elle était douce et gentille et elle aimait les caresses. En revanche elle ne supportait pas qu'on la sépare de ses congénères. Alors, coincée comme elle l'était sous le gros bras de Nalle, elle pédalait furieusement avec ses petites pattes de poule et caquetait, terrorisée.

« Anni ! » avait déclaré Nalle à Micke et à Mimmi. « Sandwich. »

Il avait tourné sa grosse tête vers la gauche, légèrement basculée en arrière de façon à pouvoir les observer du coin de l'œil. Avec son air futé, il était impossible de dire s'il croyait sérieusement qu'ils allaient marcher dans sa combine.

« Va remettre cette poule dans son poulailler », lui avait ordonné Mimmi en se donnant un mal fou pour garder son sérieux. Mais Micke avait éclaté de rire :

« Anni veut un sandwich ? Il vaut mieux qu'on lui en donne un, dans ce cas, tu ne crois pas ? »

La tartine dans une main et la poule sous le bras, Nalle était retourné dans la cour d'un pas décidé. Il avait lâché la poule et fait disparaître le sandwich en moins de temps qu'il n'en fallait pour le dire.

« Dis donc ! » lui avait lancé Micke depuis le perron. « Ce n'était pas pour Anni, cette tartine ? »

Nalle s'était retourné, l'air désolé.

« Finie ! » avait-il dit en haussant les épaules.

Mildred avait poursuivi son argumentaire.

« Je sais bien que ce n'est pas de tout repos pour Lars-Gunnar de s'occuper de Nalle. Mais quand on y réfléchit, Nalle aurait-il apporté plus de satisfactions à son père s'il n'avait pas été un attardé mental ? Je me pose la question. »

Mimmi l'avait regardée longuement. Elle n'avait pas tort.

Elle avait pensé à Lars-Gunnar et à ses frères. Elle ne se souvenait pas de leur père, le grand-père de Nalle. Mais elle en avait entendu parler. Isak était un homme dur. Il n'était pas avare de coups de ceinturon ou autres châtiments corporels. Il avait cinq fils et deux filles.

Un jour, elle avait entendu Lars-Gunnar raconter qu'il avait tellement peur de son père qu'il lui arrivait de se faire pipi dessus alors qu'il était déjà en âge d'aller à l'école.

Mimmi se rappelait très bien le jour où il avait raconté ça. Elle était toute petite et elle avait eu beaucoup de mal à imaginer que Lars-Gunnar, si grand et si costaud, ait pu avoir peur de qui que ce soit. Ni même qu'il ait un jour été petit. Et qu'il se soit fait pipi dessus, encore moins.

Lui et ses frères avaient fait tout ce qu'ils avaient pu pour éviter de ressembler à leur père. Mais l'hérédité était là. Comme lui, ils méprisaient la faiblesse sous toutes ses formes. Mimmi songea aux cousins de Nalle. Certains d'entre eux habitaient encore ici. Ils faisaient partie de l'équipe de chasse, passaient leurs soirées au bar.

« Nalle est à l'abri de tout ça, avait dit Mildred. Contrairement à Lars-Gunnar, il n'a aucune rancune contre sa mère. Personne ne lui veut du mal, ni son père ni le reste du monde. Il n'est pas conscient de son handicap. Il ne se plaint jamais et il est imperméable à la méchanceté des autres, qui certes ne s'exprime que lorsqu'ils ont trop bu, mais qui est toujours là, sous la surface. Nalle est triste parfois, mais sa tristesse ne dure jamais plus de quelques secondes. Il n'est qu'un enfant heureux et insouciant dans le corps d'un adulte. Il est infiniment gentil et profondément sincère. L'amertume et la bêtise glissent sur lui comme l'eau sur les plumes d'un canard. S'il n'avait pas été handicapé mental, s'il avait été normal, vous imaginez comment son père l'aurait traité ? Inconsciemment, Lars-Gunnar lui aurait fait payer sa propre faiblesse et il n'y aurait eu aucune tendresse entre ces deux-là. »

Mildred ne savait pas à quel point elle avait raison.

Mais Mimmi avait préféré ne pas entrer dans le débat. Elle avait haussé les épaules, n'avait fait aucun commentaire et avait dit à la pasteure que ç'avait été un plaisir de la rencontrer mais qu'elle avait du travail.

Mimmi entendit soudain la voix de Lars-Gunnar dans la salle.

« Bon Dieu, Nalle ! »

Il n'était pas fâché. Plutôt las et résigné.

« Je t'ai déjà dit cent fois que le petit déjeuner, c'est à la maison. »

Mimmi sortit de la cuisine. Nalle baissait la tête, honteux. Il se léchait la lèvre supérieure pour effacer la moustache de lait. Il avait fini tous les pancakes, les œufs et les tartines de pain beurré. Il n'avait pas mangé la pomme.

« Ça fait quarante couronnes », annonça Mimmi d'une voix un peu trop moqueuse au goût de Lars-Gunnar.

Bien fait pour ce radin, se dit-elle.

Il avait le congélateur plein de gibier gratuit fourni par la société de chasse. Les femmes du village lui faisaient son ménage et sa lessive sans lui demander une couronne, elles lui apportaient du pain maison et l'invitaient fréquemment à dîner avec son fils.

Avant que Mimmi ne vienne travailler au restaurant, Nalle y prenait ses repas gratuitement tous les jours.

Lars-Gunnar disait qu'il fallait refuser de le servir, parce qu'il allait devenir énorme. Mais Micke le servait quand même et du coup il n'osait pas le faire payer.

Mimmi avait osé.

« Nalle est venu prendre son petit déjeuner », avait-elle annoncé à Lars-Gunnar la première fois qu'elle avait assuré le service du matin. « Ça vous fera quarante couronnes. »

Lars-Gunnar lui avait jeté un regard surpris puis il avait cherché Micke des yeux dans la salle. Mais Micke était rentré chez lui faire un petit somme.

« Il ne faut rien lui donner quand il réclame », avait-il objecté.

« Si vous ne voulez pas qu'il mange, il ne faut pas le laisser venir ici, avait répliqué Mimmi. S'il vient, il aura à manger. Et s'il mange, vous devrez payer. »

À partir de ce jour-là, il avait payé. Y compris quand c'était Micke qui faisait le service du matin.

Aujourd'hui, Lars-Gunnar était de bonne humeur. Il commanda du café et des pancakes pour lui. Il était toujours à côté de la table où étaient assis Rebecka et Nalle. Il n'arrivait pas à décider où il allait s'asseoir. Finalement, il s'installa à la table voisine.

« Viens là, Nalle. La dame a peut-être envie d'être tranquille. »

La dame ne fit pas de commentaire et Nalle resta où il était.

Quand Mimmi revint, Lars-Gunnar lui dit :

« Je peux te laisser Nalle aujourd'hui ? »

« Encore », dit Nalle en voyant l'assiette de pancakes de son père.

« Quand tu auras mangé ta pomme », répliqua Mimmi, intraitable.

« Non », dit-elle ensuite, s'adressant à Lars-Gunnar. « J'ai une grosse journée. À midi, j'ai le déjeuner d'automne de l'association Magdalena et ce soir elles font leur assemblée générale au restaurant. »

Un malaise le parcourut tel un courant d'air froid. Ça faisait cet effet-là à tous les hommes du village dès qu'on mentionnait le groupe de femmes.

« Juste quelques heures ? la supplia-t-il.

– Tu as demandé à maman ?

– Je ne veux pas la déranger. Elle doit être débordée avec la réunion de ce soir.

– Une autre femme du village, alors ? Tout le monde aime Nalle, n'est-ce pas ? »

Lars-Gunnar pesait les différentes solutions qui lui restaient. Mimmi savait qu'il était en train de se dire que rien n'est gratuit en ce bas monde. Il y avait évidemment un certain nombre de femmes à qui il pouvait demander ce service. Mais c'était justement là que le bât blessait. Demander un service. Déranger les gens. Être redevable.

Rebecka Martinsson regardait Nalle. Nalle regardait sa pomme. Elle ne parvenait pas à déterminer s'il était contrarié d'être un poids pour son père ou s'il faisait simplement la tête parce qu'il devait manger la pomme avant d'avoir d'autres pancakes.

« Nalle peut rester avec moi s'il en a envie », proposa-t-elle soudain.

Mimmi et Lars-Gunnar se tournèrent vers elle simultanément, l'air surpris. Elle-même était étonnée de ce qu'elle venait de dire.

« Je n'ai rien prévu de spécial aujourd'hui, ajouta-t-elle. Je pourrais l'emmener faire une balade… Enfin si cela lui fait plaisir… Je vous laisserai mon numéro de portable, bien sûr. »

« C'est une de nos pensionnaires, expliqua Mimmi à Lars-Gunnar. Elle occupe l'un des bungalows. Je te présente Rebecka…

– … Martinsson. »

Lars-Gunnar hocha la tête à l'intention de Rebecka.

« Lars-Gunnar. Je suis le père de Nalle. Si vous êtes certaine que cela ne vous embête pas… »

Évidemment que ça l'embête, mais elle va se débrouiller, songea Mimmi, vaguement agacée.

« Je vous assure que non », affirma Rebecka.

J'ai sauté du cinquième plongeoir, se dit-elle. Je peux faire n'importe quoi maintenant.

Anna-Maria Mella était calée au fond d'un fauteuil dans la salle de conférences du commissariat de police. Elle avait organisé une réunion exceptionnelle pour parler à ses collègues des lettres et des documents trouvés dans le casier de Mildred Nilsson.

Deux hommes y assistaient, les inspecteurs Stålnacke et Olsson. Une vingtaine de lettres étaient étalées devant eux, la plupart encore dans leurs enveloppes déchirées.

« Bon, il n'y a plus qu'à... », dit-elle.

Fred Olsson et elle mirent leurs gants de latex et commencèrent à lire.

Sven-Erik gardait les mains croisées devant lui sur le plateau du bureau. Le panache d'écureuil qu'il avait au-dessus de la lèvre supérieure était aussi hérissé qu'une brosse en chiendent. Il avait l'air prêt à tuer quelqu'un. Enfin il se décida à enfiler lentement les gants de latex comme s'il s'apprêtait à monter sur un ring.

Ils parcoururent d'abord les lettres. La plupart émanaient de paroissiens racontant leurs malheurs : divorces et décès, infidélités et inquiétudes pour leur progéniture.

Anna-Maria brandit une feuille de papier.

« Regardez-moi ça ! Comment voulez-vous déchiffrer un truc pareil ! Des vraies pattes de mouche.

– Fais voir », dit Fred Olsson en tendant la main vers la lettre.

Il la tint d'abord si près de son visage qu'elle lui effleurait le nez. Puis il l'éloigna jusqu'à ce qu'elle se trouve au bout de son bras tendu.

« C'est une question de technique », dit-il en continuant à examiner le texte, les yeux alternativement écarquillés ou à demi fermés. « On commence par repérer les petits mots comme *et*, *donc*, *je* et on reconstitue les phrases à partir de là. Je m'en occupe. »

Il reposa la lettre et revint à celle qu'il lisait précédemment. Il aimait bien le travail d'investigation. Éplucher les bases de données, utiliser les moteurs de recherche, consulter des registres, retrouver des individus sans domicile fixe. « La réponse est dans le cyberespace, quelque part », disait-il chaque fois avant de se connecter. Il avait un excellent réseau d'indicateurs et pas mal de relations parmi des gens qui savaient beaucoup de choses sur les sujets les plus divers.

« On a quelqu'un qui est très en colère, là », dit-il au bout d'un moment en leur montrant la lettre qu'il venait de lire.

Elle avait été écrite sur un papier rose orné en haut à gauche d'une horde de chevaux galopant, crinière au vent.

« Ton heure est bientôt venue, Mildred, lut-il à haute voix. Bientôt tout le monde saura qui tu es vraiment. Tu prêches des paroles mensongères et tu vis dans le péché. Nous sommes nombreux à être las de te voir mentir… etc.

– Range-la dans une pochette plastique, lui dit Anna-Maria. Nous enverrons les plus intéressantes au labo. Oh, merde ! »

Fred Olsson et Sven-Erik Stålnacke sursautèrent.

« Regardez ! Regardez ça ! »

Elle déplia une feuille de papier et la montra à ses collègues. Un dessin représentant une femme avec de longs cheveux, pendue au bout d'une corde, couvrait toute la feuille. Le dessinateur n'était pas maladroit. Anna-Maria voyait bien que ce n'était pas l'œuvre d'un professionnel, mais indéniablement l'auteur avait un excellent coup de crayon. Le corps qui se balançait dans le vide était entouré de flammes et en arrière-plan du dessin se dressait une pierre tombale avec un crucifix noir.

« Qu'est-ce qui est écrit sous le dessin ? » demanda Sven-Erik.

Anna-Maria lut à haute voix.

« BIENTÔT, MILDRED !

– Ça..., commença Fred Olsson.

– Je vais l'envoyer tout de suite à Linköping ! termina Anna-Maria. S'ils pouvaient trouver des empreintes digitales là-dessus... Je vais les appeler de ce pas pour qu'ils traitent cette pièce en priorité.

– Vas-y, lui dit Sven-Erik. Fred et moi on continue à lire tout ça. »

Anna-Maria rangea l'enveloppe et le dessin dans deux pochettes en plastique distinctes et quitta la pièce.

Fred Olsson retourna consciencieusement à son paquet de lettres.

« Celle-là n'est pas mal non plus, dit-il. L'auteur la traite d'hystérique, l'accuse de détester les hommes et lui écrit qu'elle a intérêt à faire très attention, je cite : “Parce qu'on va te pourrir la vie, espèce de salope. Évite de sortir à la nuit tombée, méfie-toi, si on t'attrape, tes petits-enfants risquent de ne jamais te connaître.” Elle n'avait pas d'enfants. Je ne vois pas comment elle aurait eu des petits-enfants ! »

Sven-Erik avait toujours les yeux fixés sur la porte par laquelle Anna-Maria venait de sortir. Tout l'été. Ces lettres avaient passé tout l'été dans ce casier pendant que ses collègues et lui piétinaient dans cette enquête sans avancer.

« Ce que j'aimerais savoir, dit-il sans regarder Fred Olsson, c'est comment ces foutus pasteurs ont pu omettre de nous informer que Mildred avait un casier personnel dans le bureau de la permanence pastorale. »

Son collègue ne fit pas de commentaire.

« J'ai une furieuse envie d'aller secouer ces messieurs et de leur demander s'ils se foutent de nous, continua Sven-Erik. Et s'ils ont la moindre idée de ce que nous sommes en train de faire.

– Tu ne peux pas faire ça ! répliqua Fred Olsson, Anna-Maria Mella a promis à Rebecka Martinsson de…

– Mais moi je n'ai rien promis à personne », s'écria Sven-Erik en frappant le bureau du plat de la main, tellement fort que toute la table fit un bond.

Puis il se leva et haussa les épaules.

« Ne te fais pas de bile, dit-il à son collègue. Je ne ferai pas de connerie. Il faut juste que… Oh, j'en sais rien, écoute… Je vais aller prendre l'air quelques minutes. »

Sur ces mots, il sortit à son tour en claquant la porte.

Fred Olsson retourna à sa pile de lettres. Finalement, c'était très bien comme ça. De toute façon, il préférait travailler seul.

Le vicaire Stensson et le pasteur Wikström examinaient ensemble le contenu du casier de Mildred Nilsson dans la petite pièce attenante à la permanence pastorale. Rebecka Martinsson leur avait rapporté à la fois la clé du presbytère de Poikkijärvi et le trousseau sur lequel se trouvait la clé de son casier personnel.

« Du calme », conseilla Bertil Stensson au pasteur. « N'oublie pas que... »

Il ne termina pas sa phrase, fit simplement un bref signe du menton vers le bureau où travaillaient les secrétaires.

Stefan Wikström regardait le vicaire à la dérobée. Il vit le pli au coin de sa bouche qui indiquait qu'il réfléchissait. Puis la bouche de Bertil reprit sa forme habituelle, pincée en avant comme le museau d'un hamster. Son supérieur, au corps petit et trapu, portait une chemise rose, parfaitement repassée, de chez Shirt Factory. Une couleur audacieuse. C'étaient ses filles qui choisissaient ses vêtements. La teinte allait bien avec son visage bronzé et sa tignasse gris argent ébouriffée comme celle d'un gamin.

« Où sont passées les lettres ? demanda Stefan Wikström, inquiet.

– Elle a dû les brûler », dit Bertil Stensson.

La voix de Wikström grimpa d'un cran.

« Elle m'a pourtant dit qu'elle les avait gardées. Tu te rends compte si elles sont tombées entre les mains de quelqu'un de l'association Magdalena ? Comment vais-je expliquer ça à ma femme ?

– Tu n'auras pas besoin de lui expliquer quoi que ce soit, le rassura Stensson d'une voix calme. Je vais aller voir son mari. De toute façon, il faut que je lui rapporte les bijoux. »

Ils restèrent quelques instants sans rien dire.

Stefan Wikström regardait fixement le casier. Il avait cru que cette expédition serait un soulagement. Il se voyait les lettres à la main et débarrassé de Mildred à jamais. Pour l'instant, c'était exactement le contraire. Elle le tenait par la nuque, et son emprise était encore plus forte qu'avant.

« Qu'attends-tu de moi, Seigneur ? supplia-t-il en une prière muette. Il est dit dans le Livre que tu ne fais pas peser sur tes enfants un fardeau plus lourd qu'ils ne le peuvent supporter, et pourtant tu me pousses bien au-delà de cette limite. »

Il se sentait piégé. Piégé par Mildred, par sa femme, par sa fonction, par sa vocation qui l'avait toujours poussé à donner sans jamais recevoir. Et depuis la mort de Mildred, il se sentait piégé par son supérieur, le président du conseil presbytérien, Bertil Stensson.

Au départ, il se réjouissait de la relation père-fils qui s'était instaurée entre eux. Mais maintenant il en payait le prix. Bertil le tenait sous sa coupe. Il devinait, à l'attitude des secrétaires, ce que Bertil racontait sur lui derrière son dos. Quand il les croisait, elles inclinaient la tête et lui jetaient des regards attendris. Il pouvait presque entendre Bertil en train de leur dire : « Stefan n'a pas la vie facile, vous savez. Il est plus sensible qu'on ne le croit. » Et quand le vicaire parlait de sensibilité il voulait dire fragilité, bien sûr. Les rares fois où il avait officié à sa place, il s'était empressé de le faire savoir partout. Tout le monde en avait été informé au sein de la paroisse et même au-delà. Stefan Wikström se sentait exploité et humilié.

Je voudrais disparaître, se dit-il tout à coup. Aucune créature de Dieu ne tombe au sol sans qu'Il le sache.

Mildred. Soudain, au mois de juin, elle était partie. Mais elle était revenue. À présent qu'elle était vraiment partie pour ne plus revenir, l'association Magdalena avait repris du poil de la bête. Les femmes réclamaient une autre femme pasteur à cor et à cri et même Bertil semblait avoir oublié comment Mildred était vraiment. Maintenant, quand il parlait d'elle, c'était toujours pour en dire du bien. « Elle avait un grand cœur », répétait-il avec des trémolos dans la voix. « C'était un meilleur pasteur que je ne le suis », confessait-il. En disant cela, il impliquait qu'elle était aussi un meilleur pasteur que Stefan, puisque Bertil était meilleur que lui.

En tout cas, moi, je ne suis pas un menteur, songea Stefan avec hargne. Elle était belliqueuse, attirait à elle des femmes vulnérables et enflammait leurs âmes au lieu de panser leurs plaies. Et sa mort n'avait rien arrangé.

Cette pensée était inconfortable pour lui. Le fait que Mildred enflammait les âmes des gens. Certains pourraient aller jusqu'à dire qu'elle avait enflammé son âme à lui.

Mais moi je ne suis pas vulnérable, se dit-il. C'est différent.

Il regarda à nouveau à l'intérieur du casier. Pensa à l'automne 1997.

Le vicaire Bertil Stensson a convoqué Stefan Wikström et Mildred Nilsson. Il a également fait venir le délégué cantonal de l'évêché à titre de conseiller en matière d'affaires privées. Mikael Berg est assis, figé, sur sa chaise. C'est un homme d'une cinquantaine d'années. Il porte un pantalon qu'il doit avoir acheté il y a dix ou quinze ans et, à l'époque, il devait peser dix à quinze kilos de plus que maintenant. Ses cheveux fins et gras sont collés sur son crâne. De temps en temps, sa respiration devient bruyante et saccadée. Il lève une main en l'air, ne se souvient plus pourquoi il l'a levée, la passe dans ses cheveux et la laisse retomber sur ses genoux.

Stefan est en face de lui. Il s'efforce de garder son calme. Pendant tout l'entretien qui va suivre, il est impératif qu'il reste calme. Les autres vont élever la voix, mais pas lui, ce n'est pas son genre.

Ils attendent Mildred. Elle arrive directement d'une réunion de prière dans une école et a prévenu qu'elle aurait quelques minutes de retard. Bertil Stensson regarde par la fenêtre, les sourcils froncés.

Mildred arrive enfin. Frappe et entre sans attendre d'y être invitée. Elle a les joues rouges. Les cheveux frisottés parce que le temps est humide.

Elle jette sa veste sur une chaise, va se servir une tasse de café au thermos.

Bertil Stensson explique le but de la réunion. La paroisse va être divisée en deux, annonce-t-il. Une moitié sera confiée à Mildred. L'autre non. Il ne précise pas que Stefan en sera le pasteur.

« Je suis heureux de l'engagement religieux que tu parviens à générer autour de toi, dit-il à Mildred. Mais la situation devient ingérable pour moi. Ça commence à ressembler à une véritable guerre de tranchées entre la pasteure féministe et le pasteur misogyne. »

Stefan fait un bond sur place.

« Je ne suis pas misogyne ! s'écrie-t-il, outré.

– Peut-être pas, mais l'opinion publique pense que tu l'es », réplique Stensson en lui tendant un numéro du *Norrländska Socialdemokraten* datant de lundi.

Aucun d'entre eux n'a besoin de regarder le journal. Ils l'ont lu tous les deux. « La femme pasteur répond du tac au tac », dit le titre de l'article. Le journaliste cite plusieurs passages du sermon que Mildred a fait le dimanche précédent dans lequel elle parlait entre autres de la robe des pasteurs qui serait à l'origine un vêtement romain destiné aux femmes, devenu habit liturgique depuis le IVe siècle : « La tenue que portent les pasteurs est une robe de femme, affirme Mildred Nilsson, ce qui ne m'empêche pas d'accepter que les pasteurs puissent être des hommes. Dans la Bible il est dit : Il n'y a ni homme, ni femme, ni Juif, ni Grec. »

Stefan Wikström a eu lui aussi la possibilité de s'exprimer dans l'article : « Je ne me sens pas visé personnellement par le sermon de Mildred Nilsson. J'aime les femmes, du moment qu'elles ne montent pas en chaire. »

Stefan est inquiet. Il s'est fait manipuler. Il a effectivement prononcé la phrase qu'on lui prête dans cet article mais, séparée du contexte, elle prend un tout autre sens. Le journaliste avait dit : « Vous aimez votre prochain. Qu'en est-il des femmes ? Êtes-vous misogyne ? »

Naïvement il avait répondu « Pas du tout. J'aime les femmes.

– Mais vous préférez ne pas les voir monter en chaire ?

– Oui. » Dit comme ça, cela paraissait un peu brutal évidemment. Mais ce n'était en rien un jugement de valeur de sa part. Et il estimait que la fonction de diaconesse, spécifiquement féminine, était tout aussi importante que celle de pasteur.

Le vicaire prie Mildred d'éviter à l'avenir de lancer ce genre de provocations en public.

« Et les provocations de Stefan ? demande-t-elle très calmement. Saviez-vous que lui et sa famille refusent d'assister à la messe quand c'est moi qui officie ? Et que nous ne célébrons jamais une confirmation ensemble parce qu'il ne veut pas travailler avec moi ?

– Je ne peux pas renier la parole des Évangiles », se défend Stefan.

Mildred secoue la tête, agacée. Bertil s'arme de patience. Il sait que tous les deux ont déjà entendu son point de vue mais il ne peut que le répéter puisque c'est la vérité.

« Jésus a choisi douze hommes pour en faire ses disciples, argue Stefan. Le pontife a toujours été un homme. Jusqu'à quel point pouvons-nous nous éloigner des Écritures pour satisfaire aux exigences de nos paroissiens sans trahir le christianisme ?

– Les disciples et les grands prêtres étaient aussi des juifs, riposte Mildred. Tu en fais quoi de ça ? Relis l'Épître aux Hébreux, et aujourd'hui le pontife, c'est Jésus. »

Bertil lève les mains au ciel pour signifier qu'il refuse d'entrer dans ce débat qui n'est pas nouveau.

« J'ai beaucoup de respect pour l'un et l'autre; sincèrement. Et je suis d'accord pour ne pas laisser une femme prêcher chez toi, Stefan. Mais encore une fois, je tiens à vous dire que vous nous mettez, la paroisse et moi-même, dans une situation extrêmement désagréable. Vous créez un climat délétère dans notre communauté. Et je vous demande instamment d'arrêter toute polémique, et surtout de cesser d'utiliser la chaire comme une tribune. »

Son visage change d'expression. De sévère, il devient conciliant. C'est tout juste s'il ne fait pas un clin d'œil complice à Mildred.

« Nous devons d'abord nous concentrer sur notre mission commune. Je ne veux plus entendre parler de machisme ou de guerre des sexes au sein de notre église. Tu vas devoir faire confiance à Stefan, Mildred. Même quand il te demande de ne pas le prendre personnellement s'il n'assiste pas à tes messes. »

Mildred reste impassible. Elle regarde Stefan droit dans les yeux.

« Je ne fais que me conformer aux Écritures, ose-t-il répéter sans ciller. Je ne fais que constater.

– Les hommes battent les femmes », dit-elle. Elle marque un temps et poursuit. « Les hommes humilient les femmes, ils les écrasent sous leur domination, ils les harcèlent sexuellement et ils les tuent. Ils les excisent, assassinent les bébés à la naissance s'ils ont le malheur de naître filles, ils les obligent à se cacher derrière un voile, les séquestrent, les violent, les empêchent d'aller à l'école, leur donnent des salaires inférieurs à ceux qu'ils touchent eux-mêmes pour le même travail et ne les laissent pas accéder au pouvoir. Certains leur refusent même le droit de devenir prêtres. Je ne fais que constater. »

Un silence d'environ trois secondes succède au discours de Mildred.

« Voyons, Mildred, hasarde Bertil.

– Elle est complètement cinglée ! s'exclame Stefan. Tu me traites de... Tu oses me comparer aux hommes qui maltraitent les femmes. Ce n'est plus une discussion, c'est de la diffamation et je ne sais pas si...

– Si quoi ? demande-t-elle.

– C'est sans solution, dit Stefan, s'adressant à Bertil. On ne pourra jamais s'entendre. Je n'ai aucune raison de me laisser… Comment veux-tu que je travaille avec elle ? Tu vois bien que c'est impossible.

– Ce n'est pas nouveau », entend-il Mildred lancer dans son dos alors qu'il sort de la pièce, fou furieux.

Le vicaire regarda le casier en silence. Il savait que son jeune collègue espérait de lui quelques paroles réconfortantes. Mais il ne trouva rien à dire.

Bien sûr qu'elle n'avait ni jeté ni brûlé les fameuses lettres. Si seulement il en avait été informé plus tôt. Bertil en voulait beaucoup à Stefan de ne pas lui avoir parlé de cette affaire.

« Y a-t-il autre chose que je devrais savoir ? » demanda-t-il.

Stefan Wikström garda les yeux baissés. Le secret professionnel était parfois lourd à porter.

« Non », répondit-il.

Bertil Stensson réalisa avec surprise que Mildred lui manquait. Sa mort l'avait bouleversé et choqué. Mais il ne s'attendait pas à éprouver ce sentiment-là. Il était sans doute injuste vis-à-vis de Stefan mais il devait bien s'avouer qu'à présent que Mildred n'était plus là, ce qui lui plaisait jadis chez le pasteur, son obligeance, son… Ah, il n'aimait pas utiliser ce mot… Son admiration pour son supérieur, lui apparaissaient comme une obséquiosité embarrassante. Ses *enfants* se devaient d'être complémentaires. Ce n'était pas la première fois qu'il pensait à eux en ces termes. Ils étaient ses enfants même si Stefan avait plus de quarante ans et Mildred la cinquantaine passée. C'était peut-être parce qu'ils étaient fils et fille de pasteurs.

Mildred avait un véritable don pour le mettre en colère. Parfois pour un détail.

Il se rappela le repas de l'Épiphanie. À présent, il se sentait un peu stupide de s'être énervé à ce point. Mais comment aurait-il pu deviner que ce serait la dernière fois qu'elle fêterait l'Épiphanie ?

Mildred prépare son offensive. Bertil et Stefan la regardent, fascinés. C'est le jour de l'Épiphanie et, depuis treize ans, l'église organise un repas à cette occasion. Stefan et Bertil sont assis côte à côte. Mildred se tient de l'autre côté de la table. Elle leur fait face. Les serveurs débarrassent les assiettes après le plat principal.

Elle commence par former son armée, la salière dans une main, le moulin à poivre dans l'autre elle exécute une petite marche d'entraînement sur la nappe tout en faisant semblant d'écouter les conversations autour de la table, qui traitent sans doute de l'importante somme de travail qu'a représenté la période de Noël qui heureusement touche à sa fin, ou peut-être de l'épidémie de grippe hivernale qui continue de sévir. Ensuite elle se met à tripoter la cire qui coule des bougies sur la nappe. Déjà à ce moment-là, Bertil remarque que Stefan est pratiquement obligé de s'accrocher des deux mains au plateau de la table pour ne pas déplacer le candélabre et lui crier d'arrêter de toucher à tout.

Son verre de vin se trouve encore à côté d'elle, telle la reine d'un jeu d'échecs attendant son tour.

Quand Mildred se met à parler de la louve dont tous les journaux ont fait état durant la dernière semaine de l'avent, elle déplace, l'air de rien, la salière et le moulin à poivre vers Bertil et Stefan. Ensuite c'est son verre de vin qui se met en mouvement. Mildred montre comment la louve passe les frontières russes et finnoises en déplaçant le verre aussi loin qu'elle peut tendre le bras.

Elle parle maintenant sans s'arrêter, faisant bouger tous les objets qu'elle trouve à sa portée. Elle s'enflamme et ses joues sont bientôt aussi rouges que le vin dans son verre. Son offensive sur la nappe, vers leur côté de la table, met Stefan et Bertil de plus en plus mal à l'aise. Ils ont l'impression d'être poussés dans leurs retranchements.

Tous les deux ont envie de lui hurler de rester sur son territoire.

Elle leur dit qu'elle a bien réfléchi à la question. Elle estime qu'il est du devoir de l'Église de créer une fondation pour la protection des loups. D'après elle, en tant que propriétaire, l'Église est responsable de la faune qui circule sur ses terres.

Bertil, quelque peu déstabilisé par ce jeu d'échecs à un seul joueur, est sur la défensive.

« Le rôle de l'Église est de s'occuper du bien-être spirituel de ses fidèles, pas de jouer au garde forestier. En théorie, elle ne devrait même pas être propriétaire de la forêt et ça ne devrait pas être à elle de gérer ses capitaux. »

Mildred ne partage pas son avis.

« Justement. Elle ne devrait posséder qu'un capital foncier et pas d'actions en Bourse. L'Église a de la terre et elle est la mieux placée pour l'administrer à bon escient. Cette louve est en Suède à présent, et elle semble avoir élu domicile sur le territoire de l'Église. Si on ne la protège pas, elle ne fera pas long feu, tu le sais aussi bien que moi. Elle sera abattue par un chasseur ou par un éleveur de rennes.

– Et tu penses qu'une fondation...

– ... va empêcher cela, oui. Nous pouvons réunir des fonds et, avec l'aide de la Société nationale de protection de la nature, procéder à un marquage de l'animal et le surveiller.

– Je crains que ton idée ne soit pas du goût de tout le monde, réplique Bertil. Chacun doit se sentir bienvenu au sein de notre église, aussi bien les chasseurs que les Samis ou que les amis des loups. Et c'est la raison pour laquelle nous ne pouvons pas nous impliquer dans une cause en particulier.

– Dans ce cas, je ne vois pas à quoi nous servons ! réplique Mildred. Si nous nous occupons des terres, nous devons aussi protéger les espèces en voie de disparition qui y vivent ! Et il faudrait que nous le fassions sans prendre position ? Réfléchis un peu ! Si tout le monde raisonnait comme ça, on n'aurait jamais aboli l'esclavage ! »

Ils éclatent de rire. Il faut toujours qu'elle exagère !

Bertil Stensson claqua la porte du casier et le verrouilla. Il glissa la clé dans sa poche. Le mois suivant, Mildred avait créé sa fondation. Ni lui ni Stefan Wikström n'avaient pu l'en empêcher.

L'idée l'avait agacé à l'époque. Et quand il y pensait à présent, il était encore plus énervé d'avoir été assez lâche pour ne pas s'y opposer. Il avait eu trop peur de passer pour un tueur de loups ou Dieu sait quoi. Il avait tout de même réussi à éviter que Mildred donne à son association le nom pour le moins provocateur de Fondation nordique pour la protection des loups. Finalement elle l'avait baptisée plus sobrement : Fondation pour la protection de la faune sauvage de Jukkasjärvi. Et Stefan et lui avaient fini par accepter d'être membres fondateurs aux côtés de Mildred.

Au printemps, quand la femme de Stefan était partie chez sa mère dans la région de Katrineholm en emmenant les petits, et qu'elle n'était pas revenue, Bertil n'avait pas fait le rapprochement.

Et maintenant, évidemment, il s'en voulait un peu.

Mais Stefan aurait pu lui en parler, lui aussi ! songea-t-il pour se sentir moins coupable.

Rebecka se gara devant la maison de sa grand-mère à Kurravaara. Nalle sauta tout de suite de la voiture et partit en reconnaissance.

Comme un chien content d'aller se promener, se dit Rebecka en le voyant disparaître à l'angle de la bâtisse.

Elle eut aussitôt mauvaise conscience. Quelle idée de le comparer à un chien.

Le soleil de septembre faisait briller le fibrociment gris clair des murs. Le vent courait dans les herbes hautes, pâles et sèches, pauvres en nutriments. Le niveau de la rivière était bas, on entendait le ronronnement d'un bateau à moteur à quelque distance de là. Dans la direction opposée, le bruit d'une tronçonneuse déchirait le silence. Une brise légère caressait son visage comme une main affectueuse.

Elle se tourna à nouveau vers la maison. Les fenêtres faisaient peine à voir. Il allait falloir les dégonder, les décaper, refaire le mastic autour des vitres et les repeindre. Dans la même couleur vert foncé, surtout ne rien changer. Elle pensa à la laine de verre qui tapissait la descente de cave pour empêcher l'air froid de remonter et d'amener du salpêtre et de vilaines taches d'humidité sur les murs. Il faudrait l'arracher, calfeutrer les ouvertures, isoler les combles, installer une VMC, aménager la cave et aussi restaurer la dépendance qui tombait en ruine.

« Allez, viens, on rentre », cria-t-elle à Nalle qui s'acharnait sur la poignée de porte de la cabane rouge sur pilotis de M. Larsson.

Nalle traversa le champ de pommes de terre pour la rejoindre. La glaise collait à ses semelles.

« Toi », dit-il en arrivant sur le perron et en pointant Rebecka du doigt.

« Rebecka, lui dit-elle. Je m'appelle Rebecka. »

Il hocha la tête. Il lui reposerait la question dans un instant. Il lui avait déjà demandé son prénom plusieurs fois mais ne l'avait pas encore prononcé.

Ils montèrent l'escalier qui conduisait à la cuisine de sa grand-mère au premier étage. Elle était glaciale et humide. Il y faisait presque plus froid qu'à l'extérieur. Nalle prit les devants. Avec un total sans-gêne, il inspecta les placards, l'épicerie, les tiroirs et les armoires.

Parfait, il va tout ouvrir et faire fuir jusqu'au dernier fantôme.

Il la faisait rire avec son grand corps maladroit et les sourires malicieux qu'il lui envoyait de loin en loin. Elle se félicita de l'avoir emmené.

Un prince charmant peut aussi ressembler à cela, se dit-elle.

Elle se laissa submerger par le sentiment rassurant que rien n'avait changé. Elle se détendit et alla s'asseoir sur la banquette, à côté de Nalle qui avait déniché un carton à bananes plein de bandes dessinées. Il sélectionna celles qu'il préférait. Il fallait apparemment qu'elles soient en couleurs. Il choisit en priorité des *Mickey et Donald*. Il reposa *Modesty Blaise*, *Le Fantôme du Bengale* et *Bugs Bunny* dans le carton. Rebecka regarda autour d'elle dans la pièce. Les chaises peintes en bleu autour de la vieille table cirée à rallonges. Le vieux réfrigérateur, les carreaux aux motifs d'épices incrustés dans la faïence au-dessus de l'antique cuisinière en fonte. Et à côté de la cuisinière à bois, la cuisinière électrique avec ses boutons en plastique brun et orange. Et l'esprit de sa grand-mère partout. Sur l'étagère au mur, au-dessus du plan de travail, où se serraient aromates séchés, casseroles et écumoires en inox. La femme de l'oncle Affe, Inga-Lill, continuait d'y suspendre des bouquets d'herbacées : barbotine, pied-de-chat, herbe à coton, pissenlit et achillée millefeuille. Un bouquet de fleurs séchées dans les tons roses, acheté dans le commerce, celui-là. Du temps de grand-mère, il n'y avait que des plantes ramassées dans la montagne. Les tapis de chiffon sur le sol, et aussi sur la banquette de la cuisine pour la protéger des taches. Les napperons brodés sur tous les meubles, y compris sur la vieille machine à coudre à pédale, posée dans l'angle. Un napperon brodé aussi sur le plateau que grand-père avait confectionné avec des allumettes à la fin de sa vie, quand il était si malade. Les coussins tissés et brodés par sa grand-mère.

Est-ce que je pourrais vivre ici ? se demanda-t-elle.

Son regard se perdit au loin sur la prairie au-delà de la fenêtre. Il n'y avait personne pour s'occuper des foins et des brûlis et ça se voyait. Le pré était plein de grosses touffes aux endroits où l'herbe avait dû pousser à travers une couche d'herbe pourrie de l'année précédente. Il devait y avoir des milliers de trous de campagnols. D'ici, elle voyait encore mieux l'état de délabrement où se trouvait la grange. Elle se demanda s'il y avait moyen de la sauver. La tristesse l'envahit tout à coup. Les maisons mouraient quand on les abandonnait. Lentement mais sûrement. Elles se désintégraient, elles étouffaient, se fissuraient, s'affaissaient, moisissaient.

Mais par où commencer ? songeait Rebecka. Rien que pour remettre les fenêtres en état, c'était déjà un travail à plein temps. Elle était incapable de réparer une toiture. Elle risquait de se rompre le cou en s'aventurant sur le balcon qui menaçait de s'écrouler d'un jour à l'autre.

Soudain la maison trembla. Quelqu'un venait de claquer la porte au rez-de-chaussée. Le petit carillon de l'entrée sous le tableau qui disait : « *Jopa virkki puu visainen kielin kantelon kajasi tuota soittoa suloista* * » jouait sa jolie mélodie.

La voix de Sivving résonna dans la maison. Enfla dans l'escalier. Entra dans la cuisine.

« Il y a quelqu'un ? »

Quelques secondes plus tard il apparaissait sur le pas de la porte. Le voisin de grand-mère. Un type grand et massif avec autour de la tête un nuage de cheveux blancs à l'aspect aussi doux que les chatons sur les branches au printemps. Un gilet militaire jaunâtre sous une veste bleue en faux castor.

Quand il vit Rebecka, son visage s'illumina. Elle se leva.

« Rebecka », dit-il simplement.

En deux pas, il était à côté d'elle et la serrait contre lui. Il ne l'avait jamais prise dans ses bras auparavant. Même pas quand elle était petite. Elle ne résista pas. Au contraire, elle ferma les yeux le temps que dura l'étreinte. Se laissa flotter sur un nuage. Lâcha prise. Si on faisait abstraction des poignées de main, personne ne l'avait touchée depuis... Ah, si, Erik Rydén quand il lui avait souhaité la bienvenue lors de la réception donnée par le cabinet à Lidö. Et puis il y a six mois quand on lui avait fait une prise de sang à l'hôpital.

---

* « Les chatons du bouleau verruqueux jouent leur sage mélodie » (dicton finnois).

Le câlin était terminé. Mais Sivving Fjällborg continua de serrer doucement son bras gauche avec sa main droite.

« Comment vas-tu ?

– Bien », répondit-elle avec un sourire.

Un nuage passa sur son visage. Il lui tint le bras encore un instant puis le lâcha et sourit à nouveau.

« Tu es venue avec un ami ?

– Oui. Je te présente Nalle. »

Nalle était plongé dans sa bande dessinée. Il était impossible de dire s'il lisait ou s'il se contentait de regarder les images.

« Que diriez-vous de venir manger un morceau à la maison ? J'ai quelque chose de très joli à vous montrer. Qu'en penses-tu, Nalle ? De la grenadine et des petits pains, ça te va ? Ou du café ? Tu bois du café, Nalle ? »

Nalle et Rebecka suivirent Sivving comme deux veaux derrière leur mère.

Sivving, songea Rebecka, rassérénée. Tout va bien se passer. Il suffit que je m'attaque à une fenêtre à la fois.

La maison de Sivving était de l'autre côté de la route. Rebecka lui dit qu'elle était venue à Kiruna pour raison professionnelle et qu'elle avait décidé ensuite de prendre quelques jours de vacances. Sivving ne lui posa aucune question embarrassante. Il ne lui demanda pas pourquoi elle ne s'était pas installée à Kurravaara, par exemple. Rebecka avait remarqué que son bras gauche pendait inerte le long de son corps et qu'il traînait un peu la jambe gauche, pas beaucoup, mais assez pour que cela se voie. Elle ne posa pas de questions non plus.

Sivving avait élu domicile dans la chaufferie au sous-sol. Il expliqua à Rebecka que cela lui faisait moins de ménage et qu'il se sentait moins seul en bas. Le reste de la maison n'était utilisé que lorsqu'il recevait ses enfants et ses petits-enfants. Pour une chaufferie, la pièce était agréable. La vaisselle et les ustensiles dont il se servait au quotidien étaient rangés sur une étagère en bois foncé. Il y avait un lit et une petite table de cuisine en formica, une chaise, un buffet et une petite cuisinière.

Bella, la chienne drahthaar de Sivving, était allongée sur un matelas à côté du lit. Et entre ses pattes dormaient quatre bébés chiens. Bella se leva brièvement pour saluer Rebecka et Nalle sans leur laisser le temps de la caresser. Elle les renifla rapidement et gratifia son maître de deux coups de truffe et d'un coup de langue.

« C'est une bonne fille, ça, dit Sivving. Alors, Nalle, qu'est-ce que tu en dis ? Ils sont beaux, hein ? »

Nalle semblait soudain frappé de surdité. Il regardait fixement les chiots avec une expression qui était une réponse en soi.

« Oooh ! s'exclamait-il. Oooh ! » Il s'accroupit à côté du matelas et tendit la main vers un des petits chiens endormis.

« Je ne sais pas si…, dit Rebecka.

– Laisse-le faire, la rassura Sivving. Bella est une mère bien plus confiante que je ne l'aurais imaginé. »

Bella alla se recoucher auprès des trois chiots qui restaient. Elle gardait un œil sur Nalle qui s'était assis contre le mur, le quatrième chiot sur ses genoux. Le petit chien s'était réveillé et de ses minuscules dents pointues, il mordillait avec entrain la main et la manche de Nalle.

« Ils sont incroyables. On dirait qu'ils ont un bouton ON/OFF. Ils sont complètement déchaînés et d'une minute à l'autre, pof, ils s'endorment comme des masses. »

Ils burent leur café en silence. Mais ils n'avaient pas besoin de se parler. Le spectacle de Nalle couché par terre et des chiots en train de grimper le long de sa jambe et de lui monter sur le ventre en essayant de lui arracher ses vêtements suffisait à leur bonheur. Bella profita de ce moment de répit pour venir mendier un petit pain au lait. Deux filets de salive coulaient de sa gueule tandis qu'elle levait vers Rebecka des yeux suppliants.

« Je vois que tu as appris les bonnes manières depuis la dernière fois », lui dit Rebecka en riant.

« Va te coucher », gronda Sivving à Bella en agitant la main.

« Tu sais quoi ? Je crois qu'elle n'entend pas très bien de l'oreille qui est orientée vers toi ! » Rebecka rit de plus belle.

« Je ne peux m'en prendre qu'à moi, gémit Sivving. Mais tu sais ce que c'est ? Quand on est tout seul, on se ramollit et on cède plus facilement, et on partage ce qu'on a, alors forcément… »

Rebecka hocha la tête.

« Je viens d'avoir une idée, au fait. Vu que tu es venue accompagnée d'un grand garçon costaud, vous allez m'aider à remonter le ponton pour l'hiver. Je voulais le faire avec le tracteur, mais j'ai peur de le casser. »

Le ponton était lourd et gorgé d'eau. On aurait dit que la rivière cherchait à le retenir. Nalle et Sivving tiraient et poussaient, debout dans l'eau chacun d'un côté de l'embarcadère. Les derniers insectes de l'été s'en donnaient à cœur joie et leur dévoraient la nuque. Le soleil et l'effort leur firent rapidement enlever leurs vêtements qui s'empilaient à présent sur la berge. Nalle portait les cuissardes de rechange de Sivving. Rebecka s'était changée avec de vieilles nippes trouvées dans la maison de sa grand-mère. L'une de ses bottes en caoutchouc était percée et elle avait le pied droit trempé. Elle tirait depuis la rive, l'eau clapotant au fond de sa botte. Elle sentait la transpiration couler dans son dos. Son cuir chevelu était humide de sueur. Des gouttes salées lui piquaient les yeux.

« C'est dans des moments comme ça qu'on se sent vivant, dit-elle à Sivving, essoufflée.

– Physiquement, en tout cas », répondit Sivving.

Il la regarda d'un air attendri. Il savait combien le travail physique pouvait soulager la douleur morale. Il se chargerait de lui trouver de quoi s'occuper si elle décidait de revenir vivre ici.

Quand ils eurent fini, ils retournèrent dans la chaufferie avaler une soupe aux boulettes de viande et des tranches de pain croustillant. Sivving était allé chercher trois tabourets quelque part dans la maison et ils s'étaient installés autour de la table. Rebecka avait mis des chaussettes sèches.

« Bon ! Je suis content que ça te plaise ! » dit Sivving à Nalle en le regardant engouffrer de grandes cuillerées de soupe et de pain Wasa tartiné d'une épaisse couche de beurre et de fromage. « Il faudra revenir me donner un coup de main à l'occasion. »

Nalle acquiesça, la bouche pleine. Bella était à nouveau couchée sur son matelas, ses quatre petits autour d'elle donnant des grands coups de tête à ses mamelles. De temps à autre, elle bougeait une oreille. Elle avait les yeux fermés mais restait vigilante.

« Et toi, Rebecka, tu sais que tu es toujours la bienvenue. »

Rebecka hocha la tête et tourna les yeux vers l'étroite fenêtre de la chaufferie.

Le temps s'écoule plus lentement ici, songeait-elle. Et pourtant on le voit passer. Un nouveau ponton. Pour elle, il était nouveau en tout cas. Il y avait déjà plusieurs années qu'il était là. Le chat qui venait de disparaître dans les hautes herbes n'était pas Mirri, la chatte de Larsson qui était morte et enterrée depuis des années. Elle ne savait plus les noms des chiens qui aboyaient dehors. Avant, elle les connaissait tous. Elle reconnaissait l'aboiement hargneux, belliqueux et rauque de Pilkkis qui pouvait durer pendant des heures. Et Sivving. Bientôt il aurait besoin d'aide pour déblayer la neige et faire ses courses. Peut-être supporterais-je de vivre ici, après tout, se dit-elle.

Anna-Maria Mella entra dans la cour de ferme de Magnus Lindmark au volant de sa Ford Escort rouge. D'après Lisa Stöckel et Erik Nilsson, l'homme qu'elle était sur le point de rencontrer n'avait jamais fait mystère de sa haine envers Mildred Nilsson, il avait crevé ses pneus et mis le feu à sa grange.

En ce moment, il lavait sa Volvo dans la cour. Quand il vit arriver la voiture, il arrêta l'eau et posa le tuyau d'arrosage par terre. C'était un homme d'environ quarante ans, pas grand mais d'apparence robuste. Il la regarda s'approcher en remontant ses manches. Pour lui montrer ses muscles, sans doute.

« Pas mal, votre locomotive à vapeur », plaisanta-t-il.

Puis il réalisa qu'il avait affaire à un inspecteur de police. Elle le vit changer littéralement de visage. Il afficha tout à coup une expression à la fois méprisante et roublarde. Anna-Maria se dit qu'elle aurait peut-être dû venir avec Sven-Erik.

« Je ne crois pas que j'aie envie de répondre à vos questions », dit Magnus Lindmark avant même qu'elle ait eu le temps d'ouvrir la bouche.

Anna-Maria se présenta. Elle sortit sa plaque aussi, ce qu'elle ne faisait que très rarement.

Et maintenant, je fais quoi ? se demanda-t-elle. S'il ne veut rien me dire, je ne peux pas le forcer.

« Vous ne savez même pas de quoi il s'agit, dit-elle à tout hasard.

– Laissez-moi deviner », plaisanta-t-il avec une expression clownesque, singeant une profonde réflexion avec un doigt sur le menton. « Peut-être que vous êtes là à cause de cette salope de pasteur femelle qui n'a eu que ce qu'elle méritait ? Voyons... Est-ce que j'ai envie de vous parler d'elle ? Eh bien non, en fait, pas du tout.

– OK », dit Anna-Maria en riant, parfaitement décontractée. « Eh bien je n'ai plus qu'à remonter dans ma locomotive à vapeur et à m'en aller. »

Elle fit demi-tour et retourna à sa voiture.

Il va m'appeler, eut-elle tout juste le temps de penser avant de l'entendre lui lancer :

« Si vous coincez le gars qui a fait ça, prévenez-moi pour que je vienne lui serrer la main. »

Elle parcourut les derniers mètres qui la séparaient de sa voiture. Puis elle se tourna vers lui, la main posée sur la poignée de la portière et le regarda sans rien dire.

« C'était une garce et elle a bien cherché ce qui lui est arrivé. Vous avez de quoi écrire ? Alors notez bien ce que je viens de vous dire. »

Rebecka le prit au mot et sortit un bloc et un stylo de sa poche. Elle écrivit : *garce.*

« J'ai l'impression qu'elle agaçait pas mal de gens dans le coin », dit-elle, comme pour elle-même.

Il vint se planter devant elle, dans une attitude menaçante.

« C'est le moins qu'on puisse dire !

– Vous, personnellement, vous lui en vouliez pourquoi ?

– Lui en vouloir ? cracha-t-il. Vous plaisantez ! J'en veux à ma chienne parce qu'elle me casse les oreilles en aboyant sur un écureuil. Je ne suis pas un hypocrite, et je n'ai pas peur de dire que je haïssais cette bonne femme. Et je n'étais pas le seul. »

Voilà, c'est bien, continue, se disait Anna-Maria en hochant la tête d'un air compréhensif.

« Alors, pourquoi la haïssiez-vous ?

– Parce qu'elle a détruit mon ménage, voilà pourquoi ! Parce qu'à cause d'elle, mon fils s'est remis à pisser au lit à l'âge de onze ans ! C'est vrai qu'on avait un problème, Anki et moi, mais après qu'elle a eu parlé avec Mildred, il n'a plus jamais été question d'essayer de le régler, ce problème. Moi, je lui disais : Tu veux qu'on aille voir un conseiller conjugal, je suis d'accord. Mais non, il a fallu que cette foutue pasteure lui mette toutes sortes d'idées dans la tête, jusqu'à ce qu'elle me quitte. En prenant les enfants, en plus. Vous ne pensiez pas que l'Église recommandait ce genre de choses, hein ?

– Non, bien sûr, mais vous...

– ... Anki et moi, on se disputait souvent, c'est vrai. Mais ça doit vous arriver à vous aussi de vous disputer avec votre mec, non ?

– Souvent. Donc, vous vous êtes mis tellement en colère que vous... »

Anna-Maria s'arrêta au milieu de sa phrase et se mit à feuilleter son calepin.

« ... avez mis le feu à sa grange, crevé ses pneus, et brisé toutes les vitres de sa serre. »

Magnus Lindmark lui sourit et dit d'une voix douce :

« Exact. Mais pour le reste, ce n'est pas moi.

– Non, bien sûr. Mais est-ce que vous pourriez tout de même me dire où vous vous trouviez la veille du solstice d'été ?

– J'ai déjà répondu à cette question : chez un copain. »

Anna-Maria lut dans son calepin.

« Frederik Korpi. Ça vous arrive souvent de passer la nuit chez vos amis ?

– Ouais, quand je suis trop bourré pour conduire.

– Vous dites que vous n'étiez pas le seul à la détester. Je peux vous demander d'autres noms ? »

Il haussa les épaules.

« Ce serait trop long.

– Il y avait aussi beaucoup de gens qui l'aimaient, d'après ce qu'on m'a dit.

– Oui, un tas de bonnes femmes hystériques.

– Et quelques hommes.

– Le genre d'hommes que moi je considère comme des bonnes femmes. Mais demandez à n'importe quel vrai mec, si vous voulez bien me passer l'expression, et vous verrez ce qu'il vous répondra. Elle est venue se mêler de la chasse aussi. Sous prétexte de s'occuper des fermages ou je ne sais quoi. Mais si vous croyez que ça fait de Torbjörn son assassin, vous vous gourez encore une fois.

– Torbjörn ?

– Torbjörn Ylitalo, garde-chasse sur le domaine de l'Église et membre de l'équipe de chasseurs. Ils se sont disputés comme des chiffonniers tous les deux au printemps dernier. Il lui aurait volontiers fait sauter le caisson, si vous voulez mon avis. Surtout à cause de cette fondation pour la défense des loups. Selon moi, c'est un problème culturel. C'est facile d'aimer les loups quand on vient de Stockholm. Par contre le jour où ces sales bêtes viendront sur leurs terrains de golf ou qu'elles se pointeront dans leurs jardins pour bouffer leur caniche, ça risque de ne plus être la même chanson !

– Mildred Nilsson ne venait pas de Stockholm, à ma connaissance.

– Ouais, enfin, je me comprends. De quelque part par là, en tout cas. Le chien d'élan norvégien du cousin de Torbjörn Ylitalo s'est fait bouffer par un loup en 1999, alors qu'il passait les fêtes de Noël dans le Värmland avec sa belle-famille. C'était un champion avec un pedigree long comme le bras. Son pauvre maître chialait comme un gosse, *Chez Micke*, quand il nous a raconté dans quel état il a trouvé son clebs, ou du moins ce qu'il en restait. Il n'y avait plus que les os et des lambeaux de peau sanguinolents. »

Il s'arrêta pour observer la réaction de l'inspectrice. Elle n'en eut aucune. Qu'est-ce qu'il croyait ? Qu'elle allait tourner de l'œil à l'évocation d'un squelette et de quelques bouts de viande ?

Comme elle ne disait rien, il se détourna, et son regard alla se perdre quelque part au-delà des cimes des sapins, dans le ciel bleu et froid où le vent d'automne poursuivait les nuages.

« J'ai été obligé de prendre un avocat pour avoir le droit de voir mes propres enfants. Elle m'a pourri la vie, cette salope. J'espère qu'elle a eu le temps de souffrir avant de crever. Dites-moi qu'elle a souffert, vous me feriez plaisir ! »

Lorsque Rebecka et Nalle revinrent *Chez Micke,* il était déjà cinq heures de l'après-midi. Lisa Stöckel arrivait justement, marchant au bord de la route, et Nalle courut à sa rencontre.

« Chien ! hurla-t-il en désignant Majken, la chienne de Lisa. Petits ! »

« Il a vu des bébés chiens », expliqua Rebecka.

« Rebecka », hurla-t-il ensuite en montrant Rebecka du doigt.

« On dirait que vous vous êtes fait un copain », remarqua Lisa en souriant.

« Les chiots lui ont beaucoup plu », répondit Rebecka, embarrassée.

« Nalle adore les chiens, confirma Lisa. N'est-ce pas, Nalle, que tu aimes les chiens ? On m'a dit que vous vous étiez occupée de lui aujourd'hui, c'est vraiment gentil. Je vais vous rembourser les frais de nourriture ou autres. »

Elle sortit un portefeuille de sa poche.

« Non, non, je vous en prie », dit Rebecka en repoussant la main de Lisa qui sursauta et fit tomber le portefeuille.

Toutes ses cartes plastifiées s'en échappèrent et se dispersèrent dans l'herbe, carte de bibliothèque, carte de fidélité au supermarché ICA, carte de réduction Coop, carte Visa et permis de conduire.

Et une photo de Mildred.

Lisa se baissa précipitamment pour tout rassembler, mais elle ne fut pas assez rapide et Nalle eut le temps de ramasser la photo. Elle avait été prise lors d'un voyage en autobus qu'avait fait l'association Magdalena pour une retraite à Uppsala. Sur la photo, Mildred souriait. Elle regardait la caméra d'un air amusé, surpris et légèrement réprobateur. C'était Lisa qui tenait l'appareil. Le bus s'était arrêté pour permettre à ses passagères de se dégourdir les jambes.

« Illred », dit Nalle en regardant le portrait avant de le poser tendrement contre sa joue.

Il sourit à Lisa qui tendait la main vers lui d'un air impatient. Elle faisait visiblement un gros effort pour ne pas lui arracher la photo des mains et regardait autour d'elle pour s'assurer que personne n'avait vu l'incident.

« Ils étaient très copains tous les deux, expliqua Lisa Stöckel en regardant Nalle qui tenait toujours le cliché contre sa joue.

– Apparemment c'était un pasteur hors du commun, dit Rebecka doucement.

– Oh oui », confirma Lisa.

Rebecka se baissa pour caresser la chienne.

« Il est merveilleux, dit Lisa. On oublie tous ses soucis quand on est avec lui.

– Je croyais que c'était une chienne ! s'étonna Rebecka en se baissant pour regarder sous le ventre de Majken.

– Je parlais de Nalle, dit Lisa en riant. Elle, c'est Majken. »

Elle caressa machinalement l'animal.

« J'ai beaucoup de chiens.

– Je les adore », fit Rebecka en grattant Majken derrière l'oreille.

C'est plus facile que d'aimer les humains, pas vrai ? songea Lisa sans le dire à voix haute. Je sais de quoi je parle. J'étais comme ça. Je le suis probablement encore, d'ailleurs.

Mais Mildred l'avait sortie de sa coquille. Dès qu'elle l'avait rencontrée. Elle avait même réussi à la persuader de tenir une conférence sur la façon de gérer le budget d'un ménage. Elle avait bien tenté de se défiler. Mais Mildred s'était montrée... persuasive n'était pas le mot qui convenait, ou en tout cas il ne suffisait pas à la définir.

« Vous vous en fichez ? lui demande Mildred. Vous vous fichez de votre prochain ? »

Lisa est assise par terre, le mâle Bruno couché près d'elle. Elle est en train de lui couper les griffes.

La chienne Majken observe, attentive. Elle joue les infirmières. Les autres chiens se font tout petits dans l'entrée, espérant que ça ne va pas être leur tour. Ils sont remarquablement sages et silencieux.

Mildred, assise sur la banquette de la cuisine, se lance dans une longue explication. Comme si elle croyait que Lisa n'avait pas compris ce qu'elle lui demande : « L'association Magdalena a entre autres pour but d'aider les femmes qui se noient dans leurs problèmes financiers, dit-elle. Des chômeuses longue durée, des femmes en arrêt maladie qui vivent difficilement de leurs indemnités et qui ont les huissiers aux fesses, des tiroirs qui débordent de factures, de relances et de mises en demeure qu'elles n'ouvrent même plus. Et vous, Lisa, vous êtes justement conseillère en surendettement et en gestion du budget familial auprès de la commune ! » Bref, Mildred lui demande de donner des cours à ces femmes en difficulté afin que, grâce à ses conseils, elles parviennent à remettre de l'ordre dans leurs finances.

Lisa voudrait refuser. Dire qu'elle se fiche complètement de ses congénères. Qu'elle n'aime que ses chiens, ses chats, ses chèvres, ses moutons, ses agneaux et la femelle élan qu'elle a recueillie l'année précédente, maigre comme un coucou, et qu'elle a nourrie au biberon.

Et au lieu de cela, elle s'entend répondre :

« Elles ne viendront pas. »

Elle coupe sa dernière griffe au chien et lui donne une petite claque affectueuse. Il s'empresse d'aller rejoindre les autres dans l'entrée. Lisa se lève et poursuit : « Quand vous allez leur en parler, elles vont trouver votre idée formidable et ensuite elles vont tout simplement rester chez elles.

– On verra », riposte Mildred d'un air mutin. Quand elle sourit, sa petite bouche en baie d'airelle dévoile une rangée de dents minuscules, comme celles d'une enfant.

Lisa en est toute retournée. Les jambes en coton, le regard fuyant de droite et de gauche, elle répond qu'elle accepte mais elle le dit surtout pour que la pasteure s'en aille avant qu'elle ne défaille.

Trois semaines plus tard, elle est en train de discourir face à une assemblée de femmes. De faire des croquis au feutre sur un *white board*, des cercles et des parts de gâteau, rouges, jaunes et bleues. Elle se concentre sur son auditoire parce qu'elle n'ose pas regarder Mildred. De temps à autre, elle l'espionne du coin de l'œil. Les femmes ont essayé de se faire belles pour l'occasion. Chemisiers bon marché. Chandails qui boulochent. Bijoux en plaqué. La plupart écoutent sagement mais certaines la regardent presque méchamment, comme si tout ce qui leur arrive était sa faute.

Petit à petit, elle se trouve engagée dans d'autres actions au sein du groupe de femmes. Ça se fait tout seul. Elle participe même à quelques réunions de lecture biblique. Mais cela ne dure pas. Elle doit tout le temps faire attention de ne pas tourner les yeux vers Mildred parce qu'elle a l'impression que les autres lisent sur son visage comme dans un livre ouvert. Mais elle ne peut pas non plus éviter totalement de la regarder. Cela paraîtrait encore plus bizarre. Elle ne sait plus où se mettre. Elle n'entend plus rien. Elle fait tomber ses stylos et rougit comme une gamine. Finalement elle décide d'arrêter de venir.

Elle évite les femmes de Magdalena autant que possible. Mais elle ne tient plus en place. C'est comme une fièvre. Elle se réveille au milieu de la nuit. Pense à la pasteure à longueur de journée. Elle se met au jogging. Court des kilomètres et des kilomètres. D'abord au bord de la route et puis, quand la terre a un peu séché, elle court dans les chemins et dans les bois. Elle part en Norvège pour s'acheter un nouveau chien, un springer. Elle invente n'importe quoi pour s'occuper. Elle change le mastic des fenêtres, et, au lieu d'emprunter le motoculteur du voisin comme elle le fait d'habitude, elle passe les longues soirées du mois de mai à bêcher son jardin à la main pour y planter ses pommes de terre. Parfois, elle croit entendre sonner le téléphone dans la maison, mais elle ne va pas répondre.

« Passe-moi cette photo, Nalle, s'il te plaît », dit Lisa en s'efforçant de rendre sa voix aussi neutre que possible.

Nalle tenait la photographie des deux mains avec un sourire fendu jusqu'aux oreilles.

« Illred, balancer », dit-il.

Lisa le regarda un long moment et puis elle lui reprit le cliché.

« Oui, Nalle. »

S'adressant à Rebecka, elle expliqua avec un peu trop de précipitation :

« Nalle a fait sa confirmation avec Mildred. Ses leçons de catéchisme étaient… peu conventionnelles. Elle avait compris que c'était encore un gosse et les cours avaient souvent lieu sur une balançoire ou à bord d'une barque sur la rivière ou au restaurant devant une pizza. Ce n'est pas vrai ce que je dis, Nalle ? Mildred et toi vous mangiez de la pizza, hein ? *Quattro stagioni* ! »

Rebecka fit comme si elle n'avait pas remarqué son trouble. Elle dit :

« Aujourd'hui, il a mangé trois portions de soupe aux boulettes de viande. »

Nalle les abandonna et fila vers le poulailler. Rebecka lui cria : « Au revoir, Nalle ! » Mais il ne se retourna pas.

Lisa n'eut pas l'air de l'entendre non plus quand elle lui dit au revoir et qu'elle partit vers son bungalow. Elle lui répondit d'un air absent sans quitter Nalle des yeux.

Lisa suivit Nalle comme un renard, sa proie. Le poulailler se trouvait à l'arrière du restaurant.

Elle réfléchissait à ce qu'il avait dit en regardant la photo de Mildred : « Illred, balancer. » Nalle n'avait jamais fait de balançoire avec Mildred. Il y a bien longtemps que son grand corps ne l'autorisait plus à s'asseoir sur une balançoire. Ce n'était donc pas ce qu'il avait voulu dire.

Nalle ouvrit la porte du poulailler. Il avait l'habitude de ramasser les œufs pour Mimmi.

« Nalle ! » l'appela-t-elle. Il se retourna. « Nalle, est-ce que tu as vu Mildred se balancer ? »

Il leva la main au-dessus de sa tête.

« Balancer », répondit-il.

Elle entra avec lui dans le poulailler. Il fouillait sous le ventre des poules et prenait les œufs qu'elles étaient en train de couver. Éclatait de rire quand elles lui donnaient des coups de bec furieux.

« Elle se balançait très haut, n'est-ce pas ? C'était Mildred ?

– Illred », confirma-t-il.

Nalle glissa les œufs dans ses poches et sortit du poulailler.

Mon Dieu, se dit Lisa. Pourquoi est-ce que je me mets dans un état pareil ? Il répète ce que je dis, c'est tout.

« Tu as vu la soucoupe volante ? lui demanda-t-elle en mimant un OVNI se déplaçant dans l'espace. Psschiou !

– Psschiou ! » répéta Nalle, hilare, en sortant un œuf de sa poche avec un large mouvement circulaire.

La voiture de Lars-Gunnar s'arrêta au bord de la route. Il donna un coup de klaxon.

« Tiens ! Voilà ton père », dit Lisa.

Elle lui fit un signe de la main. Son geste était gauche et maladroit. Le corps trahit les émotions. Elle se sentait incapable de croiser le regard de Lars-Gunnar ou d'échanger un mot avec lui.

Elle resta derrière le restaurant tandis que Nalle courait vers la voiture de son père.

N'y pense plus, s'ordonna-t-elle. Mildred est morte. Rien ne la ramènera.

Anki Lindmark habitait au 21 D de la Kirkogatan, dans un appartement au deuxième étage. Quand Anna-Maria Mella sonna à la porte, elle l'ouvrit à demi et regarda sa visiteuse d'un air inquisiteur. Sans ôter la chaîne de sécurité. Elle avait une trentaine d'années, des cheveux blonds, décolorés sans l'aide du coiffeur. Elle portait un long chandail sur une robe en jean. Dans l'entrebâillement de la porte, Anna-Maria vit que la jeune femme était très grande. Elle devait faire au moins une demi-tête de plus que son ancien mari. L'inspectrice se présenta et dit :

« Vous êtes l'ex-épouse de Magnus Lindmark, n'est-ce pas ?

– Qu'est-ce qu'il a encore fait ? » demanda Anki Lindmark.

Tout à coup une expression de terreur lui fit écarquiller les yeux.

« Il y a un problème avec les enfants ?

– Non, ne vous inquiétez pas. J'ai juste quelques questions à vous poser. Ce ne sera pas long. »

Anki Lindmark la fit entrer et s'empressa de remettre la chaîne de sécurité et de fermer le verrou.

Elle invita Anna-Maria à la suivre dans la cuisine qui était propre et rangée. Des Tupperware contenant des flocons d'avoine, du Nesquik et du sucre en poudre étaient alignés sur le plan de travail. Le micro-ondes était recouvert d'un napperon. Sur le rebord de la fenêtre, ornée de vrais rideaux avec fronces, festons et embrasses, il y avait un bouquet de fausses tulipes dans un vase, une figurine en verre représentant un oiseau et une minuscule charrette en bois. Des dessins d'enfants étaient collés au réfrigérateur et au congélateur avec des magnets.

Une femme d'une soixantaine d'années était assise à table. Ses cheveux étaient couleur carotte. Elle gratifia la nouvelle venue d'un regard hargneux après quoi elle tapota son paquet de cigarettes mentholées pour en extraire une et l'alluma.

« Ma mère », expliqua Anki Lindmark quand elles furent assises.

« Où sont vos enfants ? lui demanda Anna-Maria.

– Chez ma sœur. C'est l'anniversaire de leur cousine aujourd'hui.

– Votre ancien mari, Magnus Lindmark... », commença Anna-Maria.

En entendant prononcer le nom de l'homme qui avait été son gendre, la mère d'Anki souffla dédaigneusement un nuage de fumée par les narines.

« ... nous a dit qu'il détestait Mildred Nilsson », poursuivit Anna-Maria Mella.

Anki Lindmark confirma l'information d'un hochement de tête.

« Il aurait commis divers actes de vandalisme sur sa propriété », ajouta Anna-Maria.

Quelle idiote d'utiliser des formules aussi empesées ! « Divers actes de vandalisme sur sa propriété ! » Elle se serait giflée. C'était la femme aux cheveux carotte et sa façon de la regarder qui la poussait à parler avec autant de formalisme.

Sven-Erik, viens à mon secours !

Lui au moins, il savait parler aux femmes.

Anki Lindmark se borna à hausser les épaules.

« Je vous promets que ce qui se dira dans cette pièce ne sortira pas d'ici », la rassura Anna-Maria dans une utopique tentative de rapprochement. « Vous avez peur de lui ?

– Explique-lui pourquoi tu habites ici ! lui conseilla sa mère.

– Eh bien..., commença Anki Lindmark. Après l'avoir quitté, je suis d'abord allée vivre chez ma mère à Poikkijärvi...

– La maison a été vendue maintenant, vu qu'on ne peut plus l'habiter. Continue.

– ... Mais Magnus m'envoyait sans arrêt des articles qu'il découpait dans les journaux et qui parlaient d'incendies et de choses de ce genre. Alors, à la fin, je n'ai plus osé habiter là-bas.

– Et la police ne peut rien faire, ajouta sa mère avec un sourire sarcastique.

– Il ne fait jamais de mal aux enfants. Là-dessus, il n'y a rien à dire. Le problème c'est que parfois, quand il a trop bu... il lui arrive de venir chez moi pour gueuler et m'insulter... me traiter de pute et tout ça... et il essaye de défoncer la porte à coups de pied. C'est pour ça que je préfère vivre dans un immeuble, avec des voisins et pas de fenêtres en rez-de-chaussée. Mais avant d'avoir cet appartement et d'oser vivre seule avec les garçons, j'ai habité quelque temps chez Mildred. Et du coup, c'est elle qui a eu des carreaux cassés et puis il a... enfin... Les pneus crevés... et la grange qui a brûlé aussi.

– C'est Magnus qui a fait tout ça ? »

Anki Lindmark baissa les yeux. Sa mère se pencha au-dessus de la table vers Anna-Maria :

« Il n'y a que les flics pour en douter ! »

Anna-Maria décida de ne pas essayer de lui expliquer la différence entre la présomption de culpabilité et les preuves de culpabilité. Elle se contenta de hocher lâchement la tête.

« Tout ce que j'espère, c'est qu'il va se trouver une nouvelle copine, dit Anki, et lui faire un enfant. Même si les choses se sont un peu calmées depuis que Lars-Gunnar lui a parlé.

– Lars-Gunnar Vinsa, précisa sa mère. Il est policier. Enfin, il l'était. Il est à la retraite maintenant. Et puis il est président de la chasse. Il est allé voir Magnus. S'il y a une chose à laquelle Magnus ne renoncerait pour rien au monde, c'est à faire partie de l'équipe de chasse, alors il s'est calmé. »

Anna-Maria savait évidemment qui était Lars-Gunnar Vinsa, même s'il avait pris sa retraite un an seulement après qu'elle était entrée au commissariat de Kiruna et bien qu'ils n'aient jamais travaillé ensemble. Elle ne le connaissait pas personnellement mais se souvenait qu'il avait un fils handicapé. Elle se rappellait aussi comment elle l'avait appris. Lars-Gunnar et l'un de ses collègues avaient ramassé une junkie qui troublait l'ordre public au centre commercial de Kupolen. Avant de la fouiller, Lars-Gunnar lui avait demandé si elle avait des seringues dans les poches. « Nooon, putain, j'les ai laissées à la maison », avait-elle répondu. Alors Lars-Gunnar avait plongé les mains dans ses poches pour la fouiller et il s'était piqué sur une seringue. La fille était arrivée au commissariat avec une lèvre qui ressemblait à un ballon de foot éclaté et le nez en sang. D'après ce qu'Anna-Maria avait entendu, ses collègues avaient dissuadé Lars-Gunnar de se dénoncer. C'était en 1990. À l'époque, il fallait attendre au moins six mois avant d'obtenir un résultat fiable à un test HIV. Pendant ces six mois-là, on avait beaucoup parlé de Lars-Gunnar au commissariat et de son fils de six ans qui était handicapé et que sa mère avait abandonné. Le pauvre gamin n'avait plus que son père.

« Lars-Gunnar est allé voir Magnus après l'incendie ? demanda Anna-Maria.

– Non, après l'histoire du chat. »

L'inspectrice se tut en attendant la suite.

« J'avais une chatte », raconta Anki en se raclant la gorge comme si l'animal était resté en travers. « Elle s'appelait Vacarme. Quand je me suis enfuie de chez Magnus, j'ai essayé de l'appeler, mais elle s'était sauvée depuis plusieurs heures et elle n'est pas venue. Je me suis dit que je reviendrais la chercher plus tard. J'avais peur de croiser Magnus. Il n'arrêtait pas d'appeler au téléphone. Il téléphonait à ma mère aussi. Parfois au milieu de la nuit. Un jour il a appelé sur mon lieu de travail pour me dire qu'il avait accroché un sac avec des affaires à moi à la poignée de la porte de l'appartement. »

Elle s'interrompit.

Sa mère souffla un nuage de fumée en direction d'Anna-Maria. Il flotta en minces volutes autour d'elle.

« C'était Vacarme qui se trouvait dans le sac en plastique », dit-elle en voyant que sa fille n'en était pas capable. « Avec ses petits. Cinq chatons. On leur avait coupé la tête. Il n'y avait qu'un tas de poils et de sang là-dedans.

– Qu'avez-vous fait ensuite ?

– Que vouliez-vous qu'elle fasse ? La police était impuissante. Même Lars-Gunnar le lui a dit. Quand on dépose une plainte, il faut pouvoir prouver qu'un crime a été commis. On aurait pu l'accuser de maltraitance si les animaux avaient souffert. Mais il leur avait coupé la tête. Ils n'avaient sans doute pas eu le temps de souffrir. La destruction de la propriété d'autrui aurait pu être retenue contre lui si les chats avaient eu une valeur marchande, c'est-à-dire s'il s'était agi de chats de race ou d'un chien de chasse acheté très cher ou ce genre de choses. Mais ce n'étaient que des chats de gouttière.

– C'est vrai qu'il a tué les chats mais je ne crois pas qu'il tuerait…

– Raconte ce qu'il a fait ensuite, la coupa sa mère. Quand tu es venue vivre ici. Dis-lui ce qui s'est passé avec Peter. »

La mère écrasa sa cigarette et en alluma une autre aussitôt.

« Peter habitait à Poikkijärvi. C'était un divorcé, lui aussi. Vous n'imaginez pas à quel point il était gentil. Bref, ils ont commencé à se voir, Anki et lui…

– En tout bien tout honneur », précisa Anki.

« Un matin, Peter partait au boulot et Magnus lui a coupé la route avec sa voiture. Peter ne pouvait pas le contourner parce qu'il s'était garé en travers. Magnus est sorti de sa voiture, il est allé dans son coffre chercher une batte de base-ball et il s'est approché de la voiture de Peter. Peter est resté tétanisé au volant à penser à ses enfants et à croire sa dernière heure venue. Magnus s'est contenté de lui faire un grand sourire, et puis il est retourné dans sa voiture et il a démarré sur les chapeaux de roues en projetant du gravier de tous les côtés. Anki n'est jamais ressortie avec Peter. Pas vrai, Anki ?

– Je ne veux pas me disputer avec Magnus. Il est super avec les garçons.

– Arrête ! Tu n'oses même plus aller faire tes courses à Konsum. Que tu sois mariée avec lui ou pas, c'est pareil. J'en ai marre de tout ça. La police est nulle !

– Pourquoi est-ce qu'il en veut autant à Mildred ? demanda Anna-Maria.

– Il dit que c'est elle qui m'a poussée à le quitter.

– Et c'est vrai ?

– Bien sûr que non, répliqua Anki. Je suis majeure et vaccinée. Je suis capable de prendre une décision toute seule. C'est ce que j'ai dit à Magnus, d'ailleurs.

– Et que vous a-t-il répondu ?

– Il m'a demandé si c'était Mildred qui m'avait dit de lui dire ça.

– Vous savez ce qu'il faisait la nuit de la Saint-Jean ? »

Anki secoua la tête. Elle n'en avait aucune idée.

« Il vous a déjà battue ?

– Il n'a jamais battu les enfants. »

Il était temps pour Anna-Maria de partir.

« Une dernière chose, dit-elle. Quand vous habitiez chez Mildred, quelle impression vous a faite son mari ? Et comment étaient leurs relations ? »

Anki Lindmark et sa mère échangèrent un regard.

Les ragots vont bon train dans le village, se dit Anna-Maria.

« Elle allait et venait, exactement comme ma chatte Vacarme, dit Anki. Mais cela ne semblait pas le déranger… Ils n'étaient pas fâchés, ni rien. »

La nuit était en train de tomber. Les poules rentraient se mettre à l'abri et se recroquevillaient, serrées les unes contre les autres sur leur perchoir. Le vent mollissait et se couchait dans l'herbe. Les détails du paysage s'estompaient. L'herbe, les arbres, les maisons s'effaçaient dans le ciel bleu sombre. Les sons au contraire se rapprochaient, devenaient plus forts.

Lisa Stöckel écoutait le bruit de ses pas sur le gravier. Elle allait *Chez Micke*. La chienne Majken marchait sur ses talons. Dans une heure, l'association Magdalena devait se réunir pour son repas d'automne.

Elle allait devoir rester calme, garder son sang-froid. Écouter sans broncher toutes les conneries qu'elles ne manqueraient pas de débiter : « Il ne faut pas laisser tomber, même si Mildred n'est plus là », « Elle est aussi présente parmi nous que de son vivant ». Il faudrait qu'elle se morde l'intérieur des joues, s'accroche des deux mains au bord de sa chaise pour ne pas se lever et hurler : Vous ne comprenez pas que c'est fini ! Que nous n'y arriverons pas sans Mildred ! Elle n'est *pas* présente ! Mildred est un cadavre en train de pourrir à six pieds sous terre ! Elle redeviendra poussière ! Et vous, vous redeviendrez ce que vous étiez : des femmes au foyer, bonnes à préparer le café, à servir vos mecs, à vous lamenter sur vos rhumatismes et à médire sur vos voisins. Et vous allez vous remettre à lire vos magazines féminins et les promotions de la semaine dans le ICA local.

Elle entra *Chez Micke* et la vue de sa fille la détourna de ses pensées.

Mimmi passait un coup d'éponge sur les tables et sur les appuis de fenêtre par la même occasion. Elle avait coiffé ses cheveux tricolores en épais macarons au-dessus de ses oreilles. La bordure rose en dentelle de son soutien-gorge dépassait dans le décolleté de son T-shirt noir et moulant. Ses joues étaient roses, son visage luisant de sueur. Elle venait sans doute de la cuisine où elle avait dû préparer les plats pour le dîner.

– Qu'est-ce que tu nous as mijoté de bon ? lui demanda Lisa.

– Je me suis lâchée sur un thème méditerranéen. En entrée vous aurez des petits pains aux olives avec de l'aïoli », répondit Mimmi, sans ralentir le rythme de son nettoyage. À présent l'éponge courait sur le bar, déjà impeccable. Et après l'éponge, elle termina avec le torchon accroché en permanence à la ceinture de son tablier.

« Ensuite, tsatsiki, tapenade et houmous. À part ça, j'ai fait une soupe au pistou. Je me suis dit que je ferais aussi bien de prévoir des plats végétariens pour tout le monde, vu que la moitié d'entre vous ne mange que des graines de toute façon. »

Elle s'arrêta enfin de frotter et sourit en voyant Lisa retirer sa casquette.

« Maman, qu'est-ce que tu as fait à tes cheveux ? Ce sont les chiens qui te les coupent avec leurs dents quand ils deviennent trop longs ? »

Lisa passa la main dans sa tignasse en brosse pour essayer de l'aplatir. Mimmi vérifia l'heure.

« Prends une chaise et assieds-toi. Je vais m'en occuper. »

Elle disparut dans la cuisine.

« Glace au mascarpone et coulis de mûre pour le dessert, cria-t-elle. Ça va juste être… »

Elle termina sa phrase par un sifflement de voyou.

Lisa s'assit et retira sa veste molletonnée. Majken se coucha tout de suite à ses pieds. La brève promenade avait suffi à l'épuiser, ou alors elle avait mal quelque part. Sans doute la seconde hypothèse.

Lisa resta aussi immobile que si elle était à la messe tandis que les doigts de Mimmi se promenaient sur sa tête et que les ciseaux égalisaient ses cheveux à un doigt de son crâne.

« Qu'est-ce que vous allez faire, maintenant, sans Mildred ? demanda Mimmi. Tu as trois épis, au même endroit, là.

– Comme d'habitude je suppose.

– C'est-à-dire ?

– Les repas pour les mères célibataires, la foi active et puis la louve. »

Le projet appelé « la foi active » avait commencé par une initiative de récupération et de redistribution d'objets. Il s'était avéré que l'aide matérielle aux toxicomanes prévue par les services sociaux était principalement destinée aux hommes. Les paquets contenaient des rasoirs jetables et des caleçons mais pas de tampons périodiques ni de petites culottes. Les femmes devaient se débrouiller avec des sous-vêtements pour hommes et des serviettes hygiéniques qui faisaient plutôt penser à des couches pour bébé. L'association Magdalena avait proposé aux services sociaux de la commune de participer à l'achat de culottes, de tampons et d'articles de toilette tels que déodorants et baumes embellisseurs pour les cheveux. Les femmes du groupe pouvaient aussi se porter caution auprès des rares propriétaires acceptant de louer leurs appartements à un cas social ou à une toxicomane repentie. Ils avaient ainsi quelqu'un contre qui se retourner en cas de problème.

– Et pour la louve ?

– Nous espérons mettre en place une surveillance, en collaboration avec l'Association pour la protection de la faune et de la flore sauvages. Quand la neige arrivera et qu'on pourra suivre ses traces en scooter, je ne donne pas cher de sa peau si on ne la protège pas. Mais on a pas mal d'argent dans les caisses de la fondation, alors ça devrait bien se passer.

– Tu sais que tu ne vas pas y couper, maintenant ?

– De quoi tu parles ?

– Il va falloir que tu prennes les rênes de Magdalena. »

Lisa souffla vers le haut pour se débarrasser de quelques petits cheveux qui la chatouillaient au-dessous de l'œil.

– Jamais », dit-elle.

Mimmi rigola.

« Parce que tu crois que tu as le choix ? Moi je trouve ça plutôt drôle. Toi qui as toujours prétendu que tu n'étais pas une femme d'affaires ! Tu n'aurais jamais pensé en arriver là, pas vrai ? Je te jure, le jour où j'ai su que tu étais devenue présidente, Micke a été obligé de me faire du bouche-à-bouche pour me ranimer.

– Je n'en doute pas », dit Lisa sèchement.

Elle a raison, songeait-elle. Je n'aurais jamais cru en arriver là. J'ai appris beaucoup de choses sur moi-même ces derniers temps.

Les doigts de Mimmi s'activaient dans ses cheveux. Le cliquetis des ciseaux lui rappelait…

Cette soirée au commencement du printemps.

Elle est assise dans la cuisine, occupée à coudre de nouvelles housses pour les matelas des chiens. Les ciseaux vont bon train. Swich, swich, clip, clip. Le téléviseur est allumé dans le salon. Deux chiens sont couchés sur le canapé, on dirait qu'ils regardent les infos en somnolant. Lisa écoute distraitement l'émission en coupant le tissu, et plus du tout en assemblant les morceaux, dans un bruit de tonnerre, le pied appuyé à fond sur la pédale de la machine à coudre.

Karelin ronfle sur son matelas dans l'entrée. Il n'y a rien de plus comique qu'un chien endormi qui ronfle. Il est couché sur le dos, les pattes arrière écartées et tendues. L'une de ses oreilles est retombée sur son œil et lui donne l'air d'un pirate. Majken est couchée sur le lit dans la chambre à coucher, une patte avant posée sur sa truffe. De temps à autre, de petits jappements sortent de sa gorge et elle agite les pattes. Le nouveau springer est roulé en boule à côté d'elle, tranquille.

Tout à coup, Karelin se réveille, bondit sur ses pattes et se met à aboyer comme un fou. Les chiens qui dormaient sur le canapé du salon le rejoignent et gueulent avec lui. Majken et le chiot déboulent, renversant presque Lisa qui s'est levée elle aussi.

Au cas où elle n'aurait pas encore compris, Karelin court dans la cuisine pour l'informer bruyamment de la présence d'un visiteur sur le perron.

Mildred Nilsson, la pasteure, est là devant sa porte. Le soleil couchant, derrière elle, éclaire les pointes de ses cheveux et lui fait comme une auréole dorée.

Les chiens lui sautent dessus. Ils sont fous de joie. Ils aboient, bavent et gémissent de plaisir. Bruno va même jusqu'à lui chanter un petit air. Leurs queues battent bruyamment contre le chambranle de la porte d'entrée et la rambarde du perron.

Mildred se baisse pour les caresser. Bonne idée. Cela leur évite d'avoir à se regarder. Dès que Lisa a posé le regard sur Mildred, elle a eu l'impression qu'elles entraient toutes les deux dans un torrent furieux. Grâce aux chiens, elles ont un peu de temps pour se ressaisir. Elles échangent un rapide coup d'œil et détournent les yeux aussitôt. Les chiens lèchent le visage de Mildred. Son mascara coule, ses vêtements sont couverts de poils.

Le courant est puissant. Il faut s'accrocher. Lisa garde une main sur la poignée. Elle ordonne aux chiens de retourner se coucher. D'ordinaire, quand elle s'adresse à eux, c'est en hurlant et en grondant. Ils ont l'habitude et cela ne les dérange pas. Ce jour-là, l'ordre est à peine audible.

« Allez vous coucher », leur murmure-t-elle avec un geste sans force vers l'intérieur de la maison.

Les chiens la regardent, surpris. Ils ne comprennent pas pourquoi elle ne crie pas. Mais ils obéissent quand même.

Mildred se jette à l'eau la première.

« Où étais-tu passée ? » lui demande-t-elle, furieuse.

Lisa hausse les sourcils.

« Je n'ai pas bougé d'ici », répond-elle.

Elle regarde les traces que l'été a laissées sur la peau de Mildred. Elle est couverte de taches de rousseur et, au-dessus de sa lèvre supérieure et sur sa mâchoire, le duvet est devenu blond.

« Tu sais très bien ce que je veux dire, dit Mildred. Pourquoi est-ce qu'on ne te voit plus aux réunions de lecture de la Bible ?

– Je... », hésite Lisa, cherchant dans sa tête une excuse valable.

Tout à coup elle se met en colère, elle aussi. Pourquoi est-elle obligée de s'expliquer ? À son âge ! À cinquante-deux ans, elle devrait quand même avoir le droit de faire ce qu'elle veut !

« J'avais des choses plus importantes à faire », répond-elle finalement d'un ton plus bourru qu'elle n'aurait voulu.

« Quoi par exemple ?

– Oh, arrête, Mildred ! »

Et elles sont là, face à face, à se défier, leur souffle faisant gonfler et dégonfler leurs poitrines.

« Tu sais très bien pourquoi je ne veux plus venir », dit enfin Lisa.

Elles sont dans l'eau jusqu'au cou à présent. La pasteure perd pied dans le courant. Elle fait un pas vers Lisa, toujours fâchée mais troublée aussi. Sa bouche s'entrouvre. Elle avale une goulée d'air comme on fait avant de plonger.

Alors le courant emporte Lisa. Elle lâche la poignée de la porte à laquelle elle se retenait. Se jette sur Mildred. Agrippe sa nuque. Entortille les doigts dans ses cheveux aussi fins que ceux d'un bébé. Et elle l'attire vers elle.

Mildred dans ses bras. La douceur de sa peau. Enlacées, elles titubent dans l'entrée, laissent la porte battre contre la rambarde du perron. Deux des chiens s'enfuient.

L'unique pensée sensée de Lisa à ce moment-là est qu'ils n'iront pas plus loin que les limites du terrain.

Elles trébuchent sur les chaussures et les matelas des chiens. Lisa se déplace à reculons. Elle tient Mildred contre elle, un bras autour de son cou, l'autre lui enveloppant la taille. Et Mildred se colle à elle, la pousse dans la maison, glisse ses mains sous le pull-over de Lisa, caresse la pointe de ses seins.

Elles traversent la cuisine, à la limite de perdre l'équilibre, et s'abattent sur le lit où Majken s'est recouchée. Elle sent le chien mouillé. Elle n'a pas résisté à un petit plongeon dans la rivière un peu plus tôt dans la soirée.

Mildred allongée sur le dos. Mildred nue. Les lèvres de Lisa sur son visage. Deux doigts de Lisa enfouis dans le sexe de Mildred.

Majken lève la tête et les regarde. Et puis elle se recouche avec un soupir, le museau entre les pattes. Elle a déjà vu s'accoupler des individus dans la meute, rien de surprenant à cela.

Ensuite elles préparent du café et décongèlent des petits pains. Complètement affamées, elles en mangent un nombre incalculable. Mildred distribue des bouts de pain aux chiens, riant comme une folle, jusqu'à ce que Lisa lui demande d'arrêter parce qu'ils risquent d'être malades, mais elle rit aussi alors même qu'elle essaye de faire montre d'autorité.

Elles restent dans la cuisine jusqu'à une heure avancée de la nuit estivale et claire, enveloppées dans une couverture, chacune d'un côté de la table. Les chiens se laissent contaminer par l'atmosphère de fête et courent partout dans la maison.

De temps en temps leurs mains se rejoignent au milieu de la table.

L'index de Mildred demande au dos de la main de Lisa : « Tu es là, tu es toujours avec moi ? » et le dos de la main de Lisa répond : « Oui ! » Un peu plus tard le majeur et l'index de Lisa questionnent l'intérieur du poignet de Mildred : « Tu te sens coupable ? Tu regrettes ? » Et le poignet de Mildred répond : « Non ! »

Alors Lisa dit en riant :

« Il va falloir que je revienne participer aux réunions de lecture biblique. »

Mildred éclate de rire elle aussi. Une bouchée de petit pain à la cannelle à moitié mâchée tombe de sa bouche sur la table.

« C'est fou tout ce qu'il faut faire de nos jours pour faire venir les gens aux réunions ! »

Mimmi se planta devant Lisa et examina le résultat de son travail. Les ciseaux à la main, brandis comme une épée.

« Voilà ! C'est mieux, franchement, il y avait de quoi avoir honte ! »

Elle passa les doigts rapidement dans les cheveux de sa mère. Puis elle prit le torchon qui pendait à sa taille et épousseta sans ménagement les petits cheveux collés à la nuque et aux épaules.

Lisa passa la main sur sa coupe en brosse.

« Tu ne veux pas te voir dans la glace ? lui demanda Mimmi.

– Non, je suis sûre que c'est parfait. »

Ce soir-là était donc celui où, comme chaque année, se tenait l'assemblée générale d'automne de l'association Magdalena. Micke Kiviniemi avait dressé une buvette devant l'entrée du restaurant pour y servir l'apéritif. La nuit était tombée. Il faisait déjà un noir d'encre. La température était anormalement chaude pour la saison. Micke avait tracé un étroit chemin dans le gravier du parking, de la route jusqu'à l'escalier, matérialisé par des petites bougies chauffe-plats qu'il avait mises dans des pots de confiture remplis d'eau. Sur les marches du perron et sur le bar brillaient des lampions faits maison.

Ses efforts furent récompensés. Depuis l'intérieur du pub il entendit les femmes lancer des « Oh ! » et des « Ah ! » émerveillés et il sortit pour les accueillir. Elles arrivaient à pied, marchant à petits pas ou à grandes enjambées. Elles étaient au moins trente, la plus jeune n'avait pas trente ans, la plus âgée venait tout juste de fêter ses soixante-quinze ans.

« Comme c'est joli, lui dirent-elles. On se croirait en vacances dans le Sud. »

Il leur sourit. Mais ne répondit pas. Il alla se réfugier derrière son comptoir de fortune. Il se sentait comme un observateur de la faune sauvage, tapi dans sa cachette. Un intrus.

Il leur recommanda de ne pas s'occuper de lui, de se sentir tout à fait à l'aise, de faire comme s'il n'était pas là. Il avait un peu peur, comme lorsqu'il était gosse et qu'il se cachait derrière les arbres, sous les feuilles mortes, pour espionner les grands.

Le terre-plein devant le restaurant devint un îlot de lumière au milieu de l'obscurité. Les pieds des femmes sur les graviers, leurs gloussements, leurs conversations, leur babillage formaient un brouhaha insouciant qui s'élevait vers le firmament, volait sans complexe au-dessus de la rivière, atteignait les maisons sur l'autre rive, s'aventurait dans la forêt, courait sur la mousse assoiffée, tout en haut des noirs sapins, le long de la route et jusqu'au cœur du village comme pour proclamer haut et fort : « Nous sommes toujours là. »

Elles s'étaient faites belles et elles sentaient bon. On voyait bien qu'elles ne roulaient pas sur l'or. Leurs vêtements étaient un peu démodés. Elles portaient de longs gilets en coton sur des robes amples à fleurs, elles avaient elles-mêmes frisé leurs cheveux et leurs chaussures étaient de mauvaise qualité.

Elles arrivèrent au terme de l'ordre du jour en un peu plus d'une demi-heure. Les postes de bénévoles furent rapidement pourvus, il y eut même plus de mains levées dans l'assemblée qu'il n'y avait besoin de candidates.

Ensuite elles passèrent à table. La plupart d'entre elles n'avaient pas l'habitude de boire et, à la fois honteuses et amusées, elles durent vite admettre qu'elles étaient un peu pompettes. Mimmi se moquait gentiment en passant parmi les tables. Micke était allé se cacher dans sa cuisine.

« Mon Dieu ! s'exclama l'une des convives au moment où Mimmi arriva avec le dessert. Je ne me suis pas autant amusée depuis... »

Elle s'interrompit et fit un geste vague. Le bras maigre qui sortait de sa manche faisait penser à une allumette.

« ... depuis l'enterrement de Mildred ? » proposa quelqu'un.

La remarque fut suivie d'un silence qui dura à peine une seconde, puis elles éclatèrent toutes en chœur d'un rire nerveux, s'apercevant que c'était vrai, que l'enterrement de Mildred avait été... cool. Puis elles cessèrent de rire, un peu honteuses... et rirent à nouveau en proportion de la honte ressentie.

L'enterrement de Mildred. Elles sont toutes là dans leurs vêtements de deuil quand le cercueil est mis en terre. Le soleil du début de l'été leur brûle les yeux. L'air est vibrant de bourdons au-dessus des couronnes de fleurs. Les bourgeons pâles des bouleaux brillent, aussi lisses que s'ils avaient été vernis. Les chants des oiseaux mâles à la parade et des femelles consentantes transforment la canopée en une église de verdure. La nature a sa manière à elle de dire : Je m'en fiche, moi, je ne m'arrête jamais, poussière, tu redeviendras poussière. Elle leur offre ses cadeaux divins avec cette avant-saison magnifique en toile de fond au terrible trou dans la terre et à l'austérité froide du cercueil laqué. Jamais elles n'oublieront.

Elles se souviendront aussi de la tête de Mildred brisée comme un pot de terre cuite.

Quand tout est fini, Majvor Kangas, une femme de l'association, les invite chez elle à boire le café.

« Venez à la maison ! leur dit-elle. Mon mari est à sa cabane de chasse. Je n'ai pas envie d'être toute seule. »

Et elles la suivent. Elles restent un moment abattues dans ses canapés noirs en cuir rembourré. Elles n'ont pas grand-chose à dire. Même pas sur le temps qu'il fait.

Mais Majvor n'est pas femme à se laisser abattre.

« Bon, qui vient me donner un coup de main ? »

Elle va chercher un escabeau à deux marches dans la cuisine. Juchée dessus, elle ouvre un petit placard au-dessus de la penderie du vestibule. Elle en extrait une dizaine de bouteilles. Il y a du whisky, du cognac, des liqueurs, du calvados. Quelques femmes viennent lui prêter main-forte.

« C'est de la bonne marchandise », dit l'une d'entre elles en lisant les étiquettes au passage. « Single malt douze ans d'âge, mazette !

– Ma bru me les rapporte de ses voyages, explique Majvor. Et Tord n'y touche jamais. Quand on a du monde, il ne sert que des boissons gazeuses et de la bière. Et moi, je ne bois pas, en général, mais là… »

Elle laisse la phrase en suspens. On l'aide à redescendre telle une reine quittant son trône, une femme de chaque côté la tenant par la main.

« Tord ne va rien dire ?

– Que voulez-vous qu'il dise ? réplique Majvor. Il n'a même pas pensé à en ouvrir une quand on a fêté ses soixante ans l'année dernière. Il n'a qu'à boire son poison à renard ! »

Elles boivent ensemble. Elles chantent des psaumes. S'assurent mutuellement de leur affection et font des discours.

« Je lève mon verre à Mildred, s'exclame Majvor. À la femme la plus indomptable que j'aie jamais rencontrée !

– Elle était folle !

– Et maintenant, il faudra qu'on soit folles sans son aide ! »

Elles rient. Et pleurent un peu. Mais rient surtout.

C'était comme ça que s'était passé l'enterrement de Mildred.

Lisa Stöckel regarda les femmes se régaler de glace au mascarpone et complimenter Mimmi quand elle passait entre les tables.

Elles vont s'en sortir, se dit-elle. Tout va bien se passer.

Elle était contente. Non. Contente n'était pas le mot juste. Elle était soulagée.

Quant à elle, la solitude l'avait prise à son hameçon. L'hameçon lui avait transpercé le cœur et la plaie refusait de se refermer.

Après le dîner, Lisa rentra chez elle dans la nuit noire. Il était un peu plus de minuit. Elle passa à côté du cimetière, monta la butte qui longeait la rivière vers l'amont. Elle distinguait tout juste la maison de Lars-Gunnar au clair de la lune. Tout était éteint à l'intérieur.

Lars-Gunnar.

Le chef du village, songea-t-elle. L'homme omnipotent de la communauté. Celui qui pouvait obtenir du chasse-neige cantonal qu'il déneige la route de Poikkijärvi avant celle qui conduit à Jukkasjärvi. Celui qui avait arrangé le coup à Micke quand il avait eu des problèmes avec sa licence pour servir de l'alcool au restaurant.

Un service presque désintéressé puisque lui-même ne buvait quasiment plus. Avant, c'était autre chose. Avant, les hommes du village buvaient beaucoup plus que maintenant. Tous les vendredis, tous les samedis et au moins un soir dans la semaine. Et ils ne faisaient pas semblant. Maintenant, ils se contentaient de quelques bières un jour sur deux. C'est la vie. Il y a un moment où il faut se calmer sinon tout part à vau-l'eau.

Lars-Gunnar était vraiment devenu raisonnable avec l'alcool. La dernière fois que Lisa l'avait vu ivre, c'était il y a six ans. Un an avant l'arrivée de Mildred.

Il était venu chez elle ce jour-là.

Elle le voit encore attablé dans sa cuisine. La chaise disparaît sous son corps énorme. Il se tient la tête dans les mains et les coudes appuyés sur ses genoux. Il a du mal à respirer. Il est un peu plus de onze heures du soir.

Il a bu mais il y a autre chose aussi. Sa bouteille est posée devant lui sur la table. Il est arrivé avec. Comme un étendard dressé : « Je suis soûl et nom de Dieu, j'ai bien l'intention de continuer à me soûler. »

Elle allait se coucher quand il a frappé à la porte. Elle ne l'a pas entendu frapper d'ailleurs. Les chiens se sont chargés de l'alerter à la minute où il a mis le pied sur son perron.

Elle sait bien que c'est une marque de confiance de sa part de venir la voir dans cet état, fragilisé par la boisson et par un trop-plein de chagrin. Elle se sent impuissante. Elle n'a pas l'habitude des épanchements affectifs. Des confidences. En général, elle n'inspire pas ce genre de sentiments aux gens.

Bien sûr Lars-Gunnar et elle sont cousins. Il la connaît assez pour savoir qu'elle ne dira rien à personne.

Et elle reste près de lui, dans sa cuisine, à l'écouter se plaindre. De sa vie ratée, de son amour malheureux et trahi et de Nalle.

« Je suis désolé, marmonne-t-il derrière sa grosse pogne. Je n'aurais pas dû venir.

– Ne t'inquiète pas, répond-elle, sans conviction. Tu n'as qu'à tout me raconter pendant que je… »

Elle ne sait pas quoi faire. Il faut qu'elle trouve de quoi s'occuper pour ne pas céder à l'envie de s'enfuir en courant.

« … pendant que je prépare le repas pour demain. »

Et il parle et parle tandis qu'elle découpe de la viande et des légumes pour le pot-au-feu. Au milieu de la nuit. Des carottes, du céleri-rave, des poireaux, du chou, des patates et tout ce qui lui tombe sous la main. Mais Lars-Gunnar ne trouve rien d'étrange à cela tant il est absorbé par ses problèmes.

« Il fallait que je parte de la maison, lui avoue-t-il. J'étais sur le point de... Je sais, je suis complètement soûl. J'ai failli aller dans sa chambre et lui coller le canon de mon fusil sur la tempe. »

Lisa ne fait pas de commentaire. Elle continue à éplucher sa carotte comme si elle n'avait rien entendu.

« Comment fera-t-il quand je ne serai plus là ? Il n'a personne d'autre que moi. »

Il a raison, songe Lisa.

Elle était arrivée devant sa maison en pain d'épice au sommet de la colline. La lune donnait une nuance argentée à la débauche de frises sculptées autour de la véranda et des appuis de fenêtres.

Elle gravit les marches du perron. Les chiens aboyaient et couraient comme des fous à l'intérieur. Ils reconnaissaient le bruit de son pas. Dès qu'elle ouvrit la porte, ils se précipitèrent à l'extérieur pour aller faire leur pipi du soir contre la clôture au bout du terrain.

Elle entra dans le salon. La pièce ne contenait plus qu'une bibliothèque vide et un canapé.

Nalle n'avait personne.

Gula Ben

C'est le printemps. Quelques rares plaques de neige à moitié fondue subsistent encore sous les épicéas gris-bleu et les rangées de pins sylvestres. Une brise tiède souffle, venant du sud. Le soleil perce au travers des branches. La toundra bruisse de milliers de petits animaux courant dans la végétation sèche de l'an passé. Des centaines de parfums flottent au-dessus du grand chaudron de la terre. Des pousses de pins et de jeunes bouleaux sortent du sol ici et là. Tourbe chaude. Fonte des glaces. Levreaux apeurés. Renardeaux effrontés.

La louve alpha s'est trouvé une nouvelle tanière. C'est un ancien terrier de renard creusé dans un versant orienté au sud, deux cents mètres en amont d'un petit lac forestier. Le sol est sableux et facile à gratter mais la louve a tout de même travaillé dur pour élargir la galerie, débarrasser les saletés laissées par les anciens occupants et aménager une grotte trois mètres en dessous de la surface du coteau. Gula Ben et une autre louve l'ont un peu aidée, mais c'est elle qui a accompli le plus gros du travail. À présent, elle passe le plus clair de son temps près de sa nouvelle demeure, somnolant devant l'entrée en profitant des premiers rayons du soleil printanier.

Les autres loups lui apportent à manger Quand c'est le mâle alpha qui a chassé pour elle, elle se lève et vient à sa rencontre. Elle le lèche et se frotte contre lui, reconnaissante, avant de dévorer ses présents.

Enfin, un matin, la louve alpha disparaît à l'intérieur du terrier et n'en sort plus de toute la journée. À la tombée de la nuit, elle met bas et nettoie les louveteaux soigneusement. Elle mange le placenta, les cordons ombilicaux et les enveloppes fœtales. Puis elle regroupe ses petits sous son ventre. Il n'y a pas de mort-né dans la portée. Les renards et les grands corbeaux devront faire une croix sur ce festin.

Les autres membres de la meute vaquent à leurs occupations à l'extérieur de la tanière. Chassent du petit gibier, évitent de trop s'éloigner. De temps en temps, ils entendent de faibles jappements quand un petit s'est éloigné de la mère ou se fait bousculer par un autre louveteau. Seul le mâle alpha a le droit de ramper la rejoindre pour lui apporter de la nourriture qu'il régurgite devant sa gueule.

Après trois semaines et un jour, la femelle alpha pousse sa portée hors du terrier pour la première fois. Il y a cinq petits. Les autres loups ne se sentent plus de joie. Ils accueillent les petits nouveaux en douceur, les poussent de la truffe et les bousculent gentiment. Lèchent leurs doux ventres rebondis et le dessous de leurs queues. Au bout d'un moment la mère les repousse à l'intérieur du terrier. Les bébés sont exténués de toutes ces nouvelles sensations. Surexcités, les deux jeunes loups nés l'an passé s'engagent dans une poursuite effrénée à travers la forêt.

Une belle saison commence pour la meute. Tous veulent s'occuper des louveteaux. Ils jouent inlassablement. L'insouciance des petits déteint sur les grands. Il arrive même à la femelle alpha de se bagarrer avec un autre loup pour une vieille branche desséchée. Les petits grandissent très vite et ils ont tout le temps faim. Leurs museaux s'allongent et leurs oreilles deviennent plus pointues. Les loups de un an montent la garde à tour de rôle pendant que les autres sont à la chasse. Lorsque les adultes reviennent, les petits sortent de la tanière en remuant la queue et ils mendient et jappent en leur léchant le coin de la gueule. Les autres loups régurgitent des petits tas de viande déjà avalée devant leurs pattes. Et s'il reste quelque chose, les loups de un an ont le droit de manger à leur tour.

Gula Ben a renoncé à ses sorties en solitaire. Elle reste près du clan et des louveteaux. Elle se couche sur le dos et joue pour deux d'entre eux le rôle de la proie facile. Ils se jettent sur elle, l'un plantant ses crocs acérés dans ses babines tandis que l'autre s'attaque sauvagement à sa queue. Elle renverse celui qui lui mord la lèvre et pose sa grosse patte sur son dos. Le louveteau se débat tant qu'il peut pour se dégager. Il lutte et il se tortille. Enfin il y parvient, fait le tour de la louve en courant sur ses petites pattes maladroites et se jette avec une témérité désopilante sur sa tête pour lui mordre les oreilles de toutes ses forces. Et puis tout à coup, ils tombent dans un profond sommeil, l'un entre ses pattes de devant et l'autre enroulé contre le ventre de sa sœur. Gula Ben en profite pour s'assoupir un moment, elle aussi, bercée par le bourdonnement soporifique des insectes au-dessus des fleurs. Elle claque distraitement des crocs quand les guêpes s'approchent trop, mais sans succès. Le soleil se lève au-dessus des conifères. Les oiseaux s'envolent à la recherche de nourriture qu'eux aussi régurgiteront dans les becs grands ouverts de leurs oisillons.

On se fatigue vite en jouant avec des louveteaux. Le bonheur coule dans les veines de Gula Ben comme un torrent de montagne au printemps.

Vendredi 8 septembre

L'INSPECTEUR Sven-Erik Stålnacke se réveilla à quatre heures et demie du matin.

Saloperie de chat, fut la première pensée qui lui traversa la tête.

En général, quand il se réveillait à cette heure-là, c'était à cause de Manne le chat qui avait pris l'habitude de bondir depuis le sol pour atterrir lourdement sur le ventre de Sven-Erik. Si Sven-Erik avait le malheur de broncher ou de se retourner, Manne se mettait à faire des allers-retours le long de son flanc comme un alpiniste sur la crête d'une montagne. De temps à autre il poussait un long miaulement pathétique signifiant soit qu'il avait faim, soit qu'il voulait sortir. Souvent les deux. En même temps.

Il arrivait que Sven-Erik refuse de se lever et s'enroule dans sa couverture en marmonnant : « On est au milieu de la nuit, petit crétin. » Dans ces cas-là les promenades sur son dos s'effectuaient griffes sorties et le chat finissait par lui labourer le cuir chevelu.

Le jeter par terre ou le chasser de la chambre et fermer la porte ne servait à rien, bien au contraire, puisque du coup

Manne se vengeait sur tout ce qu'il trouvait à sa portée, rideaux ou canapés, par exemple.

« Cet animal est sacrément intelligent », disait toujours Sven-Erik quand il parlait de lui. « Il sait que s'il fait ça, je vais le faire sortir et c'était ce qu'il cherchait depuis le début. »

C'était un homme à la stature imposante avec de gros biceps et de larges mains. Il y avait quelque chose dans son visage et dans sa façon de se tenir qui disait sa longue expérience des fauteurs de troubles avinés et de la misère humaine. Et il prenait plaisir à se laisser manipuler par un chat.

Mais ce matin-là, ce n'était pas Manne qui venait perturber son sommeil. Il se réveilla, simplement. Par la force de l'habitude. Ou parce que le bourreau à poils qui le harcelait constamment avec ses désirs et ses lubies lui manquait.

Sven-Erik s'assit lourdement au bord du lit. Il savait qu'il ne parviendrait pas à se rendormir. Cela faisait maintenant quatre jours que ce satané chat avait disparu. Parfois il s'en allait une nuit, ou deux au maximum, et son maître savait qu'il n'avait pas lieu de s'inquiéter. Mais pas quatre !

Il descendit l'escalier et ouvrit la porte d'entrée. Avant l'arrivée du jour, la nuit était d'un gris épais comme de la laine. Il siffla, alla dans la cuisine chercher la gamelle du chat et, debout sur le perron, il tapa dessus avec la cuillère en bois, en vain. Au bout d'un moment il dut renoncer et rentrer. Il faisait un peu froid dehors, en caleçon.

C'est la vie. Le prix de la liberté. Tôt ou tard, on se fait écraser par une voiture ou attraper par un renard.

Il versa le café dans le percolateur.

C'est mieux comme ça, se dit-il. Il préférait que Manne disparaisse de cette façon plutôt que de le voir s'affaiblir et tomber malade et d'être forcé un jour de le conduire chez le vétérinaire. Ça, ça aurait vraiment été l'horreur.

Le percolateur se mit en route en gargouillant et Sven-Erik monta dans sa chambre pour s'habiller.

Manne avait peut-être élu domicile ailleurs. C'était déjà arrivé auparavant. Il était rentré au bout de trois jours, bien nourri et parfaitement reposé. Il avait dû tomber sur une bonne femme qui l'avait pris en pitié et lui avait ouvert sa porte. Une retraitée quelconque qui n'avait rien d'autre à faire de ses journées que de lui faire cuire du saumon et lui donner du petit-lait.

L'inspecteur eut soudain une bouffée de haine injuste envers cette inconnue qui prenait soin d'un chat qui n'était pas le sien. Cette idiote était donc incapable de comprendre qu'il y avait ailleurs quelqu'un qui se faisait du souci et se demandait où était passé son chat ? Manne n'avait pas l'air d'un animal abandonné, il était confiant et il avait le poil brillant. Il aurait dû lui acheter un collier. Depuis longtemps déjà. Mais il avait peur que le collier s'accroche quelque part et que Manne soit pris au piège et meure de faim ou reste pendu à une branche d'arbre. C'est cette crainte qui l'en avait empêché.

Sven-Erik prit un copieux petit déjeuner. Les premières années après que Hjördis l'eut quitté, il s'était contenté d'avaler un rapide café. Mais depuis, il avait fait des progrès. Maintenant, il engouffrait sans plaisir de grandes cuillerées de yogourt 0 % agrémenté de muesli bio Änglamark. Le percolateur s'était tu et une bonne odeur de café frais flottait dans la cuisine.

Il avait hérité Manne de sa fille quand elle avait déménagé à Luleå. Maintenant, il regrettait d'avoir accepté. L'adopter ne lui avait valu que des ennuis et des complications.

Anna-Maria Mella buvait son café, assise à la table de la cuisine. Il était sept heures du matin. Jenny, Robert et Marcus dormaient encore. Seul Gustav était réveillé. Elle l'entendait se déplacer d'un bout à l'autre de la chambre à coucher à l'étage, enjambant Robert à chaque voyage.

Sur la table devant elle se trouvait une copie de l'horrible dessin de Mildred pendue. Rebecka Martinsson avait aussi fait des photocopies de plusieurs autres documents mais Anna-Maria n'y comprenait rien. Elle détestait les maths et les comptes et tout ce qui avait trait aux chiffres.

« Salut ! »

Son fils Marcus entra dans la cuisine de sa démarche dégingandée. Habillé ! Il ouvrit la porte du réfrigérateur. Marcus avait seize ans.

« Je n'y crois pas », dit Anna-Maria en regardant sa montre. « Il y a le feu au premier ou quoi ? »

Il fit la grimace. Attrapa le lait et les céréales et vint s'asseoir à côté d'Anna-Maria.

« J'ai une interro. Je ne peux pas filer en cours en sortant du lit, il faut que je prenne des forces.

– Qui êtes-vous, jeune homme ? Qu'avez-vous fait de mon fils ? »

Ce doit être l'influence d'Hanna, se dit-elle. Dieu bénisse cette fille.

Hanna était la petite amie de Marcus. Son ambition et son goût pour les études étaient en train de déteindre sur Marcus.

« Cool ! » s'exclama Marcus en tirant vers lui le dessin représentant Mildred. « C'est quoi ?

– Rien », répondit Anna-Maria en lui prenant la feuille des mains et en la reposant à l'envers sur la table.

« Non, sérieux ! Fais voir ! »

Il s'empara à nouveau du dessin.

« Ça veut dire quoi, ça ? » demanda-t-il en montrant la tombe dessinée derrière le corps suspendu

« Probablement qu'elle doit mourir et être enterrée.

– OK, mais ça, c'est quoi ? Tu ne remarques rien ? »

Anna-Maria regarda le dessin de plus près.

« Non.

– C'est un symbole, tu ne crois pas ? dit Marcus.

– Je vois juste une tombe avec une croix.

– Regarde bien ! Les traits sont deux fois plus épais que ceux du reste du dessin. La croix descend jusque dans le sol et au bout, elle a une forme de crochet. »

Anna-Maria regarda encore. Il avait raison.

Elle se leva et rassembla ses affaires. Elle résista à l'envie de faire un câlin à son fils, se contenta de lui ébouriffer tendrement les cheveux.

« Bonne chance pour ton interro ! »

Dans la voiture, elle téléphona à Sven-Erik.

« Effectivement, dit-il après être allé chercher sa copie du dessin. La croix traverse un arc de cercle et se termine en forme de crochet.

– Il faudrait trouver ce que cela signifie. Tu connais quelqu'un qui saurait ce genre de choses ?

– Qu'est-ce qu'ils disent à l'institut médico-légal ?

– Ils n'ont pas encore le dessin. Ils vont le recevoir dans la matinée, je suppose. S'il y a des empreintes nettes, ils les auront cet après-midi. Sinon ça prendra un peu plus de temps.

– On doit bien pouvoir trouver un professeur de théologie capable d'identifier ces symboles, dit Sven-Erik, songeur.

– Tu sais que tu es un génie, toi ? Fred Olsson va nous dénicher ça et nous enverrons un fax. Dépêche-toi de t'habiller, je passe te chercher chez toi.

– Ah bon ?

– Je voudrais que tu m'accompagnes à Poikkijärvi. Il faut que je voie Rebecka Martinsson, si elle est encore là-bas. »

Anna-Maria prit la direction de Poikkijärvi à bord de sa Ford Escort d'un rouge passé. Sven-Erik, à la place du passager, appuyait instinctivement sur des pédales inexistantes. Pourquoi fallait-il toujours qu'elle conduise comme une jeune délinquante ?

« Je ne comprends rien aux documents que m'a apportés Rebecka Martinsson, dit Anna-Maria. Enfin je sais que ce sont des comptes et des trucs comme ça...

– Tu ne veux pas qu'on pose la question à l'ECO-groupe, dans ce cas ?

– Ils sont toujours débordés. Quand on les consulte, ils répondent un mois après. Autant lui demander à elle directement. Elle les a déjà examinés et elle sait pourquoi elle nous les a transmis.

– Tu crois que c'est une bonne idée ?

– Pourquoi ? Tu en as une meilleure ?

– Tu crois vraiment qu'elle a envie d'être mêlée à tout ça ? »

Anna-Maria secoua sa tresse, agacée.

« Elle n'avait qu'à pas me donner ces papiers si elle ne voulait pas s'en mêler ! Ça va lui prendre quoi ? Dix minutes sur ses vacances ? »

Anna-Maria donna un brusque coup de frein, tourna à gauche sur la route de Jukkasjärvi, accéléra jusqu'à atteindre 90 km^2 et freina à nouveau pour prendre à droite vers Poikkijärvi. Sven-Erik s'accrochait à la poignée de la portière, songeant qu'il aurait dû emporter ses pilules contre le mal des transports, et puis tout à coup il pensa à nouveau au pauvre Manne qui détestait voyager en voiture.

« Manne a disparu », dit-il en regardant les épicéas joliment parés de rayons de soleil qui défilaient le long de la route.

« Zut, alors ! fit Anna-Maria. Depuis combien de temps ?

– Ça fait quatre jours. Il n'est jamais parti aussi longtemps.

– Il va revenir, tu verras. Il fait encore doux dehors, c'est normal qu'il n'ait pas envie de rentrer.

– Non, répliqua Sven-Erik, pessimiste. Il s'est fait écraser. Je ne le reverrai jamais. »

Il aurait aimé qu'elle le contredise. Qu'elle proteste et le rassure. Lui avait besoin d'affirmer que le chat était parti pour toujours. Une façon de commencer à évacuer sa peine et son inquiétude. Son rôle à elle était de lui apporter espoir et consolation, mais elle préféra changer de sujet.

« Nous n'allons pas y aller directement, je ne pense pas qu'elle ait envie de se faire remarquer.

– Qu'est-ce qu'elle est venue faire ici, au fait ? demanda Sven-Erik.

– Aucune idée. »

Anna-Maria fut sur le point d'ajouter qu'elle pensait que Rebecka n'allait pas très bien mais elle s'abstint. Sven-Erik aurait probablement essayé de la dissuader d'aller lui rendre visite. Il avait toujours été plus sentimental qu'elle dans ce genre de situations. Peut-être parce qu'elle avait des enfants et qu'elle dépensait chez elle l'essentiel de son instinct de protection et de sa sollicitude.

Rebecka Martinsson ouvrit la porte de son chalet. Quand elle découvrit Anna-Maria et Sven-Erik, de profondes rides se creusèrent entre ses sourcils.

Anna-Maria avait une lueur d'impatience dans les yeux comme un setter irlandais qui a flairé une piste. Sven-Erik se tenait derrière elle. Rebecka ne l'avait pas revu depuis son séjour à l'hôpital il y avait bientôt deux ans. Son épaisse tignasse avait viré du gris foncé au gris argenté sur ses tempes. La moustache sous son nez faisait toujours penser à une souris morte. Il avait l'air mal à l'aise, comme s'il comprenait qu'ils n'étaient pas les bienvenus.

Même si vous m'avez sauvé la vie, songea Rebecka.

Une quantité d'images désordonnées lui traversèrent l'esprit. Comme des mouchoirs de couleur entre les mains d'un prestidigitateur. Sven-Erik au chevet de son lit d'hôpital : « Nous sommes entrés chez lui et nous avons compris que nous devions nous mettre à votre recherche. Les filles vont bien. »

Je me souviens de tout ce qui s'est passé avant et après, se dit Rebecka. Avant et après. Je devrais peut-être demander à

Sven-Erik ce qu'ils ont vu en arrivant à la cabane. Il pourrait me raconter le sang et les cadavres.

Tu as besoin de l'entendre dire que tu as eu raison de faire ce que tu as fait, lui souffla une petite voix à l'intérieur de sa tête. Que c'était de la légitime défense. Que tu n'avais pas le choix. Demande-lui ! Tu verras qu'il te répondra exactement ce que tu as envie qu'il te réponde.

Ils s'installèrent dans l'unique petite pièce du bungalow. Anna-Maria et Sven-Erik s'assirent sur le lit et Rebecka sur la chaise. Un T-shirt, une paire de chaussettes et une petite culotte séchaient sur le radiateur, dissimulant le sticker recommandant de « ne pas couvrir ».

Rebecka jeta un regard gêné vers les vêtements humides mais elle n'avait pas de solution. Elle n'allait tout de même pas rouler la petite culotte en boule et la jeter sous son lit ou par la fenêtre ?

« Alors ? » dit-elle. Elle n'avait pas la force de se montrer polie.

« Nous voudrions vous poser quelques questions sur les documents que vous nous avez donnés, expliqua Anna-Maria. Il y a des choses que je ne comprends pas. »

Rebecka enveloppa ses genoux avec ses bras.

Pourquoi ? se disait-elle. Pourquoi se rappeler ? Pourquoi se vautrer dans ses souvenirs et les ressasser sans arrêt ? Quel intérêt ? Qui peut affirmer que c'est une façon de s'en sortir et qu'on ne finit pas au contraire par se noyer dans les eaux noires de sa mémoire ?

« Je crois… » Elle s'interrompit.

Elle parlait d'une voix presque inaudible. Sven-Erik regardait ses doigts fins entrelacés autour de ses genoux.

« … Je crois qu'il vaut mieux que vous vous en alliez, reprit-elle. Je vous ai donné les lettres et les photocopies.

Je les ai volées. Si cela se savait, je perdrais mon travail. En outre, personne ici ne sait qui je suis. Enfin, ils savent comment je m'appelle mais ils ignorent que j'ai quelque chose à voir avec cette histoire à Jiekajärvi.

– Allez, un peu de courage ! » l'encouragea Anna-Maria, qui n'était pas prête à obtempérer, alors que Sven-Erik faisait déjà mine de se lever. « J'ai une femme assassinée sur les bras. Si quelqu'un vous demande ce qu'on est venus faire chez vous, vous n'aurez qu'à dire que nous sommes à la recherche d'un chien égaré. »

Rebecka regarda Anna-Maria dans les yeux.

« Elle est bien bonne, celle-là, dit-elle très lentement. Deux policiers en uniforme en train de courir après un chien perdu. Il serait peut-être temps pour la police de revoir sa façon d'utiliser ses ressources humaines.

– C'est peut-être mon chien qui a disparu, qu'est-ce que vous en savez ? » dit Anna-Maria, vexée.

Ils se turent pendant un moment. Sven-Erik avait l'air de ne plus savoir où se mettre et s'efforçait de se faire tout petit au bord du lit.

« Bon. D'accord. Montrez-moi ça », dit finalement Rebecka, tendant la main vers la chemise cartonnée.

« C'est ce papier-là, surtout », précisa Anna-Maria en lui donnant une feuille.

« C'est une page de livre de comptes, dit Rebecka Martinsson. Avec un poste surligné au Stabilo. »

Rebecka montrait un chiffre inscrit dans une colonne sous la rubrique 19-30.

« Dix-neuf trente est un compte courant, avec un chéquier. On a effectué depuis ce compte un versement de 179 000 couronnes vers un compte qui commence par 76-10. Il y a aussi d'autres frais liés au personnel. Mais dans la marge, à côté de ce chiffre, quelqu'un a écrit au crayon le mot "formation" avec deux points d'interrogation. »

Rebecka remit une mèche rebelle derrière son oreille.

« Et ça ? lui demanda Anna-Maria. "Ver" ? Qu'est-ce que ça veut dire ?

– Vérification, justificatif. Ça peut être une facture ou n'importe quelle autre pièce prouvant la nature de la dépense. On dirait que Mildred a été surprise par ce débit. C'est la raison pour laquelle j'ai fait une copie de la page.

– Et de quelle société s'agit-il ? » demanda Anna-Maria.

Rebecka haussa les épaules et désigna un chiffre en haut à droite du bilan.

« Le numéro d'enregistrement de la société commence par 81. Il doit s'agir d'une fondation. »

Sven-Erik secoua la tête.

« La Fondation de la commune de Jukkasjärvi pour la protection de la faune sauvage », dit Anna-Maria au bout de quelques secondes. Une fondation créée par Mildred.

– Elle ne comprenait pas à quoi pouvaient correspondre ces frais de formation », dit Rebecka.

Un silence s'installa à nouveau. Sven-Erik agita la main pour chasser une mouche qui s'obstinait à se poser sur lui.

« Elle semble avoir contrarié pas mal de gens ici », dit Rebecka.

Anna-Maria eut un petit rire ironique.

« J'ai parlé à l'un d'entre eux, pas plus tard qu'hier. Il haïssait Mildred Nilsson parce que son ancienne femme était allée vivre chez elle avec leur enfant après l'avoir quitté. »

Elle raconta à Rebecka l'histoire des chatons décapités.

« Et bien sûr, nous ne pouvons rien contre lui. Ces chats de gouttière n'ont aucune valeur vénale et il n'y a donc aucun préjudice. Ils n'ont probablement pas eu le temps de souffrir et on ne peut pas non plus l'accuser de maltraitance animale. On est complètement impuissants dans ce cas de figure. On a l'impression qu'on serait plus utiles en vendant des légumes au supermarché ICA du coin. Ça ne vous arrive pas à vous, quelquefois ? »

Rebecka sourit.

« Je ne m'occupe presque jamais de droit pénal, dit-elle, détournant la question. Mais il s'agit là de criminalité financière. Je connais un peu l'effet que cela fait de devoir défendre une personne dont la culpabilité ne fait aucun doute... et il m'arrive d'avoir un peu de mal à me regarder dans la glace. Surtout si l'accusé en question est totalement dénué de scrupules. Dans ces cas-là, je me répète en boucle que tout être a le droit d'être défendu et j'essaye de convaincre les jurés malgré... »

Elle évita de finir sa phrase et de parler de mépris d'elle-même, et se contenta d'un haussement d'épaules.

Anna-Maria avait déjà remarqué que Rebecka Martinsson haussait souvent les épaules. Peut-être une façon de se débarrasser de pensées encombrantes ou de souvenirs désagréables. Ou alors elle était comme Marcus et ses haussements d'épaules étaient simplement sa manière d'établir une distance entre elle et le reste du monde.

« Vous n'avez jamais songé à changer de camp ? dit Sven-Erik. On est constamment à la recherche d'assistantes du procureur ici. Les gens ne veulent pas rester dans ce coin. »

Rebecka sourit, un peu gênée.

« Bien sûr, j'oubliais. » Sven-Erik se sentait vraiment stupide à présent. « Vous devez gagner au moins trois fois plus qu'un procureur.

– Ce n'est pas à cause de ça, dit Rebecka. En réalité, je ne travaille plus du tout en ce moment. Quant à mon avenir, il est… »

Nouveau haussement d'épaules.

« Vous m'avez pourtant dit que vous étiez dans la région pour motif professionnel ? dit Anna-Maria.

– En fait, je travaille un petit peu, de temps en temps, et quand l'un des associés m'a informée qu'il avait une affaire à traiter près de Kiruna, j'ai décidé de l'accompagner. »

Elle doit être en congé maladie, songea Anna-Maria.

Sven-Erik échangea avec elle un bref regard. Lui aussi avait compris.

Rebecka se leva pour leur signifier que l'entretien était terminé. Ils prirent congé.

Anna-Maria et Sven-Erik n'avaient fait que quelques pas lorsqu'ils entendirent la voix de Rebecka derrière eux :

« Délit de menace », dit-elle.

Ils se retournèrent. Rebecka les regardait depuis la véranda de son petit chalet. Elle s'appuyait à une colonne de l'auvent, les bras croisés contre son buste comme si elle avait un peu froid.

Elle a l'air tellement jeune, songea Anna-Maria. Il y a deux ans, on aurait cru une de ces carriéristes de la capitale. Elle était mince et sophistiquée. Avec des cheveux bruns parfaitement coiffés. À présent les cheveux de Rebecka étaient longs et coupés au carré comme ceux d'Anna-Maria. Elle s'habillait en jean et en T-shirt et ne se maquillait plus. Son pantalon taille basse et cette attitude à la fois lasse et déterminée qu'elle avait adoptée, appuyée contre ce poteau, rappelaient à Anna-Maria ces gamines grandies trop vite qu'elle rencontrait de temps à autre dans son travail de policier et qui s'occupaient de leurs parents alcooliques ou psychotiques, faisaient manger leurs frères et sœurs, sauvegardant les apparences aussi longtemps que possible en mentant aux assistantes sociales et à la police.

« Le type aux chatons, poursuivit Rebecka. Il est coupable de délit de menace. Ses actes avaient clairement pour but d'effrayer son ex-épouse. Selon la loi, une menace n'a pas besoin d'être exprimée. Il a réussi à leur faire peur, n'est-ce pas ? Vous pouvez aussi essayer le harcèlement ou l'abus de faiblesse. En fonction de ses antécédents, ces chefs d'accusation devraient suffire à obtenir une interdiction de droit de visite. »

Tandis qu'Anna-Maria Mella et Sven-Erik Stålnacke marchaient vers leur voiture, ils virent passer une Mercedes couleur moutarde. Lars-Gunnar et Nalle Vinsa se trouvaient à l'intérieur. Le conducteur les regarda avec insistance. Sven-Erik le reconnut et le salua d'un geste. Il n'y avait pas si longtemps que Lars-Gunnar avait pris sa retraite.

« C'était bien lui », dit Sven-Erik en suivant des yeux la voiture jaune qui tournait sur le parking du bar-restaurant *Chez Micke*. « Il habite ici, je m'en souviens maintenant. Je me demande comment va son gamin. »

Le vicaire Bertil Stensson célébrait la messe de midi à l'église de Kiruna. Toutes les deux semaines, les habitants de la ville avaient la possibilité de communier pendant leur pause déjeuner. Une vingtaine de fidèles assistaient au service.

Le pasteur Stefan Wikström était assis dans la cinquième rangée près de l'allée centrale et il regrettait d'être venu.

Une image lui traversa soudain l'esprit. Il vit son père, vicaire lui aussi, assis sur la banquette de la cuisine dans la maison où il avait grandi.

Stefan est face à son papa, il doit avoir à peu près dix ans. Il parle, il a un objet dans la main, il ne se souvient plus lequel. Son père est absorbé par son journal déplié devant son visage dans l'attitude qu'il a au moment de l'absolution. Tout à coup Stefan fond en larmes. Sa mère supplie son mari d'accorder à son fils un peu d'attention, ajoute qu'il a passé toute la journée à attendre son retour à la maison. Sa mère a son tablier. Ce doit être l'heure du dîner. Le père baisse son journal, agacé d'avoir été interrompu alors que c'est le seul moment où il peut se détendre, avant le repas du soir, contrarié par le reproche que son épouse vient de lui faire.

Le père de Stefan était mort depuis de nombreuses années. Sa pauvre maman aussi. Le vicaire Stensson ravivait chez lui le sentiment qu'il avait eu ce jour-là. Celui d'être un gamin agaçant réclamant de l'attention.

Stefan avait essayé de ne pas aller au service de midi. Une voix à l'intérieur de sa tête lui avait bien recommandé de ne pas y aller. Et il était là quand même. Et à présent il essayait de se persuader qu'il n'était pas venu pour le vicaire Bertil Stensson mais parce qu'il avait besoin de communier.

Il pensait que les choses seraient plus faciles maintenant que Mildred n'était plus là, mais elles avaient empiré, au contraire.

C'était comme dans la parabole du Fils Prodigue.

Lui était l'enfant sage et ordonné, resté à la maison. Il n'y avait pas de limites à ce qu'il avait dû supporter pour Bertil. Il avait dit toutes les messes d'enterrement les plus tristes, il avait assuré à sa place les services religieux dans les hôpitaux, les hospices de vieillards, il l'avait soulagé de toute la gestion administrative de la paroisse parce que Bertil n'y entendait rien. Et il avait fait la lecture pour les jeunes le vendredi soir.

Bertil Stensson était vaniteux. Dans leur collaboration avec l'hôtel de glace à Jukkasjärvi, il avait tiré à lui toute la couverture. Tous les mariages et les baptêmes célébrés dans le fameux hôtel étaient pour lui. Il accaparait systématiquement les événements qui avaient une chance d'atterrir dans le journal local. Par exemple, c'était lui qui avait organisé la cellule de crise après l'accident de car qui avait coûté la vie à sept jeunes lors d'une journée de ski et lui aussi qui disait les messes privées commandées par le peuple sami. À part cela, le vicaire aimait beaucoup avoir du temps libre et c'était Stefan qui lui en offrait l'occasion en couvrant ses absences et en faisant le travail à sa place.

Mildred Nilsson était comme l'Enfant Prodigue. Ou plutôt comme devait être l'Enfant Prodigue avant de quitter la maison de son père. Avant que l'incapacité à tenir en place ne le chasse vers des contrées nouvelles. Enfant obstiné et agité, il avait dû agacer son père, comme Mildred avait dû pousser le sien à bout.

Tout le monde pensait que c'était Stefan qui détestait le plus Mildred. Mais ils se trompaient, Bertil avait simplement mieux réussi que lui à dissimuler la haine qu'il avait à son égard.

Avant sa disparition les choses étaient différentes. Mildred ne générait que conflits et disputes et, par opposition, Bertil voyait en Stefan le fils aîné resté à la maison et lui montrait chaque jour sa gratitude. Stefan se souvenait de Bertil entrant dans son bureau à la maison paroissiale. Il avait cette expression, ce langage corporel qui disait : Tu es mon préféré. Il apparaissait sur le seuil de la porte, avec son air de hibou et son épaisse chevelure blanche, son corps trapu et ses lunettes de vue posées de travers sur sa tête ou perchées tout au bout de son nez. Stefan levait les yeux, Bertil jetait un regard presque imperceptible derrière lui avant d'entrer et de refermer la porte. Puis il s'enfonçait dans le fauteuil des visiteurs en face de Stefan en poussant un long soupir de soulagement. Et il souriait.

Stefan ressentait la même émotion chaque fois. La plupart du temps, le vicaire n'avait rien de spécial à lui dire, il lui demandait conseil sur des questions anodines et on aurait dit qu'il venait simplement pour avoir la paix un moment. Tout le monde sollicitait Bertil et Bertil se délestait sur les épaules de Stefan.

Mais la mort de Mildred avait tout changé. Elle n'était plus là comme un caillou dans le soulier du vicaire et il s'était visiblement mis à trouver pesant le dévouement de Stefan. Il avait commencé à lui faire des remarques du genre : « Pourquoi tant de manières ? » ou « Dieu ne nous en voudra pas d'appeler un chat un chat », des expressions qu'il avait apprises de la défunte Mildred.

Maintenant, quand il parlait d'elle, c'était toujours en des termes si exagérément élogieux que Stefan avait la nausée devant tant de mensonges.

Et puis Bertil avait cessé de lui rendre visite dans son bureau. Et Stefan l'attendait, hébété sur sa chaise, incapable de travailler efficacement. Malheureux comme les pierres.

Le vicaire passait toujours devant sa porte ouverte, bien sûr, mais son langage corporel n'était plus le même, l'expression de son visage non plus. Il marchait à pas pressés, jetait un coup d'œil dans son bureau, le saluait rapidement d'un geste du menton. « Bonjour-tout-va-bien-je-me-dépêche-j'ai-à-faire », et avant que Stefan ait eu le temps de répondre, il avait passé son chemin.

Avant Stefan savait toujours où trouver Bertil, à présent il n'en avait plus la moindre idée. Quand les secrétaires lui demandaient où était le vicaire, il haussait les épaules avec un sourire forcé, avouant son ignorance, et elles le regardaient avec un drôle d'air.

Mildred morte était invincible. En partant pour son voyage dans l'au-delà, elle était devenue l'Enfant Prodigue.

La messe était bientôt terminée. L'assemblée chanta un dernier psaume et s'en alla dans la paix du Christ.

Stefan aurait dû partir aussi. Sortir de l'église et rentrer chez lui. Mais ses pieds refusèrent de lui obéir et l'emmenèrent jusqu'à Bertil.

Le vicaire était en train de bavarder avec l'un des fidèles. Il jeta un bref regard du côté de Stefan et ne l'invita pas à prendre part à la conversation. Stefan allait devoir attendre.

Du coup, la situation devint gênante pour lui. Si seulement Bertil lui avait dit bonjour, il aurait pu le remercier pour la messe et s'en aller. Maintenant, il donnait l'impression d'avoir une chose importante sur le cœur.

Enfin, le dernier fidèle s'en alla. Stefan se sentit obligé de justifier sa présence.

« Je voulais communier », expliqua-t-il à Bertil.

Le vicaire hocha la tête. Le diacre emporta le calice et la patène avec un regard furtif vers le pasteur. Stefan marcha sur les talons de Bertil et du diacre jusque dans la sacristie, prenant part à l'action de grâce sans qu'on l'y eût convié.

« Il y a du nouveau ? » demanda-t-il à Bertil quand ce dernier eut terminé. « À propos de la fondation, je veux dire ? »

Bertil retira la chasuble, l'étole et l'aube avant de répondre.

« Je ne sais pas, dit-il. Peut-être que nous ne la dissoudrons pas, finalement. Je n'ai encore rien décidé. »

Le diacre prit tout son temps pour transvaser les hosties de la patène au ciboire et effectuer le rite de purification des objets liturgiques. Stefan grinçait des dents.

« Je croyais que nous étions convenus que l'église ne pouvait pas tolérer une association comme celle-là », dit-il à voix basse.

Il demeurait convaincu que la décision devait être prise par le conseil paroissial dans son ensemble et non par Bertil tout seul.

« Je sais, je sais. Mais pour l'instant elle existe », dit le vicaire et Stefan entendit clairement l'irritation qui filtrait à travers sa voix douce. « Décider s'il convient d'allouer des fonds pour la protection des loups ou pour la formation, c'est une question qui sera mise à l'ordre du jour de notre assemblée générale dans le courant de l'automne.

– Et pour le bail du territoire de chasse ? »

Bertil lui fit un grand sourire.

« Allons, Stefan, nous n'allons tout de même pas nous disputer toi et moi à propos de ces détails. Le conseil s'en occupera le moment venu. »

Le vicaire lui donna une petite tape sur l'épaule et s'éloigna.

« Bonjour à Kristin », ajouta-t-il sans se retourner.

Stefan avait une boule dans la gorge. Il baissa les yeux vers ses mains, contempla ses longs doigts fins. Des mains de pianiste, comme disait toujours sa mère quand elle était encore de ce monde. Vers la fin, alors qu'elle était dans son petit appartement à la maison de retraite et qu'elle le confondait la plupart du temps avec son père, cette obsession à propos de ses doigts le mettait souvent mal à l'aise. Elle lui prenait les mains et ordonnait au personnel de la maison de retraite de venir admirer ses belles mains, si merveilleusement préservées de tout travail manuel. Des mains d'artiste, des mains de fonctionnaire.

Bonjour à Kristin.

S'il osait regarder les choses en face, épouser Kristin avait été la plus grande erreur de sa vie.

Stefan sentait la colère l'envahir peu à peu. Colère envers Bertil, envers sa femme.

Il y a trop longtemps que je les porte à bout de bras, songeait-il. Il faut que cela cesse.

Sa mère avait sans doute compris avant lui en ce qui concernait Kristin. Il était tombé amoureux d'elle à cause de sa ressemblance avec sa mère. Elle avait son physique de poupée de porcelaine, ses manières agréables.

Bien sûr que sa mère avait tout de suite cerné le personnage. « Très personnel », avait-elle commenté en visitant pour la première fois l'appartement de la petite amie de son fils. « Sympathique. » C'était à l'époque où il faisait ses études à Uppsala. Personnel et sympathique, deux qualificatifs pratiques quand on ne peut pas, sans mentir, dire d'un appartement qu'il est joli ou décoré avec goût. Il se souvenait aussi du sourire amusé de sa mère quand Kristin lui avait montré ses couronnes de fleurs séchées.

Kristin n'était en réalité qu'une enfant, vaguement douée pour imiter et copier les grands. Elle n'était jamais devenue l'extraordinaire épouse de pasteur qu'avait été la mère de Stefan. Il avait eu un véritable choc la première fois qu'il était entré chez la très exubérante Mildred. Elle avait invité tous ses collègues et leurs familles pour le traditionnel vin chaud de l'avent. Il y avait un intéressant mélange de convives. Familles de pasteurs, Mildred et son mari barbu affublé d'un tablier de cuisine – vision assez comique à vrai dire – et trois femmes que Mildred hébergeait à ce moment-là au presbytère de Poikkijärvi. Il se souvenait que l'une d'elles avait deux enfants avec des prénoms ridicules.

La maison de Mildred était aussi belle qu'un tableau de Carl Larlsson*. Elle avait la même élégance lumineuse, une décoration étudiée mais pas chargée et la même simplicité que la maison dans laquelle Stefan avait grandi. Il avait du mal à faire coller cet intérieur avec la personnalité de Mildred. Est-ce vraiment elle qui habite là ? s'était-il demandé.

Il s'attendait à un désordre bohème avec des piles de journaux sur les étagères, des coussins et des tapis orientaux partout.

---

* Peintre idyllique de la bourgeoisie suédoise au XIXe siècle.

Il se rappela la réaction de Kristin après la réception. « Comment se fait-il que nous ne vivions pas au presbytère de Poikkijärvi ? lui avait-elle demandé. C'est plus grand que chez nous. Ce serait plus juste puisque nous avons des enfants et pas elle. »

Bien sûr que sa mère avait vu chez Kristin cette fragilité, qui avec le temps s'était révélée être une authentique fêlure. Il y avait en elle quelque chose de brisé, sur le tranchant duquel Stefan savait qu'il se blesserait tôt ou tard.

Il fut pris d'un violent accès de rancœur envers sa mère.

Pourquoi ne m'a-elle rien dit ? songea-t-il. Elle aurait dû me prévenir.

Et Mildred. Mildred qui s'était servie de cette pauvre Kristin.

Il se souvint de cette journée au début du mois de mai, quand elle était arrivée en agitant ces lettres.

Il essaya de chasser Mildred de ses pensées. Mais elle était aussi envahissante aujourd'hui qu'alors. Une vraie teigne. Comme de son vivant.

« Parfait ! » s'exclame Mildred, entrant en trombe dans le bureau de Stefan.

On est le 5 mai. Dans deux mois elle sera morte. Mais pour l'instant elle est on ne peut plus vivante. Ses joues et son nez sont aussi rouges que des pommes bien mûres. Elle referme la porte derrière elle d'un coup de pied.

« Reste assis ! » ordonne-t-elle à Bertil qui se lève du fauteuil dans l'intention de s'enfuir. « J'ai à vous parler à tous les deux. »

J'ai à vous parler. Cette entrée en matière en dit long sur le personnage qu'elle est.

« J'ai réfléchi à cette histoire de louve », annonce-t-elle.

Bertil croise les jambes, résigné. Puis les bras. Stefan se cale au fond de son siège. S'écarte d'elle autant qu'il peut. Ils savent qu'elle va leur faire la leçon alors qu'elle n'a encore rien dit de ce qui l'amène.

« L'Église loue ses terres à la société de chasse de Poikkijärvi pour mille couronnes par an, poursuit-elle. C'est un bail de sept ans, renouvelable par tacite reconduction sauf résiliation. Il a été signé en 1957. Le vicaire de l'époque demeurait au presbytère de Poikkijärvi. Et c'était un chasseur.

– Je ne vois pas le rapport avec..., commence Bertil.

– Je peux terminer ? N'importe qui a le droit d'entrer dans la société de chasse mais ce sont avant tout les membres du bureau et l'équipe de chasse qui profitent de la jouissance de ce bail. Étant donné que le nombre des chasseurs est plafonné à vingt, aucun nouveau membre n'est jamais admis. En pratique, il n'y a que lorsqu'un membre décède que le comité choisit quelqu'un pour prendre sa place. Ce sont donc les mêmes vieux croûtons qui sont là depuis le début. En treize ans, pas un seul chasseur n'a été accepté dans l'équipe. »

Elle se tait et se tourne vers Stefan.

« À part toi. Suite au départ spontané d'Elis Wiss. Il y a six ans, c'est bien ça ? »

Stefan préfère ne pas répondre. Il n'a pas aimé la façon dont elle a dit « spontané ». Il est furieux mais fait de son mieux pour ne pas le montrer. Mildred poursuit :

« D'après les statuts, seul un membre de l'équipe de chasse a le droit de tirer à balles et elle a de ce fait le monopole de la chasse au renne. Pour ce qui est des autres gibiers, les invités peuvent prendre des permis à la journée mais tous les animaux abattus doivent être partagés entre les membres actifs de la société et, oh surprise, c'est le conseil d'administration qui décide de la façon dont le gibier sera réparti entre eux.

Et maintenant, voilà ce que je me dis : la compagnie minière LKAB est intéressée par le terrain pour son personnel et Yngve Bergqvist aimerait le louer pour les touristes. Nous pourrions ainsi augmenter considérablement le loyer. Avec cet argent nous pourrions gérer la forêt de manière raisonnable parce que, franchement, je ne sais pas ce que fiche Torbjörn Ylitalo. À part faire le garçon de courses pour la société ! C'est tout de même le comble que ce soit l'Église qui paye un employé à leur club du troisième âge, vous ne trouvez pas ? »

Torbjörn Ylitalo est garde-chasse sur les terres de l'Église. Il est aussi l'un des vingt membres de l'équipe de chasse et le président de la société de chasse de Poikkijärvi. Stefan a bien conscience que Torbjörn passe le plus clair de son temps de travail à aider Lars-Gunnar qui est le président de l'équipe et qui s'occupe de l'entretien des pavillons de chasse et des tours de guet et de la délivrance des permis.

« Bref, un nouveau bail dégagerait de l'argent pour la gestion forestière mais surtout pour protéger la louve. L'Église n'a qu'à faire don du bail à la fondation. La ligue pour la protection de la nature l'a marquée, mais il n'y a pas assez de fonds pour la surveiller.

– Je ne comprends pas pourquoi c'est nous que tu viens voir pour parler de tout ça », l'interrompt soudain Bertil, d'un ton calme et plein de sagesse. « Si ce bail doit être résilié, c'est l'affaire du conseil paroissial, non ?

– Eh bien moi j'estime que c'est l'affaire de toute notre communauté. »

Un silence s'installe dans le bureau. Bertil hoche la tête, une seule fois. Stefan sent une tension dans son épaule gauche, une douleur qui monte progressivement dans sa nuque.

Ils savent précisément ce qu'elle veut dire. Ils voient tout à fait comment le problème qu'elle vient de soulever serait perçu s'il était évoqué devant tout le monde et publié dans le journal. Un club de vieillards qui chassent gratuitement sur les terres de l'Église et qui en plus s'octroient le gibier qu'ils n'ont pas tué eux-mêmes.

Stefan est membre de l'équipe de chasse. Il n'y coupera pas.

Le vicaire a lui aussi de bonnes raisons de caresser les chasseurs dans le sens du poil. Ils ne laissent jamais son congélateur vide. Bertil a toujours de quoi offrir à ses invités un beau filet de renne ou quelque gibier à plume tiré dans les bois. Et l'équipe de chasse a trouvé d'autres moyens de le remercier pour son soutien tacite à la pérennité de leur empire. Son chalet en rondins par exemple. C'est elle qui le lui a construit et qui l'entretient.

Stefan pense à sa place de membre de l'équipe de chasse. Non, il n'y pense pas, il la sent, comme un caillou chaud et lisse dans sa poche. C'est ce qu'elle est pour lui. Un caillou porte-bonheur. Il se souvient du jour où il l'a obtenue. Il se rappelle le bras de Bertil autour de son épaule le jour où il l'a présenté à Torbjörn Ylitalo. « Stefan chasse, avait dit le vicaire, je crois qu'il aimerait bien avoir une place dans l'équipe. » Et Torbjörn, seigneur féodal régnant sur l'empire forestier de l'Église, avait acquiescé. Il ne s'était même pas permis une mimique ennuyée. Deux mois plus tard, Elis Wiss avait démissionné de l'équipe de chasse. Après quarante-trois ans. Et Stefan était entré dans le cercle des vingt.

« C'est injuste », conclut Mildred.

Le vicaire se lève.

« Nous en parlerons quand tu seras plus calme », dit-il à Mildred.

Et il s'en va, abandonnant Stefan aux griffes de la pasteure.

« Je ferais mieux d'éviter le sujet à l'avenir, dit-elle à Stefan. Parce que dès que j'y pense, ça me met en colère. »

Et elle lui fait un grand sourire.

Stefan la regarde, interloqué. Qu'est-ce qui peut bien la faire sourire ? Elle ne comprend donc pas qu'elle vient de se rendre détestable ? Elle ne sait pas qu'elle vient de déclarer la guerre ? C'est comme si dans la tête de cette femme pourtant intelligente, car elle l'est, il en convient, vivait une autre personne totalement stupide. Et maintenant, qu'est-il supposé faire ? Il ne peut pas s'en aller, comme Bertil, puisqu'il est dans son propre bureau. Il reste assis, indécis.

Tout à coup, elle le regarde d'un air grave et ouvre son sac d'où elle sort trois enveloppes qu'elle lui tend. Il reconnaît l'écriture de son épouse.

Il se penche pour prendre les lettres. Son estomac se noue. Kristin, Kristin ! Il devine de quel genre de lettres il s'agit sans avoir besoin de les lire. Il s'enfonce à nouveau dans son fauteuil.

« Deux d'entre elles sont assez désagréables », dit Mildred.

Il n'en doute pas une seconde. Ce n'est pas la première fois. C'est sa façon de procéder. Avec de légères variantes. Il a déjà vécu cette situation à deux reprises. Ils obtiennent un poste quelque part. Kristin dirige des chorales enfantines. Elle fait le catéchisme le dimanche. Elle chante sur tous les tons les louanges de leur nouvelle paroisse avec sa voix flûtée de petit rossignol. Mais dès que le premier élan amoureux est passé, car c'est à cela que ça fait penser, sa mauvaise humeur revient. Et elle se met à collectionner les offenses réelles ou inventées comme un enfant collectionne des images dans un album. Commence alors une période difficile : maux de tête, visites répétées chez le médecin et incessants reproches à Stefan qui ne prend pas ses ennuis au sérieux. Enfin, un conflit éclate pour de bon entre elle et quelque femme employée dans les bureaux de la paroisse ou avec quelque habitant de la commune et c'est la guerre. Dans leurs postes précédents ça avait tourné à la catastrophe. Le syndicat s'en était mêlé, une secrétaire avait essayé de faire prendre en charge sa dépression nerveuse à titre d'accident du travail. Quant à Kristin, elle avait joué les victimes. Et ils avaient dû déménager. La première fois avec un enfant, la deuxième fois avec trois.

Aujourd'hui, leur fils aîné est au collège et il est à un âge difficile.

« J'en ai deux autres dans le même style », dit Mildred.

Après son départ, Stefan reste figé, les lettres à la main.

Il se sent pris au piège et il ne sait pas très bien si c'est sa femme ou Mildred qui le lui a tendu.

Måns Wenngren, le patron de Rebecka Martinsson, faisait grincer son fauteuil de bureau. Il n'avait jamais remarqué le couinement exaspérant du siège chaque fois qu'on le faisait monter ou descendre. Il pensait à Rebecka Martinsson. Brusquement, il s'obligea à penser à autre chose.

Il avait du travail. Des coups de fil à passer et des mails auxquels il devait répondre. Des clients dont il fallait traiter les affaires. Ses assistants collaient des Post-it directement sur son siège depuis quelque temps pour qu'il les remarque. Mais il se dit que c'était bientôt l'heure de sa pause déjeuner et qu'il ferait aussi bien de repousser tout cela encore un peu.

Il disait souvent de lui-même qu'il était hyperactif. Ce à quoi son ex-femme, Madelene, répliquait : « Évidemment ça sonne mieux que fantasque -volage et dans la fuite de soi. » Mais le qualificatif d'hyperactif n'était pas faux non plus. Déjà au berceau il ne tenait pas en place. Si l'on en croyait ce que disait sa mère, il avait pleuré toutes les nuits pendant la première année de sa vie. Elle prétendait qu'il s'était un peu calmé après avoir appris à marcher, même si la trêve n'avait pas duré.

Son frère aîné, qui avait trois ans de plus que lui, avait raconté des milliers de fois l'histoire de son commerce de sapins de Noël : l'un des fermiers de sa famille avait une année proposé à Måns et à son frère de gagner un peu d'argent en vendant des arbres de Noël. Ils étaient tout jeunes. Måns venait d'entrer à l'école mais il savait déjà compter, précisait son frère. Surtout quand il s'agissait d'argent.

Et ces deux petits bonshommes de sept et dix ans s'étaient lancés dans la vente de sapins. « Et Måns gagnait infiniment plus d'argent que tout le monde, claironnait le grand frère. Personne n'a jamais compris comment il s'y prenait. Il touchait quatre couronnes de provision par arbre comme nous tous. Mais pendant que nous piétinions à nous geler en attendant qu'il soit cinq heures pour que nous puissions enfin rentrer chez nous, lui courait dans tous les sens en discutant avec les clients. Si quelqu'un trouvait un sapin trop haut, il proposait de le raccourcir et personne ne pouvait résister à ce petit bout de chou qui se démenait avec une scie aussi grande que lui. Et attendez, ce n'est pas fini. Ensuite, avec les branches qu'il avait coupées, il faisait des gerbes qu'il vendait cinq couronnes la pièce. Et ces cinq couronnes-là allaient directement dans sa poche. Le fermier – c'était quoi son nom déjà ? ah oui, Mårtensson –, était furieux. Mais que vouliez-vous qu'il fasse ? »

À ce stade de l'histoire, son frère faisait en général une pause, haussant les sourcils pour illustrer l'impuissance du fermier face à l'inventivité du fils du propriétaire terrien. « Un homme d'affaires ! Voilà ce qu'il était, disait-il en conclusion. Un vrai businessman ! »

Jusqu'à un âge avancé de sa vie, Måns s'était insurgé contre cette étiquette. « Le droit n'a rien à voir avec les affaires », répliquait-il.

« Mais si, ripostait son frère. Bien sûr que si. »

Devenu adulte, ce dernier était parti à l'étranger pour y faire Dieu sait quoi, et peut-être valait-il mieux ne pas le savoir. Mais finalement il était revenu en Suède où il avait décroché une licence en socioéconomie par équivalence, et à présent il était responsable des affaires sociales auprès de la commune de Kalmar.

Au fil des années, Måns avait cessé de se défendre des attaques de son frère. Pourquoi s'excuser de sa réussite ?

« Absolument, disait-il aujourd'hui. Ce qui compte, c'est de faire des affaires et d'avoir du fric à la banque. » Et puis il se mettait à parler de la voiture qu'il venait d'acheter ou de la Bourse ou simplement de son dernier téléphone portable.

Måns mesurait l'étendue de la haine que lui portait son frère dans les yeux de sa belle-sœur.

Et il ne la comprenait pas. Contrairement à lui, son frère avait réussi à préserver son mariage. Ses enfants venaient le voir.

Il faut que je le fasse, se dit-il en se levant du fauteuil couineur.

Maria Taube gazouilla un au revoir dans le téléphone et raccrocha. Fichus clients qui l'appelaient pour poser des questions si floues et générales qu'il était impossible d'y répondre. Il fallait toujours au moins une demi-heure rien que pour comprendre la raison de leur appel.

On frappa à la porte et, avant qu'elle ait eu le temps de répondre, Måns passa la tête dans l'embrasure.

On ne t'a rien appris à Lundsberg*, songea-t-elle. Par exemple d'attendre qu'on réponde : Entrez ?

* Une école privée d'élite.

Comme s'il avait lu ce qu'elle pensait derrière le sourire affiché, il lui dit :

« Tu as une minute ? »

Tout en coupant un appel extérieur sur son téléphone de bureau et en désignant à son patron le fauteuil des visiteurs, Maria se demanda à quand remontait la dernière fois où quelqu'un avait osé lui répondre non.

Il referma la porte derrière lui. C'était mauvais signe. Elle passa mentalement en revue tout ce qu'elle avait pu oublier de faire, et la liste de ses clients du cabinet qui auraient pu avoir des raisons de se plaindre. Elle ne voyait pas de quoi il pouvait s'agir.

C'était ça le pire dans ce job. Elle pouvait à la rigueur supporter le stress, la hiérarchie et les heures supplémentaires, mais pas ce précipice qui parfois s'ouvrait sous vos pieds sans crier gare. Comme l'erreur qu'avait commise Rebecka par exemple. Faire perdre quelques millions à la firme était si vite arrivé.

Måns s'assit et regarda autour de lui, pianotant des doigts sur sa cuisse.

« Jolie vue », dit-il avec un sourire ironique.

Devant la fenêtre se dressait la façade brune et sale de l'immeuble voisin. Maria rit poliment mais ne fit pas de commentaire.

Ne tourne pas autour du pot, songeait-elle.

« Comment vont les... »

Au lieu de finir sa phrase, Måns fit un vague geste en direction des piles de dossiers amassés sur le bureau.

« Bien », répondit-elle, se reprenant juste à temps alors qu'elle s'apprêtait à lui parler d'un client dont elle s'occupait en ce moment.

Il n'en a rien à faire, se sermonna-t-elle.

« Et à part ça... Tu as eu des nouvelles de Rebecka ? » demanda Måns.

Maria Taube se détendit et ses épaules s'abaissèrent d'un bon centimètre.

« Oui.

– Torsten m'a dit qu'elle avait décidé de rester un peu plus longtemps là-haut ?

– Oui.

– Qu'est-ce qu'elle fait ? »

Maria hésita.

« Je ne sais pas au juste.

– Allez, Taube, ne sois pas toujours si compliquée. C'est toi qui lui as donné l'idée de retourner là-haut. Et franchement, je ne te cache pas que je n'étais pas rassuré. Il est normal que je veuille savoir comment elle va. »

Il fit une pause avant de terminer sa phrase.

« Elle travaille quand même pour moi.

– Pourquoi ne lui poses-tu pas la question toi-même ? suggéra Maria.

– C'est plus facile à dire qu'à faire. Rappelle-toi la scène qu'elle a faite la dernière fois que j'ai essayé. »

Maria se remémora la façon abrupte dont Rebecka avait quitté la fête du cabinet. Elle était vraiment givrée.

« Je ne veux pas parler de Rebecka avec toi. Elle serait furieuse si elle l'apprenait.

– Et moi alors, je n'ai pas le droit d'être furieux ? »

Maria Taube éclata de rire.

« Toi tu es furieux tout le temps de toute façon », dit-elle.

Måns sourit, amusé par cette petite marque d'irrévérence.

« Je me souviens quand tu es venue travailler ici pour la

première fois. Tu étais polie et gentille. Et tu faisais tout ce qu'on te demandait.

– Je sais bien. C'est effrayant ce que cet endroit peut changer les gens. »

Rebecka Martinsson et Nalle se présentèrent à la porte de Sivving Fjällborg comme l'auraient fait deux journaliers. Il les reçut comme s'il les attendait et les conduisit dans la chaufferie où Bella était couchée dans une caisse en bois sur plusieurs épaisseurs de tapis de chiffon. Ses petits dormaient les uns par-dessus les autres, collés contre son ventre. À leur arrivée, la chienne ouvrit un œil et remua la queue pour leur dire bonjour.

Rebecka était allée chercher Nalle vers une heure de l'après-midi. Elle avait sonné et c'était son père qui lui avait ouvert. La carrure de Lars-Gunnar occupait toute l'ouverture de la porte. Elle était restée sur le perron et s'était sentie comme une fillette de cinq ans qui vient demander aux parents de son petit voisin s'il a le droit de venir jouer dehors.

Sivving mit du café en route et sortit trois mugs en porcelaine épaisse ornés de grosses fleurs dans des teintes jaune, orange et marron. Il remplit un panier de pain croustillant, sortit du beurre et du salami du réfrigérateur.

Il faisait frais dans la cave. Les odeurs de chien et de café frais se mêlaient à celles de la terre et du béton. Une lumière automnale pénétrait par l'étroite fenêtre percée juste en dessous du plafond.

Sivving observait Rebecka en douce. Elle avait dû récupérer des vêtements dans le placard de sa grand-mère. Il était certain de reconnaître cet anorak noir avec des motifs de flocons de neige. Il se demanda si elle savait qu'il avait appartenu à sa mère. Probablement pas.

Personne n'avait dû lui dire non plus à quel point elle ressemblait à sa maman. Elle avait les mêmes cheveux bruns qu'elle portait longs, comme elle, et les mêmes sourcils épais. On retrouvait chez elle la forme un peu carrée des yeux et la couleur de l'iris, une teinte pâle faisant penser à du sable avec un cercle foncé autour.

Les chiots se réveillèrent. Grosses pattes et grandes oreilles, pleins de vie, leurs queues tournant comme de petites hélices en tambourinant contre la paroi de la caisse. Rebecka et Nalle s'assirent par terre pour manger leurs tartines pendant que leur hôte débarrassait.

« Je ne connais rien qui sente aussi bon », dit Rebecka en plongeant son nez dans le pelage de l'un des bébés chiens.

« Celui que tu as là n'est pas encore réservé. Tu te laisses tenter ? » dit Sivving.

La chienne mordillait la main de Rebecka avec ses petites dents pointues. Son poil couleur chocolat était si court et si doux qu'on aurait dit de la peau. Ses pattes arrière semblaient avoir été trempées dans un pot de peinture blanche jusqu'à mi-hauteur.

Elle la reposa dans la caisse et se releva.

« Je ne peux pas. Je vais aller attendre dehors. »

Elle avait failli dire qu'elle travaillait trop pour s'occuper d'un chien.

Rebecka et Sivving ramassaient des pommes de terre. Sivving marchait devant et arrachait les fanes avec sa main valide, Rebecka suivait derrière avec la pioche.

« Tu l'enfonces et tu déterres. Ça devrait aller tout seul. Si tu n'étais pas venue, j'aurais demandé à Lena de m'aider. Elle vient me rendre visite avec les enfants en fin de semaine. »

Lena était sa fille.

« Ça me fait plaisir de t'aider », le rassura Rebecka.

La pioche entrait facilement dans la terre sablonneuse. Ensuite, Rebecka ramassait les petites patates ovales qui s'étaient détachées de la plante et éparpillées dans la terre.

Nalle courait avec les chiots sur la pelouse en traînant derrière lui une aile de coq de bruyère accrochée au bout d'une ficelle. De temps en temps, Rebecka et Sivving se redressaient pour détendre leur dos et ils s'arrêtaient un instant de travailler pour les regarder. Le spectacle était irrésistible : Nalle la main levée au-dessus de la tête, qui gambadait en levant haut les genoux, riant à gorge déployée, suivi par une meute de petits chiens déchaînés. Bella, couchée sur le flanc, se chauffait au soleil. De temps en temps, elle soulevait la tête pour happer un bourdon qui lui tournait autour et surveiller ses petits.

Décidément, je ne suis pas normale, se dit Rebecka. Je ne supporte pas la compagnie de collègues de mon âge et je me sens parfaitement bien avec un vieux bonhomme et un garçon attardé.

« Tu te rappelles quand j'étais petite ? dit-elle. Le soir, quand vous, les grands, aviez fini de ramasser les pommes de terre, vous allumiez un feu dans le jardin et nous, les gosses, on mangeait celles qu'on allait glaner dans le champ, cuites dans la cendre.

– La peau bien carbonisée, pas tout à fait cuites en dessous et complètement crues au milieu. Tu parles comme je m'en souviens ! Et quand vous rentriez à la maison ensuite, vous étiez noirs de suie et de terre. »

Rebecka sourit à ce souvenir. Il faut faire attention avec le feu, et, en général, ce n'est pas un jeu pour les enfants, mais le jour de la récolte des pommes de terre était une exception. Ce jour-là le feu leur appartenait. Il y avait elle et ses cousines et Mats, le fils de Sivving, et Lena. Elle les revoyait tous, assis par terre dans la nuit noire de l'automne, regardant les flammes, poussant les braises avec des bâtons, se prenant pour des Indiens dans un roman pour adolescents.

Ils ne rentraient chez la grand-mère que vers dix ou onze heures du soir, parfois même à minuit. Sales et heureux. Les grands avaient depuis longtemps pris une douche et un sauna, et ils étaient assis devant un petit en-cas nocturne. Il y avait sa grand-mère paternelle, sa tante par alliance Inga-Lill et Maj-Lis, la femme de Sivving, devant une tasse de thé, Sivving et son oncle Affe avec leur Tuborg.

Elle les voyait comme si elle était en train de contempler une photo ancienne.

Elle et les autres enfants restaient sagement dans l'entrée pour ne pas rapporter la moitié du champ de patates sur le parquet de la cuisine.

« Eh bien, eh bien ! Il semble que nous soyons attaqués par les Hottentots ! s'exclamait Sivving en riant. Je ne sais pas combien ils sont, ils ont la peau aussi noire que l'ébène et il fait aussi sombre que dans une grotte dans ce vestibule. Faites-nous donc un grand sourire qu'on puisse voir vos dents et compter combien vous êtes ! »

Ils riaient aux éclats. Grand-mère leur apportait des torchons pour se débarbouiller et ensuite ils couraient jusqu'au sauna près de la rivière et se baignaient dans l'eau encore tiède de l'arrière-saison.

Le président de la société de chasse de Poikkijärvi, Torbjörn Ylitalo, coupait du bois dans sa cour quand Anna-Maria Mella vint l'interroger. Elle coupa le moteur et sortit de la voiture. Il lui tournait le dos. Il ne l'avait pas entendue arriver à cause du casque rouge antibruit qu'il portait sur les oreilles. Elle en profita pour jeter un coup d'œil autour d'elle à son insu.

Elle remarqua, sur le rebord d'une fenêtre ornée de rideaux de cuisine à petits carreaux, des pots de pélargoniums bien entretenus. Elle en conclut qu'il était marié. Les plates-bandes étaient nettes et pas une feuille ne traînait sur la pelouse. La clôture était proprette, peinte en rouge de Falun et surmontée d'une frise décorative de couleur blanche.

Anna-Maria pensa à sa propre clôture mangée par la mousse et au pignon sud de sa maison dont la peinture s'écaillait.

On s'en occupera l'été prochain, se promit-elle.

Est-ce qu'elle n'avait pas pris exactement la même résolution l'automne précédent ?

La tronçonneuse de Torbjörn Ylitalo traversait les bûches avec un hurlement assourdissant. Quand il jeta le dernier morceau de côté et se baissa pour regarnir le chevalet, Anna-Maria en profita pour signaler sa présence.

Il se retourna, baissa son casque sur sa nuque et coupa le moteur de l'engin. Torbjörn Ylitalo avait la soixantaine, un physique rustaud mais, d'une certaine manière, soigné. Le peu de cheveux qui lui restaient sur la tête étaient gris et bien coupés. Sa barbe était bien taillée. Lorsqu'il eut retiré ses lunettes de protection, il ouvrit sa cotte de travail bleu pétrole et sortit d'une poche intérieure une paire de fines lunettes sans monture de chez Svennis qu'il installa sur son gros appendice nasal. Son visage était tanné et buriné au-dessus d'un cou très blanc. Les lobes de ses oreilles étaient comme deux grosses lèvres de peau mais Anna-Maria remarqua que la tondeuse était passée par là également.

Sven-Erik devrait en faire autant, songea-t-elle.

L'intérieur des oreilles de son collègue lui faisait parfois penser au balai d'une sorcière.

Il l'invita à entrer et ils s'installèrent dans la cuisine. Anna-Maria accepta la tasse de café que lui proposait Ylitalo, assurant qu'il en faisait pour lui de toute manière. Il fit un tour dans le garde-manger puis fouilla maladroitement dans le réfrigérateur et parut soulagé quand Anna-Maria déclara qu'elle ne voulait rien manger.

« Vous prenez un peu de vacances avant l'ouverture de la chasse au renne ? lui demanda-t-elle.

– Non. Mais j'ai des horaires assez souples.

– Mmm. Vous êtes employé par l'Église comme garde-chasse, c'est ça ?

– C'est ça.

– Vous êtes également président de la société de chasse et membre de l'équipe de chasse. »

Il acquiesça.

Ils parlèrent pendant quelques minutes de la chasse et de la cueillette de baies sauvages.

Puis Anna-Maria sortit de la poche de sa veste, qu'elle avait gardée sur elle, un stylo et un bloc de papier et les posa sur la table.

« Ainsi que je vous l'ai dit tout à l'heure, je suis venue vous poser quelques questions à propos de Mildred Nilsson. On m'a dit que vous ne vous entendiez pas très bien tous les deux. »

Torbjörn Ylitalo la regarda longuement. Il ne sourit pas. Il n'avait pas souri une seule fois depuis qu'elle était arrivée. Il but sans se presser une gorgée de café, posa la tasse dans la soucoupe et demanda :

« Qui vous a dit ça ?

– C'est la vérité ?

– Je ne sais pas quoi répondre. Je n'aime pas beaucoup dire du mal des morts mais elle a semé beaucoup de trouble et de discorde dans cette ville.

– De quelle façon ?

– Je ne vais pas y aller par quatre chemins. Cette femme détestait les hommes. Je crois que ce qu'elle aurait voulu, c'est que toutes les femmes de cette ville se séparent de leurs maris. Qu'est-ce que vous voulez faire contre ça ?

– Vous êtes marié ?

– Oui, madame !

– A-t-elle tenté de convaincre votre épouse de vous quitter ?

– Non, pas la mienne, mais d'autres, oui.

– Et pour quelle raison exactement vous êtes-vous disputé avec elle, alors ?

– À cause de la parité de l'équipe de chasse, entre autres idées stupides qu'elle avait. Encore un peu de café ? »

Anna-Maria secoua la tête.

« Elle est venue prétendre qu'un membre sur deux devait être une femme. Elle voulait mettre cette condition à la prorogation du bail.

– Et cela ne vous paraissait pas une bonne idée ? »

Son ton mesuré se fit plus véhément.

« Il n'y avait vraiment qu'elle pour trouver que c'était une bonne idée. Et je ne suis pas misogyne. Je trouve normal qu'à qualités égales, un homme et une femme aient les mêmes chances de diriger une société ou d'occuper un poste ministériel, et même d'intégrer notre petite équipe de chasse, mais je trouverais tout à fait injuste que vous par exemple, obteniez une place simplement parce que vous êtes une femme. Comment pourriez-vous espérer vous faire respecter ? Et puis d'ailleurs je ne vois pas pourquoi on ne laisse pas les hommes tranquilles avec leur chasse. Je commence à me demander si elle n'est pas devenue notre dernier bastion. Vous pourriez au moins nous laisser ça ! Je ne suis pas venu l'emmerder pour entrer dans son groupe de prière réservé aux femmes, moi.

– Ça fait un deuxième sujet de conflit entre Mildred et vous.

– Conflit, conflit, c'est beaucoup dire. Elle connaissait ma façon de penser.

– Magnus Lindmark prétend que vous lui auriez volontiers... je le cite : fait sauter le caisson. »

Anna-Maria se demanda si elle avait bien fait de rapporter ses propos. Mais ce salaud capable de décapiter des bébés chats l'avait bien mérité.

Torbjörn Ylitalo n'eut pas l'air contrarié. Au contraire, il sourit pour la première fois. Un sourire las et presque imperceptible.

« Je pense qu'il parlait plutôt de ce que lui aurait bien aimé faire. Mais Magnus ne l'a pas tuée. Et moi non plus. »

Anna-Maria ne fit pas de commentaire.

« Si je l'avais tuée, je lui aurais effectivement mis une balle dans la tête mais je l'aurais enterrée bien soigneusement dans un marais quelque part, dit-il.

– Vous saviez qu'elle voulait dénoncer le bail du territoire de chasse ?

– Oui. Mais personne dans le conseil presbytéral ne la suivait sur ce terrain. Elle n'y serait jamais arrivée. »

Torbjörn Ylitalo se leva.

« Bon. Si vous n'avez pas d'autres questions, je vais aller finir mon bois. »

Anna-Maria se leva à son tour. Elle le suivit des yeux pendant qu'il posait leurs tasses sur la paillasse de l'évier.

Ensuite il prit la cafetière qui contenait encore du café chaud et alla la mettre dans le réfrigérateur.

Elle ne fit pas de commentaire là-dessus non plus. Ils prirent poliment congé dans la cour.

Anna-Maria Mella partit de chez Torbjörn Ylitalo et prit la route du presbytère. Elle voulait demander à Erik Nilsson s'il savait qui avait envoyé le dessin à sa femme.

Elle gara la voiture devant les piliers de la grille d'entrée. La boîte aux lettres était bourrée de journaux et de courrier, le clapet à l'horizontale. Il devait pleuvoir à l'intérieur. Les factures, les prospectus et les journaux allaient se transformer en une masse informe de papier mâché. Anna-Maria avait déjà vu des boîtes aux lettres inondées dans sa carrière. Les voisins appelaient la police, décrivaient la boîte, et une patrouille venait voir sur place et faisait en général une macabre découverte.

Elle inspira longuement. Il fallait d'abord qu'elle aille vérifier la porte. Si le mari de la pasteure était dans la maison, elle la trouverait vraisemblablement ouverte. Si elle était fermée à clé, elle regarderait à l'intérieur par les fenêtres du rez-de-chaussée.

Une discrète frise peinte en blanc ornait la façade. Elle monta sur la terrasse meublée d'un salon de jardin en rotin lasuré blanc et décorée de cache-pots émaillés bleus. La terre à l'intérieur des pots, complètement desséchée, s'était transformée en un bloc de ciment qui étouffait quelques pauvres fleurs de balcons moribondes.

Au moment où elle approchait la main de la poignée, celle-ci s'abaissa et on ouvrit la porte de l'intérieur. Anna-Maria ne cria pas. Son visage resta impassible. Mais intérieurement elle sursauta et son estomac se noua.

Une femme sortit, faillit la faire tomber et poussa un couinement de frayeur.

Elle avait la quarantaine, des yeux marron écarquillés et de longs cils fournis. Elle n'était pas beaucoup plus grande qu'Anna-Maria, c'est-à-dire qu'elle était assez petite. Mais elle avait un corps plus mince et une ossature plus fine. La main qu'elle porta à sa poitrine avait de longs doigts et des poignets fragiles.

« Oh là là ! Vous m'avez fait peur ! » dit-elle en souriant.

Anna-Maria Mella se présenta.

« Je voudrais parler à Erik Nilsson.

– Ah, dit la femme. Il n'est plus… Il n'est pas là. »

Sa voix était hésitante.

« Il a déménagé, ajouta-t-elle. Le presbytère appartient à l'Église, vous comprenez. Personne ne l'a obligé à… Mais… Pardonnez-moi, je m'appelle Kristin Wikström. »

Elle tendit sa petite main frêle à Anna-Maria. Puis, d'un air gêné, se sentit obligée d'expliquer sa présence.

« Mon mari, Stefan Wikström, doit emménager ici maintenant que Mildred… Enfin pas lui tout seul. Nos enfants et moi aussi, bien sûr. »

Elle éclata d'un petit rire.

« Erik Nilsson n'a pas emporté ses affaires et, comme nous ne savons pas où il est parti, je suis venue… Euh… Pour voir ce qu'il restait à faire.

– Vous ne savez pas où il est parti ? »

Kristin Wikström secoua la tête.

« Et votre mari ? demanda Anna-Maria.

– Il ne le sait pas non plus.

– J'aimerais bien lui parler. Où puis-je le trouver ? »

De petites rides se creusèrent au-dessus de la lèvre supérieure de Kristin Wikström.

« Qu'est-ce que vous lui voulez ?

– Juste lui poser quelques questions. »

Kristin Wikström secoua longuement la tête d'un air préoccupé.

« J'aimerais tellement qu'on le laisse un peu tranquille, dit-elle. Il a passé un été épuisant. Il n'a pas pris de vacances. La police n'a pas arrêté de l'interroger. Et les journalistes ! Vous savez qu'ils appellent même la nuit ? Nous n'osons pas débrancher la prise parce que ma mère est âgée et malade, alors vous imaginez si c'était elle qui cherchait à nous joindre ? Sans compter que nous avons tous peur qu'il y ait un fou meurtrier qui… Nous n'osons plus laisser les enfants sortir seuls. Et je m'inquiète constamment pour Stefan. »

Anna-Maria se fit la réflexion qu'elle ne se souciait guère de la peine causée par la disparition tragique de leur collègue.

« Il est chez lui ? » demanda-t-elle, sans prendre de gants.

Kristin Wikström poussa un soupir. Elle regarda Anna-Maria comme elle aurait regardé un enfant qui l'avait déçue. Profondément déçue.

« Je l'ignore, figurez-vous. Je ne suis pas le genre de femme à surveiller les moindres faits et gestes de son mari.

– Alors je vais passer au presbytère de Jukkasjärvi d'abord et s'il n'est pas là, j'irai voir en ville », dit Anna-Maria Mella en résistant à l'envie de lever les yeux au ciel.

Kristin Wikström resta debout sur la terrasse du presbytère de Poikkijärvi. Elle suivit des yeux la Ford Escort rouge. Elle n'aimait pas cette femme inspecteur de police. Elle n'aimait personne. Si, bien sûr, elle aimait Stefan. Et les enfants. Elle aimait sa famille.

Elle avait dans la tête un appareil de projection cinématographique. Elle savait que c'était assez inhabituel. De temps en temps, il lui projetait des bêtises. Mais maintenant elle allait fermer les yeux et regarder le film qu'elle préférait. Le soleil automnal chauffait la peau de son visage. Il y avait encore de l'été dans l'air. On ne se serait jamais cru dans un endroit comme Kiruna avec cette chaleur. Mais la température était idéale pour sa petite projection. Car l'histoire se passait au printemps précédent.

Le soleil chauffe son visage à travers la fenêtre. La lumière est douce, si diffuse qu'on a l'impression qu'une aura lui entoure les cheveux. Elle est assise sur une chaise dans la cuisine. Stefan est assis à côté d'elle, presque allongé. Sa tête repose sur la poitrine de Kristin. Elle lui caresse les cheveux. Elle dit : « Chut. » Il est en train de pleurer. « C'est à cause de Mildred, dit-il. Je n'en peux plus. » Tout ce qu'il veut c'est qu'on le laisse tranquille. Tranquille à son travail. Tranquille chez lui. Mais à cause de Mildred et du poison qu'elle répand dans la paroisse... Elle caresse ses cheveux humides de larmes. C'est un moment merveilleux. Stefan est si fort. Il est si rare qu'il cherche une consolation auprès d'elle. Elle aime sentir qu'elle lui est utile. Quelque chose détourne son attention et lui fait lever le regard. Leur fils Benjamin se tient sur le pas de la porte. Il est affreux à voir avec ses cheveux longs et ce jean trop serré, noir et à moitié déchiré. Il observe ses parents. Il ne parle pas. Il a une expression sauvage dans le regard. Elle fronce les sourcils pour lui faire comprendre qu'il doit s'en aller. Elle sait que Stefan n'aime pas que ses enfants le voient dans cet état.

Le film était terminé. Kristin s'appuya à la rambarde de la terrasse. Cette maison allait devenir la leur. Si le mari de Mildred croyait qu'il pouvait laisser tous ses meubles et que personne n'allait oser les enlever de là, il se trompait. En marchant vers sa voiture, elle se passa le film à nouveau. Cette fois, elle coupa le passage avec son fils Benjamin.

Anna-Maria entra dans la cour du presbytère de Jukkasjärvi. Elle sonna à la porte mais personne ne vint lui ouvrir.

Alors qu'elle s'apprêtait à s'en aller, elle vit un gamin qui se dirigeait vers la maison. Il devait avoir à peu près l'âge de Marcus, une quinzaine d'années. Ses cheveux étaient longs et teints en noir corbeau. Ses yeux étaient cernés de khôl noir. Il portait un blouson noir usé et un pantalon noir moulant avec de grands trous aux genoux.

« Salut ! dit Anna-Maria. Vous habitez ici ? Je cherche Stefan Wikström, est-ce que vous savez si... »

Elle n'alla pas plus loin. Le garçon la regardait fixement. Tout à coup, il tourna les talons et s'enfuit en courant sur la route, droit devant lui. Elle faillit lui courir après mais y renonça. À quoi bon ?

Elle remonta dans sa voiture et retourna en ville. En route, elle regarda si elle repérait l'adolescent tout de noir vêtu mais ne le vit nulle part.

Était-ce l'un des enfants du pasteur ? Ou bien un cambrioleur qu'elle aurait surpris par hasard au moment où il essayait de pénétrer dans la maison ?

Une autre chose la tracassait. La femme de Stefan Wikström. Elle avait dit s'appeler Kristin Wikström.

Kristin. Pourquoi ce prénom lui rappelait-il quelque chose ?

Soudain, cela lui revint. Elle alla se ranger sur le bas-côté et s'empara de la pile de lettres adressées à Mildred que Fred Olsson avait sélectionnées parce qu'il avait estimé qu'elles présentaient un intérêt.

Deux d'entre elles étaient signées Kristin.

Anna-Maria se plongea dans la lecture. L'une était datée du mois de mars et elle était rédigée à la main d'une écriture soignée :

Laissez-nous tranquilles. Nous voulons seulement avoir la paix. Mon mari en a besoin pour travailler. Vous voulez que je me mette à genoux ? Alors je me mets à genoux et je vous en supplie : fichez-nous la paix.

La suivante avait été envoyée un peu plus d'un mois plus tard, visiblement par la même personne mais l'écriture était plus nerveuse, la boucle des *g* plus longue, et certains mots avaient été mis en lettres capitales :

Vous croyez peut-être que nous sommes DUPES. *Mais tout le monde sait que ce n'est pas par hasard si vous avez demandé à être mutée à Kiruna un an exactement après l'arrivée en poste de mon mari. Mais* DÉTROMPEZ-VOUS, *nous* SAVONS *pourquoi vous êtes là. Vous travaillez avec des groupuscules et des organisations qui ont pour seule mission de le détruire. Vous empoisonnez l'eau de la ville avec votre* HAINE. *Mais je vous assure que cette* HAINE, *c'est vous qui allez la boire !*

Et maintenant, je fais quoi ? se demanda Anna-Maria. J'y retourne et je lui montre ces lettres ?

Elle appela Sven-Erik sur son mobile.

« Interrogeons d'abord le mari, proposa-t-il. J'étais justement en route vers la maison paroissiale pour récupérer les livres de comptes de cette fondation pour la défense des loups. »

Stefan Wikström, à son bureau, poussa un long soupir. Sven-Erik avait pris place en face de lui dans le fauteuil des visiteurs et Anna-Maria se tenait debout, les bras croisés, appuyée au montant de la porte.

Elle manque tellement de… psychologie parfois, se disait Sven-Erik en la regardant.

Il aurait mieux fait de s'occuper de cet interrogatoire tout seul. Anna-Maria n'aimait pas cet homme et elle ne faisait rien pour le cacher. Sven-Erik avait lui aussi entendu parler des rapports conflictuels entre Mildred et ce pasteur mais, dans ce métier, il fallait savoir faire preuve de tact.

« Je suis au courant de ces lettres », dit Stefan Wikström.

Son coude gauche était posé sur le bureau et il avait le front appuyé sur le bout des doigts et le pouce de la main gauche.

« Mon épouse… hmm… Kristin, ne va pas très bien. Je ne dis pas qu'elle souffre de maladie mentale mais de temps à autre elle est perturbée. Ces lettres ne lui ressemblent pas, elle n'était pas dans son état normal en les écrivant. »

Sven-Erik Stålnacke et Anna-Maria Mella se turent.

« Elle voit des fantômes en plein jour, parfois... Mais elle serait incapable de... Vous ne croyez tout de même pas... ? »

Il lâcha son front et frappa la table du plat de la main.

« C'est totalement absurde. Voyons ! Mildred avait des centaines d'ennemis.

– Vous, entre autres ? demanda Anna-Maria.

– Absolument pas ! Vous me soupçonnez également ? Mildred et moi n'étions pas d'accord sur un certain nombre de sujets, c'est vrai, mais que moi ou ma pauvre Kristin puissions avoir quoi que ce soit à voir avec sa mort...

– Nous ne vous accusons de rien », le rassura Sven-Erik, puis il fronça les sourcils avec une expression qui incita Anna-Maria à se taire et à écouter, et il demanda au pasteur :

« Que vous a dit Mildred à propos de ces lettres ?

– Elle m'a dit les avoir reçues.

– Pourquoi pensez-vous qu'elle les a gardées ?

– Je ne sais pas. Personnellement je conserve tout ce que je reçois, jusqu'aux cartes de vœux qu'on m'envoie pour Noël.

– Quelqu'un d'autre était-il au courant de ces lettres ?

– Personne. Et je compte sur votre discrétion.

– Mildred avait donc gardé le secret.

– Oui, à ma connaissance.

– Vous lui en étiez reconnaissant ? »

Stefan eut l'air surpris.

« Pardon ? »

Ce fut tout juste s'il n'éclata pas de rire. Reconnaissant ? Il aurait dû se montrer reconnaissant envers Mildred ? L'idée était absurde. Mais que dire ? Il ne pouvait rien leur raconter. Il était enfermé dans une cage et Mildred avait utilisé sa femme en guise de cadenas. Et il faudrait qu'il lui en soit reconnaissant ?!

Mi-mai, il s'était abaissé à aller la voir pour la supplier de lui rendre les lettres. Il l'avait arrêtée dans la rue alors qu'elle marchait dans Skolgatan en direction du dispensaire où elle allait faire une visite. C'était l'époque de l'année qu'il aimait le moins. Sauf chez lui, à Lund, bien sûr. Mais à Kiruna, les rues étaient pleines de boue et de toutes sortes de détritus laissés par la fonte des neiges. Pas de verdure. Rien que de la boue, des ordures et des congères de neige sale de tous les côtés.

Il venait de parler à sa femme au téléphone. Elle était chez sa mère à Katrineholm avec les petits. Elle avait une meilleure voix qu'avant son départ.

Stefan regarde Mildred. Elle aussi a l'air heureux. Elle tourne son visage vers le soleil et de temps à autre elle inspire longuement et avec délectation. Quel bonheur ce doit être de ne pas avoir de sens esthétique, se dit-il. On ne laisse pas un peu de gravier souillé affecter sa bonne humeur.

C'est tout de même bizarre, songe-t-il encore non sans amertume, que Kristin devienne plus gaie et plus forte aussitôt qu'elle s'éloigne de lui quelques jours. Cela ne correspond pas à sa conception du mariage. Il pense au contraire que l'on doit s'appuyer l'un sur l'autre et puiser chez son conjoint la force qui vous fait défaut. Mais il y a bien longtemps qu'il a pris son parti de ne pas avoir en son épouse le soutien qu'il espérait. Elle ne semble plus non plus trouver en lui le compagnon dont elle rêvait. Lorsqu'il lui demande quand elle compte rentrer, elle répond d'un ton évasif : « Bientôt. »

Mildred refuse de lui rendre les lettres.

« Tu as le pouvoir de détruire ma vie en un clin d'œil avec ces lettres », lui dit-il avec amertume.

Elle le regarde dans les yeux.

« Alors il va falloir que tu apprennes à me faire confiance. »

Elle tourne la tête et il l'observe du coin de l'œil. Lorsqu'ils marchent ainsi côte à côte, on se rend compte à quel point elle est petite. Ses incisives sont minuscules. Tout en elle fait penser à un rat des champs.

« J'ai l'intention de soulever la question du bail sur le territoire de chasse à la prochaine assemblée générale du conseil paroissial. Il expire à Noël cette année. Si nous louons ces terres à quelqu'un… »

Il n'en croit pas ses oreilles.

« C'est donc ça », dit-il, étonné par son propre calme. « Tu veux me faire chanter ! Si je vote pour que nous prorogions le bail de la société de chasse, tu dénonceras Kristin. C'est bas, Mildred, c'est très bas. Tu montres enfin ta vraie nature. »

Il sent que sa bouche échappe à son contrôle et qu'elle se tord en une grimace comme s'il allait se mettre à pleurer.

Il faut que Kristin se repose un peu et elle retrouvera son équilibre. Mais si cette affaire de lettres s'ébruite, elle ne le supportera pas. Il l'entend d'ici se plaindre que les gens disent du mal d'elle derrière son dos. Elle se fera de nouveaux ennemis, se mettra en guerre sur plusieurs fronts à la fois et causera leur perte.

« Non, Stefan. Je ne te fais pas chanter. Je ne dirai rien quoi qu'il arrive. Mais j'aimerais que tu…

– Que je te montre ma gratitude ?

– … Que tu te battes à mes côtés, pour une fois, dit-elle d'une voix lasse.

– En allant contre mes convictions ? »

Et là, elle se met en colère, fait tomber le masque.

« Oh, je t'en prie ! N'essaye pas de me faire croire qu'il s'agit de ta conscience ! »

Sven-Erik Stålnacke répéta sa question :

« Vous lui en étiez reconnaissant ? Sachant que vous n'étiez pas les meilleurs amis du monde, il était assez généreux de sa part de ne parler de ces lettres à personne.

– Oui », dit Stefan à contrecœur au bout de quelques secondes.

« Hmm », fit Sven-Erik tandis qu'Anna-Maria décollait le dos de l'encadrement de la porte.

« Encore une petite question, dit Sven-Erik. Nous aimerions savoir si le livre de comptes de la fondation pour la défense des loups se trouve ici, à la maison paroissiale. »

Les yeux du pasteur se déplacèrent nerveusement dans ses orbites comme des poissons affolés dans un bocal.

« Pardon ?

– Le livre de comptes de la fondation pour la défense des loups, il est ici ?

– Oui.

– Nous aimerions le voir.

– Est-ce qu'il ne vous faut pas une sorte de mandat pour ça ? »

Anna-Maria et Sven-Erik échangèrent un regard. Sven-Erik se leva.

« Je vous prie de m'excuser. Pourrais-je utiliser vos toilettes ? Pouvez-vous m'indiquer… ?

– À gauche et tout de suite après le secrétariat, de nouveau à gauche. »

Sven-Erik s'éclipsa.

Anna-Maria sortit la photocopie du dessin de Mildred pendue.

« Quelqu'un a envoyé ceci à Mildred Nilsson. Avez-vous déjà eu l'occasion de voir ce dessin ? »

Stefan Wikström prit la feuille qu'Anna-Maria lui tendait. Ses mains ne tremblèrent pas.

« Non », répondit-il.

Il la lui rendit.

« Vous n'aviez rien reçu de ce genre ?

– Non.

– Et vous ne savez pas qui a pu le lui envoyer ? Elle ne vous en a jamais parlé ?

– Mildred et moi ne nous faisions pas de confidences.

– J'aimerais que vous me fassiez une liste des gens à qui elle parlait. En particulier ceux qui sont employés par l'Église ou qui travaillent ici, à la maison paroissiale. »

Anna-Maria l'observa pendant qu'il écrivait. Pourvu que Sven-Erik se dépêche de finir ce qu'il était en train de faire.

« Vous avez des enfants ? demanda-t-elle.

– Oui, trois garçons.

– Quel âge a votre aîné ?

– Quinze ans.

– Comment est-il ? Il vous ressemble ? »

La voix du pasteur devint un peu hésitante.

« Difficile de dire à quoi il ressemble sous la teinture et le maquillage. Il traverse une période… compliquée. »

Il leva la tête et sourit. Anna-Maria se dit que ce ne devait pas être la première fois que Stefan Wikström se réfugiait derrière ce sourire paternel et ce petit temps d'hésitation pour parler de son fils.

Son sourire disparut brusquement.

« Pourquoi vous me parlez de Benjamin ? »

Anna-Maria lui prit la liste des mains.

« Je vous remercie pour votre aide », dit-elle sans répondre. Et elle se leva.

En sortant du bureau de Stefan Wikström, Sven-Erik Stålnacke s'était rendu directement au secrétariat. Il y avait trois femmes dans la pièce. L'une d'entre elles arrosait les plantes sur les rebords des fenêtres, les deux autres travaillaient sur des ordinateurs. Il s'était approché de l'une des femmes et s'était présenté. Elle avait son âge, c'est-à-dire un peu moins de soixante ans, le bout du nez brillant et le regard aimable.

« Nous aimerions jeter un coup d'œil à la comptabilité de cette fondation pour la défense des loups, avait-il déclaré.

– Certainement. »

Elle s'était dirigée vers l'une des étagères et elle était revenue avec une chemise cartonnée qui semblait quasiment vide. Sven-Erik l'avait regardée d'un air surpris. La comptabilité allait en général de pair avec d'énormes tas de paperasses, de factures, de colonnes et de chiffres.

« C'est tout ? avait-il demandé, incrédule.

– Oui, avait-elle répondu. Il n'y a pas beaucoup de mouvements comptables. Ce sont surtout des versements.

– Très bien. Si vous n'y voyez pas d'inconvénient, je vais l'emporter. »

Elle lui avait souri.

« Vous pouvez le garder, il ne contient que des relevés de comptes et des photocopies. J'ai les doubles dans l'ordinateur.

– Excusez-moi, avait dit Sven-Erik en baissant la voix. J'aurais aimé vous poser une question en privé. Est-ce que nous pourrions… »

Il avait tourné la tête vers la cage d'escalier déserte.

La femme l'avait suivi.

« Nous nous intéressons à une facture concernant des frais de formation, avait-il expliqué à la secrétaire. Il s'agit d'une somme assez importante…

– Je vois de quoi vous voulez parler », avait-elle répondu.

Elle avait marqué un temps comme pour prendre son élan.

« Ce n'est pas bien ce qu'ils ont fait, avait-elle dit. Mildred était furieuse. Stefan et sa famille sont partis en vacances aux États-Unis fin mai. Au frais de la fondation.

– Comment a-t-il pu faire une chose pareille ?

– Stefan, Mildred et Bertil avaient tous les trois la signature sur le compte de la fondation. Il n'y avait rien de plus facile pour lui. Il a dû penser que personne ne s'en apercevrait, ou peut-être qu'il l'a fait pour l'embêter, je n'en sais rien.

– Qu'est-il arrivé ensuite ? »

La secrétaire l'avait regardé un long moment avant de répondre.

« Rien. Je suppose qu'ils ont tiré un trait dessus. Et puis Mildred a dit qu'ils étaient allés à Yellowstone où il y a également un projet en cours sur les loups. D'après ce que je sais, ils n'en ont plus jamais reparlé. »

Sven-Erik l'avait remerciée et elle avait regagné sa place devant son ordinateur. Il s'était demandé s'il allait retourner dans le bureau du pasteur pour lui parler de ce voyage mais avait décidé que ça pouvait attendre le lendemain. Son instinct lui disait qu'il devait d'abord réfléchir à tout cela et qu'il ne servait à rien d'aller effrayer les gens.

« Il n'a eu aucune réaction », dit Anna-Maria quand ils se retrouvèrent tous les deux dans la voiture. « Quand je lui ai montré le dessin, il est resté impassible. Soit il est complètement insensible, soit il est très bon comédien et il se donnait tellement de mal pour garder son masque qu'il en a oublié de réagir naturellement.

– Hum…, fit Sven-Erik.

– Normalement il aurait dû montrer un minimum d'intérêt, poursuivit Anna-Maria. Il aurait dû examiner le dessin de plus près. Moi, en tout cas, c'est ce que j'aurais fait. J'aurais été bouleversée s'il représentait quelqu'un que j'aimais bien. Et un peu ébranlée tout de même si je ne connaissais pas la personne ou si je ne l'aimais pas. Enfin, j'aurais regardé le dessin quelques secondes au moins. »

Soudain elle réalisa que le pasteur avait répondu à côté quand elle lui avait posé sa dernière question. Elle lui avait demandé s'il savait qui avait pu envoyer ce dessin à Mildred et il lui avait dit que Mildred et lui ne se faisaient pas de confidences.

Stefan Wikström se rendit au secrétariat. Il se sentait légèrement nauséeux. Sans doute aurait-il dû rentrer chez lui et manger quelque chose.

Les secrétaires le regardèrent d'un air interrogateur.

« Ils sont venus me poser quelques questions de routine à propos de Mildred », dit-il pour satisfaire leur curiosité.

Elles hochèrent la tête mais il voyait bien qu'elles trouvaient sa réponse bizarre. Des questions de routine !

« Ils sont venus vous voir ? » demanda-t-il.

La femme qui avait parlé à Sven-Erik répondit :

« Oui, le grand type m'a demandé les comptes de la fondation pour la protection des loups. »

Stefan se figea.

« J'espère que vous ne les lui avez pas donnés ? Ils n'ont pas le droit de...

– Bien sûr que je les lui ai donnés ! Nous n'avons rien à cacher, si ? »

Elle le regarda droit dans les yeux. Il sentait aussi sur lui le regard des deux autres. Il battit en retraite dans son bureau.

Le vicaire pouvait dire ce qu'il voulait. À présent il fallait vraiment qu'il lui parle. Il composa son numéro sur le mobile.

Bertil était dans sa voiture. La connexion n'était pas très bonne.

Stefan lui dit qu'il venait d'avoir la visite de la police. Et qu'elle avait emporté la comptabilité de la fondation.

La nouvelle ne parut pas impressionner Bertil. Étant donné qu'ils faisaient tous les deux partie du bureau de la fondation, on ne pouvait les accuser de rien, commenta Stefan, mais tout de même...

« Si la presse s'en empare, nous passerons pour des escrocs.

– Ne t'inquiète pas, tout va s'arranger, dit le vicaire, apaisant. Tu m'excuses, il faut que je me gare. Je dois raccrocher. »

Stefan comprit à la voix calme de Bertil Stensson qu'il ne devrait pas compter sur son appui si l'histoire du voyage aux États-Unis venait à s'ébruiter. Il n'admettrait jamais qu'ils en avaient parlé ensemble avant. Pourtant, à l'époque, c'était lui qui avait dit à Stefan qu'il y avait beaucoup d'argent sur le compte de la fondation qui ne servait à rien. C'est ensemble qu'ils avaient eu l'idée d'appeler cela un « voyage de formation » dans le but d'optimiser les compétences de Stefan. Ils siégeaient dans une fondation de protection des loups et ils n'y connaissaient rien du tout. C'est comme ça qu'ils avaient décidé que Stefan irait à Yellowstone et que Kristin et les enfants seraient du voyage, ce qui lui avait permis de les faire revenir de Katrineholm.

Au départ, et sans qu'ils aient besoin de se concerter à ce sujet, il n'avait pas été question d'informer Mildred du fait que l'argent provenait des caisses de la fondation, mais évidemment il avait fallu qu'une secrétaire trop bavarde vende la mèche.

Mildred était venue lui en parler dès son retour. Il s'était défendu en arguant qu'il fallait bien que quelqu'un à la tête de cette fondation ait quelques compétences en matière de loups. N'était-il pas le mieux placé du fait de ses connaissances sur la chasse, la faune et la flore ? Il était plus crédible que Mildred ne pourrait l'être même en s'y employant pendant mille ans.

Il était persuadé qu'elle allait se mettre en colère. Quelque chose en lui l'espérait presque. Il aurait aimé voir le rouge de la fureur impuissante de Mildred opposé au bleu nuit de sa propre assurance et de son self-control.

Au lieu de ça, elle s'était appuyée à son bureau. De tout son poids. Au point qu'il s'était demandé un instant si elle ne souffrait pas d'une grave maladie dont personne n'aurait eu connaissance, les reins ou le cœur peut-être. Elle avait levé le visage vers lui, pâle sous le hâle du soleil de printemps, les yeux comme deux billes noires. On aurait dit un drôle d'animal en peluche avec des boutons à la place des yeux, qui tout à coup serait devenu vivant et se serait mis à parler. Un spectacle terrifiant.

« Quand je soulèverai la question de la prorogation du bail de la société de chasse devant le conseil paroissial en fin d'année, je te conseille de faire profil bas ! Sinon je laisserai le soin à la police de décider si ce que tu as fait avec cet argent était justifié ou pas. »

Il avait tenté de lui dire que sa réaction était grotesque.

« Choisis, lui avait-elle dit. Je ne vais pas continuer à te protéger *ad vitam æternam.* »

Il l'avait regardée d'un air éberlué. Elle ! Le protéger. Elle était pire qu'un buisson d'orties.

Stefan pensa au vicaire. Il pensa à sa femme. Il pensa à Mildred. Il pensa aux regards des secrétaires.

Soudain il eut du mal à respirer. Il se mit à haleter comme un chien dans une voiture en plein soleil. Il fallait qu'il se calme.

Je dois pouvoir me sortir de cette situation. Qu'est-ce qui m'arrive ?

Déjà quand il était enfant, ses camarades le tyrannisaient et se servaient de lui. Il courait faire leurs commissions et ils lui prenaient ses bonbons. Ils le mettaient au défi de crever des pneus et de lancer des cailloux pour prouver que le fils du vicaire n'était pas un dégonflé. À présent qu'il était adulte, il s'entourait de gens et se mettait dans des situations qui faisaient qu'on le traitait comme un moins que rien.

Il attrapa le téléphone. Allez, juste un petit coup de fil !

Lisa Stöckel est assise sur les marches du perron de sa maison en pain d'épice. Son chef-d'œuvre de pâtissier fumeur de crack, comme Mimmi l'appelle. Bientôt elle va descendre au restaurant. Elle y prend ses repas un jour sur deux maintenant. Ça n'a pas l'air de déranger Mimmi. Dans sa cuisine, Lisa n'a plus qu'une assiette creuse, une cuillère et un ouvre-boîte pour la pâtée du chat. Les chiens courent dans le jardin en remuant la queue. Ils reniflent ici et là et pissent sur les groseilliers. Ils ont presque l'air surpris qu'elle ne les gronde pas.

Vous pouvez bien pisser où vous voulez, maintenant, songe-t-elle avec ironie.

La dureté d'un cœur humain est un étrange phénomène. C'est un peu comme les plantes de pieds, l'été. On peut courir sur des épines de pin et du gravier, mais si un talon se fend, la blessure sera d'autant plus profonde.

Être dure a toujours été sa force. À présent c'est devenu sa faiblesse. Elle voudrait trouver les mots pour parler à Mimmi mais elle n'y parvient pas. Tout ce qui devait être dit aurait dû l'être depuis longtemps et à présent c'est trop tard.

D'ailleurs qu'aurait-elle pu lui dire ? La vérité ? Impossible. Elle se rappelle quand Mimmi avait seize ans. Tommy et Lisa étaient séparés depuis de nombreuses années déjà. Il passait ses week-ends à boire. C'était une chance qu'il soit un aussi bon carreleur. Tant qu'il avait du boulot, il s'en tenait à la bière du lundi au jeudi. Mimmi s'inquiétait pour lui, forcément. Elle aurait voulu que Lisa lui parle. Elle disait : « Tu n'aimes pas mon père, ou quoi ? » Lisa répondait : « Bien sûr que si. » C'était un mensonge. Elle s'était juré que ce serait le dernier. Mais Mimmi, c'était Mimmi.

Lisa n'avait aucun sentiment pour Tommy. « Pourquoi est-ce que tu t'es mariée avec papa ? » lui avait-elle demandé un jour. Lisa avait avoué qu'elle n'en savait rien. C'était un constat bouleversant. Elle n'avait pas réussi à se rappeler ce qui lui était passé par la tête et ce qu'elle avait ressenti à l'époque où ils s'étaient rencontrés, où ils avaient couché ensemble et s'étaient fiancés. Elle ne se souvenait pas non plus de l'effet que ça lui avait fait quand il lui avait passé la bague au doigt pour faire d'elle sa propriété exclusive. Et Mimmi était arrivée. Elle était une enfant merveilleuse mais aussi la chaîne qui allait la lier pour toujours à Tommy. Elle avait douté de sa capacité à être mère. Quel genre de sentiments une mère est-elle supposée avoir pour son enfant ? Elle l'ignorait. Je mourrais pour elle, se disait-elle parfois en la regardant dormir. Mais cela ne voulait rien dire. C'était comme de promettre d'offrir des voyages à l'étranger à tous ses amis le jour où on gagnerait un million à la loterie nationale. Il était plus facile de promettre de mourir pour son enfant que de s'asseoir un quart d'heure à son chevet pour lui lire une histoire le soir. Quand Mimmi dormait, le manque et la culpabilité étaient près d'étouffer Lisa. Quand Mimmi était réveillée et que ses petites mains lui touchaient le visage ou se glissaient dans ses manches pour chercher le contact de la peau, elle avait des frissons de dégoût.

Longtemps, elle n'avait pas eu le courage de mettre un terme à son mariage mais quand enfin elle était partie, elle avait été surprise de voir à quel point ç'avait été facile. Il avait suffi de faire ses bagages et de s'en aller. Les cris et les larmes avaient glissé sur elle comme l'eau sur les plumes d'un canard.

Avec les chiens, rien n'est jamais compliqué. Ils se fichent de sa gaucherie émotionnelle. Ils sont sincères et d'une allégresse inlassable.

Comme Nalle. Lisa ne peut pas s'empêcher de sourire chaque fois qu'elle pense à lui. Il fait le même effet à tout le monde. Elle l'a remarqué chez Rebecka Martinsson, la nouvelle amie de Nalle. Quand Lisa l'a vue pour la première fois mardi dernier, elle portait un manteau long et une écharpe dans une matière scintillante, de la soie probablement. Elle ressemblait à la secrétaire guindée d'une grosse huile quelconque, ce qu'elle était peut-être. Et puis il y avait cette réserve chez elle. Comme si elle réfléchissait toujours une microseconde avant de répondre, de faire un geste ou de sourire. Mais Nalle se fiche de ces choses-là. Il entre dans le cœur des gens sans prendre la peine de retirer ses chaussures. Après une seule journée en sa compagnie, Rebecka avait troqué son manteau de citadine contre un anorak des années soixante-dix et attaché ses cheveux en queue-de-cheval avec un élastique marron, de ceux qui arrachent la moitié de la tignasse quand on les enlève.

Et il ne sait pas mentir. Un jeudi sur deux, Mimmi propose un *five o'clock tea* au pub. Même les bonnes femmes de la ville viennent à Poikkijärvi pour l'occasion. On peut manger des scones sortant du four avec de la marmelade d'orange et sept sortes de gâteaux. Jeudi dernier, Mimmi avait soudain crié de sa voix autoritaire : « Qui a croqué un bout de tous mes gâteaux ? » Nalle, qui mangeait des tartines beurrées et buvait un verre de lait dans la salle du restaurant, avait levé la main et crié : « C'est moi ! »

Nalle le bienheureux, songea Lisa.

Mildred l'avait appelé comme ça des milliers de fois.

Mildred. Quand la carapace de Lisa s'était fissurée, Mildred s'y était engouffrée. Et elle avait pris possession de Lisa.

Il y a tout juste trois mois, elles étaient encore ensemble sur un clic-clac dans la cuisine, où elles avaient été reléguées parce que les chiens avaient élu domicile sur son lit. Mildred lui avait dit : « Laisse-les, tu ne vois pas comme ils sont bien là ? »

Au début du mois de juin, Mildred est occupée à plein temps. Il y a les cérémonies de fin d'année dans les maternelles, les collèges et les lycées, les derniers cours de catéchisme, les confirmations, les kermesses et un tas de mariages. Lisa est couchée sur le côté, appuyée sur son coude. Elle fume une cigarette. Mildred dort ou peut-être est-elle réveillée, ou dans un état intermédiaire entre le sommeil et l'éveil. Son dos est couvert d'un duvet très doux qui pousse de haut en bas le long de sa colonne vertébrale. C'est encore un cadeau pour Lisa qui aime tant les chiens que d'avoir une amoureuse dont le dos ressemble au ventre d'un chiot. Ou d'une louve.

« Pourquoi cette louve t'obsède-t-elle à ce point ? » demande Lisa à Mildred.

Elle a passé tout le printemps à s'occuper de l'animal. On lui a accordé quatre-vingt-dix secondes sur l'émission télévisée d'information Aktuellt, pour parler de la louve. La salle de concert Tusen Toner à Kiruna a organisé une soirée rock dont tous les bénéfices sont allés à la fondation pour la protection des loups. Elle a même dit une messe dont le sermon traitait de la louve.

Mildred s'allonge sur son dos. Elle prend la cigarette de la main de Lisa qui se met à lui faire des dessins sur le ventre.

« Vaste sujet », dit-elle. Elle marque un temps. « Il existe un lien étroit entre les loups et les femmes. Nous nous ressemblons. J'observe cette femelle loup et elle me rappelle pourquoi nous avons été créées. Les loups sont incroyablement résistants. Tu réalises qu'ils arrivent à vivre en zone polaire par des températures de moins cinquante degrés et dans les déserts à plus cinquante. Ils ont la notion de territoire et ils défendent leurs frontières avec acharnement. Ils se déplacent sur d'énormes distances et ils sont libres comme l'air. Au sein de la meute, ils s'aident mutuellement, ils sont loyaux et ils aiment leurs petits plus que tout. Ils sont comme nous.

– Toi, tu n'as pas de petits », réplique Lisa, regrettant aussitôt sa remarque. Mais Mildred ne le prend pas mal.

« J'ai mes ouailles, riposte-t-elle en riant. Les loups n'ont pas peur de rester quand c'est nécessaire ni de partir quand il le faut. Ils osent se battre et montrer les dents, si besoin est. Ils sont… vivants. Et heureux. »

Elle souffle la fumée en essayant maladroitement de faire des ronds tout en réfléchissant à la question de Lisa.

« Ça a quelque chose à voir avec ma foi, dit-elle. La Bible est pleine d'hommes investis de cette importante mission qui passe avant tout le reste, avoir une femme, des enfants et… tout ça, quoi. Abraham, Jésus… mon père qui a marché dans leurs traces à travers sa prêtrise. Ma mère s'occupait de tout le reste, des maisons dans lesquelles nous vivions, des visites chez le dentiste et des cartes de vœux. Pour moi Jésus a été le premier homme qui a appris aux femmes à penser, à se révolter s'il le fallait, bref à se comporter comme des louves.

Et quand je suis amère ou triste, il me dit : Allez, arrête, sois heureuse, c'est mieux. »

Lisa continue à dessiner sur le ventre de Mildred, son index suit la courbe de ses seins et de ses hanches.

« Tu sais qu'ils la détestent, n'est-ce pas ? dit-elle.

– Qui ça, ils ? demande Mildred.

– Les hommes d'ici. Ceux de l'équipe de chasse. Torbjörn Ylitalo. Au début des années quatre-vingt, il a été condamné pour une infraction au règlement de la chasse. Il a tué une louve dans la province de Dalécarlie. Sa femme vient de là-bas. »

Mildred se redresse.

« Tu rigoles ?

– Non, je t'assure. Normalement on aurait dû lui retirer son permis de chasse. Mais Lars-Gunnar n'était pas encore à la retraite et comme c'est la police qui décide de ce genre de choses, il a fait intervenir ses relations et voilà… Qu'est-ce que tu fais ? »

Mildred a bondi du clic-clac. Les chiens arrivent en courant. Ils croient qu'ils vont se promener. Elle les ignore. Enfile ses vêtements à toute vitesse.

« Où vas-tu ? lui demande Lisa.

– J'en ai marre de ces types et de leur putain de société, crie Mildred. Comment as-tu pu me cacher ça alors que tu le savais depuis le début ? »

Lisa se lève à son tour. Bien sûr qu'elle le savait. Elle était la femme de Tommy et Tommy était copain avec Torbjörn Ylitalo. Elle regarde Mildred qui est trop énervée pour réussir à attacher sa montre et la fourre dans sa poche.

« Ces connards chassent à l'œil, gronde Mildred. L'Église fait leurs quatre volontés, ils ne laissent personne entrer dans leur foutue équipe et surtout pas les femmes. Pendant ce temps-là, les femmes bossent, s'occupent de tout et espèrent gagner leur paradis. J'en ai marre. Ils sont l'illustration parfaite de la façon dont l'Église considère les hommes et les femmes, mais maintenant ça suffit merde !

– Je ne t'ai jamais entendu jurer comme ça, Mildred ! »

La pasteure se tourne vers son amie.

« Oui je jure, et alors ! Tu devrais en faire autant, tu sais ? »

Magnus Lindmark était caché dans la pénombre, devant la fenêtre de sa cuisine. Il n'avait pas voulu allumer les lampes. Les contours du paysage et des objets à l'extérieur commençaient à devenir flous et disparaissaient peu à peu dans l'obscurité.

Il distinguait pourtant clairement les silhouettes de Lars-Gunnar Vinsa et du président de la société de chasse, Torbjörn Ylitalo, marchant sur la route vers sa maison. Il resta dissimulé derrière le rideau. Qu'est-ce qu'ils lui voulaient, merde ! Et pourquoi étaient-ils à pied ? Est-ce qu'ils s'étaient garés un peu plus loin exprès ? Et si oui, pourquoi ? Magnus sentit un grand malaise l'envahir.

Quoi qu'ils veuillent, il avait bien l'intention de leur faire comprendre qu'il n'avait pas le temps de les recevoir. Contrairement à eux, il avait un travail, lui. Oui, bien sûr, Ylitalo était garde-chasse, mais on ne pouvait pas appeler ça un travail.

Magnus Lindmark ne voyait plus personne depuis qu'Anki était partie avec les gosses. Du temps où elle était là, il trouvait fatigant d'avoir sans arrêt la famille de sa femme et les amis de ses fils à la maison. Et il n'était pas du genre à faire l'hypocrite et à sourire s'il n'en avait pas envie. Du coup, la famille et les copains avaient pris l'habitude de s'en aller dès qu'il rentrait. Et c'était très bien ainsi. Il ne supportait pas de voir tous ces gens qui venaient mettre le bazar chez lui. Ils n'avaient donc rien d'autre à faire ?

À présent, les deux hommes étaient sur sa terrasse et ils frappaient à la porte. Sa voiture était garée dans la cour et il pouvait difficilement faire comme s'il n'était pas là.

D'ailleurs Torbjörn Ylitalo et Lars-Gunnar Vinsa entrèrent sans attendre que Magnus leur ouvre la porte. Tout à coup ils furent au milieu de sa cuisine.

Torbjörn Ylitalo alla allumer le plafonnier.

Lars-Gunnar regarda autour de lui. Magnus se rendit compte du désordre qui régnait.

« C'est un peu... J'ai été plutôt occupé », dit-il.

L'évier débordait de vaisselle et de briques de lait vides. Deux grands cartons pleins d'emballages usagés traînaient derrière la porte. Les vêtements sales qu'il avait enlevés avant d'aller se doucher étaient encore par terre parce qu'il avait eu la flemme de les emporter dans la lingerie. La table était jonchée de prospectus, d'enveloppes et de vieux journaux. Sans compter l'assiette de son petit déjeuner dans laquelle le yaourt était en train de sécher et de se craqueler. Au milieu du plan de travail, à côté du four à micro-ondes, était posé un moteur de bateau en pièces détachées qu'il avait eu l'intention de réparer mais dont il n'avait pas encore trouvé le temps de s'occuper.

Magnus leur proposa du café mais ils déclinèrent tous les deux. Ils ne voulaient pas de bière non plus. Magnus en prit une, la cinquième de la soirée.

Torbjörn alla droit au but.

« Il paraît que tu racontes des trucs à la police ?

– Je ne sais pas de quoi tu parles. »

Les yeux de Torbjörn Ylitalo s'étrécirent. Lars-Gunnar Vinsa se campa plus fermement sur ses jambes.

« Ne fais pas l'imbécile, gamin, dit Torbjörn. Tu es allé raconter que je voulais buter la pasteure.

– Foutaises ! Cette femme flic dit n'importe quoi, elle… »

Il n'eut pas le temps d'en dire plus. Lars-Gunnar avança d'un pas et le frappa. Magnus eut l'impression de s'être fait gifler par un grizzli.

« Et tu oses nous mentir, en plus ! »

Magnus refoula ses larmes et porta la main à sa joue rougie.

« Ça va pas, non ! gémit-il.

– J'ai fait des efforts pour toi, dit Lars-Gunnar. Tu n'es qu'un raté, je l'ai toujours su. Mais j'avais de la sympathie pour ton père et à cause de lui, je t'ai fait entrer dans l'équipe de chasse. Et je t'ai aidé à y rester malgré toutes tes conneries. »

Magnus Lindmark passa à l'offensive.

« Tu te crois meilleur que moi, Lars-Gunnar ? Plus distingué peut-être ? »

Cette fois ce fut Torbjörn qui lui donna un grand coup dans la poitrine. Magnus tituba, atterrit violemment contre le plan de travail.

« Maintenant tu vas nous écouter, gamin ! tonna Torbjörn.

– Il y a un bout de temps que je ferme ma gueule, reprit Lars-Gunnar. Je n'ai rien dit quand tu es allé essayer ton nouveau fusil avec tes copains sur les panneaux de signalisation. Je t'ai couvert après la bagarre que tu as déclenchée à la cabane de chasse il y a deux ans. Tu ne supportes pas l'alcool. Mais tu bois quand même et après tu ne sais plus ce que tu fais.

– Oh, tu ne vas pas m'emmerder pour une bagarre. En plus, c'est le cousin de Jimmy qui… »

Torbjörn Ylitalo le bouscula à nouveau. Magnus lâcha sa canette de bière. Il ne la ramassa pas. La bière se répandit sur le parquet de la cuisine.

Lars-Gunnar s'épongea le front. La sueur coulait le long de ses sourcils et sur ses joues.

« Et les chatons, putain !

– Il faut être malade ! » renchérit Torbjörn.

Magnus ricana un peu bêtement.

« On s'en fout. Ce n'étaient que des chats ! »

Lars-Gunnar le frappa au visage. Avec le poing fermé cette fois. Juste au-dessus du nez. L'autre crut que sa tête éclatait. Le sang lui coulait dans la bouche.

« Allez, défends-toi, je t'attends ! »

Lars-Gunnar lui montrait son menton.

« Tape, vas-y ! Pour une fois que tu peux te battre avec un vrai mec ! Pauvre type ! Je n'en reviens pas que tu aies osé t'en prendre à une femme. Tu me fais honte ! Allez, viens ! »

Il tendait ses deux mains, paumes vers le haut, doigts repliés, incitant Magnus à approcher. Pointait le menton comme un appât.

Magnus gardait la main sous son nez pour éponger le sang qui coula dans sa manche. De la main gauche il parait les coups qui risquaient de pleuvoir encore.

Lars-Gunnar vint s'appuyer de tout son poids contre la table de la cuisine.

« Il faut que je sorte d'ici avant de faire quelque chose que je regretterai ensuite », dit-il à Torbjörn.

Au moment de passer la porte, il se retourna vers Magnus :

« Tu peux aller porter plainte contre moi si tu veux. Je n'en attends pas moins de toi. »

« Mais tu ne le feras pas, dit Ylitalo une fois que Lars-Gunnar Vinsa fut sorti. Et à partir de maintenant, tu vas fermer ton clapet. Fini les histoires sur moi et sur le reste de l'équipe de chasse. Tu m'entends ? »

Magnus hocha la tête.

« Si j'entends quoi que ce soit et que j'apprends que ça vient de toi, je me charge de te faire regretter d'avoir ouvert ta gueule. Ai-je été assez clair ? »

Magnus acquiesça à nouveau mais remit rapidement la tête en arrière pour que son nez s'arrête de saigner. Le sang coula dans sa gorge à la place. Il sentait son goût métallique.

« Le bail de la chasse doit être renouvelé à la fin de l'année, poursuivit Torbjörn. S'il devait y avoir des histoires ou des ragots en ville d'ici là... qui sait ce qui pourrait arriver. Rien n'est immuable en ce monde. Tu fais encore partie de l'équipe, Magnus, mais tu as intérêt à faire attention. »

Ils gardèrent le silence quelques instants.

« Bon, je te conseille d'aller mettre de la glace là-dessus », dit Torbjörn en guise de conclusion.

Et il sortit lui aussi.

Il trouva Lars-Gunnar assis sur la première marche de la terrasse, la tête entre les mains.

« Allez, on s'en va, lui dit-il.

– Quel merdier, grogna Lars-Gunnar Vinsa. Tu sais que son père battait sa mère. Ça me rend dingue de voir que... J'aurais dû lui régler son compte, au père, je veux dire. Quand je suis sorti de l'école de police et que je suis revenu travailler ici, j'ai essayé de persuader sa mère de le quitter. Mais dans les années soixante il fallait d'abord prendre l'avis du pasteur. Ce con l'a convaincue de rester avec le vieux. »

Le regard de Torbjörn se posa sur la prairie en friche qui jouxtait la ferme de Magnus Lindmark.

« Allez, viens », dit-il.

Lars-Gunnar se releva avec peine.

Il pensait au pasteur de l'époque. À son crâne lisse et chauve. À son cou qui ressemblait à un rouleau de grosses saucisses de porc. Beurk. Il voyait la mère de Magnus assise en face de lui avec son manteau du dimanche, son sac sur les genoux. Il l'avait accompagnée pour la soutenir. Le pasteur était souriant, comme s'il y avait de quoi sourire. « Vous n'êtes plus toute jeune », avait-il dit alors qu'elle avait tout juste cinquante ans et encore trente ans à vivre. « Ne croyez-vous pas que vous feriez mieux de vous réconcilier avec votre mari ? » En sortant de chez le pasteur, elle était restée longtemps sans rien dire. « Voilà, c'est réglé, lui avait dit Lars-Gunnar. Tu as parlé au pasteur et tu peux quitter ton mari. » Mais la mère de Magnus avait secoué la tête. « Non. Ce sera plus facile maintenant que Magnus est plus grand et qu'il va quitter la maison. Et puis, comment s'en sortirait-il tout seul ? »

Magnus Lindmark regarda les deux hommes s'éloigner sur la route. Il ouvrit le congélateur et fouilla jusqu'à ce qu'il trouve un sac de farce congelée, puis il alla s'allonger sur le canapé du séjour, une nouvelle bière à la main et le sac glacé posé sur le nez. Il alluma la télévision où il tomba sur un reportage sur les nains. Les pauvres.

Rebecka Martinsson passe voir Mimmi pour lui acheter un repas à emporter. Elle est en route pour Kurravaara. Elle va peut-être y rester cette nuit. Elle a beaucoup aimé la journée qu'elle a passée là-bas en compagnie de Nalle. Maintenant elle veut essayer d'y aller seule. Elle veut aller dans le sauna et se baigner dans la rivière. Elle sait exactement ce qu'elle va ressentir. L'eau froide, les cailloux tranchants sous ses pieds. La grande goulée d'air qu'on prend avant de se jeter à l'eau, les brasses énergiques pour s'écarter du bord. Et l'inexplicable sensation de redevenir celle qu'elle a été à différents âges de sa vie. Elle s'est trempé les pieds dans cette rivière, elle a nagé dedans, à six ans, à dix ans, à treize ans et jusqu'à ce qu'elle quitte le village. Ce seront les mêmes galets, la même berge sablonneuse. Le même souffle frais des soirées d'automne qui forme comme une rivière d'air flottant au-dessus de la rivière d'eau. C'est comme une série de poupées russes soigneusement emboîtées les unes dans les autres, bien à l'abri sous leur enveloppe extérieure.

Après le bain, elle ira dîner dans la cuisine seule devant la télévision. Et puis elle fera la vaisselle en laissant la radio allumée. Peut-être Sivving viendra-t-il lui rendre visite en voyant de la lumière dans la maison.

« Alors vous êtes partis à l'aventure avec Nalle aujourd'hui ? »

C'est Micke, le propriétaire du pub, qui lui pose la question. Il a un regard gentil qui ne va pas avec ses bras musclés couverts de tatouages, sa barbe et sa boucle d'oreille.

« Oui, répond-elle.

– Cool. Mildred et lui partaient souvent tous les deux.

– Oui », dit-elle à nouveau.

J'ai fait quelque chose pour elle, songe-t-elle.

Mimmi arrive avec son repas tout emballé.

« Vous ne viendriez pas nous donner un coup de main demain soir ? lui demande soudain Micke. C'est vendredi, ils sont tous en week-end et l'année scolaire a commencé. On va avoir du monde. Je paye cinquante billets de l'heure plus les pourboires et il faudra être là de vingt heures à une heure du matin. »

Rebecka le regarde d'un air hébété.

« OK, pourquoi pas », répond-elle, refermant vite la bouche devant son regard amusé.

Et elle s'en va, pleine d'entrain tout à coup.

Gula Ben

Novembre. Le jour se lève, gris et épais. Il a neigé dans la nuit. Quelques flocons légers comme du duvet tombent encore sur la forêt silencieuse. Un corbeau pousse un cri.

Les loups dorment, presque enfouis sous la neige au creux d'un petit vallon. Pas une oreille ne dépasse. Les louveteaux ont tous survécu, sauf un. La meute se compose désormais de onze individus.

Gula Ben se lève et secoue la neige de sa fourrure. Hume l'air. La neige s'est posée comme une couverture sur toutes les odeurs anciennes. Elle a nettoyé l'air et la terre. La louve aiguise ses sens. Sa vue qui perçoit chaque mouvement. Son ouïe fine. Ça y est. Elle vient d'entendre un élan qui s'est levé de sa couche et fait tomber la neige sous laquelle il était enfoui. Il doit se trouver à un kilomètre de distance. Elle sent la faim qui lui tenaille l'estomac. Elle réveille les autres et leur signale la proie. Ils sont nombreux à présent et peuvent chasser des animaux de grande taille.

L'élan est une proie dangereuse. Il a des postérieurs puis sants et des sabots tranchants. Il pourrait lui fracasser la mâchoire comme s'il s'agissait d'une brindille. Mais Gula Ben est une chasseuse expérimentée. Et pleine d'audace.

La meute s'élance. Elle repère rapidement la trace olfactive. Avec des jappements discrets et de petits coups de dents nerveux, les adultes repoussent à l'arrière les jeunes loups qui ont maintenant sept mois. Ils ont déjà commencé à tuer du petit gibier mais, pour cette chasse-là, ils ne seront que spectateurs. Ils savent qu'il se passe quelque chose d'important et tremblent d'excitation. Les autres ménagent leurs forces. Seuls leurs nez qui de temps à autre se lèvent pour retrouver la trace révèlent qu'il ne s'agit pas d'un simple déplacement mais de la première phase d'une partie de chasse éprouvante. Elle a plus de chances d'échouer que de réussir, mais l'allure de Gula Ben montre sa détermination. Elle est affamée. Ces temps-ci elle travaille dur pour la meute. Elle n'ose pas abandonner les autres loups pour s'en aller dans ses expéditions solitaires comme elle le faisait avant. Elle a l'impression qu'elle risque d'être exclue de la communauté, qu'un jour ils ne la laisseront pas revenir. Sa demi-sœur, la louve alpha, lui mène la vie dure. Quand Gula Ben s'approche du couple alpha, elle garde les pattes arrière pliées et l'échine incurvée pour montrer sa soumission. Sa croupe traîne par terre. Elle rampe et leur lèche le coin des babines. Elle est la meilleure chasseuse de la meute. Mais cela ne suffit plus. Ils peuvent se passer d'elle et savent tous que son temps est compté.

Physiquement, Gula Ben a la supériorité. Elle est rapide et elle a de longues pattes. Elle est la plus grande de toutes les femelles du clan. Mais elle n'a pas une âme de chef. Et elle aime s'éloigner du groupe pour des randonnées solitaires. Elle n'aime pas les conflits et détourne souvent les querelles en remuant la queue pour inciter au jeu plutôt qu'à la bagarre. Sa demi-sœur fait exactement l'inverse. Dès qu'elle se lève de sa couche, elle s'étire en jetant autour d'elle un regard d'acier qui signifie : « Alors, est-ce que quelqu'un a envie de se battre avec moi aujourd'hui ? » Elle est sans peur et sans compromis. On s'adapte ou on s'en va. Ses propres enfants vont rapidement l'apprendre à leurs dépens. Elle n'hésitera pas à tuer l'un d'entre eux si cela s'avère nécessaire. Avec une louve comme elle à la tête du clan, les autres meutes ont intérêt à ne pas s'approcher. Avec l'énergie qui est la sienne, elle entraîne la horde tout entière à chasser et à se déplacer sans cesse pour repousser les limites de leur territoire.

L'élan a flairé le danger. C'est un jeune mâle. Ils entendent les branches des arbres cassant sur son passage lorsqu'il s'enfuit dans les bois. Gula Ben accélère l'allure et les loups passent du trot au galop. La neige fraîche n'est pas profonde, l'animal risque de leur échapper. Gula Ben s'éloigne du groupe en arc de cercle, afin de lui couper la route.

La meute rattrape l'élan deux kilomètres plus loin. Gula Ben l'a arrêté dans sa fuite et elle l'attaque par petits assauts successifs en prenant garde de ne pas se mettre à portée de ses sabots et de ses bois. Les autres loups encerclent le grand cervidé. L'élan tourne en rond, grattant le sol, prêt à se jeter sur le premier qui osera s'approcher. L'un des mâles se risque. Il plante ses crocs dans le jarret de l'élan qui parvient à se dégager. La plaie est profonde, le muscle et les tendons sont partiellement arrachés, mais le loup ne s'éloigne pas assez vite et l'élan lui administre un rude coup de pied qui l'envoie rouler plusieurs mètres en arrière. Quand il se relève, il titube un peu. Il a deux côtes cassées. Les autres reculent et l'élan en profite pour s'échapper. Le jarret en sang, il disparaît dans les fourrés.

Il lui reste encore trop de forces. Il vaut mieux le laisser courir et se fatiguer. Les loups se lancent à sa poursuite. Au trot allongé cette fois. Ils ne sont pas pressés. Ils le rattraperont. Le loup blessé les suit à la trace en clopinant. En attendant sa guérison, sa survie dépendra entièrement des succès de ses congénères à la chasse. S'ils ne tuent pas assez de gibier, il ne lui restera que des os à ronger lorsque viendra son tour de manger. S'ils doivent courir longtemps pour trouver leurs proies, il n'aura pas la force de les suivre. Dans les endroits où la neige est profonde, la course sera trop pénible pour lui.

Au bout de cinq kilomètres les loups attaquent à nouveau. Pour ce deuxième combat, c'est Gula Ben qui fait le gros du travail. Elle prend la tête et lance la meute au galop. La distance entre les loups et l'élan diminue rapidement. Les autres courent si près derrière qu'elle sent leur souffle. Elle se concentre entièrement sur le grand animal. Ses narines frémissent de l'odeur de son sang. Ils font la course. Elle plante la mâchoire dans son jarret droit. C'est le moment le plus périlleux, elle ne lâche pas prise et quelques secondes plus tard un loup s'accroche à l'autre patte. Un troisième prend la place de Gula Ben à l'instant où ses crocs se desserrent. Elle bondit en avant et se jette à la gorge de l'élan. Il tombe à genoux dans la neige. Gula Ben lui plante les dents dans le cou. L'élan tente de retrouver des forces pour se remettre debout. Il lève la tête vers le ciel. L'alpha mâle lui mord sauvagement les naseaux et lui tire le mufle vers le sol. Gula Ben trouve une meilleure prise et lui arrache la gorge.

La vie s'échappe rapidement de l'élan. La neige se teinte de rouge. Les louveteaux ont compris le message de leurs aînés. La voie est libre. Ils se précipitent et se jettent sur l'animal agonisant. Ils participent au triomphe d'une chasse victorieuse, mordent les pattes et le museau. Les plus âgés dépècent la bête de leurs puissantes mâchoires. Le corps fume dans le matin glacé.

Juste au-dessus, sur une branche d'arbre, des oiseaux noirs se sont rassemblés.

Samedi 9 septembre

Anna-Maria Mella, devant la fenêtre de sa cuisine, regardait dehors. Sa voisine nettoyait ses volets à l'extérieur. Comme toutes les semaines. Anna-Maria n'était jamais entrée chez ses voisins d'en face mais elle aurait mis sa main à couper que leur maison était d'une propreté impeccable, sans un grain de poussière et décorée avec soin.

Ces gens se donnaient un mal fou pour leur maison et leur jardin. Ils passaient leur vie à quatre pattes à arracher les mauvaises herbes, à déblayer leurs allées ou à confectionner des congères d'une forme parfaite. Sans compter le nettoyage des vitres, les rideaux qu'ils décrochaient régulièrement pour les laver. Par moments, cela l'agaçait. À d'autres, elle les plaignait. Mais en cet instant précis, elle les enviait. Faire le ménage à fond dans sa maison, un jour, ce serait drôlement bien quand même.

« Elle est encore en train de nettoyer ses volets, dit-elle à Robert.

– Hmm... », fit son mari, plongé dans la lecture des pages sportives du journal et le nez dans son mug de café. Gustav, lui, était en train de sortir toutes les casseroles et toutes les poêles du placard.

Anna-Maria fut soudain submergée par une irrépressible vague de lassitude. On était samedi, jour de ménage. Il fallait qu'ils s'y mettent. Mais c'était à elle de prendre l'initiative, de remonter ses manches et de mettre les autres au travail. Marcus passait la nuit chez Hanna. Lâcheur ! Elle savait qu'elle aurait dû se réjouir. Son fils avait une petite amie et des copains. Le pire cauchemar pour un parent était de voir ses enfants mis à l'écart et réduits à la solitude. Mais sa chambre !

« Ce soir, il faut que tu dises à Marcus de ranger sa chambre, dit-elle à Robert. J'en ai marre d'être toujours obligée de crier. »

« Allô ! s'écria-t-elle au bout d'un moment. Je suis là ! Il y a quelqu'un ? »

Robert leva la tête de son journal.

« Tu pourrais me répondre. Juste pour que je sache si tu m'as entendue ou pas !

– Promis, je lui dirai, répliqua Robert. On peut savoir ce qui ne va pas ? »

Anna-Maria se ressaisit.

« Excuse-moi. C'est juste que… La chambre de Marcus. C'est effrayant. J'ai presque peur d'y aller. Je suis entrée dans des squats, habités par des fumeurs de crack, qui avaient l'air de sortir d'un magazine de décoration à côté de ce taudis. »

Robert hocha gravement la tête.

« Tu parles des trognons de pomme velus qui couinent…, dit-il.

– Arrête, tu me fous la trouille !

– … et dansent en transe dans les vapeurs de peaux de bananes en voie de décomposition ? Il va falloir qu'on achète des cages à hamster pour nos nouveaux amis. Il faut battre le fer pendant…

– Tu fais la cuisine, je m'occupe du premier étage, d'accord ? » proposa Anna-Maria.

Ils étaient à égalité. En haut régnait le chaos le plus total. Le parquet de leur chambre était jonché de sacs en plastique à moitié pleins et de sacs de week-end qu'ils avaient oublié de vider et il y avait des moutons de poussière dans tous les coins. Les rebords de fenêtre étaient couverts de mouches mortes et de pétales de fleurs séchées. La salle de bains était sale, quant à la chambre d'enfant…

Anna-Maria poussa un soupir. Robert n'était pas très doué pour trier et ranger. Il allait y passer un temps fou. Il valait mieux qu'elle lui demande de nettoyer la cuisinière, de mettre le lave-vaisselle en route et de passer l'aspirateur dans les pièces du bas.

C'était tellement déprimant. Mille fois ils avaient parlé de faire plutôt le ménage le jeudi soir. Ainsi la maison serait belle et pimpante pour démarrer le week-end. Ils se prépareraient un bon dîner le vendredi soir, leurs deux jours de congé hebdomadaires leur paraîtraient plus longs et ils pourraient consacrer le samedi à faire des choses agréables. Et dans leur maison toute propre, ils se sentiraient à l'aise comme un poussin dans son œuf.

Mais cela se finissait toujours comme ça. Le jeudi, ils étaient morts de fatigue et faire le ménage était tout simplement exclu. Le vendredi, ils somnolaient devant la télé, ou bien ils louaient un DVD qu'elle ne voyait jamais parce qu'elle s'endormait devant et, le samedi, ils faisaient le ménage. Tout le week-end était fichu. Parfois le projet rangement ne démarrait que le dimanche et dans ce cas il commençait le plus souvent par une crise de nerfs de sa part.

Et puis il y avait toutes ces choses qu'elle repoussait continuellement. Le panier de repassage constamment plein à ras bord parce que c'était mission impossible, les placards jamais rangés. La dernière fois qu'elle avait ouvert celui de Marcus pour l'aider à trouver quelque chose, elle ne savait plus quoi exactement, elle avait soulevé quelques pull-overs et autres vêtements en vrac et dérangé un petit animal qui avait filé illico sur les étagères inférieures. Elle préférait ne pas y penser. Quand avait-elle vérifié le siphon de la baignoire pour la dernière fois ? Et les tiroirs de la cuisine pleins de bric-à-brac inutile ? Est-ce que les autres avaient le temps de faire tout cela ? Est-ce qu'ils en avaient le courage ?

Elle entendit la petite mélodie de son mobile professionnel dans le couloir. Un numéro en « 08 » qu'elle ne connaissait pas s'affichait à l'écran.

Son interlocuteur se présenta sous le nom de Christer Elsner, professeur en histoire des religions. La police de Kiruna l'avait contacté à propos d'un symbole et c'était la raison de son appel.

« Oui ? dit Anna-Maria.

– Malheureusement, je n'ai rien trouvé qui y ressemble. Il fait penser au signe utilisé en alchimie qui signifie « test » ou « preuve » mais le crochet qui se prolonge vers le bas et passe au travers du demi-cercle invalide cette explication. Le demi-cercle représente en général l'« imparfait », je veux dire l'inabouti, quelquefois il désigne l'« humain ».

– Alors ce signe n'existe pas ? demanda Anna-Maria, déçue.

– Là, vous abordez de front les questions difficiles, répliqua le professeur. Qu'est-ce qui existe ? Qu'est-ce qui n'existe pas ? Est-ce que Donald le canard existe ?

– Non, bien sûr. Donald est un personnage imaginaire.

– Votre imaginaire ?

– Le mien et celui d'un tas de gens.

– Hum. Et l'amour ? »

Surprise, Anna-Maria éclata de rire. Une sensation agréable l'avait traversée. Cela la mettait de bonne humeur d'aborder les choses sous un angle différent pour une fois.

« Vaste débat, répondit-elle.

– Je n'ai trouvé ce symbole nulle part mais c'est peut-être parce que je cherche dans le passé. Il y a bien eu un jour où les symboles qui nous sont familiers ont été inventés. Celui-là peut l'avoir été récemment. Il existe beaucoup de nouveaux symboles liés à certains courants musicaux, par exemple, ou à une certaine littérature, les romans fantastiques et ce genre de livres.

– Connaissez-vous quelqu'un qui puisse m'éclairer à ce sujet ?

– Ceux qui les composent. Et en ce qui concerne les livres, il y a ici à Stockholm une excellente librairie spécialisée dans la science-fiction, le fantastique et ce genre de littérature. Elle se trouve dans le quartier de Gamla Stan. »

Ils prirent congé et raccrochèrent. Anna-Maria était triste. Elle aurait bien aimé continuer cette conversation. L'ennui étant qu'elle n'aurait rien eu à dire. Elle aurait bien aimé être le chien de compagnie du professeur. Il l'emmènerait promener et lui ferait part de ses dernières pensées et réflexions. Les gens qui avaient des chiens faisaient ce genre de choses. Et Anna-Maria, momentanément transformée en chien, pourrait l'écouter sans se sentir obligée de donner des réponses intelligentes.

Elle descendit dans la cuisine. Robert n'avait pas bougé.

« Il faut que j'aille voir un truc pour le boulot. Je reviens dans une heure. »

Elle faillit lui demander de commencer le ménage sans elle. Laissa tomber. Il ne le ferait pas de toute façon. Et si elle le lui avait demandé, elle aurait été furieuse et déçue en rentrant de le retrouver assis à la table de la cuisine exactement à l'endroit où elle l'avait laissé en partant.

Elle lui fit un baiser pour lui dire au revoir. À quoi bon se disputer.

Dix minutes plus tard, Anna-Maria était à son travail. Il y avait un fax de la police technique dans son casier. Ils avaient trouvé des tas d'empreintes digitales sur le dessin qui appartenaient toutes à… Mildred Nilsson. Ils allaient poursuivre les recherches. Cela prendrait encore quelques jours.

Elle téléphona aux renseignements et demanda le numéro d'une librairie spécialisée dans la science-fiction qui devait se trouver dans le quartier de Gamla Stan à Stockholm. Le préposé trouva le numéro en quelques secondes et il la mit en relation.

Elle exposa son problème à la femme qui lui répondit, et décrivit le signe.

« Je suis désolée, dit la libraire. Personnellement cela ne m'évoque rien. Mais faxez-moi une photo si vous voulez, je poserai la question à mes clients. »

C'était une excellente idée, Anna-Maria la remercia et raccrocha.

À l'instant où elle posait le combiné du téléphone fixe, son portable sonna. Elle décrocha. C'était Sven-Erik Stålnacke.

« Il faut que tu viennes, dit-il. C'est à propos de ce pasteur, Stefan Wikström.

– Oui ?

– Il a disparu. »

Dans la cuisine du presbytère de Jukkasjärvi, Kristin Wikström pleurait toutes les larmes de son corps.

« Il est là ! hurlait-elle à Stålnacke. Le passeport de Stefan est là. Comment avez-vous pu me demander ça ? Stefan ne pouvait pas être parti, je vous l'avais bien dit. Vous voudriez qu'il abandonne sa famille ? Lui qui est l'être le plus… Il lui est arrivé quelque chose. »

Elle jeta le passeport par terre.

« Je comprends, dit Sven-Erik, doucement, mais nous devons procéder par ordre. Vous ne voulez pas vous asseoir ? »

Elle continua à tourner dans la pièce, comme si elle ne l'avait pas entendu, au comble du désespoir, se cognant dans les meubles. Sur la banquette de la cuisine étaient assis deux petits garçons de cinq et dix ans occupés à construire une maison en Lego sur un plateau vert, nullement affectés par la crise d'hystérie de leur mère et encore moins par la présence d'Anna-Maria et de Sven-Erik.

Les enfants…, songea Anna-Maria. Ils sont vraiment capables de tout supporter.

Ses problèmes avec Robert lui semblèrent insignifiants tout à coup.

« Comment vais-je faire ? criait Kristin. Comment vais-je m'en sortir sans lui ?

– Vous dites qu'il n'est pas rentré cette nuit ? lui demanda Sven-Erik. Vous en êtes sûre ?

– Il n'a pas dormi dans son lit, gémit-elle. Vous pouvez vérifier. Je change toujours les draps le vendredi et son côté n'est pas froissé.

– Peut-être est-il rentré tard et il aura décidé de dormir sur le canapé pour ne pas vous réveiller ? proposa Sven-Erik.

– Nous sommes mariés, monsieur ! Pourquoi ne voudrait-il pas dormir à côté de sa femme ? »

Sven-Erik Stålnacke était venu au presbytère de Jukkasjärvi dans l'intention de poser quelques questions à Stefan Wikström à propos de ce voyage à l'étranger que sa famille et lui avaient fait aux frais de la fondation. Son épouse lui avait ouvert la porte, les yeux comme des soucoupes.

« J'étais justement sur le point d'appeler la police », lui avait-elle dit.

La première chose qu'il fit fut de lui demander la clé de l'église et de s'y précipiter. Il ne trouva pas de pasteur pendu à la tribune d'orgue. Son soulagement fut si grand qu'il dut s'asseoir sur un banc. Il avait ensuite appelé le commissariat pour demander qu'on envoie des policiers dans toutes les autres églises de la ville. Et enfin il avait téléphoné à Anna-Maria.

« Nous allons avoir besoin du numéro de compte en banque de votre époux. Vous l'avez ?

– Mais qu'est-ce qui vous prend ? Vous n'avez pas entendu ce que je vous ai dit ? Il faut que vous partiez à sa recherche. Il lui est arrivé quelque chose ! Il n'aurait jamais... Il est peut-être blessé... »

Elle se tut et regarda ses fils. Puis elle sortit de la maison à toute vitesse. Sven-Erik lui emboîta le pas. Anna-Maria en profita pour visiter un peu.

Elle ouvrit les tiroirs de la cuisine où elle ne trouva pas de portefeuille. Pas de portefeuille non plus dans les poches des vestes suspendues dans l'entrée. Elle monta au premier étage. Kristin Wikström avait dit vrai. Seule une moitié du lit matrimonial avait été utilisée.

De la fenêtre de la chambre elle pouvait voir le ponton où Mildred amarrait sa barque. L'endroit où elle avait été assassinée.

Il faisait clair ce soir-là, se dit Anna-Maria. Puisque c'était la veille du solstice d'été.

Il n'y avait pas de montre-bracelet sur la table de nuit.

Il avait donc pris sa montre et son portefeuille.

Elle redescendit. Entra dans une pièce qui devait être le bureau de Stefan Wikström. Elle essaya d'ouvrir les tiroirs de sa table de travail. Ils étaient fermés à clé. Après une fouille minutieuse, elle trouva la clé derrière une pile de livres sur la bibliothèque. Elle revint ouvrir les tiroirs. Ils ne contenaient rien d'intéressant. Quelques lettres qu'elle survola. Aucune ne semblait avoir un rapport avec Mildred et lui. Aucune n'avait été écrite par une éventuelle maîtresse. Elle jeta un coup d'œil dehors. Kristin Wikström et Sven-Erik étaient toujours en train de discuter dans la cour, tant mieux.

En temps normal, ils auraient dû attendre deux jours pour commencer les recherches. Dans la plupart des cas, il s'agissait de disparitions volontaires.

Mais si on le retrouvait et qu'il était mort, cela signifiait qu'ils avaient un tueur en série sur les bras.

La femme du pasteur s'était écroulée dans une balancelle. Sven-Erik s'évertuait à lui arracher toutes sortes de renseignements. Qui il fallait appeler pour s'occuper des enfants, les noms des proches amis de son mari et des membres de sa famille. Peut-être sauraient-ils quelque chose que l'épouse ignorait. Possédaient-ils une maison de campagne ? La voiture qui était garée dans la cour était-elle à eux ?

« Non, pleurnicha Kristin. Sa voiture a disparu aussi. »

Tommy Rantakyrö appela pour dire qu'ils avaient inspecté toutes les églises et les chapelles de la ville et qu'ils n'avaient trouvé aucun pasteur mort nulle part.

Sven-Erik vit un gros chat qui descendait l'allée de gravier vers la maison, d'un pas assuré. Il n'accorda pas un regard à l'étranger. Il ne changea pas de direction et ne s'enfuit pas dans l'herbe haute. Peut-être sa silhouette se fit-elle légèrement plus ramassée tandis que sa queue se balançait un peu plus près du sol. Il était d'un gris sombre. Sa fourrure était longue et douce. On aurait presque dit un duvet. L'animal ne lui inspirait pas confiance. Il avait une tête plate et des yeux jaunes. Si un grand démon comme celui-là s'en était pris à Manne, son chat n'aurait pas eu la moindre chance.

Sven-Erik s'imagina Manne tapi quelque part, peut-être dans un fossé ou sous la terrasse d'une maison. Gravement blessé et affaibli. Une proie facile pour un renard ou quelque chien de chasse qui n'aurait qu'à lui briser les reins. *Crac*. Terminé.

Anna-Maria posa une main sur son épaule et pressa légèrement. Ils s'éloignèrent un peu. Kristin Wikström regardait dans le vide, le poing droit serré contre sa bouche, rongeant nerveusement la phalange de son index.

« Qu'est-ce que tu en dis ? demanda Anna-Maria.

– On va lancer un avis de recherche », répondit Sven-Erik en regardant la femme du coin de l'œil. « J'ai un sale pressentiment. Pour l'instant on va le rechercher en Suède et aux frontières. Checker les aéroports, son compte en banque et son téléphone portable. Et puis on va interroger ses collègues, ses amis et sa famille. »

Anna-Maria acquiesça.

« Il va falloir faire des heures supplémentaires.

– Je ne pense pas que le juge d'instruction osera nous faire des reproches pour ça. Quand la presse va être au courant de sa disparition... »

Sven-Erik écarta les bras dans un geste d'impuissance.

« Il faut qu'on l'interroge sur les lettres avant de partir. Celles qu'elle a écrites à Mildred.

– Oui. Mais pas maintenant, dit Sven-Erik avec fermeté. Quand quelqu'un sera venu chercher les enfants. »

Depuis sa position stratégique derrière le bar, Micke observait la salle du restaurant. Tel l'amiral sur son vaisseau. Un vaisseau bruyant et désordonné qui puait le graillon, la fumée de cigarettes, la bière, l'after-shave et la transpiration. Il servait les pintes à la chaîne et de temps en temps un verre de vin rouge ou même de vin blanc ou de whisky. Mimmi courait de table en table comme une souris dans un numéro de cirque, se chamaillant gentiment avec les clients tout en maniant les plateaux avec dextérité et en encaissant les consommations. Il l'entendait répéter comme une litanie : « Poulet ou lasagnes, c'est tout ce qu'il y a. »

Dans un angle du local, la télévision était allumée et derrière le bar, la chaîne stéréo jouait. Rebecka Martinsson mouillait sa chemise dans la cuisine. Elle mettait les plats dans le four à micro-ondes, les ressortait, récupérait les plateaux chargés de verres sales derrière le bar et en rapportait des propres. Pour Micke, c'était comme de regarder un film. Ses soucis soudain effacés. Les impôts, la banque. Les lundis matin où il se réveillait et restait allongé dans son lit à écouter les rats fouillant dans les poubelles, si fatigué qu'il avait mal jusque dans les os.

Si seulement Mimmi avait pu lui faire une petite scène de jalousie parce qu'il avait embauché Rebecka Martinsson, la soirée aurait été parfaite. Mais elle avait juste trouvé que c'était une bonne idée. Il avait failli dire que les clients seraient contents d'avoir une nouvelle fille à mater. Mimmi n'aurait sans doute pas réagi mais il ne pouvait pas s'empêcher de penser qu'elle avait un petit tiroir dans la tête où elle rangeait toutes ses erreurs et ses paroles déplacées et que le jour où le tiroir serait plein, elle ferait ses valises et s'en irait. Sans ultimatum. Les filles ne posaient des ultimatums que lorsqu'on comptait pour elles.

Enfin, son royaume s'activait comme une fourmilière au printemps et Micke était heureux.

Ce travail-là, je suis capable de le faire, se disait Rebecka Martinsson en actionnant le jet au-dessus des assiettes sales avant de les ranger dans le lave-vaisselle.

Nul besoin de réfléchir ni de se concentrer. Il suffisait de porter, de trimer et de se dépêcher. Garder la cadence. Elle n'avait pas conscience qu'elle souriait jusqu'aux oreilles quand elle apporta un nouveau plateau de verres propres à Micke.

« Tout va comme tu veux ? » lui demanda-t-il en lui rendant son sourire.

Elle sentit son téléphone vibrer dans la poche kangourou de son tablier et le sortit pour vérifier qui l'appelait. Ce n'était sûrement pas Maria Taube. Certes, elle travaillait beaucoup mais jamais le samedi. Ce jour-là, elle sortait en ville se faire payer des coups à boire.

Le nom de Måns s'affichait à l'écran. Son cœur fit un bond dans sa poitrine.

« Oui, allô ! Rebecka Martinsson à l'appareil », dit-elle après avoir décroché, une main sur l'autre oreille pour mieux entendre.

« Allô, Rebecka ! C'est Måns Wenngren.

– Attends une seconde, cria-t-elle dans le portable. Il y a trop de bruit ici. »

Elle traversa le pub en courant, se tourna un instant vers Micke en levant le téléphone et cinq doigts en l'air pour signifier : « J'ai besoin de cinq minutes ! » Micke hocha la tête pour donner son accord et elle disparut sur le parking. L'air frais lui donna la chair de poule.

À présent elle entendait le vacarme à l'autre bout de la ligne. Måns était dans un pub lui aussi. Elle se détendit un peu.

« Voilà, je t'entends, dit-elle.

– Oui. Moi aussi. Où es-tu ?

– Devant le bar-restaurant *Chez Micke*, à Poikkijärvi, un village dans la banlieue de Kiruna. Et toi ?

– Devant *Spyan**, une petite auberge à quelques kilomètres de Stureplan. »

Elle rit. Il avait l'air de bonne humeur. Moins froid qu'à l'accoutumée. Il devait être soûl. Elle s'en fichait. Ils ne s'étaient pas parlé depuis le jour où elle avait quitté la soirée sur l'île de Lidö à la rame.

« Tu fais la fête ? lui demanda-t-il.

– Non, figure-toi que je travaille au noir. »

Ça va l'énerver, se dit Rebecka. Ou peut-être pas. Une chance sur deux.

Måns éclata de rire.

« Ah oui ? Tu fais quoi ?

---

* La gerbe.

– J'ai décroché un super job ! Je fais la plonge, répondit-elle en forçant sur l'enthousiasme. Je suis payée cinquante couronnes de l'heure. Ce soir, je vais me faire deux cent cinquante billets. J'aurai même le droit de garder les pourboires, il paraît, mais bon, il n'y a pas tellement de clients qui passent derrière le bar pour venir dans la cuisine me glisser une petite pièce, alors je crois que je me suis un peu fait avoir. »

Måns riait toujours à l'autre bout de la ligne. Un *Ho ! ho ! ho !* explosif suivi d'un *Hou ! hou ! hou !* plaintif. Elle savait sans avoir besoin de le voir qu'il était en train de s'essuyer les yeux avec un mouchoir.

« Merde ! Martinsson ! » gémit-il d'une voix d'ivrogne.

Mimmi apparut à la porte du pub à ce moment-là avec une expression qui signifiait « état de crise ! ».

« Excuse-moi, il faut que je raccroche.

– Sinon, c'est toi qui vas leur devoir de l'argent si j'ai bien compris. Quand est-ce que tu reviens ?

– Je ne sais pas.

– Il vaut peut-être mieux que je vienne te chercher. On ne sait jamais avec toi. »

Tu peux toujours essayer, songea Rebecka.

Lars-Gunnar Vinsa arriva au pub à onze heures trente. Nalle n'était pas avec lui. Il resta un petit moment au milieu de la salle à regarder autour de lui. Sa présence avait l'effet du vent dans la prairie. Tous réagissaient d'une façon ou d'une autre. Certains levaient la main ou inclinaient la tête pour le saluer, les conversations s'arrêtaient, ou ralentissaient et reprenaient au bout de quelques secondes. Quelques-uns détournaient la tête. On le considérait. Il se pencha au-dessus du bar et dit à Micke :

« Cette fille, Rebecka Martinsson. Elle est repartie ?

– Non, dit Micke. En fait, elle nous donne même un coup de main ce soir. »

Quelque chose dans l'attitude de Lars-Gunnar l'incita à poursuivre :

« C'est juste pour ce soir. On avait beaucoup de monde et Mimmi était débordée. » Lars-Gunnar tendit son bras de grizzli, attrapa Micke et l'entraîna vers la cuisine.

« Viens avec moi. J'ai à lui parler et je préfère que tu sois là. »

Mimmi et Micke eurent le temps d'échanger un regard avant que Lars-Gunnar et lui ne disparaissent derrière les portes battantes de la cuisine.

Que se passe-t-il ? disait le regard de Mimmi.

Qu'est-ce que j'en sais ? répondit celui de Micke.

Toujours le vent sur la prairie.

Rebecka Martinsson faisait la vaisselle.

« Rebecka Martinsson ? dit Lars-Gunnar. Je vous prie de nous accompagner dehors. J'aimerais vous parler. »

Ils sortirent par la porte de service. La lune comme des écailles de poisson sur la rivière. Les bruits du pub. Le vent dans la cime des pins.

« Je voudrais que vous racontiez à Micke qui vous êtes, dit Lars-Gunnar calmement.

– Que voulez-vous savoir ? dit Rebecka. Mon nom est Rebecka Martinsson, mais ça, vous le savez.

– Peut-être pourriez-vous nous dire ce que vous faites ici ? »

Rebecka regarda Lars-Gunnar. S'il y avait une chose qu'elle avait apprise dans son métier d'avocate, c'était de ne pas parler à tort et à travers.

« Vous semblez avoir quelque chose sur le cœur, dit-elle. Je vous écoute.

– Vous êtes originaire de cette région, n'est-ce pas ? De Kurravaara, plus précisément. Vous êtes avocate et c'est vous qui avez tué ces trois pasteurs à Jiekajärvi il y a deux ans. »

Deux pasteurs et un garçon malade, corrigea-t-elle pour elle-même.

Mais elle se tut.

« Je croyais que vous étiez assistante ? dit Micke.

– Il est normal que nous nous posions quelques questions, dit Lars-Gunnar. On est en droit de se demander pourquoi une avocate vient faire la plonge en se faisant passer pour ce qu'elle n'est pas. Vous allez gagner ce soir à peu près ce que vous coûte votre déjeuner au restaurant en temps normal. Pourquoi êtes-vous venue ici ? Pour fouiner, peut-être. Cela dit, je m'en fous. Les gens font ce qu'ils veulent après tout. Mais il m'a semblé que Micke avait le doit de savoir. Et en plus… »

Il tourna la tête vers la rivière et son regard devint flou. Il soupira. Une tristesse sembla l'envahir tout à coup.

« … vous n'aviez pas le droit d'utiliser Nalle. Dans sa tête, il n'est rien d'autre qu'un gamin. Et je vous trouve drôlement gonflée de vous infiltrer ici en vous servant de lui. »

Mimmi vint jeter un coup d'œil à la porte de service. D'un regard, Micke lui fit comprendre qu'elle ferait bien de venir les rejoindre. Elle sortit donc et ferma la porte derrière elle. Elle les regarda sans rien dire.

« Il me semblait bien avoir reconnu votre nom, continua Lars-Gunnar. Je suis un ancien policier, vous comprenez, alors je me souviens parfaitement de cette affaire de Jiekajärvi. Et puis tout à coup, je me suis souvenu. C'est vous qui avez tué ces hommes. Vesa Larsson en tout cas. Le juge n'a pas trouvé que cela suffisait à vous inculper mais en ce qui nous concerne, nous les flics, ça ne change rien. Rien du tout.

Dans quatre-vingt-dix pour cent des cas, alors que la police connaît le coupable, il réussit à s'en tirer. Vous pouvez être fière de vous. Commettre un meurtre impunément, c'est très fort. Je ne sais pas ce que vous faites ici. Cette histoire avec Viktor Strandgård vous a peut-être mis l'eau à la bouche et vous êtes venue jouer les détectives privés amateurs, ou alors vous travaillez pour un journal ? À vrai dire, je me fous de savoir ce que vous foutez là. Ce que je sais, c'est que la comédie a assez duré. »

Rebecka les regarda tous les trois à tour de rôle.

Je devrais faire un petit speech maintenant, se dit-elle. Dire quelque chose pour ma défense.

Mais quoi ? Qu'elle avait trouvé ici une alternative au suicide. Qu'elle ne supportait plus son métier d'avocate. Que sa place était au bord de cette rivière. Qu'elle avait sauvé la vie des filles de Sanna Strandgård.

Elle dénoua son tablier et le tendit à Micke. Puis elle tourna les talons sans un mot. Elle ne repassa pas par le restaurant. Elle longea le poulailler et traversa la route pour retourner à son bungalow.

Ne cours pas ! s'ordonna-t-elle. Elle sentait leurs regards dans son dos.

Personne ne la suivit pour lui demander une explication. Elle mit toutes ses affaires et sa trousse de toilette dans un sac de voyage, les jeta sur le siège arrière de la voiture de location et quitta Poikkijärvi.

Elle ne pleura pas.

Quelle importance ? se dit-elle. Ils n'ont pas d'importance. Personne n'a d'importance.

Gula Ben

Février, le cœur de l'hiver. Les jours rallongent mais le froid est dur comme le poing de Dieu. Implacable. Le soleil est une simple image dans le ciel, l'air est comme du verre incassable. Sous l'épais tapis de neige, les souris et les campagnols se fraient des chemins. Les ongulés rongent l'écorce de glace qui enveloppe les arbres. Ils maigrissent et attendent le printemps.

Mais les quarante degrés au-dessous de zéro et les rafales de neige qui transforment le paysage en une longue route de désolation ne dérangent pas les loups. Au contraire. Pour eux, c'est la meilleure période de l'année. Le temps qu'ils préfèrent. Celui des pique-niques et des activités en plein air malgré la tourmente. Ils ont de quoi manger. Leur territoire de chasse est immense et giboyeux. Ils ne sont pas affectés par la chaleur ni par les insectes sanguinaires.

Pour Gula Ben, l'heure est venue. Les dents luisantes de bave de la louve alpha lui font comprendre qu'il est temps. Bientôt. Très bientôt. Maintenant. Gula Ben a fait tout ce qu'elle a pu. Elle a rampé sur les genoux pour avoir le droit de rester. Mais en ce matin de février, elle sait que c'est le moment de partir. On ne la laisse plus approcher du clan. La femelle alpha attaque, fait claquer ses dents dans le vide.

Les heures s'écoulent. Gula Ben ne s'en va pas tout de suite. Elle se contente de s'éloigner un peu du reste du groupe. Elle espère un signe qui lui indiquera qu'elle peut revenir. Mais la louve dominante est intraitable. Sans cesse, elle la repousse plus loin, debout sur ses pattes arrière, menaçante.

L'un des mâles, un frère de Gula Ben, détourne les yeux. Elle voudrait plonger le museau dans sa fourrure, dormir contre son ventre.

Les louveteaux regardent Gula Ben, la queue basse. Elle aimerait lancer ses pattes jaunes dans une course avec eux entre les grands pins, freiner par jeu et repartir en sens inverse pour les laisser devenir les poursuivants sur le grand tapis de neige.

Les petits. Ils auront bientôt un an. Ils sont effrontés, hardis, si jeunes encore. Et pourtant, ils comprennent suffisamment ce qui se passe pour se tenir tranquilles et à distance. Ils aboient timidement. Elle voudrait lâcher un lièvre blessé devant eux et les voir bondir derrière lui dans l'excitation de la chasse, sautant les uns sur les autres dans leur euphorie.

Elle essaie une dernière fois. Fait un pas hésitant vers la meute. La louve alpha la repousse cette fois jusqu'à la lisière de la forêt, sous les branches grises et sans pignes des vieux pins. Et Gula Ben reste là à regarder le clan de loin tandis que la louve alpha retourne tranquillement auprès des siens.

Désormais, elle dormira seule. Elle qui a toujours dormi au son de la meute endormie, des jappements et des parties de chasse qui peuplent leur sommeil, des grognements, des soupirs et des pets. À l'avenir, elle devra garder les oreilles dressées vers le moindre bruit et dormir d'un demi-sommeil inquiet.

Des odeurs inconnues vont emplir ses naseaux et elle va devoir oublier la leur, celle de ses frères et de ses sœurs, demi-sœurs et cousins, louveteaux et vieux loups.

Elle s'en va d'un trot lent. Ses pas dans une direction. Ses pensées à reculons. Ici elle a vécu, là-bas elle devra survivre.

Dimanche 10 septembre

DIMANCHE SOIR. Rebecka Martinsson est assise par terre dans la chambre de la maison de sa grand-mère à Kurravaara. Elle a fait du feu dans la cheminée. Elle regarde les flammes, un plaid sur les épaules et les bras autour des genoux. De temps à autre, elle tend la main pour prendre une bûche dans la caisse en bois de la Svenska Sockerbolaget, la compagnie sucrière suédoise. Elle est courbatue, fatiguée. Tout le jour, elle a transporté des tapis, des couvertures, des draps, des matelas et des oreillers. Elle les a battus, dépoussiérés et étendus dehors pour les aérer. Elle a récuré les planchers au savon noir et nettoyé les vitres. Elle a lavé toute la vaisselle et l'intérieur des placards de la cuisine. Le rez-de-chaussée est resté en l'état sauf qu'elle a laissé les fenêtres ouvertes tout le jour pour se débarrasser de l'odeur de renfermé qui règne dans la maison. Et ce soir elle a allumé à la fois la cuisinière à bois et la cheminée pour éliminer le reste d'humidité dans les murs. Elle a bien employé son jour de repos. Elle s'est vidé la tête. Et maintenant elle laisse sa pensée flotter en regardant les flammes. Une distraction aussi vieille que l'humanité.

L'inspecteur Sven-Erik Stålnacke est assis dans son salon. Il regarde la télévision sans le son. Au cas où un chat miaulerait dehors. Il s'en fiche, il a déjà vu le film. Dans l'histoire, Tom Hanks tombe amoureux d'une sirène.

La maison lui semble vide sans ce chat. Il a marché le long des fossés en l'appelant doucement. Il est très fatigué à présent. Pas à cause de la marche mais de la concentration qu'il lui a fallu pour écouter. Pour persévérer dans sa quête. Pour espérer en dépit du bon sens.

Il n'y a toujours aucune nouvelle du pasteur. Depuis lundi, l'histoire est dans les journaux du soir. Les deux pages centrales parlent de sa disparition. Avec un commentaire du bureau de profilage de la police nationale qui n'émane pas de la psychiatre qui les a aidés à définir le profil d'un éventuel coupable. L'un des articles a même ressorti une vieille affaire des années soixante-dix où un forcené en Floride avait tué deux prédicateurs pour le renouveau de la foi. Le meurtrier avait lui-même été assassiné par un codétenu pendant qu'il faisait le ménage dans les toilettes de la prison, mais pendant sa détention il s'était vanté d'avoir commis d'autres meurtres que ceux pour lesquels il était tombé. Tous les journaux ont publié une photo de Stefan Wikström. Les mots « pasteur », « père de quatre enfants » et « épouse éplorée » ont été extraits de l'article pour figurer sous le portrait. Heureusement, aucun journaliste n'a mentionné le détournement de fonds. Sven-Erik a également remarqué que les journalistes se sont abstenus de préciser que Stefan Wikström était un fervent opposant de l'accession à la prêtrise pour les femmes.

On ne peut évidemment pas mettre l'ensemble des prêtres et des pasteurs sous surveillance rapprochée. Ses collègues ont été démoralisés en lisant le gros titre qui disait : Police : « Nous ne pouvons pas les protéger ! » L'*Expressen* a donné quelques conseils aux hommes d'Église qui se sentaient menacés : « Ne restez pas seuls, changez vos habitudes, prenez un autre chemin pour rentrer chez vous après le travail, fermez votre porte à clé, ne vous garez pas derrière une fourgonnette. »

Le meurtrier est de toute évidence un malade mental. Un type qui ne s'arrêtera pas tant qu'il ne se fera pas pincer.

Sven-Erik pense à Manne. Dans un sens, la disparition est pire que la mort. On ne peut pas faire son deuil. L'incertitude est trop douloureuse. On a la tête comme un conteneur à ordures rempli d'idées effrayantes sur ce qui a pu arriver au disparu.

Enfin. Manne n'est qu'un chat. La même chose aurait pu arriver à sa fille. Non. Cette idée-là est trop grande pour son cerveau. Elle est impossible à assimiler.

Le vicaire Bertil Stensson est installé dans le canapé de son salon. Un verre de cognac est posé derrière lui sur le rebord de la fenêtre. Son bras droit est étendu sur le dos du sofa derrière la nuque de son épouse. De la main gauche il lui caresse la poitrine. Elle garde les yeux fixés sur la télévision qui diffuse un vieux film avec Tom Hanks mais il voit au pli de sa bouche qu'elle apprécie. Il caresse un sein et une cicatrice. Elle se rappelle son inquiétude il y a quatre ans quand on le lui a enlevé. « Ce n'est pas parce qu'on a soixante ans qu'on n'a pas envie de plaire », disait-elle. Mais il aime encore plus la cicatrice que le sein qu'elle a remplacé. Elle est un rappel constant de la brièveté de l'existence. *Qu'ils s'en aillent comme le limaçon qui se fond ; sans voir le soleil, comme l'avorton d'une femme. Avant que vos chaudières aient senti le feu des épines, vertes ou enflammées, le vent les emportera.* Cette cicatrice lui permet de faire la part des choses. Elle l'aide à se partager équitablement entre sa vie professionnelle et sa vie privée, le devoir et les sentiments. Il a envisagé d'écrire un sermon sur la cicatrice. Mais ce n'est pas possible bien sûr. Ce serait une sorte de transgression. La cicatrice perdrait le pouvoir qu'elle a sur sa vie s'il la révélait au grand jour et qu'il l'habillait de mots. C'est la cicatrice qui prêche pour Bertil. Il ne se sent pas le droit de prendre le pouvoir sur elle et de s'en servir pour prêcher devant les autres.

C'est Mildred qu'il était allé voir ce jour-là, il y a quatre ans. Pas Stefan. Pas l'évêque, alors qu'ils étaient amis depuis toujours. Il se souvient qu'il a pleuré. Et que Mildred savait écouter. Il se rappelle avoir eu le sentiment qu'il pouvait lui faire confiance.

Elle avait le chic pour le rendre fou. Mais en ce moment, avec le bout de l'index posé sur la cicatrice de sa femme, il ne parvient plus à se rappeler ce qui l'agaçait tant chez elle. Hormis le fait qu'elle militait pour la libération de la femme et qu'elle avait tendance à mélanger le profane et le religieux.

Elle sapait son autorité et cela le dérangeait beaucoup. Elle ne demandait jamais la permission pour quoi que ce soit. Elle ne prenait jamais conseil auprès de quiconque. Elle avait du mal à rentrer dans le rang.

Il est surpris d'avoir pensé cela. *Rentrer dans le rang*. Il n'est pourtant pas ce genre de chef. Il se targue d'avoir des employés libres et responsables tout en restant leur supérieur.

Et il a parfois été contraint de le rappeler à Mildred. Comme lors de cette histoire d'enterrement. La personne en question avait quitté l'Église de Suède. L'homme était tombé malade mais, pendant sa maladie, il avait assisté à plusieurs messes célébrées par Mildred. Et puis il était mort. Il avait demandé que Mildred dise la messe pour son enterrement.

Elle avait accepté d'officier pour des obsèques civiles. Bertil aurait bien sûr pu laisser passer cette petite irrégularité mais il avait décidé de la dénoncer au diocèse et Mildred avait été convoquée chez l'évêque. Sur le moment, le vicaire avait jugé sa démarche normale et juste. Pourquoi avoir un règlement si ce n'était pas pour le suivre ?

À son retour, elle s'était comportée comme si de rien n'était. Elle n'avait parlé à personne de son entrevue avec l'évêque. Elle ne s'était montrée ni vexée, ni contrariée, ni révoltée. Son attitude avait donné à Bertil l'impression que l'évêque avait pris son parti. Il avait imaginé une conversation au cours de laquelle l'évêque aurait dit à Mildred que devant l'insistance de Bertil, il avait été obligé de la faire venir. Dans son imagination toujours, ils s'étaient regardés et, d'un accord tacite, ils avaient catalogué Bertil comme un homme susceptible, peu sûr de lui dans son rôle de chef et peut-être même un peu jaloux parce que ce n'était pas à lui qu'on avait demandé d'officier.

Peu de gens sont capables de se remettre en question réellement. Mais en cet instant, c'était comme s'il se confessait devant la cicatrice.

Oui, c'était la vérité. Il était un peu jaloux. Un peu fâché que ce soit elle qui suscite cet engouement sans partage de la part de tant de gens.

« Elle me manque », avoue Bertil à son épouse.

C'est vrai aussi. Elle lui manque et il sait qu'il la pleurera longtemps.

Son épouse n'a pas besoin de lui demander de qui il parle. Elle renonce à regarder le film et baisse le son de la télévision.

« Je ne l'ai pas soutenue comme j'aurais dû quand elle travaillait ici, poursuit-il.

– Mais si ! riposte sa femme. Tu l'as laissée travailler à sa manière. Réussir à garder cette femme et Stefan dans la même paroisse était une véritable prouesse. »

Les pasteurs ennemis.

Bertil secoue la tête.

« Dans ce cas, tu pourrais l'aider maintenant, suggéra son épouse. Elle a laissé tant de choses derrière elle. Quand elle était encore parmi nous, elle se débrouillait seule, mais maintenant elle va plus que jamais avoir besoin de ton soutien.

– Comment veux-tu que je fasse ? dit-il en riant. La plupart des femmes de l'association Magdalena me considèrent comme leur ennemi numéro un. »

Sa femme lui sourit tendrement.

« Eh bien, tu vas devoir aider et soutenir sans rien attendre en retour. Il faudra que tu te contentes de l'amour que je te donne.

– Et si on allait se coucher ? » suggère le vicaire.

La louve solitaire, songe-t-il en s'asseyant pour faire pipi. Voilà ce que Mildred aurait voulu. Qu'il utilise l'argent de la fondation pour faire surveiller la louve cet hiver.

Aussitôt que cette idée lui traverse la tête, la salle de bains se charge d'électricité. Son épouse est déjà au lit et elle l'appelle.

« J'arrive », répond-il. Il n'ose pas parler fort. La présence dans la pièce est palpable.

« Que me veux-tu ? » demande-t-il à Mildred qui s'approche.

C'est typique. Il faut qu'elle vienne lui rendre visite alors qu'il est assis sur le trône avec le pantalon autour des chevilles.

« Je suis à l'église tous les jours, dit-il. Tu aurais pu venir là-bas si tu voulais me parler ! »

Soudain, il comprend ce qu'elle attend de lui. Il n'y a plus assez d'argent dans les caisses de la fondation. Il faut renégocier le bail du territoire de chasse. Il faut que la société de chasse s'aligne sur le prix du marché ou que l'Église cède le bail à quelqu'un d'autre. Et l'argent ainsi récolté ira à la fondation pour la protection des loups.

Elle doit sourire à présent. Elle a conscience de la difficulté de ce qu'elle est en train de lui demander. Il va avoir tous les hommes du village contre lui. Il y aura des polémiques et des articles dans le journal.

Mais elle sait aussi qu'il peut le faire. Il peut rallier l'ensemble du conseil paroissial à sa cause.

« Je vais le faire, lui dit-il. Même si je ne crois pas que ce soit une bonne idée. Mais je vais le faire, pour toi. »

Lisa Stöckel est dans son jardin. Elle a allumé un grand feu. Les chiens sont enfermés dans la maison. Ils dorment sur leurs couvertures.

Bande de voyous, songe-t-elle tendrement.

Elle en a quatre en ce moment. À une époque, elle en a eu jusqu'à cinq à la fois.

Il y a Bruno, un mâle drahthaar marron. Tout le monde l'appelle l'Allemand. C'est sa retenue et son attitude raide et un peu militaire qui lui ont valu ce surnom. Quand Lisa décroche son sac à dos du porte-manteau et que les chiens comprennent qu'ils vont partir en randonnée, une activité fébrile anime le vestibule. Ils tournent en rond comme sur un manège. Ils aboient, dansent, jappent, gémissent et poussent des hurlements de bonheur. Ils la bousculent et piétinent le paquetage. Leurs yeux suppliants lui disent : Tu nous emmènes, n'est-ce pas ? C'est sûr, hein ? Tu ne vas pas partir sans nous ?

Tous, sauf l'Allemand qui reste comme une statue au milieu de l'entrée, apparemment indifférent au tumulte. Mais si on se penche un peu et qu'on regarde attentivement, on voit qu'il tremble sous son poil dur. Un imperceptible frémissement d'excitation contrôlée. Et s'il finit par n'y plus tenir, s'il est obligé d'exprimer ses sentiments pour ne pas exploser, il saute sur place deux fois de suite, soulève ses pattes avant. Alors là on sait qu'il est au comble de l'émotion.

Et puis, bien sûr, il y a Majken. Sa vieille chienne labrador. Elle n'a pas été très en forme ces derniers temps. Toute grise autour de la truffe et fatiguée. C'est elle qui a élevé les autres. Majken adore les chiots. Les nouveaux arrivants dans la meute ont le droit de dormir contre son ventre et elle devient leur nouvelle maman. Et quand elle n'a pas de jeune chien sous sa responsabilité, elle fait des grossesses nerveuses. Il y a encore deux ans de cela, Lisa trouvait parfois son lit sens dessus dessous en rentrant à la maison. Et au milieu de la couette et des oreillers emmêlés elle découvrait Majken couchée avec ses bébés imaginaires : une balle de tennis, une chaussure, ou, si la chienne avait eu de la chance, un animal en peluche trouvé dans la forêt.

Il y a Karelin, son gros chien noir, croisé terre-neuve et berger allemand. Il a rejoint la tribu à l'âge de trois ans. Le vétérinaire de Kiruna a appelé Lisa un jour pour lui demander si elle voulait l'adopter. Il devait être euthanasié mais son propriétaire préférait le voir placé dans une nouvelle famille. Ce n'était tout simplement pas un chien pour la ville. « Je veux bien le croire, avait dit le vétérinaire à Lisa. Vous l'auriez vu arriver au cabinet en laisse avec son maître en ski nautique derrière lui ! »

Enfin il y a Spy-Morris, son springer norvégien. Un champion, chien de chasse de concours. Un talent gaspillé au milieu de sa clique de fripouilles et avec Lisa qui ne chasse pas. Mais il aime s'asseoir à côté d'elle pour se faire caresser le poitrail. Et de temps en temps, il pose une grosse patte sur son genou pour lui rappeler qu'il existe. C'est un gentleman, gentil et doux. Il a un poil soyeux et des oreilles bouclées comme des cheveux de jeune fille, et il est malade en voiture.

Pour l'instant, ils sont tous couchés à l'intérieur. Lisa jette toutes sortes de choses dans le feu. Des matelas et de vieilles couvertures de chien, des livres et des meubles. Des papiers. Encore des papiers. Des lettres. De vieilles photographies. C'est un véritable brasier. Lisa regarde les flammes qui montent vers le ciel.

C'était devenu un travail à plein temps que d'aimer Mildred sur la fin. Se cacher. Se taire. Attendre. Elles se disputaient. Une vraie pièce de Lars Norén.

Elles sont en pleine dispute dans la cuisine de Lisa. Mildred va fermer la fenêtre.

C'est tout ce qui compte pour elle, songe Lisa. Que personne ne les entende.

Lisa débite toujours les mêmes reproches, les mêmes mots. Elle est lasse de les entendre avant même de les avoir dits. Elle lui reproche de ne pas l'aimer. Elle en a assez d'être un passe-temps pour elle. Elle est fatiguée de son hypocrisie.

Lisa est au milieu de la pièce. Elle a envie de jeter des trucs par terre. Le désespoir la rend criarde et violente. Elle ne s'est jamais vue comme ça.

Mildred est comme recroquevillée sur elle-même. Elle est assise sur la banquette de la cuisine, Spy-Morris enroulé contre sa cuisse. Il se fait tout petit lui aussi. Mildred le caresse comme on console un enfant.

« Tu penses à ma réputation dans la paroisse ? se défend-elle. Et au groupe Magdalena ? Si nous vivions ensemble ouvertement, tout cela serait terminé. Cela signifierait pour tout le monde que je ne suis qu'une femme amère qui déteste les hommes. Ils ne peuvent pas comprendre et je n'ai pas le droit de le leur demander.

– Tu préfères me sacrifier, moi ?

– Mais non. Pourquoi faut-il que ce soit aussi compliqué ? Je suis heureuse. Je t'aime. Je te le répète sans cesse, mais toi, il te faut des preuves.

– Je ne te demande pas de preuves. Je veux juste pouvoir respirer librement. L'amour, le vrai, a besoin de vivre au grand jour. Mais c'est bien là le problème. Tu en es incapable parce que tu ne m'aimes pas. Magdalena est juste ta foutue excuse pour garder tes distances. Peut-être qu'Erik y trouve son compte, mais pas moi. Tu n'as qu'à aller te trouver une autre maîtresse, il y en a sûrement des tas qui n'attendent que cela. »

Mildred se met à pleurer. Elle s'efforce de se retenir, plonge le visage dans le cou du chien. S'essuie les yeux du dos de la main.

Lisa a eu ce qu'elle voulait. Elle aurait même aimé la frapper. Elle avait besoin de ses larmes et de sa douleur. Mais elle n'est pas encore satisfaite. Sa propre douleur n'est pas rassasiée.

« Arrête de pleurnicher, dit-elle avec dureté. Tu ne m'attendris pas.

– J'arrête », promet Mildred comme un enfant, la voix brisée, se frottant les yeux.

Et Lisa, qui n'a jamais aimé personne de toute sa vie, se permet de la juger :

« Tu te lamentes sur ton propre sort, voilà tout. Il y a quelque chose qui ne va pas chez toi. Tu as un problème. Tu prétends aimer, mais personne ne peut aller regarder à l'intérieur du cœur de quelqu'un d'autre pour savoir ce qu'il entend par là. Moi je quitterais tout pour toi. Je supporterais tout. Je veux me marier avec toi. Mais toi... Tu ne sais pas ce que c'est que l'Amour. Tu ne sais pas ce que c'est que de souffrir parce qu'on aime quelqu'un. »

Mildred lève la tête. Sur la table brûle une bougie dans un bougeoir en étain. Elle tend la main et la tient au-dessus de la flamme.

« Je ne peux pas te prouver mon amour mais je peux te prouver que je sais ce que c'est que de souffrir. »

Sa bouche se tord en une grimace de douleur. Les larmes coulent. Une odeur affreuse se répand dans la cuisine.

Au bout d'un moment qui semble durer une éternité, Lisa s'empare du poignet de Mildred et retire sa main de la flamme. La plaie à l'intérieur de sa paume est profonde et noire. Lisa la regarde, affolée.

« Il faut que tu ailles à l'hôpital », s'écrie-t-elle.

Mildred secoue la tête.

« Ne me quitte pas », la supplie-t-elle.

À présent, Lisa pleure aussi. Elle l'emmène jusqu'à sa voiture, attache sa ceinture comme si elle était une petite fille incapable de le faire toute seule et elle va chercher un paquet d'épinards surgelés dans son congélateur.

Il se passe des semaines sans qu'elles se disputent. De temps à autre, Mildred lève sa main bandée vers Lisa, comme par hasard, pour glisser une mèche de cheveux derrière son oreille, ou un geste de ce genre. C'est un code amoureux entre elles.

Il fait nuit. Lisa cesse de penser à Mildred et se rend dans le poulailler. Les poules dorment sur leur perchoir. Serrées les unes contre les autres. Elle les prend, l'une après l'autre, les soulève du perchoir, les emporte sous son bras. Elles se sentent en sécurité, se contentent de glousser tout doucement. Elle les emmène au fond du jardin où se trouve une souche qu'elle utilise comme billot.

D'un geste rapide, les tenant par les pattes, elle leur balance la tête sur le billot pour les assommer. Puis elle prend la hache, son autre main juste derrière la lame et elle frappe, un seul coup, assez fort, très précis. Elle continue à les tenir par les pattes en attendant que cessent leurs battements d'ailes, fermant les paupières pour ne pas recevoir de plumes ou de sang dans les yeux. Il y a dix poules et un coq. Elle ne les enterre pas. Les chiens auraient vite fait de les déterrer. Elle les jette dans la poubelle.

Lars-Gunnar Vinsa rentre chez lui dans la nuit noire. Nalle dort à la place du passager. Ils ont passé toute la journée dans le bois aux airelles. Les pensées se bousculent dans sa tête. De vieux souvenirs.

Il revoit Eva, la mère de Nalle. Elle est face à lui, debout. Il vient de rentrer de son travail. Il était de garde ce soir et la nuit est tombée. Pourtant elle n'a pas allumé les lampes. Quand il ouvre la porte, il la trouve appuyée contre le mur du vestibule, dans l'obscurité.

Son comportement est étrange et il lui demande si elle va bien.

Elle répond :

« Je vais crever ici, Lars. Je suis désolée mais je vais vraiment crever. »

Comment aurait-il dû réagir à ça ? Lui aussi était à moitié mort de fatigue. Du matin au soir, il vivait en contact avec tous les malheurs du monde à cause de son job. Et quand il rentrait, il fallait qu'il s'occupe de Nalle. Encore aujourd'hui, il se demande ce qu'elle faisait de ses journées. Les lits n'étaient jamais faits. Il était très rare qu'elle leur ait préparé quelque chose pour le dîner. Ce soir-là, il était allé se coucher. Il lui avait demandé de venir le rejoindre mais elle n'avait pas voulu. Le lendemain, elle n'était plus là. Elle n'avait emporté que son sac à main. Elle n'avait même pas estimé qu'il méritait l'effort d'une lettre d'explications. Il avait dû emballer les affaires d'Eva lui-même. Il avait tout mis dans des cartons qu'il avait entreposés dans le grenier.

Elle lui avait téléphoné six mois plus tard. Pour parler à Nalle. Il lui avait répondu que ce n'était pas une bonne idée. Lui avait expliqué que cela risquait de bouleverser le gosse. Il lui avait raconté qu'au début Nalle l'avait cherchée, qu'il avait posé des questions et beaucoup pleuré. Que maintenant il allait mieux. À partir de ce jour-là, il avait commencé à lui donner des nouvelles du garçon, à lui envoyer des dessins qu'il avait faits. Les gens du village trouvaient qu'il était trop gentil, trop indulgent. Il s'en rendait compte à leurs regards. Mais il ne lui voulait pas de mal. À quoi bon ?

Les bonnes femmes des services sociaux voulaient mettre Nalle dans un centre.

« Il pourrait y aller de temps en temps, disaient-elles. Cela vous soulagerait un peu. »

Il était allé voir à quoi ressemblait ce foutu centre. Il avait trouvé l'endroit déprimant à la seconde où il avait passé la porte. Tout ce qu'il voyait autour de lui puait l'institution, l'entrepôt pour crétins, attardés et erreurs de la nature. Il avait eu envie de vomir en contemplant les objets que les pensionnaires fabriquaient pour s'occuper, leurs sculptures en plâtre, leurs assiettes émaillées et leurs horribles tableaux avec des encadrements bon marché. Il avait été agacé par les pépiements du personnel. Par leurs tabliers en coton rayés. Il y en avait une qui ne mesurait pas plus d'un mètre cinquante et il s'était dit : C'est vous qui allez vous interposer s'il y a de la bagarre ?

Nalle était grand, certes, mais il était incapable de se défendre.

« Jamais ! » avait-il dit ensuite aux bonnes femmes des services sociaux.

Elles avaient insisté.

« Vous avez besoin d'aide. Il faut penser à vous aussi.

– Non ! leur avait-il répondu. Pour quoi faire ? Pourquoi voulez-vous que je pense à moi ? C'est lui qui m'intéresse. Sa mère n'a pensé qu'à elle. Vous pouvez me dire ce qu'il en est sorti de bon ? »

Ils sont arrivés chez eux. Lars-Gunnar ralentit en approchant de l'allée. Il jette un coup d'œil dans la cour de la ferme. Il y voit parfaitement bien à la lumière de la lune. Sa carabine pour tirer l'élan est dans le coffre de la voiture. Elle est chargée. S'il y a une voiture de police dans la cour il continuera de rouler. S'ils le voient, il aura une minute d'avance sur eux. Le temps qu'ils démarrent et s'engagent sur la route. Enfin au moins trente secondes. Et il n'a pas besoin de plus pour les semer.

Mais il n'y a personne dans la cour de la ferme. Au clair de lune il voit un hibou longer la plage en rase-mottes. Il arrête la voiture et abaisse son siège le plus possible. Il ne veut pas réveiller Nalle. Il va sûrement émerger d'ici une heure ou deux. Ils iront se coucher à ce moment-là. Il ferme les yeux en attendant.

Gula Ben

Gula Ben quitte le territoire du clan au petit trot. Elle ne peut pas rester ici. Elle passe la frontière qui la conduit sur celui d'une autre meute. Elle n'a pas le droit d'être là non plus. Elle est en grand danger. La zone est parfaitement marquée. Des traces olfactives fraîches forment une limite plus efficace qu'une clôture de fils barbelés, tendue de tronc d'arbre en tronc d'arbre. Le long des tiges d'herbe sèche qui dépassent du manteau de neige court une muraille d'odeurs. Partout ils ont éclaboussé et gratté la terre avec leurs pattes arrière. Mais elle doit traverser. Il faut qu'elle monte vers le nord.

La première journée se passe bien. Elle avance le ventre vide. Urine au ras du sol pour que les odeurs ne se dispersent pas. Peut-être qu'elle va y arriver. Elle a le vent dans le dos, c'est bien.

Le jour suivant, ils repèrent sa trace. Deux kilomètres derrière elle, cinq loups pressent le nez dans l'empreinte de ses pas. Ils se lancent à sa poursuite, prennent la tête à tour de rôle et bientôt ils la voient.

Gula Ben les a sentis arriver. Elle vient de traverser une rivière et, en se retournant, elle les aperçoit sur l'autre rive à peine un kilomètre en aval.

Maintenant elle galope pour sauver sa vie. Les intrus sont tués sans autre forme de procès. Sa langue flotte hors de sa gueule grande ouverte. Ses longues pattes la portent à travers l'étendue de neige vierge mais sa piste n'est pas damée.

Enfin ses pattes trouvent une trace de scooter qui va dans la bonne direction. Ils vont la rattraper mais pas tout de suite. Et soudain, alors qu'ils sont à trois cents mètres, ils s'arrêtent. Ils l'ont chassée hors de leur territoire et même au-delà.

Elle est sauvée.

Elle court encore un kilomètre et elle se couche. Mange un peu de neige.

La faim la ronge comme un rat vivant dans son estomac.

Elle poursuit sa route vers le nord. Puis, à l'endroit où la mer blanche sépare la presqu'île de Kola de la Carélie, elle met le cap au nord-ouest. Le dégel l'accompagne. La neige devient de plus en plus lourde sous ses pattes.

La forêt. Des arbres de cent ans et plus. Des conifères qui se dressent jusqu'au ciel. Nus, élancés et sans épines presque jusqu'au sommet. Tout en haut, leurs cimes se rejoignent comme un plafond vert et mouvant. Le soleil a du mal à passer au travers des branches. Pas assez en tout cas pour faire fondre la neige en dessous. Quelques flaques de lumière ici et là et des gouttes de neige fondue qui tombent de tout en haut. *Floc, floc.* L'air est plein de menus bruits. Tous les animaux de la forêt sentent venir le printemps et après lui la promesse de la belle saison. Enfin ils vont pouvoir faire mieux que survivre. On entend les lourds battements d'ailes des oiseaux des bois, les renards se hasardent hors de leurs tanières, souris et campagnols sautillent sur la croûte du tapis de neige matinal. Soudain un silence tombe sur la forêt quand les animaux qui se réveillent sentent et entendent passer la louve. Seul le corbeau charognard continue son croassement obstiné du haut de sa branche. Et le bruit des gouttes ne s'arrête pas non plus. Le printemps ne craint pas le loup.

Marécage infini. Le dégel transforme la terre en une étendue molle et détrempée sous une couche de neige gavée d'eau que le moindre contact change en boue grisâtre. On s'enfonce à chaque pas. La louve ne se déplace plus que la nuit où la neige supporte son poids. Le jour elle s'arrête dans un creux ou sous un pin. Les sens en alerte même quand elle dort.

Sans la meute, la chasse est différente. Elle mange des lièvres et autre petit gibier. Une nourriture bien maigre pour une louve en exode.

Son rapport aux autres animaux a changé également. Le renard et le corbeau s'entendent bien avec le loup quand il est en meute. Le renard mange les restes du loup. Le loup agrandit la tanière du renard et la réquisitionne. Le corbeau nettoie la table du loup. Il se perche sur l'arbre et croasse : « Gibier, gibier ! Grand cerf en rut occupé à frotter ses bois contre l'écorce d'un arbre ! Venez le tuer ! » Un corbeau qui s'ennuie est capable de se laisser tomber devant le nez d'un loup endormi, de lui picorer la tête pour le réveiller et de faire quelques sauts pour se mettre hors de portée avec son allure risible et gauche. Le loup va lui bondir dessus et le corbeau décollera au tout dernier moment. L'oiseau noir et le loup gris sont capables de s'amuser longtemps ainsi.

Mais une louve solitaire n'est pas une bonne camarade de jeu. Elle ne gaspille pas sa nourriture, n'a pas le temps de jouer avec un oiseau et ne partage pas ses proies si elle peut l'éviter.

Un matin, la louve surprend une renarde devant son terrier. Plusieurs trous ont été percés dans le versant d'une colline. L'une des entrées est dissimulée derrière les racines d'un arbre tombé. Seules quelques traces et un peu de terre mélangée à la neige révèlent son existence. La renarde sort de là. La louve a senti son odeur âpre et dévie légèrement de sa trajectoire. Elle descend la côte avec le vent de face, voit la renarde sortir sa tête, son corps filiforme. La louve se fige sur place, attend que la renarde ait quitté sa tanière. Dès qu'elle sera dehors, elle la verra, à condition bien sûr qu'elle tourne la tête de son côté.

Gula Ben bondit comme un félin. Elle traverse les branchages d'un pin couché. Et elle coupe la renarde en deux, lui brise la colonne vertébrale. Elle la dévore goulûment, bloquant sa dépouille au sol avec une patte et arrachant le peu de viande que l'animal avait sur les os.

Deux corbeaux la rejoignent presque aussitôt et tâchent de s'octroyer par la ruse une partie du butin. Le premier s'approche au péril de sa vie pour inciter la louve à le pourchasser afin de donner le temps à son complice de voler un bout de viande. Elle claque des dents, essayant de les mordre quand ils fondent sur elle, mais sa patte ne quitte jamais le corps de la renarde. Elle la mange jusqu'à la dernière miette puis elle fait l'inspection des terriers creusés dans la pente, tente de repérer à l'odeur si la renarde avait des petits. S'ils sont cachés quelque part, elle les trouvera, mais elle ne sent rien.

Elle reprend sa route. Ses pattes de louve solitaire l'emportent inlassablement droit devant elle.

Lundi 11 septembre

C'EST COMME SI LA terre l'avait avalé.

Anna-Maria Mella regarda ses collègues. Ils étaient tous réunis chez le juge d'instruction pour un débriefing matinal : Toujours aucune trace de Stefan Wikström, le pasteur disparu.

Un lourd silence tomba sur la pièce. Il dura six secondes. L'inspecteur Fred Olsson, le juge d'instruction Alf Björnfot, Sven-Erik Stålnacke et l'inspecteur Tommy Rantakyrö avaient l'air abattu. Ils ne pouvaient pas imaginer pire hypothèse : qu'il ait effectivement été englouti par la terre. Qu'il soit enterré quelque part.

Sven-Erik était déprimé. Il était arrivé bon dernier à la petite réunion de prière quotidienne du juge d'instruction, ce qui ne lui ressemblait pas. Il avait un morceau de sparadrap sur le menton. Coloré de brun à cause du sang qui était passé au travers. Un indice qui ne trompe pas chez un homme : Sven-Erik était dans un mauvais jour. Dans la précipitation, les poils de sa barbe sous la pomme d'Adam avaient échappé au rasoir et se dressaient sur son cou comme des chaumes. Un peu de mousse à raser était restée collée au coin de sa bouche.

« Pour l'instant, nous ne parlons que d'une disparition, dit le juge d'instruction. C'est un serviteur de Dieu. Il a compris que nous nous intéressions à lui à cause de ce voyage qu'il a fait avec sa famille aux frais de la fondation pour la défense des loups. C'est assez pour pousser quelqu'un à vouloir disparaître. La peur de voir sa réputation souillée. Il va peut-être ressurgir tout à coup comme un diable de sa boîte. »

Tout le monde se taisait autour de la table. Alf Björnfot regarda les policiers. Il ne vit que des visages graves et concentrés. Ils avaient tous l'air d'attendre que le corps du pasteur se matérialise tout à coup dans la pièce, ou une piste, ou une preuve qui relancerait l'enquête.

« Que sait-on de ce qui s'est passé avant le moment où il a disparu ? demanda-t-il.

– Il a téléphoné de son mobile vendredi, à dix-neuf heures cinquante-cinq, dit Fred Olsson. À vingt et une heures trente, il s'est occupé des jeunes de la paroisse : il a ouvert la salle et dit les prières avec eux. Il est reparti un peu après vingt-deux heures et plus personne ne l'a vu depuis.

– Et sa voiture ? s'enquit le juge d'instruction.

– Elle est toujours garée derrière la salle paroissiale. »

Un trajet très court, songea Anna-Maria. En effet, de la salle des jeunes à l'arrière de la salle paroissiale il y avait à peine une centaine de mètres.

Elle se souvenait d'une femme qui avait disparu quelques années plus tôt. Une mère de deux enfants, sortie un soir pour aller nourrir les chiens au chenil. Et puis plus de nouvelles. Le désespoir sincère du mari et le fait que tout le monde, lui y compris, affirme qu'elle n'avait pas pu abandonner ses enfants de son plein gré, avaient conduit la police à privilégier la piste de la disparition inquiétante. Ils l'avaient finalement retrouvée enterrée dans la forêt derrière la maison. Le mari l'avait assassinée.

Anna-Maria avait pensé la même chose, alors : un trajet très court.

« Que nous apprennent ses conversations téléphoniques, ses mails et ses relevés bancaires ? demanda le juge d'instruction.

– Pas grand-chose, répondit Tommy Rantakyrö. La dernière personne qu'il ait appelée est son épouse. Avant cela il a eu plusieurs entretiens professionnels avec divers membres de la paroisse, le vicaire, le président de l'équipe de chasse avec qui il a parlé d'élans, et la sœur de sa femme... J'ai une liste des appels avec un résumé de la conversation.

– Bon travail, dit Alf Björnfot.

– De quoi a-t-il parlé avec sa belle-sœur et le vicaire ? voulut savoir Anna-Maria.

– Il s'inquiétait pour sa femme. Il avait peur qu'elle soit de nouveau en crise. C'est la raison pour laquelle il a appelé la sœur.

– Elle avait écrit toutes ces étranges lettres à Mildred Nilsson, dit Fred Olsson. Les relations entre le couple Wikström et Mildred Nilsson semblaient être assez tendues.

– Et le vicaire ? dit Anna-Maria.

– Bonne question. Il a eu l'air assez gêné quand je lui ai demandé ce que Stefan Wikström avait à lui raconter ce soir-là, fit Tommy Rantakyrö. Il m'a finalement expliqué que le pasteur l'appelait pour l'informer que les comptes de la fondation étaient entre nos mains. »

Une ride imperceptible vint creuser le front du juge d'instruction mais il ne parla ni de faute professionnelle ni d'absence de commission rogatoire. Il dit simplement :

« Ce qui confirmerait la thèse qu'il ait pu disparaître volontairement, qu'il soit parti par peur du scandale. Croyez-moi, c'est une réaction très fréquente chez les gens de se cacher la tête dans le sable quand ils ont un problème. Je ne comprends pas qu'ils ne se rendent pas compte qu'ils ne font qu'aggraver leur cas ! Mais à ce stade, ils ne sont plus en état de raisonner.

– Pourquoi n'a-t-il pas pris sa voiture, dans ce cas ? s'étonna Anna-Maria. Il n'est tout de même pas parti à pied dans la nature ? À cette heure-là, il n'y a ni trains ni avions !

– Un taxi, peut-être ? proposa le juge d'instruction.

– Non, j'ai vérifié », répliqua Fred Olsson.

Anna-Maria lui lança un regard appréciateur.

Têtu comme un chien de chasse, se disait-elle.

« Bon, dit le juge d'instruction. Tommy, je voudrais que vous...

– ... Oui, je sais. Vous voulez que j'aille faire du porte-à-porte dans le quartier autour de la salle paroissiale et que je demande si quelqu'un a vu ou entendu quelque chose, dit l'inspecteur Rantakyrö d'un air résigné.

– Exactement, approuva le juge d'instruction. Et...

– ... Et vous voulez que je retourne interroger les adolescents qui étaient à la réunion de prière ce soir-là.

– Tout à fait ! Vous irez avec Fred Olsson. Et toi, Sven-Erik, poursuivit-il, tu pourrais peut-être appeler le bureau des profileurs et entendre ce qu'ils ont à dire. »

Sven-Erik acquiesça.

« On en est où avec le dessin ? demanda ensuite le juge d'instruction.

– Les experts travaillent encore dessus, répondit Anna-Maria. Ils n'ont rien trouvé pour le moment.

– Bon. Alors s'il ne se passe rien de particulier d'ici là, je vous dis : à demain matin », conclut le juge d'instruction en repliant les branches de ses lunettes avant de les remettre dans la poche de poitrine de sa veste.

La réunion était terminée.

Avant de retourner dans son bureau, Sven-Erik passa voir Sonja au standard.

« Si quelqu'un appelle pour dire qu'il a trouvé un chat gris tigré, tu me passes la communication, s'il te plaît ?

– Manne a disparu ? »

Sven-Erik hocha la tête.

« Oui, depuis une semaine. Il n'est jamais parti aussi longtemps.

– On va s'en occuper, promit Sonja. Je suis sûre qu'il va revenir. Il fait encore chaud dehors. Il doit être en train de courir la gueuse quelque part.

– Il est castré, répliqua Sven-Erik, la mine sombre.

– Ah, dit-elle. Je transmettrai le message aux filles. »

La femme du groupe de profilage de la police criminelle nationale répondit sur sa ligne directe. Elle sembla contente d'entendre le nom de Sven-Erik quand il se présenta. Elle avait l'air bien trop jeune pour faire ce métier.

« Je suppose que vous avez lu les journaux ? lui dit Sven-Erik.

– Oui. Vous ne l'avez pas encore retrouvé ?

– Non, toujours pas. Alors, qu'est-ce que vous en pensez ?

– Euh…, dit-elle. Vous pouvez reformuler la question ? »

Sven-Erik fit une pause pour mettre de l'ordre dans ses idées.

« Bien. Alors, admettons que ce que supposent les journaux est exact.

– C'est-à-dire que Stefan Wikström a été assassiné et que c'est le fait d'un tueur en série, dit-elle.

– Exactement. Vous ne trouvez pas cela étrange ? »

Elle ne répondit pas, attendant que Sven-Erik aille au bout de sa pensée.

« ... Ce que je veux dire, c'est que je trouve bizarre que le pasteur ait disparu. Mildred a été suspendue à l'orgue, comment se fait-il que le meurtrier n'ait pas fait la même chose avec le corps de Stefan Wikström ?

– Il est peut-être en train de lui faire sa toilette. On avait trouvé un poil de chien sur le cadavre de Mildred, n'est-ce pas ? Ou alors, il a juste envie de le garder un peu près de lui. »

Elle se tut, sans doute pour réfléchir à d'autres possibilités.

« Je suis désolée, dit-elle au bout d'un moment. Je vous propose que nous reprenions contact quand le corps aura été retrouvé, si on le retrouve car il est toujours possible que Stefan Wikström ait disparu volontairement. On verra à ce moment-là si on distingue un schéma.

– Vous avez raison, dit Sven-Erik. Il peut avoir disparu volontairement. Il avait des choses à se reprocher à propos d'une somme d'argent appartenant à l'Église. Et il a appris que nous avions démasqué sa petite combine.

– Sa "petite combine" ?

– Un détournement de fonds d'environ cent mille couronnes provenant d'une fondation. Il n'y a peut-être même pas de quoi risquer une inculpation. Un prétendu voyage de formation qui était en fait des vacances en famille.

– Et ce n'était pas assez grave pour qu'il veuille prendre la fuite, selon vous ?

– Non, je ne pense pas.

– Sauf s'il a eu peur de voir la police lui tourner autour.

– Que voulez-vous dire ?

– Rien du tout ! » fit-elle avec un petit rire nerveux. Mais cela ne dura qu'une seconde. Et, sur un ton tout à fait professionnel, elle ajouta :

« Je vous souhaite bonne chance dans votre enquête, inspecteur. Tenez-moi au courant s'il y a du nouveau. »

Ce ne fut qu'après avoir raccroché qu'il comprit ce qu'elle avait voulu dire. Si Stefan avait assassiné Mildred...

Son cerveau s'insurgea immédiatement contre cette hypothèse. Mais il se força à l'envisager.

Admettons que ce soit le cas, se dit-il. Il aurait été logique qu'il prenne la fuite en voyant que nous commencions à nous approcher de lui. Quelles que soient les raisons pour lesquelles nous le faisions. Même si nous venions lui demander l'heure.

Le téléphone d'Anna-Maria sonna. C'était la femme de la librairie de science-fiction.

« J'ai eu une touche concernant votre symbole, annonça-t-elle sans préambule.

– Ah oui ?

– Un de mes clients le connaissait. Il figure sur la couverture d'un livre intitulé *Le Portail*, écrit par une dénommée Michelle Moan, c'est un pseudonyme. Le livre n'existe pas en traduction suédoise. Et je ne l'ai pas en stock. Mais je peux vous le commander si vous voulez. Ça vous intéresse ?

– Oui ! De quoi parle-t-il ?

– De la mort. C'est un livre sur la mort. Il coûte vachement cher. Cinquante-cinq livres. Sans compter la livraison. J'ai appelé la maison d'édition en Angleterre, au fait.

– Vraiment ?

– Je leur ai demandé s'ils avaient déjà eu des commandes venant de Suède. Ils en ont eu quelques-unes dont une provenant de la région de Kiruna. »

Anna-Maria retint sa respiration. Bénis soient les détectives amateurs.

« Ils ont pu vous donner un nom ?

– Oui. Benjamin Wikström. J'ai une adresse aussi.

– Inutile ! s'exclama Anna-Maria dans le combiné. Merci. Je vous rappelle. »

Sven-Erik était de nouveau allé voir Sonja à l'accueil. Il n'avait pas pu s'empêcher d'y retourner pour lui poser la question.

« Alors ? Qu'est-ce qu'elles ont dit ? Personne n'a appelé à propos d'un chat ? »

Sonja secoua la tête.

Tommy Rantakyrö, qui les avait rejoints entre-temps, demanda :

« Tu as perdu ton chat ? »

Sven-Erik lui répondit par un vague grognement.

« Il a dû se trouver un nouveau maître, dit Tommy d'un ton léger. Tu sais, les chats ne s'attachent à personne. C'est de l'anthropomorphisme que de projeter nos propres sentiments sur eux. Ils sont incapables de fidélité. C'est scientifiquement prouvé.

– Qu'est-ce que tu peux raconter comme conneries ! riposta Sven-Erik.

– Je te jure que c'est vrai », insista Tommy, sans se préoccuper des regards insistants de Sonja. « Tu sais, quand ils se frottent à nos jambes en se tortillant avec leur fameuse sensualité féline ? Il paraît qu'ils font ça pour nous marquer par des traces olfactives parce qu'ils nous considèrent comme un genre de station-service dont ils sont propriétaires et où ils viennent se restaurer et se reposer. Ce ne sont pas des animaux grégaires.

– C'est possible. N'empêche qu'il vient quand même se blottir dans mon lit comme un gosse.

– C'est pour se réchauffer. Tu n'as pas plus de valeur pour ce chat qu'une couverture électrique.

– Tu dis ça parce que tu es un homme à chiens, lui fit remarquer Sonja, sèchement. Tu n'as aucune expérience des chats et tu ne devrais même pas en parler. »

Puis, à Sven-Erik :

« Moi aussi je suis une femme à chats. »

Au même instant la porte vitrée s'ouvrit brusquement sur une Anna-Maria survoltée. Elle saisit Sven-Erik par le bras et l'entraîna avec elle.

« Nous allons au presbytère de Jukkasjärvi », dit-elle simplement.

Kristin Wikström leur ouvrit en robe de chambre et en chaussons. Son maquillage avait un peu coulé. Ses cheveux blonds étaient simplement glissés derrière ses oreilles et ils pendaient, plats et tristes. Elle n'avait pas pris la peine de les brosser dans sa nuque.

« Nous aimerions parler à Benjamin, dit Anna-Maria. Est-ce qu'il est là ?

– Qu'est-ce que vous lui voulez ?

– Lui parler, répéta Anna-Maria. Il est à la maison ? »

La voix de Kristin Wikström monta d'un ton.

« Pourquoi ? De quoi voulez-vous lui parler ?

– Son père a disparu, n'est-ce pas ? dit Sven-Erik patiemment. Nous devons lui poser quelques questions.

– Il n'est pas là.

– Savez-vous où il est ? insista Anna-Maria.

– Non. Vous devriez être en train de chercher mon mari. Voilà ce que vous devriez être en train de faire.

– Pouvez-vous nous montrer sa chambre ? » demanda Anna-Maria.

La mère ferma les yeux, avec lassitude.

« Non, répondit-elle.

– Alors, excusez-nous de vous avoir dérangée », lui dit Sven-Erik poliment en traînant Anna-Maria derrière lui jusqu'à la voiture.

Ils sortirent du presbytère.

« Merde ! » s'exclama Anna-Maria quand ils eurent passé la grille d'entrée. « Comment ai-je pu être assez bête pour venir ici sans un mandat de perquisition ?

– Gare-toi un peu plus loin et dépose-moi, lui dit Sven-Erik. Ensuite tu fonces le plus vite possible chercher un mandat et tu reviens ici. Je vais la surveiller. »

Anna-Maria arrêta la voiture et Sven-Erik descendit.

« Fais vite », dit-il.

Sven-Erik retourna au pas de course vers le presbytère. Il s'arrêta derrière l'un des piliers de la grille d'entrée où il pouvait se dissimuler. De sa cachette, il voyait à la fois la porte d'entrée et la cheminée. Si je vois de la fumée, j'entre, se promit-il.

Au bout d'un quart d'heure, Kristin Wikström sortit de la maison. Elle avait troqué sa robe de chambre contre un jean et un pull-over. Elle se dirigeait vers le conteneur, un sac-poubelle fermé à la main. Au moment où elle soulevait le couvercle de la poubelle, elle aperçut Sven-Erik.

Il n'avait pas d'autre solution maintenant. Il se dépêcha de la rejoindre et tendit la main vers le sac.

« Allez. Donnez-moi ça. »

Elle lui tendit le sac sans un mot. Il remarqua qu'elle avait passé une brosse dans ses cheveux et mis un peu de rouge sur ses lèvres. Tout à coup, les larmes coulèrent sur ses joues. Elle ne fit rien pour les retenir. Son visage ne changea pas d'expression. Il n'y avait que les larmes. Elle aurait aussi bien pu être en train d'éplucher des oignons.

Sven-Erik ouvrit le sac-poubelle. Il était rempli de coupures de journaux sur Mildred Nilsson.

« Voilà, dit-il en la prenant dans ses bras. Ça va aller, maintenant. Dites-moi où il est.

– Au collège, je suppose. »

Elle laissa le policier la serrer contre lui. Pleura longuement sans bruit au creux de son épaule.

« Alors, qu'est-ce que tu en penses ? » demanda Sven-Erik quand Anna-Maria et lui furent arrivés devant le collège Högalid. « Tu crois qu'il a tué Mildred et son père ?

– Je ne crois rien du tout. Je sais seulement qu'il possède un livre sur la couverture duquel se trouve le symbole qui figurait sur le dessin de menaces qu'a reçu Mildred. C'est probablement lui qui a fait ce dessin. Et il avait chez lui un tas d'articles sur le meurtre de Mildred. »

La directrice du collège Högalid était une femme charmante d'une cinquantaine d'années. Elle était un peu ronde et vêtue d'une jupe droite jusqu'aux genoux, assortie à une veste en laine bleu marine égayée par un foulard aux couleurs vives. Sa simple apparence mit Sven-Erik de bonne humeur Il aimait les femmes énergiques, et c'était l'impression qu'elle donnait.

Anna-Maria la pria de leur amener Benjamin Wikström le plus discrètement possible. La directrice alla chercher le classeur dans lequel elle rangeait les emplois du temps. Elle passa un rapide coup de fil au professeur responsable de la classe de Benjamin.

En attendant qu'il arrive, la directrice demanda aux policiers de quoi il s'agissait.

« Nous pensons qu'il a adressé des menaces à la pasteure Mildred Nilsson qui a été assassinée cet été. Nous devons lui poser quelques questions. »

La directrice secoua la tête.

« Pardonnez-moi, dit-elle. Mais j'ai du mal à le croire. J'admets que Benjamin et ses amis sont affreux à voir avec leurs cheveux noirs, leurs visages tout blancs et leurs yeux maquillés. Sans parler des T-shirts qu'ils portent ! Au dernier trimestre, un copain de Benjamin est venu en cours avec un T-shirt sur lequel on voyait un squelette en train de dévorer un nouveau-né. »

Elle sourit et ouvrit grand les yeux d'un air faussement horrifié. Mais elle retrouva son sérieux quand elle vit qu'Anna-Maria ne partageait pas son humour.

« En réalité ce sont de braves gosses, poursuivit-elle. Benjamin a eu un passage difficile l'année dernière quand il était en quatrième mais je l'embaucherais sans hésitation pour garder mes enfants. Si j'avais des enfants en bas âge.

– Qu'entendez-vous par “un passage difficile” ? voulut savoir Sven-Erik.

– Il ne travaillait plus beaucoup. Et il est tout à coup devenu très… Ils ont tellement besoin de se distinguer par leurs tenues vestimentaires et ce genre de choses. J'ai l'impression que c'est une façon pour eux de porter à l'extérieur le sentiment de rejet qu'ils ont à l'intérieur. Pour se convaincre qu'ils ont eux-mêmes choisi d'être exclus. Il n'allait vraiment pas bien. Il avait un tas de petites scarifications sur les bras dont il n'arrêtait pas de gratter les croûtes. Ça avait fini par se transformer en une grosse plaie qui ne cicatrisait jamais.

Mais un peu après Noël, les choses se sont arrangées. Il s'est trouvé une copine et il a monté un groupe de rock. »

Elle rit à nouveau.

« Ce groupe ! Mon Dieu ! Ils ont fait un concert ici au collège à la fin de l'année. Ils s'étaient débrouillés, je ne sais pas comment, pour se procurer une tête de cochon sur laquelle ils ont tapé à coups de hache sur scène. Ils se sont bien amusés.

– Est-ce qu'il est bon en dessin, à votre connaissance ? demanda Sven-Erik.

– Oui, répondit la directrice. Il est très doué. »

On frappa à la porte et Benjamin Wikström entra. Anna-Maria et Sven-Erik se présentèrent.

« Nous aimerions te poser quelques questions, dit Sven-Erik.

– Je n'ai rien à vous dire », répondit Benjamin Wikström.

Anna-Maria Mella poussa un soupir.

« Dans ce cas je vais devoir t'arrêter pour suspicion de menaces. On va t'emmener au poste. »

Benjamin gardait les yeux baissés. Le visage caché derrière ses cheveux noirs et raides.

« Faites ce que vous voulez ! » dit-il.

« Bon, dit Anna-Maria à Sven-Erik. On y va ? »

Benjamin Wikström attendait dans la première salle d'interrogatoire. Il n'avait pas ouvert la bouche depuis qu'ils l'avaient emmené. Sven-Erik et Anna-Maria étaient allés se chercher un mug de café. Ils lui avaient rapporté un Coca.

Le juge d'instruction Alf Björnfot arriva en courant dans le couloir.

« Qui est-ce que vous avez arrêté ? » leur demanda-t-il, essoufflé.

Ils lui firent un compte rendu de l'arrestation.

« Quinze ans, dit le juge d'instruction. Son responsable légal doit être présent, sa mère est là ? »

Sven-Erik et Anna-Maria échangèrent un regard.

« Débrouillez-vous pour la faire venir, alors, dit Alf Björnfot. Donnez au gamin quelque chose à manger s'il le désire. Et appelez les services sociaux. Il faut qu'ils nous envoient quelqu'un de chez eux aussi. Vous m'appellerez quand tout le monde sera arrivé. »

Et il repartit d'où il était venu.

« Je ne veux pas y aller ! gémit Anna-Maria.

– Je vais aller la chercher », la rassura Sven-Erik.

Une heure plus tard, ils avaient rassemblé tout le monde. D'un côté de la table étaient assis Anna-Maria Mella et Sven-Erik Stålnacke. En face d'eux se trouvait Benjamin Wikström avec à sa gauche une personne envoyée par les services sociaux et à sa droite Kristin Wikström. Elle avait les yeux très rouges.

« Est-ce toi, Benjamin, qui as adressé ce dessin à Mildred Nilsson ? demanda Sven-Erik. Nous aurons bientôt le résultat du laboratoire pour les empreintes digitales trouvées sur la feuille. Si tu l'as fait, tu ferais aussi bien de nous en parler maintenant. »

Benjamin continua de se taire obstinément.

« Enfin, Benjamin, dit Kristin. Qu'est-ce que c'est que cette histoire ? Comment as-tu pu faire une chose pareille ? Tu es complètement malade ! »

La mâchoire de Benjamin se crispa. Il gardait les yeux fixés sur la table. Les bras serrés le long du corps.

« On devrait peut-être faire une petite pause », dit l'assistante sociale en se levant et en passant le bras autour des épaules de Kristin.

Sven-Erik acquiesça et éteignit le magnétophone. Kristin, l'assistante sociale et Sven-Erik sortirent de la pièce.

« Pourquoi est-ce que tu refuses de nous parler ? demanda Anna-Maria.

– Parce que vous ne comprenez rien, répondit Benjamin. Vous ne comprenez rien du tout.

– C'est ce que mon fils me dit tout le temps. Il a ton âge. Tu connaissais Mildred ?

– Ce n'est pas elle sur le dessin. Vous ne voyez pas que c'est un autoportrait ? »

Anna-Maria regarda le dessin à nouveau. Elle avait toujours cru qu'il s'agissait de Mildred. Benjamin aussi avait les cheveux longs et bruns.

« Vous étiez amis ! s'exclama Anna-Maria. C'est pour ça que tu as gardé toutes les coupures de journaux !

– Elle avait compris, dit-il. Elle avait tout compris. »

Derrière le rideau de cheveux, une larme tomba et vint s'écraser sur la table.

Mildred et Benjamin sont ensemble dans le bureau de Mildred à la salle paroissiale. Elle l'a invité à prendre une infusion de reine-des-prés avec du miel. C'est une des femmes de l'association Magdalena qui lui a apporté les herbes. Elle les a cueillies et séchées elle-même. Ils rient tous les deux parce que le breuvage est absolument infect.

Un ami de Benjamin a fait sa confirmation avec Mildred. C'est grâce à lui qu'il a fait sa connaissance.

Le livre *Le Portail* est posé sur la table de Mildred. Elle l'a lu.

« Alors ? Qu'en pensez-vous ? »

Le bouquin est gros. Très gros. Et il est écrit en anglais. Il y a beaucoup d'illustrations aussi.

Il parle de *The Gate to the unbuilt house, to the world you create.* Le portail d'une maison à venir, vers un monde en devenir. Il incite le lecteur à dessiner et à imaginer dans sa tête le monde dans lequel il aimerait vivre pour toujours. Il parle du moyen d'y parvenir. Il parle du suicide. Collectif ou individuel. La maison d'édition anglaise a été attaquée en justice par une association de parents après que quatre jeunes se furent donné la mort au printemps 1998.

« J'aime bien l'idée qu'on a le pouvoir de créer son propre paradis », répond-elle.

Ensuite elle l'écoute. Elle lui tend des mouchoirs en papier quand il pleure. Il pleure quand il parle avec Mildred. C'est le sentiment qu'elle s'intéresse à lui qui déclenche ça.

Il lui parle de son père. C'est peut-être une manière de se venger que de parler avec elle alors qu'il sait que son père la déteste.

« Il me hait, dit-il. Mais ça m'est égal. De toute façon, même si je me coupais les cheveux, même si je me promenais en chemise et en costard, que je travaillais bien à l'école et que je devenais délégué de classe, ça ne lui suffirait pas. J'en suis certain. »

On frappe à la porte. Le front de Mildred se fronce d'agacement. Quand l'ampoule rouge est allumée...

La porte s'ouvre et Stefan Wikström entre dans le bureau. Normalement c'est son jour de congé.

« Alors c'est là que tu te caches, dit-il à Benjamin. Prends ta veste et va t'asseoir dans la voiture, tout de suite. »

Puis, s'adressant à Mildred :

« Et toi tu vas arrêter de te mêler de mes affaires de famille. Il néglige l'école. Sa façon de s'habiller me donne envie de vomir. Il ne sait pas quoi inventer pour nous faire honte. Et visiblement tu l'encourages. C'est pour venir prendre le thé avec toi qu'il sèche la classe ? Tu as entendu ce que je t'ai dit, Benjamin ? Ta veste et en voiture ! »

Il tapote sa montre-bracelet.

« Tu devrais être en cours de suédois en ce moment. Je vais te déposer au collège. »

Benjamin ne bouge pas.

« Ta mère est à la maison en train de pleurer. La directrice du collège a appelé pour savoir où tu étais. Tu vas rendre ta mère malade. C'est ça que tu veux ?

– Benjamin avait besoin de parler, le défend Mildred. Parfois...

– Il n'a qu'à parler avec sa famille ! rétorque Stefan.

– Ben voyons ! ricane Benjamin. Je te signale que tu ne me réponds jamais quand je te parle. Comme hier quand je t'ai demandé si je pouvais partir faire un tour à la frontière avec Kevin et ses parents et que tu m'as dit : "Fais-toi couper les cheveux et habille-toi normalement et je te traiterai comme une personne normale !" »

Benjamin se lève et prend sa veste.

« J'ai mon vélo. Tu n'as pas besoin de m'accompagner. »

Il sort précipitamment.

« Tout cela est ta faute », dit Stefan en pointant le doigt sur Mildred encore assise, son infusion à la main.

« Je te plains, Stefan, répond-elle. Tu dois te sentir très seul. »

« On le relâche », annonça Anna-Maria au juge d'instruction et à ses collègues. Elle se rendit dans la salle de repos pour demander à l'assistante sociale de raccompagner la mère et son fils.

Puis elle retourna dans son bureau.

Elle se sentait lasse et déprimée.

Sven-Erik vint la voir et lui demanda si elle voulait déjeuner avec lui.

« Mais il est trois heures de l'après-midi ! dit-elle.

– Et alors ? Tu as mangé quelque chose ?

– Non.

– Prends ta veste. C'est moi qui conduis. »

Elle fit la grimace.

« Pourquoi est-ce toi qui conduis ? »

Tommy Rantakyrö apparut dans l'encadrement de la porte derrière Sven-Erik.

« Il faut que vous veniez », dit-il.

Sven-Erik lui jeta un regard noir.

« Je n'ai rien à te dire, à toi, lâcha-t-il.

– À cause de cette histoire de chat ? Je plaisantais. Venez ! Il faut vraiment que vous entendiez ça. »

Il les conduisit dans la deuxième salle d'interrogatoire. Un homme et une femme en tenue de randonneurs attendaient à l'intérieur. L'homme était très grand. Il tenait sa casquette verte de surplus militaire dans sa grosse pogne et s'épongeait le front. La femme était d'une maigreur effarante. Elle avait les lèvres et le visage creusés de rides de ceux qui fument beaucoup et depuis longtemps. Sa tête était couverte d'un foulard et son pantalon était maculé de taches de fruits rouges. Tous deux sentaient la fumée et l'huile de citronnelle.

« On pourrait avoir un verre d'eau ? » demanda l'homme quand les trois policiers entrèrent dans la pièce.

« Mais tais-toi donc ! » lui dit la femme d'une façon qui laissait à penser que rien de ce qu'il disait ou faisait ne trouvait grâce à ses yeux.

« Vous pourriez leur répéter ce que vous venez de me raconter ? leur demanda Tommy Rantakyrö.

– Allez, vas-y toi, dis-leur ! » ordonna la femme à son compagnon d'un ton agacé.

Son regard allait nerveusement d'un policier à l'autre.

« Alors, voilà. Nous sommes allés faire la cueillette des baies au nord de Vuolusjärvi. Mon beau-frère a une cabane là-bas. Un coin à mûres fantastique quand c'est la saison mais bon, en ce moment, ce sont plutôt les airelles... »

Il eut un regard vers Tommy Rantakyrö qui lui faisait des signes pour l'inciter à en venir au fait.

« Bref, pendant la nuit, nous avons cru entendre un monstre, dit l'homme.

– Un hurlement, en fait, précisa sa femme.

– Oui. Un hurlement monstrueux. Et puis on a entendu un coup de feu.

– Et tout de suite après, un deuxième, ajouta son épouse.

– Eh bien, raconte, toi, si tu sais mieux que moi !

– Non, non. Vas-y. » Et la seconde suivante, elle poursuivit : « J'ai dit à mon mari qu'il fallait prévenir la police. »

Elle se tut.

« C'est tout, en fait », conclut le mari.

Sven-Erik les regardait d'un air surpris.

« C'était quand ? demanda-t-il.

– La nuit de vendredi à samedi, répondit l'homme.

– Et nous sommes lundi, dit lentement Sven-Erik. Pourquoi avez-vous mis tout ce temps à venir ?

– Tu vois ? Je l'avais dit qu'il fallait..., commença la femme, s'adressant à son mari.

– Mais oui. Allez, ferme-la maintenant, la coupa-t-il.

– Je lui ai dit qu'il fallait y aller tout de suite, dit la femme à Sven-Erik. Mon Dieu ! Et quand j'ai vu ce pasteur sur l'avis de recherche. Vous croyez que c'était lui ?

– Avez-vous vu quelque chose ? lui demanda Sven-Erik au lieu de répondre à sa question.

– Non. On était couchés, dit l'homme. On a seulement entendu ce qu'on vient de vous raconter. Ah, si ! On a entendu une voiture aussi. Mais c'était beaucoup plus tard. Il y a une route là-bas qui mène à Laxforsen.

– Et vous n'avez pas pensé qu'il pouvait s'être passé quelque chose de grave ? leur demanda Sven-Erik doucement.

– Qu'est-ce que j'en sais, moi ? répondit l'homme, grognon. La chasse à l'élan est ouverte et il n'y a rien d'anormal à ce qu'on tire des coups de fusil dans les bois. »

Sven-Erik s'efforça de conserver son calme :

« Vous m'avez dit qu'il faisait nuit. En période de chasse, la loi dit qu'on doit arrêter de tirer une heure avant le coucher du soleil. Qui a crié à votre avis ? Un élan ? »

– Je te l'avais dit que..., commença la femme.

– Vous savez bien que les bruits en forêt, ça fait toujours bizarre, dit l'homme en évitant le regard de l'inspecteur. C'était peut-être un renard. Ou un chevreuil en rut qui aboyait. Vous avez déjà entendu le bruit que ça fait ? Enfin, nous on vous a dit ce qu'on a entendu et maintenant on aimerait bien rentrer chez nous. »

Sven-Erik regarda le type comme s'il avait perdu la raison.

« Rentrer chez vous ? s'écria-t-il. Vous allez rester ici, oui ! Nous allons chercher une carte et vous allez nous montrer l'endroit exact où ça s'est passé. Vous allez nous dire d'où venait le coup de feu. Nous allons essayer de savoir si c'était un coup de fusil ou un coup de carabine. Vous allez nous décrire quel genre de cri vous avez entendu précisément, et si éventuellement il pouvait s'agir d'un cri humain. Nous allons vous demander si vous avez pu distinguer un mot. Et puis vous allez nous en dire plus sur cette voiture. Dans quelle direction elle roulait, à quelle distance, tout ça. Je veux savoir l'heure exacte. Et nous allons examiner toutes ces questions très attentivement et plusieurs fois de suite s'il le faut. Pigé ? »

La femme regarda Sven-Erik d'un air suppliant.

« Je lui ai dit, moi, qu'il fallait aller tout de suite voir la police. Mais vous savez, une fois qu'il est lancé dans la cueillette, il n'y a plus moyen de l'arrêter.

– Oui. Et on a bien fait de rester, lui dit son mari. Il y a pour trois mille couronnes d'airelles dans le coffre de la voiture. Une chose est sûre, il faut que j'appelle le gars pour qu'il vienne les chercher. Je n'ai pas envie qu'elles s'abîment ! »

Sven-Erik contrôlait sa respiration pour ne pas exploser.

« En tout cas, la voiture était un diesel, dit l'homme tout à coup.

– Vous vous foutez de moi ? lui demanda Sven-Erik.

– Non, pourquoi ? Je suis capable de reconnaître un moteur diesel ! La cabane est un peu éloignée de la route, mais quand même ! Enfin, comme je vous l'ai dit, c'était beaucoup plus tard. Ça n'avait peut-être rien à voir avec le coup de feu. »

À seize heures quinze, Anna-Maria Mella et Sven-Erik Stålnacke étaient dans un hélicoptère volant vers le nord. Le ruban argenté des méandres de la Torne défilait en dessous. Quelques rares nuages projetaient des ombres sur les flancs de la montagne mais, partout ailleurs, le soleil brillait sur le paysage d'un jaune doré.

« On peut comprendre qu'ils aient préféré rester cueillir des airelles plutôt que de rentrer et gâcher leur week-end », dit Anna-Maria.

Sven-Erik dut en convenir :

« Les gens sont tout de même incroyables ! » dit-il en riant.

Ils regardèrent la carte.

« Si la cabane se trouve à la pointe nord du lac et que le coup de feu est venu du sud... », réfléchit Anna-Maria tout haut, son doigt suivant un tracé hypothétique.

« Il semblait dire que le coup de feu venait d'assez près.

– Oui. Plus au sud, il y a plusieurs chalets au bord de l'eau. Ils ont entendu une voiture. Pour qu'il puisse dire que c'était un diesel, elle devait rouler à un ou deux kilomètres maximum de la cabane. »

Ils définirent une zone de recherche en traçant un cercle sur la carte. Le lendemain, des policiers accompagnés de soldats de l'armée de terre fouilleraient le secteur.

L'hélicoptère descendit plus bas. Il suivit la rive du lac Nedre Vuolusjärvi vers le nord et ils localisèrent la cabane dans laquelle les ramasseurs de baies avaient dormi.

« Vous pouvez descendre encore un peu ? » cria Anna-Maria au pilote.

Sven-Erik regardait à la jumelle mais Anna-Maria avait l'impression d'y voir mieux sans. Ils virent des bouleaux, des marécages et un chemin forestier longeant le lac presque jusqu'à sa pointe nord. Quelques rennes les regardèrent l'air ébahi et un élan femelle avec son faon s'enfuirent au galop pour se cacher dans les marais.

Quand même, se dit Anna-Maria en plissant les yeux pour essayer de distinguer quelque chose entre les bouleaux et dans le marécage, ça ne doit pas être facile d'enterrer quelqu'un ici. C'est plein de racines et de saloperies.

« Attends ! s'écria-t-elle soudain. Regarde ça. »

Elle tira Sven-Erik par la manche.

« Tu as vu, il y a un bateau là, juste après le pré avec les rennes. Allons voir ça de plus près. »

Le lac avait plus de six kilomètres de largeur. Un sentier menait du chemin forestier à la berge et à un petit embarcadère. La barque en polyester blanc était posée sur le rivage, assez loin de l'eau et à l'envers.

Ils la retournèrent ensemble.

« Elle est belle et toute propre, cette barque, dit Sven-Erik.

– Très, très belle et très, très propre », confirma Anna-Maria.

Elle se pencha et inspecta soigneusement le fond du bateau. Puis elle regarda son collègue en hochant la tête. Il se pencha aussi.

« Pas de doute, c'est bien du sang », dit-il.

Ils contemplèrent le lac. Il était plat et calme, sa surface à peine froissée de quelques vaguelettes. Soudain le cri d'un huard perça le silence.

« Il doit être dans le lac, dit Anna-Maria.

– Il vaut mieux qu'on revienne plus tard, dit Sven-Erik. Évitons de marcher partout si on ne veut pas se faire engueuler par les experts. On va demander à Krister Eriksson de venir avec Tintin. S'ils trouvent quelque chose on fera venir un plongeur. Je propose qu'on ne prenne pas le sentier pour repartir. Il y a peut-être des traces ou des indices. »

Anna-Maria regarda l'heure.

« On a juste le temps avant que la nuit tombe », dit-elle.

Il faisait déjà sombre quand ils revinrent sur les lieux en compagnie de Tommy Rantakyrö et de Fred Olsson. Krister Eriksson et Tintin n'allaient pas tarder.

« S'il est là, Tintin le trouvera, affirma Fred Olsson.

– Même si la chienne n'est pas aussi bonne que Zack », dit Tommy.

Tintin était une chienne berger allemand noire. Elle appartenait à l'inspecteur Krister Eriksson. Quand il était arrivé à Kiruna cinq ans plus tôt, Zack, un mâle berger allemand avec un épais pelage beige et brun et une grosse tête, l'accompagnait. L'animal n'aurait pas remporté un concours de beauté. Et il était exclusif, en plus. Seul son maître comptait pour lui. Si quelqu'un d'autre venait le caresser ou lui dire bonjour, il tournait la tête, indifférent.

Krister disait que c'était un privilège de travailler avec un chien pareil.

Et la brigade de secours en montagne chantait en chœur ses louanges. Zack était le meilleur chien d'avalanche qu'ils aient jamais connu. C'était aussi un excellent pisteur. Les seules occasions où on pouvait voir Krister Eriksson au réfectoire, c'était quand Zack recevait pour le goûter. Ou plus exactement, quand quelqu'un dont il avait sauvé la vie venait montrer sa reconnaissance en offrant des gâteaux à tout le poste de police. Le reste du temps, Krister employait sa pause déjeuner à promener son chien ou à l'entraîner.

Le policier n'était pas très liant. Peut-être à cause de son physique. Anna-Maria avait entendu dire qu'il avait été défiguré lors d'un incendie quand il était adolescent. Elle n'avait jamais osé lui poser la question. Ce n'était pas son genre.

La peau de son visage ressemblait à un parchemin gris rosé. Ses yeux n'étaient plus que deux trous percés dans sa tête. Il n'avait plus de cheveux, plus de cils, plus de sourcils, plus rien.

De son nez, il ne restait plus grand-chose non plus. Juste deux grottes béantes pénétrant dans sa boîte crânienne. Anna-Maria savait que les collègues l'appelaient Michael Jackson quand ils parlaient de lui.

Lorsque Zack vivait encore, on plaisantait à leur sujet. On les imaginait ensemble le soir en tête-à-tête, décapsulant des bières devant le match de foot. On disait que des deux, c'était Zack qui gagnait le plus souvent les paris sportifs.

Depuis que Krister avait acheté Tintin, Anna-Maria n'avait plus rien entendu de ce genre. Les plaisanteries continuaient probablement, mais comme Tintin était une chienne, elles devaient être trop grossières pour être répétées en présence d'Anna-Maria. Elle sera excellente un jour, disait Krister à propos de la chienne. Pour l'instant elle est juste un peu trop enthousiaste. Trop jeune dans sa tête. Mais ça va s'arranger.

Krister Eriksson les rejoignit les autres avec dix minutes de retard. Tintin était installée à l'avant, attachée avec une ceinture spécialement conçue pour les chiens. Il la fit sortir de la voiture.

« Le bateau est là ? » demanda-t-il.

Les autres acquiescèrent. Un hélicoptère l'avait mis à l'eau dans la partie septentrionale du lac. C'était une embarcation orange à fond plat, équipée de radars et de projecteurs.

Krister passa à Tintin son gilet de sauvetage. La chienne savait ce que cela signifiait. Une mission. Une mission amusante. Elle se mit à tourner autour de ses jambes. Surexcitée. Elle avait la gueule ouverte et les yeux pleins d'expectative. Sa truffe commençait déjà à flairer de tous les côtés.

Ils marchèrent jusqu'au bateau. Krister Eriksson installa Tintin sur la petite plateforme à l'avant, monta à bord et s'éloigna de la rive. Ses collègues les regardèrent partir depuis la terre ferme. Krister démarra le moteur. Il mit la barque face au vent. Au début, Tintin fit des bonds sur place, s'agita et gémit mais au bout d'un moment elle décida de se tenir tranquille. Elle s'assit à la proue et eut l'air de penser à autre chose.

Quarante minutes s'écoulèrent. Tommy Rantakyrö se grattait la nuque. La chienne s'était couchée sur sa petite plateforme. Le bateau sillonnait le lac, s'éloignant progressivement vers le sud. Les policiers se déplaçaient sur la berge pour rester à sa hauteur.

« Je me fais bouffer », se plaignit Tommy Rantakyrö.

« Les hommes à chiens, c'est ton truc, non ? dit Sven-Erik à Anna-Maria.

– Tu vas arrêter ça tout de suite, grogna-t-elle. En plus ce n'était même pas son chien.

– Vous parlez de quoi ? s'enquit Fred Olsson.

– De rien ! répondit Anna-Maria cinglante.

– Vous en avez dit trop ou pas assez, là, dit Tommy Rantakyrö.

– C'est Sven-Erik qui en a trop dit ! riposta Anna-Maria. Vas-y, raconte ! Le ridicule ne tue pas, il paraît.

– C'était du temps où Anna-Maria habitait Stockholm, commença Sven-Erik.

– J'étais à l'école de police.

– Anna-Maria s'est installée avec un type. Ça ne lui était jamais arrivé avant.

– On a vécu ensemble environ deux mois et on ne se connaissait pas depuis beaucoup plus longtemps que ça d'ailleurs.

– Et, corrige-moi si je me trompe, Anna : un jour quand elle rentre, elle tombe sur un string en cuir noir par terre dans la chambre à coucher.

– Avec des lanières et un trou devant. Il n'était pas très difficile d'imaginer ce qui était supposé sortir de ce trou. »

Anna-Maria marqua un temps et observa les expressions de Tommy et de Fred. Elle songea qu'elle les avait rarement vus à ce point suspendus à ses lèvres.

« Par terre, il y avait aussi une serviette hygiénique, ajouta-t-elle.

– Tu déconnes ! dit Tommy Rantakyrö, sidéré.

– J'étais complètement sous le choc, poursuivit Anna-Maria. En fait, qu'est-ce qu'on sait des gens ? Quand Max est revenu à la maison et que je l'ai entendu m'appeler dans le vestibule, j'étais toujours prostrée dans la chambre à coucher. Il est entré et m'a dit : “Ça va ?” Et moi j'ai montré du doigt ce machin en cuir en lui disant : “Il faut qu’on parle de ça. Maintenant.” Il est resté impassible et il m’a dit : “Ah ! il a dû tomber de mon placard”, et il a tranquillement rangé le string et la serviette hygiénique dans ses affaires. Il ne s’est absolument pas démonté. »

Anna-Maria sourit.

« En réalité, c’était un slip pour chien. Sa mère avait une femelle bouledogue et il la gardait de temps en temps. Quand elle était en chaleur, elle portait ce slip en cuir avec un trou pour la queue et une serviette hygiénique à l’intérieur. C’était aussi bête que ça. »

L’éclat de rire de ses trois collègues rebondit sur la surface du lac.

Ils continuèrent à glousser pendant un long moment.

« Je vais crever de rire ! » pleurait Tommy Rantakyrö en s’essuyant les yeux.

Tout à coup, Tintin se remit debout dans la barque, tendue comme un arc. Elle avait le nez pointé vers le lac comme l’aiguille d’une boussole. Krister Eriksson ralentit l’allure jusqu’à ce que le bateau avance juste assez pour être encore pilotable et il suivit la direction qu’indiquait la truffe du berger allemand. La chienne se mit à gémir et à aboyer, à faire des tours sur elle-même sur la plateforme en piétinant et en grattant le sol. Elle aboyait de plus en plus fort et, à un moment, elle se pencha par-dessus bord jusqu’à toucher l’eau. Quand elle vit son maître sortir la bouée avec le fil à plomb pour marquer l’endroit, la chienne ne put pas résister et elle sauta à l’eau, nageant autour de la bouée, aboyant et soufflant l’eau par le nez.

Krister la rappela à l’ordre et l’attrapa par la poignée de son gilet pour la remonter à bord. L’espace d’un instant, ses collègues crurent qu’il allait tomber à l’eau aussi. Une fois dans le bateau, Tintin continua à geindre et à hurler de joie. Les policiers distinguèrent la voix de Krister malgré le bruit du moteur et le vacarme que faisait le chien.

« Bravo, ma vieille. C'est bien. »

Tintin sauta à terre, trempée comme une soupe. Elle se secoua, arrosant copieusement plusieurs policiers.

Krister Eriksson la félicita et lui caressa la tête. Elle réussit à se tenir tranquille à peine une seconde puis elle partit en courant dans la forêt, un bâton dans la gueule, donnant de la voix pour faire savoir à tout le monde quelle bonne chienne elle était. Ils avaient l'impression d'entendre ses aboiements de tous les côtés à la fois.

« C'est normal qu'elle ait sauté à l'eau ? » demanda Tommy Rantakyrö.

Krister Eriksson secoua la tête.

« Elle était trop excitée, dit-il. Mais il faut que le fait d'avoir trouvé ce qu'elle cherchait reste pour elle une expérience positive, alors je ne peux pas la punir pour avoir sauté dans le lac. »

Il tourna la tête en direction des aboiements avec une immense fierté et un peu d'inquiétude paternelle.

« Elle est drôlement efficace », dit Tommy, impressionné.

Les autres exprimèrent leur admiration à leur tour. La dernière fois qu'ils avaient eu affaire à Tintin, elle avait retrouvé dans une forêt, à l'extérieur de Kaalasjärvi, une dame de soixante-six ans atteinte de démence sénile. La zone à explorer était immense et Krister avait roulé à faible allure au volant d'un véhicule tout-terrain en empruntant les pare-feux. Il avait fixé un tapis de bain au capot de la voiture pour que Tintin ne glisse pas. La chienne était restée aussi immobile qu'un sphinx, le nez en l'air pendant toute la balade. Une véritable démonstration.

Aucun des policiers présents ne se souvenait d'avoir parlé aussi longtemps avec Krister Eriksson. Quand Tintin eut fini de fanfaronner, elle aussi fut happée par l'atmosphère de connivence qui régnait dans le groupe de policiers. Elle fit un tour parmi eux et se mit à renifler la jambe du pantalon de Sven-Erik.

Puis le moment passa.

« C'est bon, on peut y aller ? » dit Krister d'un ton brusque. Il appela la chienne pour lui enlever le gilet de sauvetage.

Il commençait à faire nuit.

« Il faut encore qu'on appelle les experts et les plongeurs, dit Sven-Erik. Je veux qu'ils viennent à la première heure demain matin. »

Il se sentait à la fois triste et heureux. Le pire était arrivé. Un second pasteur avait été assassiné, on pouvait en être presque sûr, à présent. Mais d'un autre côté… Au fond de ce lac se trouvait un cadavre, il y avait des traces dans la barque et sans doute sur le sentier également. Et on savait que la voiture avait un moteur diesel. Tous ces éléments allaient leur permettre d'avancer dans leur enquête.

Il regarda ses collègues. Comprit que tous ressentaient la même fébrilité.

« Non, il faut qu'ils viennent dès ce soir. Ils peuvent au moins faire un essai même s'il fait noir. Je veux le remonter maintenant. »

Måns Wenngren était à la brasserie *Grodan* à Stockholm, les yeux rivés sur son portable. Toute la journée il s'était interdit de composer le numéro de Rebecka Martinsson mais, à présent, il ne se souvenait plus pourquoi il ne devait pas l'appeler.

Il allait le faire et lui demander innocemment comment marchait son job au noir.

Les images qui lui traversaient la tête quand il pensait à elle étaient celles d'un garçon de quinze ans. Par exemple, il essayait d'imaginer son visage s'il enfonçait son sexe dans son ventre.

Tu devrais avoir honte, vieux cochon ! se dit-il en tapant le numéro.

Elle répondit au bout de trois sonneries. Elle avait la voix fatiguée. Comme prévu, il lui demanda comment se passait son travail au noir.

« Pas très bien », dit-elle.

Elle lui raconta comment le père de Nalle était venu l'accuser de leur avoir menti à tous sur son identité.

« Pour une fois, j'avais envie d'être autre chose que la femme qui a tué trois hommes, expliqua-t-elle. Je ne cherchais pas à leur cacher qui j'étais mais je ne voyais pas l'intérêt de le leur raconter non plus. Le pire c'est que je suis partie sans payer ma note.

– Tu n'as qu'à leur envoyer un mandat », dit Måns. Rebecka se mit à rire.

« Non. Je ne crois pas que ce soit une bonne idée.

– Veux-tu que je m'en occupe ?

– Non. »

Ça m'aurait étonné, se dit Måns. *Non merci, je n'ai besoin de personne.*

« Alors tu vas devoir y retourner et payer ce que tu dois, dit-il.

– Oui.

– Tu n'as rien fait de mal, Rebecka. Tu n'as pas de raison de te cacher.

– Non.

– Même quand on a fait quelque chose de mal, ça ne sert à rien de se cacher », poursuivit Måns.

Cette fois, elle ne répondit pas.

« C'est difficile de parler avec toi, Martinsson ! »

Allez, reprends-toi, s'ordonna Rebecka. Arrête de te comporter comme une idiote !

« Je suis désolée, dit-elle.

– Bon. Je vais te laisser tranquille. Mais demain je te rappelle pour te secouer un peu. Aller payer une note d'hôtel dans un trou paumé, ça devrait quand même être dans tes cordes ? Est-ce que tu te rappelles l'affaire Axling Import ? Tu te souviens que tu l'as traitée toute seule de A à Z ?

– Mmm.

– Je t'appelle demain. »

Il ne m'appellera pas, se dit-elle. Pourquoi le ferait-il ?

Les plongeurs de la brigade de secours trouvèrent le corps de Stefan Wikström dans le lac à vingt-deux heures cinq exactement. Ils le remontèrent à l'aide d'un brancard filet. Il était lourd à cause de la chaîne qui était enroulée autour de son corps. Sa peau était livide, poreuse et complètement ramollie par son séjour au fond de l'eau. Il avait un orifice d'entrée de balle d'un demi-centimètre au milieu du front et un autre dans la poitrine.

Gula Ben

On est au commencement du mois de mai. Le tapis de feuilles resté sous la neige tout l'hiver forme une croûte brune sur le sol. Ici et là de petites pousses vertes pointent timidement. Vents chauds arrivant du sud. Vols d'oiseaux migrateurs.

La louve se déplace toujours. Parfois elle est submergée par son immense solitude. Alors elle tend le cou vers le ciel et laisse sortir toute sa peine.

À cinquante kilomètres au sud de Sodankylä, elle passe près d'un village dans lequel est aménagée une décharge en plein air. Elle fouille dans les ordures pendant un moment, trouve des restes de nourriture et chasse quelques gros rats terrifiés. Elle se remplit le ventre.

En sortant de la ville, elle croise un chien d'ours de Carélie attaché à une chaîne. Quand la louve apparaît à la lisière du bois, il ne se met pas à aboyer comme un fou. Il n'essaye pas non plus de se cacher et ne semble pas ressentir la moindre peur. Il la regarde tranquillement approcher.

L'odeur des hommes l'inquiète un peu mais elle est seule depuis si longtemps et ce chien d'ours qui ne la craint pas lui plaît bien. Trois jours de suite, elle vient lui rendre visite à la tombée de la nuit. S'approchant un peu plus chaque jour. Elle le renifle et se laisse renifler. Ils se font la cour. Elle retourne jusqu'à la lisière de la forêt. S'arrête et le regarde. Espère qu'il va la suivre.

Et le chien tire sur sa chaîne. Le lendemain, il refuse de manger.

Quand la louve revient le quatrième soir, le chien n'est plus là. Elle reste un moment à l'abri des arbres et puis elle repart au petit trot dans la forêt et poursuit sa route.

La neige a entièrement fondu. La terre fume et tremble de promesses. La vie grouille, germe, chante et grince partout. Les feuilles éclosent sur les arbres engourdis. L'été arrive d'en dessous comme un raz de marée vert pâle.

Elle marche vers le nord sur vingt kilomètres en longeant la rivière Torne. Traverse un pont construit par les hommes à Muonio.

Un instant plus tard, un homme s'agenouille devant elle pour la deuxième fois de sa vie. Elle est couchée par terre dans un bois de bouleaux, la langue pendante. Elle ne sent plus ses pattes. Les arbres au-dessus de sa tête sont noyés dans un brouillard.

L'homme agenouillé est un spécialiste des loups. Il travaille pour le Conseil national de la protection de la nature.

« Que tu es jolie », dit-il en caressant ses flancs et ses longues pattes jaunes.

« C'est vrai qu'elle est belle », confirme la vétérinaire.

Elle lui fait une injection de vitamines, vérifie ses dents, fait bouger délicatement ses articulations.

« Trois ans, peut-être quatre, devine-t-elle. En excellente condition physique, pas de gale, rien à signaler.

– Une vraie princesse, dit le chercheur en attachant l'émetteur radio autour de son cou. Étrange parure pour une princesse. »

Le rotor de l'hélicoptère tourne toujours. Le terrain est si marécageux que le pilote n'a pas osé éteindre le moteur de peur de s'enliser et de ne pas pouvoir redécoller.

La vétérinaire fait une nouvelle piqûre à la louve. Il est temps de la laisser maintenant.

Le spécialiste des loups se lève. Il a encore dans le creux des mains la sensation de son poil épais et sain. Laineux en dessous, plus dur en surface. De ses lourdes pattes.

Quand ils décollent, ils la voient se remettre debout. Un peu groggy.

« Elle est solide », commente la vétérinaire.

Le chercheur fait une petite prière à l'intention des forces supérieures pour qu'elles la gardent sous leur protection.

Mardi 12 septembre

L'HISTOIRE ÉTAIT DANS TOUS LES JOURNAUX dès le lendemain matin. Et on en parla aux informations à la radio : « Le pasteur disparu a été retrouvé hier soir dans le fond d'un lac, ligoté avec des chaînes, deux balles dans le corps. Une dans la tête et une dans le cœur. Une véritable exécution, selon une source proche de la police qui précise que la découverte du corps du pasteur a eu lieu grâce à un concours de circonstances. »

Lisa est assise à la table de la cuisine. Elle vient de refermer le journal et d'éteindre la radio. Elle s'efforce de rester parfaitement immobile. Dès qu'elle bouge, elle ressent comme une sorte de courant qui lui traverse tout le corps, la propulse en position debout et l'envoie faire les cent pas dans sa maison vide. Dans le salon avec ses étagères vides et ses rebords de fenêtres sans plante verte ni bibelot. Dans la cuisine où toute la vaisselle a été lavée, les placards nettoyés, les tiroirs à ustensiles vidés. Il n'y a pas un papier, pas une facture qui traîne. Dans la chambre où cette nuit elle a dormi sans drap et sans housse de couette ou d'oreiller. Elle s'est enveloppée dans une couverture et, contre toute attente, elle s'est endormie tout de suite. À présent, la couverture est pliée au pied du lit, l'oreiller posé par-dessus. Tous ses vêtements sont partis.

En se tenant parfaitement immobile, elle parvient à juguler son envie de pleurer et de hurler. Son envie de souffrir. Son envie de poser la main sur la plaque incandescente de la cuisinière. Il est bientôt temps pour elle de s'en aller. Elle a pris sa douche et mis des sous-vêtements propres. Le soutien-gorge la serre un peu sous les bras. Elle n'a pas l'habitude.

Avec les chiens on ne triche pas. Ils la rejoignent dans la cuisine en remuant la queue. Leurs griffes cliquettent sur le plancher. Ils ne se laissent pas impressionner par la froideur de son attitude. Ils appuient leurs truffes contre son ventre, s'insinuent entre ses genoux, glissent leurs têtes sous ses mains pour chercher la caresse. Et elle la leur donne, bien sûr. Mais cela lui coûte un effort presque insurmontable. C'est un véritable supplice que de sentir leur doux pelage, le flux chaud de leur circulation et de contrôler son émotion.

« Allez vous coucher », leur ordonne-t-elle d'une voix qu'ils ne reconnaissent pas.

Ils obéissent quand même. Mais un instant plus tard ils reviennent et recommencent à lui tourner autour.

À sept heures et demie, elle se lève de sa chaise. Rince son mug de café et le pose sur l'égouttoir à vaisselle. Il a l'air étrangement abandonné.

Une fois dans la cour, les chiens sont anormalement désobéissants. D'habitude, ils sautent directement dans la voiture quand elle ouvre le coffre parce qu'ils savent que cela augure d'une grande promenade en forêt. Mais aujourd'hui, ils s'échappent de tous les côtés. Karelin va lever la patte sur les groseilliers. L'Allemand se pose sur son derrière et la regarde fixement tandis qu'elle leur donne des ordres, le bras tendu sous le hayon largement ouvert. Majken est la première à obéir. Elle s'approche et saute dans la voiture, la queue entre les pattes. Karelin et l'Allemand la suivent.

Spy-Morris n'est jamais très chaud pour monter en voiture. Mais aujourd'hui, c'est encore pire que d'habitude. Lisa doit lui courir après. Elle jure et tempête jusqu'à ce qu'il s'arrête. Et elle est quasiment obligée de le porter jusqu'au break.

« Allez monte maintenant, il y en a marre ! » le gronde-t-elle en lui donnant une claque sur la croupe.

Il saute rejoindre les autres. Il a compris. Ils ont tous compris. Ils la regardent à travers la lunette arrière. Elle n'en peut déjà plus. Elle s'assied sur le pare-chocs. La dernière chose qu'elle aura faite aura été de les engueuler. Elle ne voulait pas que les choses se passent comme ça.

Elle se rend au cimetière. Laisse les chiens dans la voiture. Elle marche jusqu'à la tombe de Mildred. Comme toujours, elle est couverte de fleurs, de petites cartes et même de photographies gondolées et gonflées par l'humidité.

Les bonnes femmes de l'association Magdalena s'occupent bien d'elle.

Elle se dit qu'elle aurait dû apporter quelque chose, mais quoi ?

Elle cherche les mots à dire. Les pensées à avoir. Elle lit et relit le nom de Mildred gravé dans la pierre gris anthracite. Mildred, Mildred, Mildred. Elle remue son prénom dans sa tête comme un couteau dans une plaie.

« Ma Mildred, chuchote-t-elle enfin. Je t'ai dans la peau. »

Erik Nilsson observe Lisa. Elle est debout devant la tombe, immobile. On dirait qu'elle cherche à voir au travers de la pierre. Les autres femmes sont constamment à genoux, en train de gratter la terre, de nettoyer et d'arranger la sépulture tout en bavardant entre elles.

Il était venu pour se recueillir devant la tombe de Mildred mais, en voyant Lisa, il s'arrête. Il vient tous les matins, les jours de semaine. Pour être tranquille. Il n'a rien contre le groupe Magdalena, à part qu'elles ont pris possession de la dernière demeure de Mildred. Il n'a pas sa place parmi toutes ces femmes qui la pleurent. Elles envahissent la tombe de fleurs et de photophores. Posent des petits cailloux au sommet de la pierre tombale. Ses propres offrandes disparaissent dans la masse. Elles sont heureuses de faire partie de ce deuil collectif. Cela les console de voir que Mildred manque à tant de gens. Mais pas lui. Il sait que c'est puéril. Il voudrait qu'on le montre du doigt en disant : « C'était son mari, c'est lui qui est le plus à plaindre. »

Il sent la présence de sa défunte épouse à côté de lui.

« J'y vais ? » lui demande-t-il.

Mildred ne lui répond pas. Elle regarde Lisa.

Il s'approche d'elle. S'éclaircit discrètement la voix plusieurs mètres avant de la rejoindre afin de ne pas l'effrayer. Elle a l'air tellement perdue dans ses pensées.

« Bonjour », dit-il doucement.

Ils ne se sont pas vus depuis l'enterrement.

Elle hoche la tête et se force à sourire.

Il s'apprête à lui dire : « Alors toi aussi, elle t'a donné rendez-vous à l'heure du déjeuner ! » ou une autre remarque idiote, pour briser la glace. Mais il change d'avis. Au lieu de cela, il lui dit gravement :

« Elle nous avait seulement été prêtée. Quel dommage qu'on ne l'ait pas su quand elle était encore là. J'étais souvent en colère contre elle à cause de tout ce qu'elle ne me donnait pas. À présent je voudrais… je ne sais pas… la remercier pour ce qu'elle me donnait. »

Il la regarde. Elle lui retourne son regard mais son visage est dénué d'expression.

« Excuse-moi, je suis trop bavard. »

Elle secoue la tête.

« Non, non, parvient-elle à dire. C'est juste que… je n'arrive pas à…

– Elle était toujours occupée. Elle travaillait tout le temps. Maintenant qu'elle est morte, c'est comme si on avait plus de temps à passer ensemble. Comme si elle avait pris sa retraite. »

Il imagine Mildred accroupie pour lire les petits mots posés sur la tombe. Parfois, elle sourit. Elle prend un par un dans sa main les cailloux placés au sommet de la pierre tombale.

Il se tait. Attend que Lisa lui demande comment il va. Comment il s'en sort sans Mildred.

« Il faut que j'y aille, dit-elle. J'ai laissé les chiens dans la voiture. »

Erik Nilsson regarde Lisa s'éloigner. Quand il se retourne et se penche pour changer les fleurs fanées sur la tombe, Mildred n'est plus là.

Lisa remonte dans sa voiture.

« Couché ! » dit-elle aux chiens qui s'agitent à l'arrière.

C'est moi qui aurais dû aller me coucher, songe-t-elle. J'aurais dû aller au lit au lieu de tourner et virer dans la maison en attendant Mildred la veille du solstice d'été.

C'est la dernière nuit avant le solstice d'été. Mildred est déjà morte. Lisa ne le sait pas encore. Elle fait les cent pas dans sa maison. Boit du café alors qu'elle ne devrait pas à cette heure tardive.

Lisa sait que Mildred a dit une messe de minuit en l'église de Jukkasjärvi. Elle pensait que sa bien-aimée viendrait la rejoindre ensuite, mais il est tard à présent. Elle a peut-être traîné un peu après le service pour bavarder. Ou alors elle est rentrée se coucher. Auprès de son Erik. Lisa sent son estomac se nouer.

L'amour est pareil à une plante ou à un animal. Il vit et se développe. On le nourrit, il grandit, il mûrit et il meurt. Comme une plante, il fait parfois des pousses étranges. Au début, elle ressentait pour Mildred un amour vibrant, brûlant et joyeux. Ses doigts pensaient à la peau de Mildred. Sa langue rêvait de la pointe des seins de Mildred. L'amour qu'elle ressent à présent est aussi grand qu'avant, et aussi fort. Mais à vivre dans le noir, il est devenu une créature pâle et affamée. Il absorbe les dernières réserves de Lisa. Son amour pour Mildred la rend triste et il l'épuise. Elle est incroyablement fatiguée de penser tout le temps à Mildred. Il n'y a de place pour rien d'autre dans son esprit.

Mildred et encore Mildred. Elle se demande où elle est, ce qu'elle fait, ce qu'elle dit, ce qu'elle pense de ceci ou de cela. Elle lui manque toute la journée et ça ne l'empêche pas de se disputer avec elle quand elle est enfin là. La plaie dans la main de Mildred a cicatrisé depuis longtemps. C'est comme si elle n'avait jamais été là.

Lisa regarde l'heure. Il est bien au-delà de minuit. Elle met sa laisse à Majken et descend vers la grand-route. Elle veut juste voir si le bateau de Mildred est toujours accroché au ponton.

Pour s'y rendre, elle doit passer devant la maison de Lars-Gunnar et Nalle.

Elle remarque que la voiture n'est pas garée dans la cour.

Les jours suivants, elle ne pense plus qu'à ça. Au fait que la voiture de Lars-Gunnar n'était pas là. Au fait que Nalle n'a que Lars-Gunnar. Au fait que rien ne ramènera Mildred.

Måns Wenngren téléphone à Rebecka Martinsson qui dormait. Elle répond d'une voix chaude et un peu rauque.

« Allez, debout ! lui ordonne-t-il. Bois un café et fais-toi un sandwich. Douche-toi et habille-toi. Je te rappelle dans vingt minutes et je veux que tu sois prête. »

Il a déjà eu à faire ce genre de choses. Quand il était marié avec Madelene et qu'il avait encore à supporter les crises d'agoraphobie, de trouble panique et autres manifestations nerveuses auxquelles elle était régulièrement sujette, c'était lui qui devait l'aider à faire face aux rendez-vous chez le dentiste, repas de famille et jusqu'à l'achat d'une simple paire de chaussures. À quelque chose malheur est bon. Maintenant, il connaît la technique.

Il la rappelle effectivement vingt minutes plus tard. Rebecka lui répond avec la discipline d'un boy-scout. Il veut à présent qu'elle aille s'asseoir au volant de sa voiture et qu'elle se rende en ville pour tirer au distributeur l'argent dont elle a besoin pour payer sa note à Poikkijärvi.

Au coup de fil suivant il lui dit de retraverser la rivière et de se rendre à Poikkijärvi, de se garer devant le pub et de le rappeler dès qu'elle sera sur place.

« Très bien, lui dit Måns lorsqu'elle le rappelle. Encore un petit effort d'environ une minute et demie et cette épreuve sera derrière toi. Tu entres dans le pub et tu payes ta note. Tu n'es pas obligée de dire quoi que ce soit si tu n'en as pas envie. Tu leur tends l'argent que tu leur dois et c'est tout. Ensuite tu retournes dans la voiture et tu me rappelles. OK ?

– OK », répond Rebecka, comme une petite fille.

Assise derrière le volant, elle regarde le bar-restaurant *Chez Micke*. La blancheur de la façade en béton chaulé brille dans la lumière automnale. Elle se demande qui elle va trouver à l'intérieur. Micke ou Mimmi ?

Lars-Gunnar ouvre les yeux. Stefan Wikström est venu le hanter dans ses rêves. Il l'a revu tomber à genoux devant lui sur la berge, avec ses cris pathétiques, ses plaintes et ses gémissements, au moment où il comprend ce qui va lui arriver.

Lars-Gunnar a passé la nuit dans le fauteuil du séjour. Sa carabine est posée sur ses genoux. Il se lève avec difficulté. Son dos et ses épaules sont raides et courbatus. Il monte dans la chambre de son fils. Nalle dort profondément.

Il sait qu'il n'aurait jamais dû épouser Eva. Mais il n'était qu'un stupide péquenot du Grand Nord. Une proie facile pour une fille comme elle.

Il a toujours été costaud. Enfant, déjà, il était gros. À l'époque, la plupart des garçons de son âge étaient de grands échalas qui passaient leur temps à cavaler derrière un ballon de football. Ils étaient minces et vifs et n'aimaient rien tant que mitrailler de boules de neige les gros garçons comme lui. Il s'enfuyait aussi vite que ses jambes le lui permettraient et rentrait chez lui où son père le frappait avec la ceinture de son pantalon dès que l'envie lui en prenait.

Moi je n'ai jamais levé la main sur Nalle, songe-t-il. Et je ne le ferai jamais.

Le gros Lars-Gunnar avait grandi et terminé sa scolarité tant bien que mal en dépit de tous ses problèmes. Il était devenu policier et c'était un nouveau Lars-Gunnar qui était revenu au village. Il n'est jamais facile de revenir dans le lieu où on a grandi et de ne pas retomber dans le rôle qu'on avait jadis. Mais son année à l'école de police l'avait métamorphosé. Et on ne plaisante pas avec la police. Il s'était fait de nouveaux amis. Pas dans le village. Parmi ses collègues. Il avait obtenu une place dans l'équipe de chasse. Et comme c'était un bosseur et qu'il avait des talents d'organisation, il s'était rapidement retrouvé à la tête de l'équipe. Normalement, ce poste devait régulièrement être soumis à une réélection mais il n'y avait pas eu d'élection. Lars-Gunnar s'était dit que les autres étaient bien contents de ne pas avoir à planifier et à organiser, mais au fond de lui une petite voix lui soufflait que personne n'avait jamais osé lui contester le droit de conserver ce rôle. Et c'était très bien comme ça. Il est bon de savoir se faire respecter et il avait bien mérité ce respect. Et il n'en avait jamais abusé comme d'autres l'auraient sûrement fait à sa place.

Le problème avec lui, c'est qu'il est trop gentil. Et qu'il ne voit pas le mal chez les gens. Comme avec Eva par exemple.

Il ne peut s'empêcher de se dire que tout est sa faute. Il avait cinquante ans quand il l'a rencontrée. Il avait toujours vécu seul parce que avec les femmes ça n'avait jamais vraiment marché. Avec elles, il était resté le garçon lourdaud de son enfance, encombré de son corps trop gros. Et puis Eva était arrivée. Elle avait posé la tête sur sa poitrine. Sa petite tête qui disparaissait presque entièrement dans sa main quand il l'attirait à lui. Il l'appelait : « Ma petite femme. »

Quand ça n'avait plus été entre eux, elle était partie. Elle les avait abandonnés, lui et le petit.

Il n'a gardé presque aucun souvenir des mois qui ont suivi son départ. Il était dans un état second. Il voyait que les gens le regardaient dans le village. Il se demandait ce qu'ils racontaient derrière son dos.

Nalle se retourne lourdement dans son sommeil. Le lit craque.

Il faut que je..., songe Lars-Gunnar qui a perdu le fil de sa pensée.

Il a du mal à se concentrer. Mais la vie continue. C'est tout ce qui compte. Sa vie avec Nalle, tous les jours. La vie qu'il a réussi à leur faire à tous les deux.

Il faut que j'aille faire des courses, se dit-il. Du lait, du pain croustillant, du fromage et de la charcuterie. Il n'y a presque plus rien à manger dans la maison.

Il descend et téléphone à Mimmi.

« Je vais en ville, dit-il. Nalle dort encore et je ne veux pas le réveiller. S'il vient au pub, tu lui prépares un petit déjeuner, OK ? »

« Il est là ? »

Anna-Maria Mella était en ligne avec l'institut médico-légal à Luleå. C'était le médecin légiste Anna Granlund qui lui avait répondu mais Anna-Maria voulait parler au médecin légiste en chef Lars Pohjanen. Anna Granlund était connue pour veiller sur lui comme une mère sur son enfant malade. Grâce à elle la salle d'autopsie était dans un état de propreté impeccable. Elle ouvrait les cadavres pour lui, sortait les organes, les remettait en place quand il avait fini, refermait les corps et rédigeait la majeure partie de ses rapports.

« Je ne veux pas qu'il arrête, avait-elle dit un jour à Anna-Maria. Vous savez, c'est comme un mariage, finalement. Je me suis habituée à lui et je ne veux travailler avec personne d'autre. »

Et Lars Pohjanen tenait le coup. Quand il respirait, on aurait dit qu'il le faisait à travers une paille. Le simple fait de parler l'essoufflait. Il s'était fait opérer d'un cancer du poumon quelques années auparavant.

Anna-Maria le voyait comme si elle y était. Il devait être en train de dormir sur le canapé des années soixante-dix, avec ses housses toutes boulochées, dans la salle du personnel. Le cendrier posé à côté de ses sabots usés. La blouse verte en guise de couverture.

« Oui. Il est là, répondit Anna Granlund. Ne quittez pas. »

Un instant plus tard, la voix rauque de Pohjanen était au bout de la ligne.

« Racontez-moi tout, dit Anna-Maria Mella. Vous savez que je suis nulle pour la lecture.

– Il n'y a pas grand-chose à dire. Hum, hum. Une première balle de face dans la poitrine. Une deuxième dans la tête à bout portant. Le projectile a fait exploser la boîte crânienne au niveau de l'orifice de sortie. »

Longue inspiration, bruit de paille.

« Peau blanche mais pas gonflée... Quand a-t-il disparu, déjà ?

– La nuit de vendredi à samedi.

– Je suppose qu'il est resté dans l'eau tout ce temps-là. Le corps présente des plaies à tous les endroits qui n'étaient pas recouverts par des vêtements, les mains et le visage. Les poissons ont commencé à le bouffer. Il n'y a pas grand-chose d'autre. Vous avez trouvé les balles ?

– On cherche toujours. Pas de traces de lutte ? Pas d'autres blessures ?

– Non.

– Et sinon ? »

La voix de Pohjanen se fit bourrue.

« Sinon, rien. Je vous l'ai déjà dit. Vous n'avez qu'à demander à quelqu'un de vous... lire le rapport à haute voix.

– Je voulais savoir comment vous alliez, vous !

– Ah ! Euh ! » Il devint plus aimable. « Qu'est-ce que vous voulez que je vous dise ? Je suis foutu. »

Sven-Erik Stålnacke parlait au téléphone avec la profileuse médico-légale. Il était assis dans sa voiture garée sur le parking. Il aimait bien sa voix. Dès le début de leur conversation, il avait apprécié la chaleur de son timbre et le fait qu'elle parle aussi lentement. À Kiruna, les femmes parlaient en général beaucoup trop vite. Et beaucoup trop fort. Des harpies. Il était impossible d'en placer une. Il imagina ce qu'Anna-Maria aurait répliqué à cela : « Quoi ? C'est vous qui ne pouvez pas en placer une ? C'est nous qui ne pouvons jamais obtenir une réponse sensée dans un laps de temps raisonnable. Quand on vous pose une question toute simple du genre : "Alors comment ça se passe ?", silence, silence, et au bout d'un long temps de réflexion, vous répondez : "Bien." Et ensuite, impossible de vous arracher un mot de plus. Alors forcément on est obligées de parler pour deux. Et tu oses me dire que c'est vous les hommes qui ne pouvez pas en placer une ? Je rêve ! »

Mais pour l'instant il écoutait la voix de la profileuse et on devinait qu'elle avait de l'humour malgré la gravité du sujet. Ah ! s'il avait été plus jeune...

« Je ne pense pas que nous ayons affaire à un copycat. Le cadavre de Mildred Nilsson a été exposé. Alors que dans le cas de Stefan Wikström, le meurtrier ne souhaitait même pas qu'on le retrouve. Il n'y a aucune trace de violence délibérée non plus. Le mode opératoire n'est pas du tout le même. Il peut aussi bien s'agir d'un meurtrier différent. Donc la réponse à votre question est non. Il me paraît tout à fait improbable que Stefan Wikström ait été assassiné par un tueur en série mentalement perturbé. Je ne pense pas non plus que le meurtrier ait commis son crime sous l'empire d'une émotion violente, ni qu'il se soit inspiré de la mort de Viktor Strandgård. Soit il s'agit de quelqu'un d'autre, soit Mildred

Nilsson et Stefan Wikström ont été éliminés pour des motifs, comment dire… concrets.

– Mais encore ?

– Le meurtre de Mildred Nilsson ressemble à un acte chargé de beaucoup d'affect alors que celui de Stefan Wikström ressemble plutôt à une…

– Exécution.

– C'est ça ! On dirait un double crime passionnel. Je réfléchis simplement tout haut, d'accord ? J'essaye juste de traduire en pensées les images affectives que ces crimes m'inspirent…

– Je vous écoute.

– Un crime passionnel, donc. Le mari tue la femme sous l'effet de la colère. Et il tue ensuite l'amant, de sang-froid.

– À part qu'ils n'avaient pas de liaison », dit Sven-Erik.

Autant qu'on sache, songea-t-il.

« Je ne suis pas en train de vous dire que le mari est le meurtrier. Ce que je veux dire, c'est que… »

Elle s'interrompit.

« … Je ne sais pas ce que je veux dire, en fait. Il peut y avoir un lien entre les deux meurtres. Il peut s'agir de la même personne. Un psychopathe. Sûrement. Enfin peut-être. Mais pas nécessairement. Et pas dans le sens où sa perception des choses serait totalement décrochée de la réalité. »

Il était temps de mettre fin à cette conversation. Sven-Erik raccrocha avec un léger sentiment de regret. Et Manne n'avait toujours pas réapparu.

Rebecka Martinsson entre *Chez Micke.* Trois clients sont assis dans le restaurant. De vieux types qui lui lancent des regards admiratifs. Belle femme à l'horizon ! Ça fait toujours plaisir. Micke est en train de laver par terre.

« Salut », dit-il à Rebecka en rangeant le balai et la serpillière. « Venez par là, si vous voulez. »

Elle le suit dans la cuisine.

« Il ne faut pas nous en vouloir. Je suis désolé de ce qui s'est passé samedi mais je n'ai pas réagi sur le moment parce que j'ai été surpris en entendant ce que disait Lars-Gunnar. C'est vraiment vous qui avez tué ces pasteurs à Jiekajärvi ?

– Oui. À part qu'il s'agissait de deux pasteurs et d'un...

– ... Oui, je sais, un forcené, c'est ça ? Ils en ont parlé dans le journal. Ils n'ont jamais mentionné votre nom, ni celui de Thomas Söderberg ou de Vesa Larsson. Mais bien sûr, ici, dans le coin, tout le monde savait de qui il était question. Ça a dû être horrible. »

Elle hoche la tête. Oui, ça avait dû être horrible.

« Samedi, je pensais que Lars-Gunnar avait raison. Que vous étiez venue pour fouiner. Je vous ai demandé si vous étiez journaliste et vous m'avez répondu que non, alors je me suis dit que vous n'étiez peut-être pas journaliste mais que vous deviez travailler pour un journal quand même. J'avais tort, en fait ?

– Oui. Je... Je suis entrée ici par hasard, parce que Torsten Karlsson et moi cherchions un endroit pour dîner.

– Le mec qui était avec vous la première fois ?

– Oui. Et en général j'évite de rappeler cette histoire aux gens... Et puis j'ai décidé de rester pour être tranquille et surtout parce que je n'avais pas le courage de retourner à Kurravaara. Ma grand-mère a une maison là-bas et... Bon. Finalement j'y suis allée un jour en compagnie de Nalle. Il est mon héros. »

Elle a prononcé cette dernière phrase en souriant.

« Je suis revenue pour payer ma note », dit-elle en lui tendant l'argent.

Micke l'encaisse et lui rend la monnaie.

« J'ai déduit votre salaire. Que dit votre autre patron du fait que vous bossiez chez moi au noir ? »

Rebecka éclate de rire.

« Vous avez de quoi me faire chanter !

– Je trouve que vous devriez aller dire bonjour à Nalle. Vous passez devant sa maison en repartant. Si vous tournez à droite vers l'église...

– Je sais. Mais je ne crois pas que ce soit une bonne idée, son père...

– Lars-Gunnar est allé en ville. Nalle est tout seul »

Jamais, songe Rebecka. Il y a quand même des limites.

« Vous lui direz au revoir de ma part », dit-elle.

De retour dans la voiture elle téléphone à Måns.

« C'est fait », déclare-t-elle.

Måns lui répond comme il avait l'habitude de répondre à sa femme :

« Ça, c'est ma championne ! »

La phrase lui a échappé malgré lui. Alors il ajoute rapidement :

« Je vous félicite, Martinsson. J'ai une réunion. On se rappelle. »

Rebecka reste prostrée, le téléphone à la main.

Måns Wenngren, songe-t-elle. Il est comme la randonnée en montagne. Il pleut et il fait un temps de chien. Le vent souffle. Vous êtes fatigué, vous avez les pieds trempés, vous ne savez plus très bien où vous êtes et les cartes ne semblent pas coïncider avec la réalité. Tout à coup, les nuages s'écartent. Le vent sèche vos vêtements. Vous vous asseyez dos à la montagne et vous regardez dans la vallée inondée de soleil. Et brusquement, ça vaut vraiment la peine d'être là.

Elle essaye de joindre Maria Taube qui ne répond pas. Elle lui écrit un SMS : « Tout va bien. Appelle-moi. »

Elle démarre la voiture. Allume l'auto-radio sur une émission de *talk-show*.

À l'angle de la rue qui mène à l'église, elle aperçoit Nalle. Un sentiment de tristesse et de culpabilité la traverse. Elle lève la main pour lui dire bonjour. Dans le rétroviseur, elle le voit agiter la main. Il lui fait des grands signes et se met à courir derrière la voiture. Il ne court pas vite mais il s'obstine. Soudain elle le voit trébucher. Il tombe dans le fossé.

Rebecka se gare sur le bas-côté Elle regarde en arrière. Il ne se relève pas. Enfin elle réagit. Elle sort de la voiture précipitamment et court vers lui.

« Nalle ! crie-t-elle. Nalle ! »

Et s'il s'était cogné la tête contre une pierre…

Il est couché dans le fossé, hilare. On dirait un scarabée sur le dos.

« Becka ! » s'exclame-t-il lorsqu'elle apparaît dans son champ de vision.

Bien sûr que je dois m'arrêter pour lui dire bonjour. Mais quel genre de personne suis-je donc ?

Il se remet debout. Elle l'aide à épousseter ses vêtements.

« Salut, Nalle, dit-elle. Je suis contente de te…

– Viens ! » la coupe-t-il en la tirant par le bras comme un gamin, « maison ! ».

Il tourne les talons et prend la direction de chez lui.

« Écoute, non, je… », s'excuse-t-elle.

Mais Nalle continue d'avancer. Sans se retourner. Certain qu'elle va le suivre.

Rebecka se tourne vers sa voiture. Elle est bien stationnée. Visible par les autres usagers de la route. Elle se dit qu'elle peut bien l'accompagner après tout. Elle se met à courir pour le rattraper.

« Attends-moi ! » lui crie-t-elle.

Lisa se gare devant l'entrée du cabinet vétérinaire. Les chiens savent parfaitement où ils se trouvent. Et ils n'aiment pas du tout cet endroit. Ils se dressent et regardent par la vitre avec inquiétude. Ils ont la mâchoire ouverte et la langue pendante. L'Allemand se met à sentir mauvais. Il pue quand il est stressé. Les quatre chiens ont la queue collée sous le ventre.

Lisa entre dans la clinique. Elle les laisse dans la voiture pour l'instant.

« Alors tu ne nous emmènes pas ? » disent leurs regards. « On va échapper aux seringues, aux examens, aux odeurs effrayantes et aux humiliantes collerettes blanches ? »

Anette, la vétérinaire, la reçoit. Elles règlent les questions financières. Anette va faire ça toute seule. Il n'y a qu'elles deux dans la clinique. Les assistants sont rentrés chez eux. Personne ne patiente dans la salle d'attente. Lisa est touchée qu'elle ait pensé à tout.

La vétérinaire lui pose une seule question :

« Vous les ramenez avec vous, après ? »

Lisa secoue la tête. Elle n'a pas réfléchi jusque-là. Elle s'est arrêtée de réfléchir bien avant d'arriver ici. Et maintenant elle est là. Et eux vont devenir des déchets. Elle refuse de penser à l'indignité de cet état. Elle ne veut pas s'avouer qu'ils méritent mieux que cela de sa part.

« On fait comment ? demande-t-elle à la vétérinaire. Je vous les amène un par un ? »

Anette la regarde.

« Je crois que ce serait trop dur à supporter pour vous. On va les faire entrer tous en même temps. Je leur donnerai quelque chose pour les calmer. »

Lisa sort du cabinet en titubant.

« Assis ! » dit-elle d'une voix forte au moment d'ouvrir le hayon.

Elle leur met une laisse à chacun. Elle ne veut pas prendre le risque que l'un d'entre eux s'échappe.

Elle entre dans la clinique avec les quatre chiens, passe à côté de la salle d'attente, du bureau de la vétérinaire et du cabinet d'auscultation.

Anette lui ouvre la porte de la salle d'opération.

Leurs halètements. Le bruit nerveux de leurs griffes qui cliquettent et glissent sur le sol du corridor. Ils s'emmêlent dans leurs laisses. Lisa les retient tout en avançant vers cette pièce où elle doit les faire entrer, à présent.

Voilà. Ils sont entrés dans cette horrible local avec son horrible sol en linoléum rouge et ses murs ocre-brun. Lisa se cogne violemment la cuisse contre la table d'opération. Les innombrables griffes qui ont raclé le sol ont fait pénétrer la saleté dans le plastique du revêtement. Il est probablement devenu impossible de le nettoyer. Un chemin rouge foncé conduit de la porte à la table et en fait le tour. Sur la porte d'un placard mural est scotchée une répugnante affiche représentant une petite fille au milieu d'un champ de fleurs. Elle tient dans ses bras un chiot avec des oreilles veloutées.

L'horloge sur le mur porte une inscription sur un demi-cercle en forme de sourire dont les coins vont de dix heures à deux heures.

Anette referme doucement la porte derrière elle.

Lisa détache les chiens.

« On va commencer par Bruno, dit-elle. Il est tellement buté qu'il sera quand même le dernier à se coucher. Vous le connaissez. »

Anette acquiesce. Pendant que Lisa caresse les oreilles et le poitrail de l'Allemand, Anette lui injecte l'anesthésique.

« Tu vas être un bon garçon, n'est-ce pas ? » lui demande Lisa.

Il la regarde. Dans les yeux, ce qui est inhabituel. Et puis, brusquement, il détourne la tête. Bruno respecte l'étiquette. On ne regarde pas le chef de meute dans les yeux.

« Il a été bien sage », commente Anette avec une caresse une fois qu'elle a terminé.

Peu après, Lisa est assise par terre sous la fenêtre. Le radiateur lui brûle le dos. Spy-Morris, Bruno, Karelin et Majken sont couchés autour d'elle, à moitié endormis. La tête de Majken est posée sur l'une de ses cuisses. Celle de Spy-Morris sur l'autre. Anette rapproche les deux autres de Lisa pour qu'elle puisse tous les atteindre.

Il n'y a pas de mots pour dire ce qu'elle ressent. Une douleur terrible lui serre la gorge. Leurs corps tièdes sous ses doigts lui brisent le cœur.

Comment avez-vous pu aimer quelqu'un comme moi ? se dit-elle.

Un désespoir infini pèse sur sa poitrine. L'amour d'un chien est si simple. On gambade dans les bois. Et on est heureux. On se pelotonne et on se réchauffe contre le corps de l'autre, on pète. On est bien.

Anette fait ronronner la tondeuse et place la canule dans la veine de la patte avant de chaque chien.

Ça va vite. Beaucoup trop vite. La vétérinaire est déjà prête. Il ne reste plus que le geste ultime. Comment penser à un au revoir ? La douleur dans sa gorge est devenue insupportable. Elle a mal partout. Elle tremble comme si elle avait de la fièvre.

« J'y vais », la prévient Anette.

Et elle injecte la dose létale.

Ça prend moins de trente secondes. Ils sont dans la même position que tout à l'heure. Elle tient leurs têtes dans ses bras. Bruno a le dos appuyé contre sa hanche. Majken tire la langue. Elle ne fait pas ça quand elle dort.

Lisa se dit qu'elle devrait se lever maintenant. Mais elle ne peut pas.

Les pleurs sous la peau de son visage. Le visage qui tente de les retenir. Un combat de titan. Les muscles résistent. Ils luttent pour redonner à la figure ses traits normaux mais les pleurs forcent le passage. Et finalement le visage se craquelle en un sanglot grotesque et grimaçant. Les larmes et la morve dégoulinent. Comment peut-on avoir aussi mal ? Les larmes attendaient derrière les paupières comme si elles avaient été enfermées sous le couvercle d'une cocotte-minute. À présent, elles coulent, brûlantes sur ses joues. Et atterrissent sur la tête de Spy-Morris.

Un gémissement se fraie un passage dans sa gorge. Un son terriblement laid. *Ouhou, ouhou.* Elle entend le cri de cette vieille bonne femme desséchée et condamnée qui tombe à quatre pattes. Elle serre ses chiens contre elle. Ses gestes sont brusques et incontrôlés. Elle se déplace à genoux parmi eux, glisse ses mains sous leurs corps tout mous. Embrasse leurs yeux, leurs truffes, leurs oreilles, leurs ventres. Presse sa figure contre leurs têtes.

Sa peine éclate comme une tempête qui la secoue et la déchire. Elle renifle et ravale ses larmes. Mais on ne peut pas déglutir la tête en bas et à quatre pattes. La morve coule de sa bouche. Elle s'essuie d'une main.

Et dans le même temps, elle entend une voix. C'est la voix d'une autre Lisa qui la regarde avec mépris et lui dit : « Mais quel genre de femme es-tu ? Et Mimmi, alors ? »

Elle s'arrête de pleurer. Au moment même où elle se disait qu'elle ne s'arrêterait plus jamais.

C'est bizarre. Elle a passé tout l'été à agir en suivant une liste de *choses à faire*. Elle les a rayées une à une. Pleurer ne figurait pas sur sa liste. Le chagrin s'est inscrit tout seul. Elle n'en voulait pas. Elle en avait peur. Elle craignait qu'il la submerge et la noie.

Et il était arrivé. D'abord effrayant, fait de souffrance et d'obscurité, insupportable. Mais ensuite. Ensuite il était devenu son refuge. Un lieu où elle pouvait se reposer. Une salle d'attente entre deux points de la liste. Une partie d'elle-même voulait rester à l'abri, à l'intérieur du chagrin et des larmes, et reporter à plus tard les autres choses qu'elle avait prévues. Et voilà que le chagrin l'abandonne. Il lui dit simplement : « C'est fini. » Et il s'arrête.

Elle s'accroche au bord du lavabo pour se remettre debout. Anette n'est plus là.

Elle a les yeux bouffis. Ses globes oculaires sont comme des balles de tennis coupées en deux. Elle presse ses doigts glacés contre ses paupières. Tourne le robinet et s'asperge le visage d'eau froide. Un distributeur de serviettes en papier est fixé au mur à côté de la vasque. Elle s'essuie et se mouche. Évite de se regarder dans le miroir. Le papier est rêche.

Elle regarde ses chiens. Elle est si épuisée et elle a tant pleuré qu'elle ne ressent plus les choses aussi fort que tout à l'heure. Sa peine immense n'est déjà plus qu'un souvenir. Elle s'accroupit et leur donne à chacun un simple baiser.

Elle sort. Anette est dans son bureau. Elle travaille sur son ordinateur. Lisa peut se contenter de lui lancer un rapide au revoir en passant.

Elle est dehors. Un soleil de septembre qui brûle et éblouit. Des ombres nettes. Quelques nuages naviguent dans le ciel et se reflètent dans ses yeux. Elle s'installe au volant de sa voiture et baisse le pare-soleil. Elle démarre le moteur et traverse la ville avant de s'engager sur la Norgevägen qui relie Kiruna à Narvik en Norvège.

Elle ne pense à rien d'autre qu'à la route devant elle. Au paysage changeant. Au ciel bleu. Aux nuages blancs qui se déchirent dans leur course rapide au-dessus des sommets des montagnes. Aux ravins rocheux et escarpés. Au lac de Torneträsk tout en longueur qui ressemble à une pierre bleue et brillante sertie dans l'or jaune.

Elle vient de passer Katterjåkk dans le comté de Norrbotten quand elle le voit. C'est un énorme camion semi-remorque. Lisa roule vite. Elle détache sa ceinture.

Rebecka Martinsson suivit Nalle dans la cave de sa maison. Ils y accédèrent par un escalier en pierre, peint en vert, qui descendait en colimaçon sous le rez-de-jardin. Il ouvrit une porte donnant dans un local qui servait à la fois de garde-manger, d'atelier de menuiserie et de réserve. La pièce était humide. L'enduit blanc, moucheté de taches noires, s'était détaché par endroits. Quelques étagères étaient fixées au mur sur lesquelles étaient entreposés des confitures, des boîtes de clous et de vis, des bouts de ferraille, des pots de peinture, des bouteilles de white-spirit évaporé, des pinceaux desséchés, des morceaux de papier de verre, un seau, du matériel électrique et des rallonges emmêlées. Sur les pans de mur libres étaient accrochés des outils.

Le doigt posé sur les lèvres, Nalle lui fit signe de ne pas faire de bruit. Il lui prit la main et la conduisit jusqu'à une chaise où elle s'assit. Lui se mit à genoux et entreprit de donner des petits coups sur le sol de la cave avec ses ongles.

Rebecka attendit en silence.

Nalle sortit de la poche de poitrine de son blouson un paquet de biscuits Marie presque vide. Il déchira le papier, le déroula et en extirpa un biscuit dont il cassa un morceau.

Tout à coup, une petite souris traversa la cave à toute vitesse. Elle courut en zigzag jusqu'à Nalle, s'arrêta juste devant les genoux du gros garçon et se mit debout sur ses pattes arrière. Elle était d'un gris brun et devait mesurer quatre ou cinq centimètres. Nalle lui tendit le petit morceau de biscuit. La souris essaya de l'emporter mais comme Nalle ne le lâchait pas, elle resta sur place et se mit à manger. On n'entendait plus dans la pièce que le bruit de ses petites dents.

Nalle se tourna vers Rebecka.

« La souris, dit-il à haute voix. Petite. »

Rebecka crut qu'elle serait effrayée en l'entendant parler aussi fort mais elle continua tranquillement à grignoter. Rebecka hocha la tête et sourit. C'était un spectacle étrange. Le gigantesque Nalle et la toute petite souris. Elle se demanda comment il avait fait pour l'apprivoiser. Pour l'aider à surmonter sa peur. Est-ce qu'il avait eu assez de patience pour rester assis des heures dans cette cave à l'attendre ? Sans doute.

Tu es un garçon très spécial, Nalle, songea-t-elle.

Nalle tendit l'index et tenta de caresser la souris mais l'inquiétude fut plus grande que la faim. La souris fila comme un éclair gris et alla se cacher derrière une pile de planches appuyées contre le mur.

Rebecka attendit quelques secondes pour voir si la bestiole revenait.

Il fallait qu'elle s'en aille. Elle ne pouvait pas laisser la voiture garée comme ça très longtemps.

Nalle avait dit quelque chose.

Elle tourna la tête vers lui.

« La souris, dit-il. Petite ! »

Soudain elle se sentit triste. Elle se vit assise là, dans la cave d'une vieille maison, en compagnie d'un garçon attardé mental. Elle ne s'était pas sentie aussi proche d'un autre être humain depuis une éternité.

Pourquoi suis-je devenue incapable de supporter mes congénères ? Incapable de leur faire confiance ? J'ai confiance en Nalle. Mais c'est parce qu'il ne sait pas faire semblant.

« Au revoir, Nalle, dit-elle.

– Au revoir », répondit-il, sans montrer la moindre peine.

Elle remonta l'escalier vert en pierre. N'entendit pas la voiture qui se garait devant la maison. Ni les pas sur la véranda.

Au moment où elle poussait la porte donnant sur le vestibule, celle de l'entrée s'ouvrit sur la large silhouette de Lars-Gunnar. Comme une montagne dressée sur son passage. Quelque chose se crispa en elle. Elle regarda l'ancien policier dans les yeux et il la regarda aussi.

« Nom de Dieu ! » fut tout ce qu'il trouva à dire.

Les experts de la police scientifique trouvèrent une douille sur la scène de crime à neuf heures et demie du matin. Elle était enterrée dans le sol, sur la berge du lac. Un calibre 30-06.

À dix heures et quart, la police avait comparé le registre des immatriculations automobiles avec le registre de contrôle des armes à feu et établi une liste des propriétaires de voiture diesel également répertoriés comme étant détenteurs d'une carabine.

Anna-Maria se cala au fond de son siège de bureau. C'était un vrai bijou. On pouvait baisser le dossier au point d'y être allongé comme sur un lit. Un fauteuil de dentiste sans dentiste.

Quatre cent soixante-treize personnes correspondaient à la recherche effectuée. Elle lut quelques noms.

Son regard s'arrêta sur l'un d'eux, qui ne lui était pas étranger. Lars-Gunnar Vinsa.

Il était propriétaire d'une Mercedes diesel. Elle jeta un coup d'œil dans le registre des armes à feu. Il en avait déclaré trois. Deux carabines et un fusil. L'une des carabines était une Tikka. Calibre 30-06.

Ils allaient probablement devoir faire des essais balistiques avec toutes les armes de ce calibre. Mais peut-être valait-il mieux aller lui parler d'abord. Ce n'était jamais très agréable quand on avait affaire à un ancien collègue.

Elle jeta un coup d'œil à la pendule. Dix heures et demie. Elle demanderait à Sven-Erik de venir avec elle après le déjeuner.

Lars-Gunnar Vinsa regarde Rebecka Martinsson. Quand il est parti en ville tout à l'heure, il s'est rendu compte au bout de quelques minutes qu'il avait oublié son portefeuille et il a rebroussé chemin.

Qu'est-ce que c'est, cette foutue conspiration ? Il a dit à Mimmi qu'il partait. Est-ce qu'elle s'est empressée d'appeler l'avocate ? Il n'arrive pas à le croire. Mais c'est forcément comme ça que les choses se sont passées. Ensuite, elle s'est précipitée chez lui pour fouiner.

La femme a un téléphone à la main qui se met à sonner. Elle ne répond pas. L'air renfrogné, il garde les yeux fixés sur le portable. Ils restent tous les deux immobiles. Et le téléphone continue de sonner.

Rebecka se dit qu'elle devrait répondre. C'est sûrement Maria Taube. Mais elle ne peut pas. Et le fait qu'elle ne réponde pas allume quelque chose dans le regard de Lars-Gunnar Vinsa. Et soudain elle sait. Et il sait qu'elle sait.

La paralysie cesse. Son portable tombe par terre. Est-ce lui qui l'a fait tomber de sa main ? Ou bien elle qui l'a jeté au sol ?

Il lui bloque la route. Elle ne peut pas sortir. Une peur terrible s'empare d'elle.

Elle fait volte-face et se précipite dans l'escalier qui conduit au premier étage. Il est étroit et raide. Un papier peint fleuri et sali par les années habille le mur. Le vernis de la rampe est aussi dur et lisse que du verre. Elle grimpe les marches à quatre pattes aussi vite qu'un crabe. Il ne faut pas qu'elle glisse.

Elle entend le pas lourd de Lars-Gunnar derrière elle.

Elle sait qu'elle fonce droit dans un piège. Mais où aller ?

La porte des toilettes est juste en face d'elle. Elle se précipite à l'intérieur.

Sans savoir comment, elle réussit à refermer la porte et à ordonner à ses doigts de tourner le verrou.

On abaisse la poignée de l'extérieur.

Il y a une fenêtre mais elle a perdu l'instinct de fuite. Il ne reste que la peur. Elle ne tient plus debout. Elle s'assied sur l'abattant du WC et se met à trembler. Elle est tétanisée et agitée de soubresauts. Elle garde les coudes serrés contre son ventre, les mains devant son visage. Ses mains tremblent tellement qu'elle se donne sans le vouloir des coups sur la bouche, le nez et le menton. Ses doigts sont crispés comme des griffes.

Un coup violent et sourd, un craquement de l'autre côté de la porte. Elle ferme les yeux. Les larmes coulent à flot. Elle voudrait se boucher les oreilles mais elle ne contrôle plus ses mains qui n'arrêtent pas de trembler.

« Maman ! » hurle-t-elle au moment où la porte s'ouvre brusquement et vient frapper ses genoux. Elle a mal. On l'attrape par ses vêtements. Elle garde les yeux clos.

Il l'a saisie par le col. Elle gémit.

« Maman, maman ! »

Et Lars-Gunnar s'entend répéter en finnois : « *Äiti, äiti*[*]. » Il vient de faire un bond dans le temps, soixante ans en arrière. Son père jette sa mère par terre sur le sol de la cuisine comme une vulgaire moufle. Elle a enfermé Lars-Gunnar et ses frère et sœurs dans la chambre. Lars-Gunnar est l'aîné. Les petites sont assises sur le lit, muettes et pâles. Son frère cadet et lui tapent sur la porte. Ils entendent leur mère pleurer et supplier. Le bruit des objets qui se brisent sur le plancher. La voix de leur père qui réclame la clé. Bientôt il l'obtiendra. Bientôt il battra Lars-Gunnar et son frère sous les yeux des petites. Il enfermera leur mère dans la chambre. Et il se servira de sa ceinture, frappera fort. Pour les punir de quelque chose, certainement, même s'il ne se rappelle plus quoi. Il trouvait toujours une bonne raison.

Il lui cogne la tête contre le lavabo. Elle cesse de pleurnicher. Les pleurs des enfants et les *Älä lyö ! Älä lyö*[**] ! se taisent dans sa tête. Il la lâche. Elle s'écroule, face contre terre.

Quand il la retourne, il voit son grand regard vide. Le sang coule de son front. Elle lui rappelle un renne qu'il a percuté un jour sur la route de Gällivare. Il avait la même expression hagarde. Et il tremblait de la même façon.

Il la prend par les pieds et la traîne sur le palier.

Nalle est en train de monter l'escalier. Il aperçoit Rebecka.

« Quoi ? » s'écrie-t-il.

Un cri puissant et alarmé qui fait penser à celui du labbe arctique.

« Quoi ?

---

* Maman, maman.

** Finnois : Ne les frappe pas ! Ne les frappe pas !

– Ce n'est rien, Nalle ! dit Lars-Gunnar. Fiche le camp d'ici ! »

Mais Nalle a peur, il refuse d'obéir. Il continue de monter les marches. Il voit Rebecka couchée sur le sol et crie à nouveau : « Quoi ?

– Tu n'as pas entendu ce que je t'ai dit ? gronde Lars-Gunnar. Fiche le camp ! »

Il lâche les pieds de Rebecka et agite les mains pour faire comprendre à Nalle qu'il doit s'en aller. Voyant que c'est peine perdue, il descend les marches et pousse le garçon dehors. Et il referme la porte à clé.

Nalle reste derrière. Il l'entend qui crie : « Quoi ? Quoi ? » Sa voix est affolée et terrifiée. Lars-Gunnar l'imagine en train de tourner en rond sur la terrasse, complètement désorienté.

Il est fou de rage contre la femme allongée au premier. Tout cela est sa faute. Elle aurait mieux fait de les laisser tranquilles.

Il remonte l'escalier en trois foulées. C'est comme Mildred Nilsson. Elle aussi aurait dû les laisser en paix. Nalle et lui et tout le village.

Lars-Gunnar est en train d'accrocher du linge devant chez lui. C'est la fin du mois de mai. Il n'y a pas encore de feuilles sur les arbres mais les fleurs commencent à pousser dans les plates-bandes. Le soleil brille dans un ciel sans nuages. Nalle aura treize ans à l'automne. Il y a six ans qu'Eva est morte.

Nalle s'amuse dans la ferme. Il sait parfaitement s'occuper tout seul. Mais Lars-Gunnar aimerait bien avoir du temps à lui. Il n'est jamais vraiment tranquille et ça lui manque parfois.

Un vent printanier s'engouffre dans les draps et le linge de corps. Bientôt, c'est une rangée de drapeaux qui vole à l'horizontale entre les bouleaux.

La nouvelle femme pasteur est là. Et elle parle et elle parle sans jamais s'arrêter. Lars-Gunnar hésite un instant au moment de ramasser un caleçon pas très net dans le panier. Même s'ils sont propres, il n'arrive jamais à les avoir tout à fait blancs.

Finalement il décide qu'il s'en fout. Pourquoi devrait-il se gêner pour elle ?

La pasteure est venue pour lui dire qu'elle voudrait que Nalle fasse sa confirmation à l'église.

« Vous savez, lui répond Lars-Gunnar, il y a quelques années, j'ai eu la visite de ces gens qui crient Alléluia à tout bout de champ. Ils voulaient prier pour Nalle afin qu'il guérisse. Je les ai foutus dehors à coups de pied au cul. Je n'aime pas beaucoup l'Église, voyez-vous.

– Oh ! mais ce n'est pas du tout mon intention ! dit-elle avec passion. Enfin, bien sûr, je prierai pour lui, mais je vous promets de le faire sans bruit et toute seule chez moi. Et pour rien au monde je ne voudrais qu'il change. Votre fils est un don du ciel. »

Rebecka replie les genoux. Se pousse en arrière. Remonte les genoux. Pousse avec les pieds. Elle réussit à retourner dans les toilettes à reculons. Elle n'arrive pas à se lever mais elle se recroqueville aussi loin qu'elle peut dans l'angle à côté de la cuvette. Elle entend Lars-Gunnar qui remonte l'escalier.

C'était facile à dire pour Mildred que Nalle était un don du ciel, songe Lars-Gunnar. Ce n'était pas elle qui devait s'occuper de lui tous les jours. Ni elle dont le mariage s'était brisé à cause de l'enfant qu'ils avaient eu. Elle n'avait pas besoin de se faire du souci. Ni au quotidien ni pour son avenir. Elle n'avait pas besoin de se demander comment il allait s'en sortir. Comment allaient se passer sa puberté et sa vie sexuelle. Ce n'est pas elle qui se retrouvait avec des draps souillés dans les mains en se demandant comment réagir Aucune fille ne voudrait de lui. Comment ne pas s'imaginer toutes sortes d'horreurs ? Comment ne pas craindre que ses pulsions sexuelles brimées ne fassent de lui un danger pour la société ?

Après la visite de la pasteure, c'était les bonnes femmes du village qui avaient rappliqué. « Laissez ce garçon faire sa confirmation », disaient-elles. Elles proposaient d'organiser la fête. Pour que Nalle soit content. Si Nalle ne se sentait pas bien, il n'aurait qu'à s'en aller, insistaient-elles. Même sa cousine Lisa était venue lui rendre visite pour essayer de le convaincre. Elle lui avait promis de s'occuper de son costume pour qu'il soit bien habillé, avec des vêtements à sa taille.

Lars-Gunnar avait fini par se mettre en colère. Comme si c'était une question de réception, de cadeaux ou de costume !

« Il ne s'agit pas d'argent ! avait-il rugi. Est-ce que je n'ai pas toujours payé tout ce qu'il fallait pour lui ? Si j'avais voulu faire des économies, je l'aurais mis dans une institution depuis longtemps. Vous avez gagné ! Qu'il fasse sa confirmation si ça lui chante ! »

Il avait payé le costume et la montre. S'il y avait deux choses au monde dont Nalle n'avait pas besoin, c'était bien d'un costume et d'une montre. Mais Lars-Gunnar n'avait pas fait de commentaire. Il ne laisserait personne le traiter de pingre derrière son dos.

Mais à partir de ce moment, sa relation avec son fils avait changé. On aurait dit que l'amitié entre Mildred et le garçon privait Lars-Gunnar de quelque chose. Les gens du village semblaient avoir oublié les sacrifices qu'il avait faits pour Nalle. Il ne voulait pas qu'on l'admire mais qu'on reconnaisse que sa vie n'avait pas été facile. D'abord il y avait eu la violence de son père. Puis la désertion d'Eva. Ensuite la difficulté à être un père célibataire avec un enfant handicapé. Il aurait pu se contenter d'une vie plus simple. Mais il avait choisi de faire des études et il était revenu dans son village. Il était devenu quelqu'un.

En le quittant, Eva l'avait détruit. Après son départ, il était resté chez lui avec Nalle, à ruminer le sentiment que personne ne voulait de lui nulle part. Il avait ressenti la honte des laissés-pour-compte.

Il s'était occupé d'Eva quand elle était mourante. Il avait gardé Nalle à la maison. Il l'avait élevé tout seul. Et à en croire Mildred, il serait un sacré veinard d'avoir un fils comme lui ! Un jour, Lars-Gunnar avait dit à l'une des vieilles femmes du village que c'était une grosse responsabilité et beaucoup de soucis d'élever Nalle, et elle lui avait répondu : « Tu sais, mon petit, tous les parents s'inquiètent pour leurs enfants. L'avantage avec Nalle, c'est que tu l'auras toujours avec toi alors que les autres parents doivent un jour les laisser partir. » Il entendait tellement de conneries. En particulier de la part de gens qui étaient incapables de se mettre à sa place. Au bout d'un moment, il avait arrêté de discuter. Personne ne comprenait rien de toute façon.

C'était la même chose avec Eva. Depuis que Mildred était là, quand les gens évoquaient Eva, ils disaient : « La pauvre ! » En parlant d'elle ! Il aurait bien voulu leur demander ce qu'ils sous-entendaient par là. Cela signifiait-il qu'il était si difficile à vivre qu'elle avait dû aller jusqu'à abandonner son propre enfant ?

Il eut bientôt l'impression que les gens parlaient de lui derrière son dos.

Il regretta d'avoir accepté que Nalle fasse sa confirmation. Mais c'était déjà trop tard. Il ne pouvait pas lui interdire de passer du temps avec Mildred à l'église parce qu'on aurait pris cela pour de la jalousie. Nalle allait bien. Et il n'était pas assez intelligent pour comprendre la vraie nature de Mildred.

Alors Lars-Gunnar avait laissé faire. Nalle avait commencé à mener une vie indépendante de celle qu'il vivait avec lui. Mais qui est-ce qui lavait ses vêtements ? Et qui est-ce qui était responsable de lui et se faisait du souci pour lui ?

Cette Mildred Nilsson s'était ensuite installée au presbytère où elle avait monté cette mafia de femmes. Et elle avait réussi à leur faire croire qu'elles avaient de l'importance. Elles s'étaient toutes laissé gaver comme des oies par ses discours.

Il se persuada qu'elle lui en voulait personnellement, qu'elle était envieuse de l'homme qu'il était, de sa position dans la communauté. Il était responsable de l'équipe de chasse. Il avait été policier. Lui aussi savait écouter les gens. Il faisait passer leurs intérêts avant les siens. Et tout cela lui valait leur respect et lui donnait de l'autorité sur eux. Et elle ne le supportait pas. Alors elle avait décidé de lui enlever tout ce qu'il avait.

C'était devenu comme une guerre entre eux. Une guerre menée à l'insu de tous. Elle avait essayé de le discréditer. Il s'était défendu comme il pouvait mais il est vrai qu'il n'avait jamais été très fort à ce jeu-là.

La femme a rampé jusque dans les toilettes à nouveau. Elle est recroquevillée entre la cuvette et le lavabo. Elle a les bras croisés sur son visage comme pour se protéger. Il la prend par les pieds et la traîne jusqu'au bas de l'escalier. Sa tête rebondit de marche en marche dans un rythme parfait. *Boum, boum, boum.* Dehors, Nalle crie toujours : « Quoi ? Quoi ? » Ce bruit-là, il a du mal à le supporter. Il faut en finir. Il faut vraiment en finir avec tout ça.

Il se souvient du voyage à Majorque. Une des nombreuses idées farfelues de Mildred. Il fallait tout à coup que les jeunes de la paroisse partent en camp à l'étranger. Et Mildred avait proposé que Nalle les accompagne. Lars-Gunnar lui avait opposé un non catégorique. Mildred avait argué que la paroisse engagerait un accompagnateur supplémentaire dont le rôle serait de s'occuper exclusivement de Nalle. Le conseil paroissial était d'accord. « Rendez-vous compte, disait-elle, de ce que les adolescents coûtent normalement à cet âge-là. Il faut leur payer un équipement de ski, des voyages, qu'elle jeux vidéo, du matériel informatique qui vaut une fortune, des vêtements de marque... » Et Lars-Gunnar avait compris. « Ce n'est pas une question d'argent », avait-il riposté bien qu'il sache qu'aux yeux des gens, il ne s'agissait que de cela. Ils pensaient tous qu'il ne voulait pas faire de frais pour son fils. Qu'il le privait de tout. Pour une fois que Nalle avait la possibilité de s'amuser ! Et Lars-Gunnar avait été obligé de céder. Il avait dû mettre la main à la poche. Et tout le monde lui avait dit que c'était formidable que Mildred fasse tout ça pour Nalle. Formidable pour Nalle qu'elle soit venue dans ce village.

Mildred avait tout fait pour le détruire. Il en était convaincu. Quand on lui avait cassé ses vitres ou quand ce cinglé de Magnus Lindmark avait essayé de mettre le feu à son garage, elle n'avait pas porté plainte à la police. Alors évidemment, la rumeur était allée bon train. Exactement comme elle l'avait prévu. La police est impuissante. Quand il y a un vrai problème, ils restent là, les bras ballants. Et tout cela avait fait du tort à Lars-Gunnar. C'est lui qui avait dû vivre avec cette humiliation.

Elle était même venue foutre sa merde dans la société de chasse.

Sur le papier, le terrain appartenait peut-être à l'Église. Mais c'était sa forêt. C'était lui qui la connaissait par cœur. Il est vrai que le loyer n'était pas élevé. Mais si on réfléchit, on aurait dû payer la société pour gérer le gibier. Les élans faisaient beaucoup de dégâts dans la forêt.

Elle voulait le priver de tout cela. De la chasse à l'élan en automne. Des réunions d'organisation avec les copains. Des départs avec les autres chasseurs au petit jour. Des chiens qui tirent sur leurs laisses. Qui reniflent en direction de l'ombre grise des sous-bois. Quelque part là-dedans se cachait la proie. Elle voulait lui prendre les journées de chasse. L'odeur de l'automne et les voix des chiens au loin. La camaraderie des hommes quand l'animal meurt enfin. L'effort physique du dépeçage. Les repas de chasse au coin du feu quand la journée est terminée.

Elle avait écrit une lettre. Elle n'avait même pas eu le courage de leur parler en face. Dans sa lettre, elle disait qu'elle savait que Torbjörn avait été condamné pour une infraction mais qu'on ne lui avait pas enlevé son permis de chasse. Elle accusait Lars-Gunnar d'avoir arrangé les choses. Elle exigeait que Torbjörn et lui n'aient plus le droit de chasser sur les terres de l'Église. Elle considérait qu'il n'était pas seulement inapproprié mais carrément choquant qu'ils fassent encore partie de l'équipe de chasse alors que l'Église s'employait à protéger une louve circulant sur le territoire.

Quand il repense à cette histoire, il a l'impression d'étouffer. Elle cherchait à l'isoler. À faire de lui un raté, comme Malte Alajärvi. Plus de travail et plus de chasse. Terminé.

Il en avait parlé avec Torbjörn Ylitalo. « Qu'est-ce que tu veux qu'on fasse ? avait dit Torbjörn. Je peux déjà m'estimer heureux si je garde mon job ! » Lars-Gunnar avait eu l'impression de tomber dans un puits. Il s'était imaginé dans quelques années, vieux et obèse, en train de regarder le loto sportif à la télé avec Nalle.

Ce n'était pas juste. Cette histoire remontait à près de vingt ans ! Elle avait juste trouvé un nouveau moyen de lui nuire.

« Pourquoi est-ce qu'elle s'en prend à moi ? avait-il demandé à Torbjörn. Qu'est-ce que je lui ai fait ? » Et Torbjörn s'était contenté de hausser les épaules.

Après ce jour-là, il était resté une semaine entière sans adresser la parole à personne. Une espèce d'avant-goût de ce qu'allait être sa vie désormais. Le soir, il buvait. Pour pouvoir s'endormir.

La veille du solstice d'été, il célébrait l'événement tout seul dans sa cuisine. Enfin, célébrer n'était pas le mot le mieux approprié. Il était enfermé chez lui en train de ruminer ses pensées, de faire la fête tout seul, de parler tout seul et de boire tout seul. Il avait fini par aller se coucher et avait essayé de dormir. Mais une pulsion irrépressible s'était mise à battre dans sa poitrine. Un sentiment qu'il n'avait pas ressenti depuis qu'il était enfant.

Un instant plus tard, il était assis au volant de sa voiture. Il avait essayé de lutter. Il se souvient d'avoir failli reculer dans le fossé en sortant de la cour. Il avait vu Nalle sortir en caleçon de la maison alors qu'il le croyait couché depuis longtemps. Le garçon agitait la main et l'appelait. Lars-Gunnar avait dû couper le moteur. « Tu peux venir avec moi, lui avait-il dit. Mais avant tu vas t'habiller. – Pas, pas », avait dit Nalle en refusant tout d'abord de lâcher la poignée de la portière. « Mais non, je ne vais pas partir. Allez, va te mettre quelque chose sur le dos. »

Ses souvenirs se troublent à partir de ce moment. Il croit se rappeler qu'il voulait seulement lui parler. Et elle allait l'écouter, nom de Dieu ! Nalle s'était rendormi sur le siège à côté de lui.

Il se souvient de l'avoir frappée. Et de s'être dit : Voilà, ça suffit maintenant. Ça suffit maintenant.

Elle n'arrêtait pas de brailler. Il avait beau taper, elle continuait à gueuler et à couiner. Et à respirer. Il lui avait retiré ses chaussures et ses chaussettes et il avait essayé de la faire taire en lui enfonçant les chaussettes dans la bouche.

Il était encore furieux contre elle quand il l'avait portée jusqu'à l'église. Il l'avait suspendue à une chaîne au-dessus des tuyaux de l'orgue. Et tandis qu'il était là-haut sur la tribune, il se souvient d'avoir pensé que cela lui était égal si quelqu'un entrait et qu'on le surprenait.

Mais c'est Nalle qui était entré. Il s'était réveillé et il l'avait rejoint dans l'église. Tout à coup il était là, debout au milieu de la travée, en train de regarder Lars-Gunnar et Mildred, les yeux écarquillés. Muet.

En une seconde, Lars-Gunnar avait recouvré ses esprits. Et il s'était mis en colère contre Nalle. Et il avait eu une peur terrible aussi. Il s'en souvient comme si c'était hier. Il avait entraîné Nalle jusqu'à la voiture. Et ils étaient repartis. Et ils s'étaient tus. Nalle n'avait jamais rien dit à personne.

Les jours suivants, Lars-Gunnar avait attendu qu'on vienne le chercher. Mais personne n'était venu. Si, bien sûr, ils étaient venus lui demander s'il avait vu quelque chose. Ou s'il savait quoi que ce soit. Ils lui avaient posé les mêmes questions de routine qu'ils posaient à tout le monde.

Il se souvint qu'il avait mis ses gants de travail. Ils étaient toujours dans le coffre de sa voiture. Il n'avait pensé à rien de particulier en les mettant. Ni aux empreintes digitales, ni à rien de ce genre. Il les avait mis par habitude. Quand on se sert d'un pied-de-biche ou de n'importe quel outil, on met des gants, voilà tout. Un coup de chance. Un simple coup de chance.

Et la vie avait repris son cours. Nalle ne semblait se souvenir de rien. Il se comportait exactement comme avant. Lars-Gunnar aussi d'ailleurs. Et il dormait mieux la nuit.

Aujourd'hui, en regardant cette femme couchée à ses pieds, il se souvient qu'il était comme un animal blessé, tapi dans sa tanière, attendant que le chasseur vienne l'achever.

Quand Stefan Wikström lui avait téléphoné, il avait entendu à sa voix qu'il savait tout. Le simple fait qu'il lui téléphone suffisait à le prouver. Il n'avait aucune raison de le faire. Ils se voyaient à la chasse. Et il ne serait pas venu à Lars-Gunnar l'idée de fréquenter ailleurs cette lavette de pasteur. Et voilà qu'il l'appelait chez lui pour lui raconter que le vicaire était en train de changer d'avis en ce qui concernait le prochain bail. D'après lui, Bertil Stensson allait suggérer au conseil paroissial de le dénoncer. Et puis il s'était mis à parler de la chasse à l'élan comme si… Comme s'il avait voix au chapitre.

Quand il avait reçu ce coup de fil, un voile s'était levé dans la mémoire de Lars-Gunnar. Il avait revu le moment où il attendait Mildred devant le ponton. Le pouls comme un marteau-piqueur. Il avait levé les yeux vers le presbytère et se souvient maintenant d'avoir vu quelqu'un derrière une fenêtre du premier étage. Ce n'est qu'en recevant l'appel de Stefan Wikström que ça lui était revenu.

Qu'est-ce qu'il veut ? s'était-il dit. Avoir une emprise sur moi, bien entendu. Comme Mildred.

Lars-Gunnar et Stefan Wikström sont en voiture. Ils roulent vers le lac. Lars-Gunnar a demandé à Stefan s'il pouvait lui donner un coup de main pour sortir sa barque de pêche de l'eau et attacher les rames avec une chaîne et un cadenas en prévision de l'hiver.

Stefan Wikström se plaint de Bertil Stensson. On dirait un môme en train de râler contre son père. Lars-Gunnar l'écoute distraitement. Il parle du bail du territoire de chasse mais aussi du fait que Bertil ne l'apprécie pas à sa juste valeur malgré tout ce qu'il fait pour lui. Ensuite Lars-Gunnar doit supporter son intolérable et puéril bavardage sur la chasse. Comme si cette poule mouillée qui devait sa place dans l'équipe à une faveur du vicaire y comprenait quoi que ce soit.

Lars-Gunnar est troublé par ce babil incessant. Qu'est-ce qu'il cherche exactement ? On dirait qu'il lui présente le vicaire comme un gosse montrerait un bobo qu'il s'est fait au bras : « Souffle et je n'aurai plus mal. »

Il n'a pas l'intention de devenir la victime de ce maître chanteur. Il est prêt à assumer ses actes mais pas à en payer le prix à un minable comme Stefan Wikström. Ça, jamais.

Stefan Wikström garde les yeux fixés sur la partie de la route qui est éclairée par la lumière des phares. Il a toujours eu la nausée en voiture. Il paraît qu'il faut regarder droit devant soi.

Une peur panique s'empare lentement de lui. Il la sent ramper dans son estomac comme un serpent.

Ils parlent de tout et de rien. Mais pas de Mildred. Et pourtant sa présence est presque tangible. Comme si elle faisait partie du voyage et qu'elle était assise sur la banquette arrière. Il pense à la nuit avant le solstice d'été. Il se souvient de ce qu'il a vu par la fenêtre de la chambre à coucher. Il y avait quelqu'un à côté du bateau de Mildred. L'individu avait fait quelques pas et disparu ensuite derrière un petit cabanon en rondins. Il n'avait rien vu d'autre mais il y avait repensé par la suite, bien sûr. Il avait compris que c'était Lars-Gunnar qui était là cette nuit-là et il s'était souvenu qu'il tenait un objet dans sa main.

Encore maintenant, il se félicite de n'avoir rien dit à la police. Lars-Gunnar est l'un des dix-huit membres de l'équipe de chasse. Et dans un sens, il est son pasteur. Lars-Gunnar fait partie de ses ouailles. Un pasteur obéit à d'autres lois qu'un citoyen normal. En tant que pasteur, jamais il ne lèverait le doigt pour accuser Lars-Gunnar. En tant que pasteur, il se doit d'attendre le moment où Lars-Gunnar éprouvera le besoin de se confier à lui. Dieu lui avait donné une nouvelle croix à porter et il respectait sa volonté. Il s'en remettait à Lui et priait : « Que ta volonté soit faite. » Et il ajoutait : « Mais je ne trouve pas que ton joug soit doux ni ton fardeau léger. »

Ils sont arrivés et sortent de la voiture. Lars-Gunnar lui fait porter la chaîne et lui dit de partir devant.

Il s'engage sur le sentier. La lune brille.

Mildred marche derrière lui. Il sent sa présence. Au bord du lac, il lâche la chaîne à ses pieds. Il baisse les yeux. La regarde.

Mildred parle dans son oreille.

« Va-t'en ! murmure-t-elle. Va-t'en, vite ! »

Mais il est incapable de s'enfuir. Il reste là. Lars-Gunnar approche. Progressivement sa silhouette devient plus nette dans le clair de lune. Il a apporté sa carabine.

Lars-Gunnar regarde Rebecka Martinsson à ses pieds. Ses tremblements ont cessé après le trajet dans l'escalier. Mais elle est encore consciente. Elle ne le quitte pas des yeux.

Rebecka Martinsson a le regard levé vers l'homme. Elle a déjà vu cette image. L'homme comme une éclipse de soleil. Son visage plongé dans l'ombre. La lumière qui entre par la fenêtre de la cuisine et forme une auréole autour de la tête. Le pasteur Thomas Söderberg. Il lui dit : « Je t'aimais comme ma propre fille. » Dans une seconde elle lui fracassera le crâne.

Quand Lars-Gunnar se penche sur elle, elle le prend au collet. Enfin, le prendre c'est beaucoup dire. L'index et le majeur de sa main droite s'insinuent dans l'encolure de son pull-over et c'est seulement par le poids de sa main qu'elle le tire vers elle.

« Comment faites-vous pour vivre avec tout ça ? »

Il détache les doigts de Rebecka de son col.

Vivre avec quoi ? se demande-t-il. La mort de Stefan Wikström ? Il avait eu plus de chagrin le jour où il avait tué une femelle élan du côté de Paksuniemi. Il y a plus de vingt ans de cela. Quelques secondes après qu'elle était tombée, deux faons étaient sortis du bois. Et y étaient retournés aussitôt. Il avait longtemps pensé à sa bévue. D'abord la mère et puis le fait de ne pas avoir tué les petits tout de suite. Livrés à eux-mêmes, ils avaient dû avoir une mort pénible.

Il ouvre la trappe qui donne dans la cave en dessous de la cuisine. Il agrippe Rebecka et la tire jusqu'au bord du trou.

Nalle frappe à la fenêtre de la cuisine. Il voit son regard perplexe entre les géraniums en plastique.

Et puis tout à coup la femme retrouve son énergie. En voyant la trappe, elle se tortille pour se dégager de son emprise. S'accroche à l'un des pieds de la table de la cuisine et entraîne la table avec eux.

« Lâche ça », lui ordonne-t-il en lui tordant les doigts.

Elle lui griffe le visage. Se tord et se tend. Une lutte silencieuse, convulsive.

Il la soulève par la ceinture de son pantalon. Ses pieds quittent le sol. Elle ne dit pas un mot. Le cri est dans ses yeux : « Non ! »

Il la jette dans la cave comme un vulgaire sac-poubelle. Elle tombe en arrière. Un peu de bruit au moment de l'impact et puis plus rien. Il laisse retomber la trappe puis il saisit de ses bras puissants le bahut posé contre le mur de la cuisine du côté sud et le pousse jusqu'à ce qu'il cache l'ouverture de la cave. Il est lourd mais Lars-Gunnar est fort.

Elle ouvre les yeux. Réalise qu'elle a dû perdre connaissance quelques instants. Pas longtemps. Probablement pas plus de quelques secondes. Elle entend Lars-Gunnar pousser un meuble lourd sur la trappe.

Elle a les yeux grands ouverts mais elle ne voit rien. L'obscurité est totale. Elle entend des pas et des meubles qui bougent au-dessus de sa tête. Elle se met à genoux. L'un de ses bras pend, inerte. Instinctivement, elle porte la main gauche à son épaule droite et, d'un coup sec, la remet en place. Il y a un craquement. Un éclair de douleur part de l'épaule et explose dans son bras et dans son dos. Elle a mal partout. Sauf au visage où elle ne sent rien. Elle se touche la figure et s'aperçoit qu'elle est comme anesthésiée. Et il y a quelque chose de mou qui pend. Est-ce que c'est sa lèvre ? Elle a un goût de sang dans la bouche quand elle déglutit.

Elle se met à quatre pattes. Le sol est en terre battue. L'humidité traverse son jean aux genoux. La cave pue la crotte de rat.

Si elle meurt ici, les rats dévoreront son cadavre.

Elle se met à ramper, palpe l'air devant elle pour trouver l'escalier. Des toiles d'araignée collantes s'agglutinent à sa main qui tâtonne. Quelque chose bouge dans un angle. Ah ! l'escalier ! Elle reste ainsi, à genoux, les mains posées sur une marche un peu plus haut. Comme un chien sur ses pattes arrière. Elle écoute. Elle attend.

Le buffet est en place. Lars-Gunnar s'éponge le front avec le dos de la main.

Les « Quoi ? » incessants de Nalle ont cessé. Lars-Gunnar regarde par la fenêtre. Nalle tourne en rond dans la cour. Il fait toujours ça quand il a peur ou qu'il est malheureux. Il peut se passer une demi-heure avant qu'il ne s'apaise. C'est comme s'il devenait sourd. La première fois qu'il a fait ça, Lars-Gunnar s'est senti tellement impuissant et frustré qu'il a fini par lui donner une gifle. Le souvenir d'avoir battu son fils ce jour-là lui fait mal encore aujourd'hui. Il se rappelle avoir regardé la main qui avait frappé et avoir pensé à son propre père. Bien entendu, Nalle ne s'était pas calmé, au contraire. Maintenant il sait que, dans cette situation, il doit faire preuve de patience et attendre.

Si seulement il avait le temps.

Il va le rejoindre dans la cour et décide d'essayer, même s'il sait que cela ne sert à rien.

« Nalle ! »

Nalle n'entend plus rien. Il tourne en rond.

Lars-Gunnar a mille fois pensé à ce moment. Mais dans son imagination, Nalle dort paisiblement. Lars-Gunnar et lui viennent de passer une bonne journée ensemble. Peut-être en forêt. Ou bien ils sont allés faire du scooter des neiges sur la rivière. Le soir, Lars-Gunnar reste assis près du lit de Nalle jusqu'à ce qu'il s'endorme et puis…

C'en est trop. Cela ne pourrait pas être pire. Il passe une main sur sa joue. On dirait qu'il pleure.

Il revoit Mildred. Ce qu'il a fait ce jour-là n'était que le commencement de sa fin. Il le comprend à présent. Le premier coup qu'il lui a donné était dicté par la colère qu'il ressentait à son égard, mais ensuite… Ensuite, c'est sa propre vie qu'il a transformée en un champ de ruines. Et il l'a suspendue dans l'église pour exposer sa déchéance aux yeux de tous.

Il va jusqu'à sa voiture. Son fusil est dans le coffre. Il est chargé. Il l'est resté tout l'été. Il enlève la sécurité.

« Nalle », dit-il d'une voix enrouée.

Il veut quand même lui dire au revoir. Enfin, il aurait bien voulu en tout cas.

« Nalle », dit-il encore une fois à son grand garçon.

Il faut qu'il tire, maintenant. Avant de ne plus être capable de tenir le fusil. Il ne veut pas que Nalle soit là quand ils viendront. Il ne veut pas qu'ils l'emmènent.

Il épaule son arme. Vise. Tire. Le premier coup dans le dos. Nalle tombe à plat ventre. Le second coup dans la tête.

Et il retourne à l'intérieur.

Il voudrait ouvrir la trappe et la tuer. Elle ne compte pas. Elle n'est rien.

Mais dans l'état où il est, il n'a plus la force de déplacer le buffet.

Il s'assied lourdement sur la banquette de la cuisine.

Puis il se relève et il va arrêter l'horloge.

Et se rassoit.

Il met le canon du fusil dans sa bouche. Il a été malheureux aussi loin qu'il se souvienne. La mort sera un soulagement. Enfin ce sera terminé.

Dans le noir, elle entend les coups de feu. Un premier... puis un deuxième. Ils viennent de dehors. Ensuite la porte d'entrée claque. Elle entend les pas sur le plancher de la cuisine. Et un troisième coup de feu.

Un sentiment très ancien s'éveille en elle. Une chose du passé.

Elle grimpe les marches pour s'enfuir. Se cogne la tête contre la trappe. Manque de tomber en arrière mais se rattrape.

La trappe est impossible à ouvrir. Elle tape dessus avec ses poings, se déchire les phalanges, s'arrache les ongles.

Anna-Maria Mella arrive en voiture à la ferme de Lars-Gunnar Vinsa à trois heures et demie de l'après-midi. Sven-Erik l'accompagne. Ils ne se sont pas dit un mot pendant tout le trajet jusqu'à Poikkijärvi. Ce n'est pas une partie de plaisir que d'aller annoncer à un ancien collègue qu'on va lui confisquer ses armes et les soumettre à des tests balistiques.

Anna-Maria roule comme toujours un peu trop vite et il s'en faut de peu qu'elle n'écrase le corps qui gît au milieu du gravier de la cour.

Sven-Erik pousse un juron et ils bondissent tous deux hors de la voiture. Sven-Erik arrive le premier, il tombe à genoux et pose la main sur le cou de la victime. Un essaim de grosses mouches s'envole de la plaie sanglante sur sa nuque. Il secoue la tête en réponse à la question muette d'Anna-Maria.

« C'est le gamin de Lars-Gunnar », dit-il.

Anna-Maria se tourne vers la maison. Elle n'a pas pris son arme de service. Merde.

« Ne fais pas de conneries, la met en garde Sven-Erik. Viens, on va retourner dans la voiture et appeler du renfort. »

Anna-Maria râle parce que leurs collègues ont mis une éternité à arriver.

« Treize minutes exactement, dit Sven-Erik en regardant sa montre. C'est bien, je trouve. »

Il y a Fred Olsson et Tommy Rantakyrö dans une voiture banalisée, et puis quatre policiers en gilet Kevlar et combinaisons noires.

Tommy Rantakyrö et Fred Olsson se garent près de l'étang et entrent dans la ferme en courant dans une position quasi accroupie. Sven-Erik part garer la voiture d'Anna-Maria à l'abri des balles.

Le deuxième véhicule d'intervention s'arrête dans la cour. Les policiers se mettent à couvert derrière la voiture.

On donne un mégaphone à Sven-Erik Stålnacke.

« Allô ! dit-il. Si tu es à l'intérieur, Lars-Gunnar, sois gentil de sortir. Nous aimerions te parler. »

Aucune réponse.

Anna-Maria croise le regard de Sven-Erik et secoue la tête. Ça ne sert à rien d'attendre ici.

Les quatre policiers munis de gilets pare-balles entrent. Deux par la porte principale. Le premier seul, le deuxième une seconde plus tard. Les deux autres entrent par une fenêtre à l'arrière de la maison.

L'opération s'exécute dans un silence total hormis le bris de la vitre. Les autres attendent. Une minute. Deux.

Un policier sort sur la terrasse et leur fait signe. Ils peuvent y aller.

Le cadavre de Lars-Gunnar est affalé sur le plancher devant la banquette de la cuisine. Le mur derrière la banquette est maculé de son sang.

Sven-Erik et Tommy Rantakyrö déplacent le buffet posé sur la trappe au milieu de la pièce.

« Il y a quelqu'un là-dedans », s'exclame Tommy Rantakyrö.

« Vous pouvez venir », dit-il en tendant la main. Mais la personne qui se trouve dans la cave ne monte pas. Finalement c'est Tommy qui descend. Les autres l'entendent jurer :

« Oh, merde ! Ça va aller, maintenant, calmez-vous. Vous pouvez vous lever ? »

Elle remonte à travers la trappe. Très lentement. Les hommes la soutiennent. La soulèvent en la tenant sous les aisselles. Elle gémit un peu.

Anna-Maria met quelques dixièmes de seconde à reconnaître Rebecka Martinsson.

Une moitié du visage de la jeune femme est bleue et enflée. Elle a une longue plaie au front et sa lèvre inférieure est déchirée et pend lamentablement, ne tenant plus que par un mince lambeau de chair. « Sa figure ressemblait à une pizza avec plein de trucs dessus », racontera Tommy Rantakyrö beaucoup plus tard.

Anna-Maria pense surtout à ses dents. Elle les tient si serrées qu'on dirait que sa mâchoire s'est bloquée.

« Rebecka, lui dit-elle. Qu'est-ce que… »

Mais Rebecka l'écarte de son passage. Anna-Maria la voit jeter un coup d'œil au corps affalé sur le sol de la cuisine avant de se diriger vers la porte d'un pas très raide.

Elle sort de la maison. Anna-Maria Mella, Sven-Erik Stålnacke et Tommy Rantakyrö la suivent.

Le ciel s'est voilé de gris. De lourds nuages chargés de pluie menacent d'éclater au-dessus de leurs têtes.

Fred Olsson est resté dans la cour.

Pas un mot ne franchit ses lèvres quand il voit Rebecka. Mais sa bouche s'ouvre et ses yeux s'écarquillent.

Anna-Maria observe Rebecka. Elle est plantée comme un piquet devant le corps sans vie de Nalle. Quelque chose dans son regard leur fait comprendre à tous que ce n'est pas une bonne idée de la toucher maintenant. Elle est rentrée en elle-même.

« Où sont les secours ? Qu'est-ce qu'ils fichent ? demande Anna-Maria.

– Ils arrivent », lui répond quelqu'un.

Anna-Maria lève les yeux au ciel. Il bruine à présent. Il faut trouver une bâche pour couvrir le corps de Nalle.

Rebecka fait un pas en arrière. Elle fait un geste devant son visage comme si elle essayait de se débarrasser d'un insecte qui l'agace.

Et elle se met à marcher. D'abord quelques pas vers la maison puis elle bifurque en direction de la rivière. Elle avance comme quelqu'un qui a les yeux bandés. Elle n'a pas l'air de savoir où elle est ni où elle va.

La pluie se met à tomber. Anna-Maria sent l'automne déferler soudain comme un fleuve d'air froid. Il inonde la cour de ferme en une pluie drue et glacée. Des milliers d'aiguilles de glace s'abattent sur eux. Anna-Maria remonte la fermeture Éclair de son blouson bleu, son menton disparaît dans le col du vêtement. Il faut vraiment qu'elle fixe cette bâche maintenant.

« Surveille-la », dit-elle à Tommy Rantakyrö en lui montrant Rebecka qui s'éloigne en titubant. « Tiens-la éloignée du fusil qui est à l'intérieur et de vos armes de service et ne la laisse pas s'approcher de la rivière. »

Rebecka traverse la cour de la ferme. Il y a un grand garçon mort couché sur le gravier. Tout à l'heure, il était dans la cave avec un biscuit Marie dans sa grosse pogne et il donnait à manger à une petite souris.

Le vent souffle. Il gronde dans ses oreilles.

L'air est strié de coups de griffes qui deviennent des grosses larmes qui, à leur tour, se transforment en gouttes d'encre noire. Est-ce qu'il pleut ? Elle tend ses mains vers le ciel pour sentir si elles se mouillent. Les manches de sa veste glissent, découvrant ses poignets fins et nus, ses mains aussi blanches que des branches de bouleau en hiver. Son écharpe tombe dans l'herbe.

Tommy rattrape Rebecka.

« Eh ! mademoiselle ! Pas à la rivière ! L'ambulance va arriver et il faut que... »

Elle ne l'écoute pas. Poursuit son chemin vers la berge. Il n'est pas rassuré. Elle lui fait peur avec ses yeux de folle dans ce visage en charpie. Il a peur de rester seul avec elle.

« Désolé ! dit-il en l'attrapant par le bras. Je ne peux pas... Vous n'avez pas le droit d'y aller et c'est tout. »

Le monde éclate comme un fruit pourri. Quelqu'un l'a prise par le bras. C'est le pasteur Vesa Larsson. Il n'a plus de visage humain. Une tête de chien fauve est posée sur ses épaules. Les yeux noirs du chien fauve la regardent d'un air de reproche. Il avait des petits. Et les chiens qui ne peuvent pas pleurer...

« Qu'est-ce que vous me voulez ? » hurle-t-elle.

Tout à coup, c'est le pasteur Thomas Söderberg qui est là. Il est en train de repêcher des bébés nouveau-nés dans un puits. Il se penche et les remonte à la surface l'un après l'autre. Il les soulève tête en bas en les tenant par le talon ou par leurs minuscules chevilles. Ils sont nus et blancs. Leur chair est flasque et gorgée d'eau. Il les jette en tas à ses pieds et le tas grandit, grandit, grandit.

Elle se retourne, horrifiée, et se trouve nez à nez avec sa mère. Elle est si propre et si jolie.

« Ne me touche pas avec tes mains dégoûtantes, dit la maman de Rebecka à sa petite fille. Tu te rends compte de ce que tu as fait, Rebecka ? »

Anna-Maria a déniché un tapis. Elle va aller le poser sur le garçon de Lars-Gunnar. Il est tellement difficile de savoir ce que veulent les experts. Il faut qu'elle ferme les accès à la scène de crime avant que tout le village rapplique. Et la presse. Quelle poisse qu'il se soit mis à pleuvoir. Alors qu'elle est en train de donner des ordres à droite et à gauche, de réclamer du ruban et de courir, un tapis dans les bras, elle pense à Robert et il lui manque atrocement. Elle a hâte d'être à ce soir et de se blottir dans ses bras pour pleurer tout son soûl. Tout cela est tellement triste et insensé.

Tommy Rantakyrö pousse un cri et elle se retourne.

« Je n'arrive pas à la tenir ! » hurle-t-il.

Il est couché dans l'herbe en train de se bagarrer avec Rebecka Martinsson. Elle agite les bras dans tous les sens et donne des coups. Elle parvient à se dégager et se précipite vers la rivière.

Sven-Erik Stålnacke et Fred Olsson se lancent à sa poursuite. Anna-Maria a à peine le temps de réagir que Sven-Erik l'a déjà rattrapée. Fred Olsson sur ses talons. Ils la ceinturent. Elle gigote comme un ver de terre entre les bras de Sven-Erik.

« C'est fini, lui dit-il d'une voix forte. C'est fini, c'est fini. »

Tommy Rantakyrö tient son nez d'une main. Un filet de sang coule entre ses doigts. Anna-Maria a toujours des mouchoirs en papier dans la poche. Gustav a sans arrêt quelque chose sur lui qu'il faut essuyer. De la banane, de la glace, de la morve. Elle tend un mouchoir à Tommy.

« Couche-la par terre, crie Fred Olsson. On va la menotter.

– On ne va menotter personne, bordel ! réplique Sven-Erik, cinglant. Elle arrive, cette foutue ambulance ? ! »

La dernière question s'adresse à Anna-Maria, qui lui répond en haussant les épaules qu'elle n'en sait rien. À présent, Sven-Erik et Fred tiennent Rebecka chacun par un bras. Elle est à genoux entre eux et continue de se débattre.

Enfin, l'ambulance arrive. Suivie immédiatement par une autre voiture de police. Sirènes et gyrophares sous la pluie dure et grise. Vie de merde.

Et au milieu de ce capharnaüm, Anna-Maria entend Rebecka hurler.

Rebecka Martinsson hurle. Elle hurle comme une folle. Elle ne peut plus s'arrêter de hurler.

Gula Ben

Il est aussi noir que le diable lui-même. Il traverse en courant une mer d'épilobes pourpres en pleine floraison. Les parachutes duveteux des pissenlits volent comme de la neige dans le soleil automnal. Il s'arrête brusquement. À cent mètres d'elle.

Il a le poitrail large. La tête aussi. Un collier de poils longs et durs autour du cou. On ne peut pas dire qu'il soit beau. Mais il est grand. Aussi grand qu'elle.

Il reste parfaitement immobile tandis qu'elle s'approche. Elle l'entend depuis hier déjà. Elle a hurlé pour l'attirer jusqu'à elle. Elle a chanté pour lui. Elle lui a conté sa solitude dans l'obscurité de la nuit. Et il est venu. Il est enfin venu.

Le bonheur lui chatouille les pattes. Elle trotte droit sur lui. Sa cour est sans ambiguïté. Elle dresse les oreilles et lui montre sa croupe. Elle se pavane devant lui. Son long dos ondule comme un S. La queue du grand mâle se balance lentement.

Ils sont nez contre nez. Puis nez contre région génitale. Nez sous la queue. Et de nouveau nez contre nez. Le poitrail se gonfle et l'encolure se tend. Gula Ben trouve ces présentations insupportablement solennelles. Elle lui a proposé tout ce qu'elle a. Si tu me veux je suis à toi.

Enfin, il lui fait le signe attendu. Il pose une patte sur son ventre. Puis il fait un bond de côté pour la taquiner.

Alors elle ne peut plus se retenir. Le plaisir de jouer qu'elle avait presque oublié revient avec une puissance renouvelée. Elle se met à courir en s'éloignant de lui. Elle démarre si vite que la terre vole derrière elle. Elle accélère, fait brusquement demi-tour, revient à fond de train et passe au-dessus de lui en un long saut. Se retourne, courbe l'échine, fronce le nez et montre les dents. Et elle repart.

Cette fois il la suit et quand il la rattrape, ils roulent par terre.

Ils sont déchaînés. Ils jouent comme des fous. Puis se couchent, haletants, l'un contre l'autre.

Elle tend le cou et lui lèche la gueule.

Le soleil se couche entre les pins. Les pattes sont fatiguées et les corps heureux.

La vie continue.

REMERCIEMENTS

Rebecka Martinsson va s'en remettre. J'ai foi en cette petite fille avec ses bottes en caoutchouc rouge. Et n'oubliez pas : dans mon histoire c'est moi qui suis Dieu. Mes personnages ont parfois le droit d'avoir leur libre arbitre mais c'est moi qui les ai inventés. Les lieux où se situe l'action sont aussi plus ou moins inventés. Il y a bien une petite ville qui s'appelle Poikkijärvi au bord du lac de Torne mais là s'arrêtent les ressemblances avec la réalité. Vous n'y trouverez ni allée de gravier, ni pub, ni presbytère.

Beaucoup m'ont aidée à écrire ce livre et j'aimerais les remercier : Karina Lundström, licenciée en droit, qui m'a donné l'idée d'intéressants profils de policiers. Le médecin-chef Jan Lindberg à qui je dois un coup de main pour mes morts. Le docteur en droit Catharina Durling et le juge Viktoria Edelman qui ont vérifié pour moi les textes de loi quand je ne comprenais pas un point ou que j'étais en panne d'énergie. Le maître-chien Peter Holmström qui m'a parlé de son super-chien Clinton.

Les erreurs qui se trouvent dans ce roman sont les miennes. Parce que j'ai oublié de demander, que j'ai mal compris ou préféré la fiction à la réalité.

Je remercie également : Gunnar Nirstedt, mon éditeur, pour ses conseils. Sofia Scheutz pour la couverture. Lisa Berg et Hans-Olov Öberg qui ont lu et apprécié. Ma mère et Eva Jensen qui n'ont jamais eu peur de se répéter en me disant : « C'est bien ! C'est vraiment bien ! » Mon papa qui dessine des cartes, qui a réponse à tout et qui a rencontré un loup un jour quand il avait dix-sept ans et qu'il posait des filets sous la glace.

Et enfin je remercie Per pour tout le reste.

BONUS

Je suis allée à Jukkasjärvi un jour avec des amis. Juste comme ça, pour voir.

C'était un soir d'été. Le soleil brillait sur l'eau de la rivière. Les moustiques faisaient vibrer leurs ailes mais ils n'étaient pas agressifs. Nous nous sommes promenés dans le village, jusqu'à l'église. L'église de Jukkasjärvi est située dans un endroit magique. Je ne sais pas ce qu'il a de si particulier mais je comprends qu'on ait eu l'idée d'y bâtir une église au XVIIe siècle.

Nous sommes restés là un moment. Le toit de l'église sentait le goudron. Les murs peints étaient d'un rouge éclatant dans la lumière. Il me semblait entendre des elfes danser dans l'herbe haute en pouffant de rire et grimper le long des troncs élancés des bouleaux.

Le silence environnant m'emplissait physiquement. Il était comme une boule sur mon plexus solaire. Il s'installait dans ma poitrine et m'empêchait de respirer aussi profondément que d'habitude. Comme quand on a un enfant dans son ventre.

Je regardais cette église et je me disais : Elle est suspendue à l'intérieur.

Et je savais que je parlais d'une femme pasteur et que quelqu'un l'avait tuée et pendue dans l'église.

Et tout à coup j'ai pensé : Non, non. Pas du tout.

J'avais déjà écrit à propos d'un prédicateur assassiné dans mon précédent roman, intitulé *Horreur boréale*. Le livre était terminé et j'avais déjà signé mon contrat avec les éditions Bonnier, même s'il était prévu de le publier beaucoup plus tard. Je n'allais pas recommencer à écrire une histoire d'Église et de pasteur assassiné. Alors j'ai laissé tomber l'idée.

Mais comme nous retraversions le village et que je regardais vers l'autre côté de la rivière, j'ai aperçu le village de Poikkijärvi. Quand j'étais petite et que je vivais à Kiruna, Jukkasjärvi et Poikkijärvi n'étaient que de petits villages dormant au milieu des champs avec des maisons vides et abandonnées. Et puis Yngve Bergqvist a eu l'idée de construire son hôtel de glace et Jukkasjärvi est devenu une destination touristique célèbre dans le monde entier.

Je regardais Poikkijärvi de l'autre côté de la rivière et je me demandais comment se sentaient ses habitants. Ce qu'ils pensaient de tout ce cirque à Jukkasjärvi. Et je me suis imaginé une clique de vieux grognons qui passaient leurs journées à maudire Yngve Bergqvist. Je les entendais dire des choses comme :

« On peut vendre n'importe quoi du moment qu'on ajoute “arctique” après le nom : safari arctique, chiens de traîneau arctique… Les touristes japonais seraient prêts à payer une fortune pour utiliser des toilettes arctiques et avoir le droit de chier dans la neige. »

Voilà ce que disaient ces types dans ma tête. Et ensuite, je me suis imaginé un endroit où ils pouvaient se retrouver pour bavarder. Un pub miteux quelconque. Un atelier rénové ou quelque chose comme ça.

Après je me suis dit que la femme pasteur pendue dans l'église était peut-être la femme forte de Poikkijärvi. Un peu comme Yngve Bergqvist était l'homme fort de Jukkasjärvi. Et imaginons un peu que Poikkijärvi soit dirigé par une équipe de chasseurs, une bande de vieux machos. Et qu'elle soit féministe. Qu'est-ce qui arriverait ? me suis-je demandé. Et j'étais partie. Je ne voulais pas écrire une autre histoire d'Église et de pasteur assassiné mais je n'avais plus le choix. Cette histoire exigeait que je la raconte. Et quand j'essayais de transformer Mildred en institutrice ou en assistante sociale, elle n'était pas d'accord. C'était hors de question.

Je pense à ma vie. À la fille que j'étais à la fin de mon adolescence, membre de l'Église libre et super croyante. En ce temps-là ma mère vivait une relation homosexuelle et je priais pour qu'elle soit sauvée. J'étais persuadée qu'elle irait droit en enfer. Ma pratique de la religion n'avait rien de serein. J'ai finalement tourné le dos à cette forme de foi et puis j'ai commencé à travailler et ensuite à écrire.

Le fait que Mildred soit lesbienne et que je tue à la fois Lisa et elle a peut-être quelque chose à voir avec mon expérience passée. Pourtant je ne le crois pas. Je ne cherche pas à l'analyser. Je suis mon instinct quand j'écris. Mes sentiments. Je n'ai pas de cahier des charges.

Quand le livre est sorti, mon oncle, le frère de ma mère, m'a téléphoné. Il était vicaire avant de prendre sa retraite.

« Tu sais, Åsa, m'a-t-il dit. Il faut que tu arrêtes d'assassiner des prêtres. »

Je le lui ai promis.

Quant à ma tante qui est une fervente læstadienne*, elle m'a dit :

« J'ai trouvé ton livre épouvantable, surtout à la troisième lecture. »

---

* Le læstadienisme, fondé par le pasteur Lars Levi Læstadius (1800-1861), est un mouvement religieux luthérien conservateur.

Composition Nord Compo
Impression CPI Firmin-Didot en mars 2014
Éditions Albin Michel
22, rue Huyghens, 75014 Paris
www.albin-michel.fr

ISBN : 978-2-226-25609-6
N° d'édition : 20316/01. – N° d'impression : 121856
Dépôt légal : avril 2014
Imprimé en France